ELLIS PETERS

Bruder Cadfaels Buße

ELLIS PETERS

Bruder Cadfaels Buße

Roman

Aus dem Englischen von K. Schatzhauser

WILHELM HEYNE VERLAG
MÜNCHEN

Titel der englischen Originalausgabe: Brother Cadfael's Penance
Die Originalausgabe erschien 1994 bei Headline, London.

Umwelthinweis:
Dieses Buch wurde auf chlor- und säurefreiem Papier gedruckt.

Satz: Leingärtner, Nabburg
Druck und Bindung: Graph. Betrieb, Pößneck
Printed in Germany

ISBN 3-453-14399-X

KAPITEL

1

Früh am Nachmittag eines Novembertages ritt über die Brücke, die den Severn überspannt, ein Bote des Grafen von Leicester in die Stadt Shrewsbury. Seine Satteltasche enthielt Mitteilungen über das, was es in den letzten drei Monaten Neues gegeben hatte.

Zwar waren die meisten dieser Ereignisse dem Empfänger bereits in großen Zügen bekannt, aber Graf Robert Beaumonts Botendienst in London verfügte über zuverlässigere Quellen als alles, was dem Großvogt der Grafschaft Shropshire zu Gebote stand. Der Graf hatte bereits bei seinem ersten Zusammentreffen mit Hugh Beringar in diesem jungen Hauptmann eine Person erkannt, auf deren gesunde Urteilskraft man zählen konnte. Das war alles andere als selbstverständlich in jener verrückten Welt, in der schon seit vielen Jahren ein Bürgerkrieg tobte, der England lähmte und beide Seiten an den Rand der Erschöpfung gebracht hatte, ohne daß es gelungen wäre, König Stephen oder Kaiserin Maud zur Einsicht zu bringen. Fähige junge Männer wie Hugh mit Nachrichten zu versorgen, war nach Graf Roberts Ansicht der Mühe wert. Denn gewiß würde der Tag kommen, an dem endlich die Vernunft die Oberhand gewinnen und dieser Krieg beendet würde, der so viele unnütze Opfer gefordert hatte und noch forderte. Einzelne vielversprechende Ansätze dazu hatten in jenem Jahr des Herrn 1145, das sich nunmehr dem Ende zuneigte, die schwache Hoffnung aufkeimen lassen, die beiden Verwandten, die da miteinander in Fehde um den Thron lagen, könnten erkennen, daß sich ihr Ziel mit Gewalt nicht erreichen ließ und sie nach einer anderen Möglichkeit Ausschau halten müßten, ihrer Auseinandersetzung ein Ende zu bereiten.

Der junge Bursche, der die Mitteilungen des Grafen nach Shrewsbury brachte, hatte den Ritt schon einmal gemacht, und so kannte er den Weg, der ihn über die Brücke und die Biegung des Wyle hinauf, am Marktkreuz vorbei zum Burgtor führte. Da er die Farben des Grafen trug, ließ man ihn überall ungehindert passieren, bis er den inneren Burghof erreichte. Als Hugh, sich den Staub von den Händen wischend, aus der Waffenkammer in den Bogengang trat, zerrte der wie durch einen Trichter hereinpfeifende Wind an seinem dunklen Haar. Er bat den Burschen herein, damit er seine Botschaft übermitteln konnte.

»Es wird allmählich unruhig«, sagte der Bote, während er den Inhalt seiner Satteltasche auf den Tisch im Vorraum des Torhauses leerte. »Mein Herr beobachtet das Geschehen mit größter Sorgfalt. Es ist das erste Mal, daß er dergleichen feststellt, und es könnte sein, daß es sich auch bald wieder legt. Es hat ebensoviel mit dem zu tun, was im Osten geschieht wie damit, daß so viele Burgen im Tal der Themse den Besitzer wechseln. Seit Edessa im vorigen Jahr an Weihnachten den Heiden von Mossul in die Hände gefallen ist, sorgt sich die gesamte Christenheit um das Königreich Jerusalem. Man spricht schon von einem neuen Kreuzzug. Dort wie hier im Lande gibt es adlige Herren, die in keiner Weise glücklich über das sind, was da geschieht, und manch einer von ihnen nähme wohl nur allzu gern das Kreuz, um seine Seele zu retten. Ich habe Euch die offiziellen Briefe des Grafen gebracht«, sagte er munter und schob einen sauber geordneten Packen zu Hugh hinüber, »teile Euch aber rasch das Wichtigste mit, bevor ich aufbreche. Ihr könnt sie mit Muße lesen, denn noch ist kein Zeitpunkt festgesetzt. Ich aber muß gleich heute zurück, da ich auf dem Rückweg einen Auftrag in Coventry zu erledigen habe.«

»Dann stärkt Euch am besten mit Speis und Trank, während wir miteinander reden«, sagte Hugh und schickte nach dem Nötigen. Sie begannen ein vertrautes Gespräch darüber, in welch beunruhigender Weise sich Englands verworrene Angelegenheiten im Laufe des Sommers entwickelt hatten. Man hoffte allgemein, der Knoten werde sich jetzt auflösen lassen, da der bevorstehende Winter dem Kämpfen Einhalt gebot, und man könne einen Weg finden, der Erfolg versprach. »Wollt Ihr etwa sagen, daß Robert Beaumont daran denkt, das Kreuz zu nehmen? Ich habe gehört, daß aus Clairvaux machtvolle Predigten herüberhallen, deren Eindruck man sich nur mit Mühe entziehen kann.«

»Nein«, sagte der junge Mann mit einem flüchtigen Lächeln. »Die Sorge meines Herrn gilt ausschließlich den Ereignissen in der Heimat. Aber das Unbehagen, das die Christenheit befallen hat, veranlaßt die Bischöfe zu der Überlegung, daß hier im Lande Ordnung herrschen muß, bevor sie sich mit den Angelegenheiten ferner Länder beschäftigen können. Es heißt, man wolle noch einen letzten Versuch unternehmen, König und Kaiserin zu einer Unterredung zusammenzubringen, in deren Verlauf auf Mittel und Wege ersonnen werden sollen, wie man auf vernünftige Weise aus dieser verfahrenen Situation herausfinden kann. Sicherlich habt Ihr gehört, daß Graf Ranulf von Chester um eine Zusammenkunft mit König Stephen nachgesucht hat. Sie wurde ihm nicht nur vor etwa einer Woche gewährt, sondern er hat auch in ihrem Verlauf dem König Treue gelobt. Gewiß, das war ziemlich spät, und bestimmt kein leichter Gang, dennoch hat sich der König nicht zweimal bitten lassen. Wir wußten schon im voraus von dieser Begegnung in Stamford, denn Graf Ranulf hatte alles von langer Hand vorbereitet und mit einigen von Stephens früheren Baronen Kontakt aufgenommen, die schon einige Zeit in das Lager des Königs zurückkehren wollten. Chester hat Zugeständnisse bezüglich eines Stücks Land nahe seiner Burg Mountsorrel gemacht, über dessen Besitz er sich mit meinem Herrn seit Jahr und Tag in den Haaren lag. Auf diese Weise versucht er, sich die Akzeptanz dieses Lagers zu erkaufen. Wenn man die Seite wechseln will, genügt es nicht, nur dem König gefällig zu sein, sondern man muß auch allen schmeicheln, die ihm zur Seite stehen. Daher war die Begegnung bei Stamford keine Überraschung, und Chester ist versöhnt und in Gnaden aufgenommen. Die Vorfälle von Faringdon und Cricklade sowie die ganze Geschichte von Philip FitzRobert, dessen Vater treu zur Kaiserin steht, und der sich auf Stephens Seite geschlagen und ihm obendrein diese zwei Festungen mitgebracht hat, kennt Ihr ohnedies bereits.«

»Diesen Seitenwechsel werde ich nie verstehen«, sagte Hugh mit Nachdruck. »Ausgerechnet Philip FitzRobert, der leibliche Sohn des Mannes, der von Anfang an der eifrigste Parteigänger der Kaiserin war, stellt sich gegen den Vater, indem er zum König überläuft! Und das nicht etwa nur halbherzig – er kämpft ebenso erbittert für Stephen wie einst für Maud.«

»Wirklich sonderbar, noch dazu, wenn man bedenkt, daß Ranulf von Chester mit Philips Schwester verheiratet ist«, fügte der Bote hinzu. »Gewiß ist es kein Zufall, daß es sich diese beiden anders überlegt haben. Gott allein weiß, wer wen überredet hat oder was sonst noch dahinterstehen mag. Aber so ist es nun einmal. Jetzt kann sich der König auf zwei weitere Verbündete stützen und verfügt über eine durchaus beachtliche Anzahl von Burgen.«

»Vermutlich denkt er nicht im Traum daran, Zugeständnisse zu machen, und wäre es nur, um den Bischöfen entgegenzukommen«, merkte Hugh nüchtern an. »Höchstwahrscheinlich ist er jetzt aufs neue fest davon überzeugt, sich den endgültigen Sieg an seine Fahnen heften zu können. Ich zweifle, ob man ihn je an den Verhandlungstisch bekommt.«

»Unterschätzt Roger de Clinton nicht«, gab Graf Leicesters Beauftragter zu bedenken. »Er stellt Coventry als Treffpunkt zur Verfügung, und Stephen hat sich so gut wie einverstanden erklärt, an der Zusammenkunft teilzunehmen und sich die Vorschläge anzuhören. Beide Seiten haben bereits sicheres Geleit zugesagt. Coventry liegt günstig für alle: Chester kann in Mountsorrel Gastfreundschaft gewähren und sich weiter einschmeicheln, und die Priorei bietet Platz für alle übrigen. Stattfinden wird die Versammlung gewiß – ob aber viel dabei herauskommt, steht in den Sternen. Die Idee gefällt bestimmt nicht allen, und manch einer wird alles in seinen Kräften Stehende tun, um die Verhandlungen zu hintertreiben. Zu ihnen dürfte Philip FitzRobert gehören, der sicherlich teilnehmen wird, und wäre es nur, um seinem Vater gegenüberzutreten und ihm zu zeigen, daß er seinen Schritt nicht bereut. Sein Ziel heißt Zerstörung, nicht Versöhnung. Mein Herr jedenfalls möchte, daß Ihr dort im Namen Eurer Grafschaft sprecht. Wollt Ihr das tun? Er setzt seine Hoffnung auf Euch, denn er weiß, wie Ihr denkt«, sagte der junge Mann lässig, »oder glaubt es zumindest zu wissen. Was sagt Ihr?«

»Er soll mir nur den Tag nennen«, antwortete Hugh mit derber Herzlichkeit, »ich komme.«

»Gut. Ich werde es ihm berichten. Alles andere wißt Ihr bereits: daß eine Handvoll von Hauptleuten, an deren Spitze Brien de Soulis stand, Faringdon an den König verraten und alle Ritter festgesetzt hat, die nicht bereit waren, zur Gegenseite überzulaufen. Der König gab sie wie Beutestücke an einige seiner Gefolgsleute weiter, damit diese Lösegeld für sie einstreichen können. Meinem Herrn ist eine Liste mit den Namen der Ritter in die Hände gefallen. Teils verlangt man Lösegeld für sie, teils sind sie bereits freigekauft. Für den Fall, daß Euch einige der Namen etwas bedeuten, sei es unter den Gefangenen, sei es unter denen, in deren Gewahrsam sie sich befinden, schickt er Euch hier eine Abschrift. Sofern bei der Versammlung in Coventry etwas herauskommt, wird man über die Männer verhandeln, denn man weiß keineswegs von allen, wo sie sich befinden.«

»Ich bezweifle, daß ich die Namen kenne«, sagte Hugh, während er die versiegelte Rolle nachdenklich an sich nahm. »Was mich betrifft, könnten jene Burgen an der Themse tausend Meilen von hier entfernt liegen. Wir erfahren erst mit einem Monat Verspätung, wenn sie fallen oder die Seite wechseln. Aber dankt dem Grafen Robert für seine Freundlichkeit und sagt ihm, daß ich ihn in Coventry zu sehen hoffe, wenn der Tag kommt.«

Das Siegel von Robert Beaumonts Brief erbrach Hugh erst, als der Bote davongeritten war. Dieser hatte den Auftrag, auf dem Rückweg nach Leicester in Coventry zu bewirken, daß auch Bischof Roger de Clinton an der Versammlung teilnahm. Zwar war offiziell nach wie vor Lichfield Bischofsstadt, doch hatte Roger de Clinton in den letzten Jahren Coventry, dessen Benediktinerabtei er in Personalunion als Titularabt vorstand, zum Hauptsitz seiner Diözese gemacht. Daher galten beide Städte gleichermaßen als Bischofssitz. Eigentlich stand ihm nur der

Rang eines Priors zu, doch trug er die Mitra eines Abtes. Erst zwei Jahre zuvor hatten die weltlichen Auseinandersetzungen den klösterlichen Frieden in betrüblicher Weise gestört und die Mönche zeitweise aus ihren Gebäuden vertrieben, die ihnen aber schließlich noch vor Jahresende zurückerstattet worden waren. Man würde sie schwerlich wieder von dort vertreiben.

»Unterschätzt Roger de Clinton nicht«, hatte Robert Beaumonts Bote gesagt und damit zweifellos die Worte seines mächtigen Herrn wiederholt. Hugh empfand für seinen Bischof, den die der Christenheit drohenden Gefahren niederdrückten, bereits einige Achtung. Wenn denn ein Kirchenfürst seiner Bedeutung, einen mächtigen Herrn wie den Grafen von Leicester und andere von ähnlicher Stellung und Gesinnung auf seine Seite zu ziehen vermochte, dann mußte letzten Endes etwas Gutes dabei herauskommen. Mit gedämpfter Hoffnung entrollte Hugh die Botschaft des Grafen und machte sich daran, die darin enthaltene kurze Zusammenfassung der Ereignisse und die Liste wohlklingender Namen zu lesen.

Es hatte ganz England aufgestört, als es im Hochsommer unvermittelt zum völligen Bruch zwischen Robert, dem Grafen von Gloucester, Halbbruder und getreuer Paladin der Kaiserin Maud, und seinem jüngeren Sohn Philip gekommen war. Nach wie vor gab es keine Erklärung und niemand verstand, wie es dazu hatte kommen können. Auf dem nur halbherzig umkämpften, aber dennoch gefährlichen Schlachtfeld entlang der Themse hatten in Oxford und Malmesbury stationierte Krieger des Königs, Philip, den von der Kaiserin eingesetzten Burgherrn von Cricklade, mit wiederholten Überfällen belästigt. Um der Situation die Spitze zu nehmen, hatte dieser seinen Vater gebeten zu kommen und eine günstige Stelle für eine andere Burg auszusuchen. Auf diese Weise wollte Philip die Verbindungslinien zwischen den beiden

Burgen des Königs kappen und diese in die Verteidigung drängen. Daraufhin hatte Graf Robert eine Stelle in Faringdon ausgewählt, dort seine Burg errichtet und mit einer Besatzung versehen. Sofort war jedoch der König mit einem großen Aufgebot vor die Burg gezogen, um sie zu belagern. Von Cricklade aus hatte Philip seinen Vater immer wieder dringlich um Verstärkung gebeten, damit dieser gerade erst errichtete Stützpunkt nicht verlorenging, der für den bedrängten Standort unter dem Befehl seines Sohnes so wichtig werden konnte. Doch dieser Bitte hatte sich Gloucester verschlossen und keine Hilfe geschickt. Daraufhin machte im Süden das Gerücht die Runde, Brien de Soulis, der Burgherr von Faringdon, habe hinter dem Rücken der übrigen Besatzung, aber im Einvernehmen mit einigen vertrauten Hauptleuten ein Geheimabkommen mit den Belagerern getroffen, die Männer des Königs bei Nacht eingelassen und ihnen die Burg mitsamt der Besatzung ausgeliefert. Wer mit den vollendeten Tatsachen einverstanden war, hatte sich Stephens Streitkräften angeschlossen. So war die Mehrzahl der einfachen Krieger verfahren, als sie erkannten, daß ihre Anführer sie verraten hatten. Alle, die der Kaiserin die Treue hielten, waren entwaffnet, gefangengesetzt und unter den Anhängern des Königs aufgeteilt worden, die Lösegeld für sie verlangen konnten. Kurz nach diesem Vorfall hatte auch Philip FitzRobert, der Sohn des einflußreichen Grafen, ungeachtet seiner Treuepflicht und Blutsverwandtschaft, dem König die Burg Cricklade mitsamt der wohlgefüllten Waffenkammer und der vollständigen Besatzung in die Hände gespielt. Viele vermuteten, daß bereits die Übergabe der Schlüssel von Faringdon auf sein Betreiben erfolgt war, wenn auch nicht durch seine Hand. Es war allgemein bekannt, daß er und Brien de Soulis einander bei allen Beratungen so nahe gewesen waren wie Zwillingsbrüder. Anschließend hatte sich Philip gegen seinen Vater gestellt und ihn mit ebenso großem Eifer bekämpft, wie er einst für ihn gefochten hatte.

Welche Beweggründe hinter all dem stehen mochten, war nur schwer zu verstehen. Philip liebte seine mit dem Grafen Ranulf von Chester vermählte Schwester. Ranulf lag daran, erneut Gnade vor den Augen des Königs zu finden und es konnte ihm nur recht sein, einen weiteren mächtigen Verwandten auf seiner Seite zu wissen, denn dann durfte er sicher sein, daß man ihn willkommen hieß. War das ein Grund? Philip hatte sich für die Befestigung Faringdons eingesetzt, weil das eine Entlastung seiner eigenen Streitkräfte bedeutete – nur um mit ansehen zu müssen, wie man die Burg trotz seiner wiederholten Hilferufe ihrem Geschick überließ. War das eine ausreichende Begründung? Es bedarf eines großen Maßes an Bitterkeit, bis sich ein Mann nach Jahren hingebungsvoller Treue gegen sein eigenes Fleisch und Blut wendet und es dem Untergang weiht.

Das aber hatte er getan. Hugh hielt den Bericht in der Hand, der schilderte, wie man etwa dreißig junge Edle, Ritter und Schildknappen unter die Anhänger des Königs verteilt hatte. Günstigstenfalls würde jemand teuer für ihre Freiheit bezahlen, ansonsten war es ihr Schicksal, schmählich in der Gefangenschaft zu verfaulen, sofern sie in die falschen Hände gefallen waren und man ihnen genug Haß entgegenbrachte.

Robert Beaumonts Schreiber hatte – soweit diese bekannt waren – bei jedem Gefangenen den Namen dessen hinzugefügt, der ihn in Gewahrsam hielt, und immer dann ein Zeichen gemacht, wenn Angehörige einen Gefangenen freigekauft hatten. Sonst war wohl niemand bereit, beträchtliche Summen für den Freikauf eines jungen Adligen aufzubringen, der sich bisher noch keine besonderen Verdienste erworben hatte. Es war durchaus möglich, daß der eine oder andere der jungen ehrgeizigen

Parteigänger der Kaiserin in finsteren Verliesen schmachten mußte, bis die geplante Versammlung in Coventry zu einem vernünftigen Abkommen führte, bei dem man unbedingt darauf bestehen mußte, auch über die Freilassung jener Krieger zu sprechen.

Nach vielen unbekannten Namen stieß Hugh am Ende der Schriftrolle auf einen, den er kannte.

> »Olivier de Bretagne. Gehört zu denen, die überwältigt und entwaffnet wurden. Es ist unbekannt, wer ihn in Gewahrsam hält und wo. Er wurde bisher nicht zur Freilassung gegen Lösegeld ausgelobt. Laurence d'Angers Erkundigungen nach ihm sind ergebnislos geblieben.«

Hugh ging mit den empfangenen Nachrichten zum Kloster hinab, um mit Abt Radulfus über die sich unverhofft bietende Möglichkeit zu sprechen, dem seit acht Jahren tobenden Bürgerkrieg ein Ende zu bereiten. Die Zeit mußte lehren, ob die Bischöfe bereit waren, der Stimme der Klostergeistlichen das gleiche Gewicht zuzubilligen wie allen anderen. Zwar schätzte Roger de Clinton den Abt von Shrewsbury durchaus, doch waren die Beziehungen zwischen diesen unterschiedlichen Zweigen der Kirche nicht immer besonders herzlich. Ganz gleich aber, ob man Radulfus zur Versammlung einladen würde oder nicht, er mußte auf Erfolg oder Fehlschlag vorbereitet sein, um in jedem Fall entsprechend dem Ergebnis handeln zu können. Davon abgesehen gab es im Kloster Sankt Peter und Paul noch jemanden, der ein Anrecht darauf hatte, den Inhalt von Robert Beaumonts Schreiben zu erfahren.

Bruder Cadfael stand inmitten seines von einer Mauer umgebenen Kräutergartens, der ihm so viel Freude bereitete. Er betrachtete nachdenklich dessen herbstliches

Antlitz, alles begann abzusterben, wurde kahl und schwand dahin. Die meisten Pflanzen hatten bereits ihr Laub verloren, wie dürre Finger krallten sich ihre dunklen Stengel an das, was vom Sommer noch geblieben war, und alle Düfte hatten sich zu einem Geruch von Alter und Niedergang vereint. Zwar war er noch lieblich, doch nahm man darin bereits den süßlichen und fauligen Hauch des Verfalls wahr, der nach der Ernte einsetzt. Noch war es nicht sehr kalt. In der milden Schwermut des November hing noch ein wenig Gold, teils im fallenden Laub, teils in dem bernsteinfarbenen Licht der schrägstehenden Sonnenstrahlen. Längst lag das Heu in der Scheuer, waren alle Äpfel geerntet und gelagert, alles Getreide gemahlen, und auf den Stoppelfeldern weideten die Schafe. Es war die rechte Zeit, innezuhalten, um sich zu blicken und zu überlegen, ob man alles bedacht und alle Zäune geflickt hatte, damit der Winter kommen konnte.

Noch nie zuvor war sich Cadfael jener besonderen Beschaffenheit und Aufgabe des Monats November so sehr bewußt gewesen, seiner Reife und gedämpften Trauer. Das Jahr bildet keine gerade Linie durch die Jahreszeiten, sondern verläuft in einem Kreis, der die Welt und den Menschen in die Finsternis und zu dem Geheimnis zurückbringt, wo beide ihren Ursprung haben und eine neue Zeit der Saat und eine neue Geschlechterfolge entsteht. Alte Männer, dachte Cadfael, glauben zwar an jenen neuen Anfang, erleben aber das Ende. Vielleicht gemahnt mich Gott jetzt daran, daß ich mich meinem November nähere. Nun, warum es bedauern? Der November hat seine Schönheit. Die Ernte ist eingebracht und das Saatgut für das nächste Jahr liegt schon bereit. Es gibt keinen Grund, sich darüber zu grämen, daß man selbst nicht bleiben und es aussäen darf. Ein anderer wird sich darum kümmern. So finde dich damit ab, in die Erde einzugehen, zusammen mit den feuchten, zarten, zerfallenden Blättern, die Spinnweben und der Haut sehr alter Männer ähneln, auf der sich Flecken von der Farbe sich golden, zersetzenden Laubes ausbreiten. Der Spätherbst zeigt uns die Farben des Sonnenuntergangs: der eine ist der Abschied des Tages und der andere der Abschluß des Jahres. Bedeutet er zugleich den Abschied eines Menschenlebens? Sofern es in solch goldenem Zauber aufhört, ist das kein schlechtes Ende.

Hugh trat aus dem Haus des Abtes. Er wollte seinem Freund Cadfael unbedingt mitteilen, was er erfahren hatte, zögerte aber, war ihm doch klar, daß diese Nachricht nichts als Besorgnis auslösen würde. Er fand den Mönch reglos inmitten seines geliebten kleinen Reiches stehen, und es kam ihm vor, als halte dieser den Blick eher in sein Inneres gerichtet als auf die in Herbstfarben glühenden Pflanzen um ihn herum. Erst als ihm Hugh eine Hand auf die Schulter legte, kehrte er wieder in die Außenwelt zurück, und es war deutlich zu sehen, daß er aus einer geheimnisvollen Tiefe auftauchte, die in der Mitte seines Wesens verborgen lag.

»Gott segne dein Werk«, sagte Hugh und faßte ihn am Arm, »sofern du heute nachmittag arbeitest. Ich dachte schon, du hättest hier Wurzeln geschlagen.«

»Ich habe über den Zyklus des Menschenlebens, die Jahreszeiten und die Stunden des Tages nachgedacht«, sagte Cadfael in beinah entschuldigendem Ton. »Ich hörte dich nicht kommen. Allerdings hatte ich auch nicht damit gerechnet, dich heute zu sehen.«

»Das wäre auch nicht der Fall, wenn Robert Bossus Kundschafter etwas weniger geschäftig gewesen wären. Komm mit herein«, sagte Hugh, »damit ich dir berichte, was sich zusammenbraut. Die Sache betrifft jeden braven Kirchenmann, und ich habe sie soeben deinem Abt Radulfus mitgeteilt. Ein Punkt aber geht dich persönlich an, und mich ebenfalls«, gestand er, während er mit einem tiefen Seufzer die Tür zu Cadfaels Arbeitsschuppen aufstieß.

»Du hast Nachrichten von Graf Leicester bekommen?« Cadfael sah ihn von der Schwelle aus nachdenklich an. »Wenn Robert Bossu dir Kunde zukommen läßt, muß er große Stücke auf dich halten. Was ist es diesmal?«

»Es geht weniger um ihn selbst, auch wenn er in Kürze bis zum Hals in der Sache stecken dürfte, ganz gleich, ob er sie zu der seinen macht oder nicht. Den ersten Schritt haben die Bischöfe getan, doch wird man bald Stimmen wie die Leicesters vernehmen, die Partei für die eine oder die andere Seite ergreifen.«

Hugh nahm mit Cadfael Platz unter den herabhängenden Büscheln zum Trocknen aufgehängter duftender Kräuter, die im Luftzug von der Tür her leicht schwankten. Er erzählte ihm von der geplanten Versammlung in Coventry, daß bereits auf beiden Seiten Geleitbriefe ausgestellt worden seien und erläuterte ihm, wie die Erfolgsaussichten seiner Ansicht nach aussahen.

»Gott allein weiß, ob eine der beiden Seiten auch nur einen Fußbreit nachgeben wird. König Stephen ist überglücklich, daß er Chester und dazu Gloucesters eigenen Sohn auf seine Seite hat ziehen können. Die Kaiserin aber weiß, daß sich die Männer, die für sie streiten, der Normandie versichert haben. Das wird einige der Barone auf ihre Seite bringen, die nicht nur hier Ländereien besitzen, sondern auch dort. Ich sehe, wie ein immer größerer Teil der Klügeren zwar nach wie vor Treuebekundungen von sich gibt, zugleich aber so wenig zum Krieg rüstet, wie es irgend möglich ist. Dennoch sollte man unbedingt den Versuch wagen. Roger de Clinton kann sehr überzeugend wirken, wenn es ihm mit etwas ernst ist, und das ist jetzt der Fall. Die Beute, auf die er es in Wahrheit abgesehen hat, ist der Atabeg Zenghi von Mossul, und sein eigentliches Ziel die Rückeroberung von Edessa. Wer weiß – sicherlich wird auch Heinrich von Winchester sein Gewicht in die Waagschale werfen. Ich habe dem Abt die Lage genau erklärt«, sagte Hugh und fuhr zweifelnd fort, »bin aber nicht sicher, ob die Bischöfe die Klöster hinzuziehen werden. Am liebsten behalten sie die Zügel selbst in der Hand.«

»Und inwiefern betrifft diese Angelegenheit mich, wie wünschenswert oder ungewiß auch immer all das sein mag?« wollte Cadfael wissen.

»Warte, noch habe ich nicht alles gesagt.« Hugh bemühte sich, seine Worte sorgfältig abzuwägen, denn Mitteilungen dieser Art treffen den Empfänger an einer empfindlichen Stelle. Besorgt sah er Cadfael an, während er fragte: »Erinnerst du dich, was im Sommer in Robert von Gloucesters neu erbauter Burg Faringdon geschah? Als sich der Burgherr, Gloucesters jüngerer Sohn, auf König Stephens Seite schlug und ihm alles übergab?«

»Durchaus«, sagte Cadfael. »Den Kriegern blieb nichts anderes übrig, als mit ihm die Seite zu wechseln, da ihre Hauptleute die Übergabe unterzeichnet hatten. Dann hat sich Cricklade bis zum letzten Mann zusammen mit Philip dieser Entscheidung angeschlossen.«

»Aber viele der Ritter in Faringdon, die von dem Verrat nichts wissen wollten, wurden überwältigt und entwaffnet«, sagte Hugh gemessen. »Stephen hat sie einigen seiner alten und neuen Verbündeten ausgeliefert, wobei die neuen den fettesten Anteil bekommen haben dürften, damit sie nicht vergessen, auf wessen Seite sie stehen. Leicester hat mit Hilfe nahe Oxford und Malmesbury postierter Mittelsmänner in Erfahrung gebracht, wer die Gefangenen sind und wem man sie übergeben hat. Einige sind rasch freigekauft worden, bei anderen wartet man noch auf ein hinreichend hohes Gebot, um sie mit Profit loszuschlagen. Aber neben dem Namen eines Mannes, von dem man weiß, daß er sich ebenfalls in der Burg befunden hat, steht nicht verzeichnet, wem er übergeben wurde. Niemand hat seit dem Fall Faringdons etwas von ihm gehört oder gesehen. Ich bezweifle, daß er Robert Bossu mehr bedeutet als die anderen, aber mir ist er sehr wichtig.« Aufmerksam hörte Cadfael dem Freund zu; der gemessene Klang seiner Stimme wirkte auf ihn alles andere als beruhigend. »Und auch dir sagt er etwas.«

»Man verlangt kein Lösegeld«, sagte Cadfael ebenfalls mit gemessener Stimme. »Und niemand weiß, wo er sich aufhält. Das klingt nach mehr als gewöhnlicher Feindseligkeit. In diesem Fall wird der Preis sehr hoch sein, vorausgesetzt, man verlangt überhaupt einen.«

»Leicesters Mittelsmann hat mir versichert«, sagte Hugh, und es klang bedauernd, »daß Laurence d'Angers, der bereit ist, den verlangten Preis zu zahlen, überall ergebnislos nach diesem Mann gefragt hat. Seinen Namen müßte der Graf kennen, wenn er schon die Namen der jungen Männer seines Gefolges nicht kennt. Ich bedaure, dir eine solche Nachricht überbringen zu müssen. Olivier de Bretagne war in Faringdon und sitzt jetzt gefangen, Gott allein weiß, wo.«

Beide schwiegen lange, um Atem zu schöpfen, ihre Gedanken zu sammeln und über die unmittelbaren Folgen nachzudenken, die beiden Sorge bereiteten. Schließlich sagte Cadfael schlicht: »Er ist jung wie alle anderen und kennt die Gefahren. Er tritt ihnen mit offenem Blick entgegen. Was liegt an diesem einen mehr als an den übrigen?«

»Aber ich vermute, daß sich diese Gefahr nicht vorhersehen ließ. Gloucesters Sohn hat sich gegen den eigenen Vater gestellt! Darauf war Olivier am wenigsten von allem vorbereitet, denn Verrat ist ihm wesensfremd. Ich weiß nicht, wie lange er schon der Besatzung von Faringdon angehörte und was die jungen Ritter dort empfunden haben. Es sieht ganz so aus, als hätten viele seine Haltung geteilt. Die Burg war kaum vollendet, Philip hat die Männer gestellt, die sie gut verteidigen sollten, doch als sie belagert wurde, hat Robert nicht einmal den kleinen Finger gerührt, um sie zu retten. So etwas schafft Bitterkeit. Aber Leicester wird weiterhin versuchen, sie alle aufzuspüren, bis auf den letzten Mann. Und wenn wir einander bald in Coventry begegnen, könnten wir vielleicht zumindest eine Vereinbarung über die Freilassung von Gefangenen auf beiden Seiten erreichen. Alle Männer beider Parteien, die guten Willens sind, werden darauf drängen.«

»Olivier pflügt seine eigene Furche und mäht seine eigenen Garben«, sagte Cadfael und hielt den Blick gleichsam durch die vor ihm liegende Fachwerkwand hindurch ostwärts in die Weite gerichtet, bis hin zum Sand und zur Dürre, dorthin, wo in der Sonne glitzernde Wogen an die Gestade des fränkischen Königreichs Jerusalem rollten, das sich gegen die ihm geltende Bedrohung bereits gewappnet hatte. Diese Fabelwelt jenseits des Meeres war ihm einst vertraut gewesen. Dort war Olivier de Bretagne aufgewachsen und hatte in frühen Mannesjahren den Glauben des ihm unbekannten Vaters angenommen. »Ich danke dir, daß du es mir gesagt hast, Hugh«, sagte Cadfael gemessen. »Ich kann mir nicht vorstellen, daß irgendein Gefängnis ihn lange zu halten vermag. Laß es mich wissen, wenn du weitere Nachrichten empfängst.«

Die Stimme klingt nicht wie die eines Mannes, der von einem guten Ausgang überzeugt ist, dachte Hugh, als er den Freund verließ, nachdem er seine Botschaft getreulich überbracht hatte. Und er hat nicht den Gesichtsausdruck eines Mannes, der fest in seinem Glauben ruht und alles Olivier oder Gott überläßt. Doch seine eigenen Sorgen drückten ihn zur Genüge.

Nach Hughs Weggang bedeckte Cadfael die Glut im Kohlenbecken mit Torfsoden, um sie einzudämmen, schloß seinen Schuppen ab und ging zur Kirche hinüber. Es war noch eine Stunde bis zum Vespergebet. Bruder Winfrid grub nach wie vor ein abgeerntetes Bohnenbeet um, damit der Winterfrost den Boden lockerte und krümelig machte. Ein dünner Schleier gelben Laubes hing noch in den Bäumen, an den Zweigen der übermannshoch aufgeschossenen Rosenstöcke saßen kleine Knospen, die sich nicht mehr öffnen würden.

In der dunklen Stille des großen Kirchenschiffs kniete Cadfael vor dem Altar der heiligen Winifred nieder. Obgleich er sonst mit ihr sprach wie mit einer vertrauten Freundin, zögerte er diesmal, sie mit der Sorge um einen anderen Menschen zu belasten, zumal sie diesen unter Umständen nur schwer verstehen würde. Gewiß, Olivier war zur Hälfte Waliser, aber das hätte sie angesichts der Tatsache, daß er dem Äußeren wie seinem Denken und seinen Grundsätzen nach unverkennbar Syrer war, womöglich noch mehr verwirrt. Also betete er ohne Worte still in seinem Herzen, und seine Zuneigung für sie schwebte wie Weihrauchduft im Raum. Sie hatte ihm so viel verziehen und ihn nie abgewiesen. Gerade in jenem Jahr hatte sie Überschwemmungen, Gefahren und Streit überstanden und war zu ihrer verdienten Ruhe zurückgekehrt. Warum sie mit einem Kummer aufstören, der ausschließlich der seine war?

So wendete sich Cadfael mit seinem Anliegen zum Hochaltar, der Quelle aller Kraft, aller Macht und allen Glaubens. Dies eine Mal begnügte er sich nicht damit niederzuknien, sondern warf sich mit ausgestreckten Armen auf die kalten Steinplatten, wie ein Sünder, der am Ende der Buße seinen Leib zur Sühne darbietet. Dabei hatte er noch gar kein Vergehen begangen und würde es womöglich auch gar nicht begehen müssen, sofern sein Vorgesetzter ein großes Maß an Gnade und Verständnis aufbrachte. Dennoch teilte er seine Absicht offen mit und erflehte eher Verständnis als Verzeihung. Während seine Stirn kalt auf dem Stein lag, ließ er das Bedürfnis, das ihn erfüllte, mit Hilfe von Gedanken Gestalt gewinnen und vermied es, mit Worten zu sagen, was ihn bedrängte. Ich muß es tun, dachte er, ganz gleich, ob es mir Segen oder Fluch einträgt. Es ist unerheblich, ob man mich segnet oder verflucht, solange ich ordnungsgemäß erledige, was zu tun meine Aufgabe ist.

Nach dem Vespergebet erbat und bekam er die Erlaubnis, bei Abt Radulfus vorzusprechen. Beide Männer nahmen in dessen Sprechzimmer Platz.

»Vater Abt, ich vermute, daß Hugh Beringar Euch bereits mit allem vertraut gemacht hat, was ihm durch die Briefe des Grafen von Leicester übermittelt wurde. Er hat Euch wohl auch über das Schicksal der Ritter in der Burg Faringdon berichtet, die sich geweigert haben, ihre Gebieterin im Stich zu lassen?«

»So ist es«, gab Radulfus zur Antwort. »Ich habe die Namensliste der Gefangenen gesehen, und mir ist klar, welches Schicksal sie erwartet. Ich bin aber überzeugt, daß man sich bei der bevorstehenden Versammlung in Coventry auf eine Möglichkeit einigen wird, sie freizulassen oder gar auf eine bessere Lösung verfällt.«

»Könnte ich doch Eure Zuversicht teilen! Allerdings fürchte ich, daß keine der streitenden Parteien daran denkt, nachzugeben. Euch wird der Name des Ritters Olivier de Bretagne aufgefallen sein. Niemand hat seit dem Fall von Faringdon etwas von ihm gehört, und man weiß nichts über seinen Verbleib. Obwohl sein Lehnsherr bereit ist, Lösegeld für ihn zu zahlen, hat man ihm bisher keine Möglichkeit dazu gegeben. Ich muß Euch unbedingt gewisse Einzelheiten über diesen jungen Mann berichten, von denen ich weiß, daß Hugh sie Euch nicht mitgeteilt hat.«

»Ich weiß durchaus einiges über ihn«, erinnerte ihn Radulfus lächelnd, »denn ich habe keineswegs vergessen, daß er vor vier Jahren zur Zeit des Festes anläßlich der Überführung der Heiligen Winifred hier war. Er suchte nach einem gewissen Knappen, der nach dem Treffen in Winchester mit einem Mal fehlte.«

»Dennoch ist Euch eines nach wie vor unbekannt«, sagte Cadfael, »was ich Euch möglicherweise längst hätte sagen müssen, schon, als er zum ersten Mal in mein Leben getreten ist. Ich hatte nicht geglaubt, daß sich meine Pflicht diesem Kloster gegenüber in irgendeiner Weise ändern könnte. Auch habe ich nicht angenommen, daß ich Olivier de Bretagne je wieder begegnen oder er meiner bedürfen würde. Nunmehr aber scheint der Zeitpunkt gekommen zu sein, alles vor Euch auszubreiten«, fuhr er schlicht fort. »Olivier ist mein Sohn.«

Das Schweigen, das jetzt eintrat, war von einer erstaunlichen Gelassenheit und Milde. Menschen bleiben auch innerhalb der Klostermauern Menschen, sind verletzlich und fehlbar. Wie es sich für einen Weisen geziemt, empfand Radulfus große Hochachtung vor der Vollkommenheit, erwartete aber nicht unbedingt, ihr im Umgang mit seinen Mitmenschen zu begegnen.

»Als ich mit achtzehn Jahren nach Palästina kam«, sagte Cadfael mit einer Stimme, in der kein Bedauern lag, »lernte ich in Antiochia eine junge Witwe kennen und verliebte mich in sie. Viele Jahre später – ich war nach Sankt Simeon zurückgekehrt, um von dort wieder in die Heimat zu segeln – begegnete ich ihr erneut und war in Liebe mit ihr zusammen, bis das Schiff zum Auslaufen bereit war. Ohne es zu wissen, hinterließ ich ihr einen Sohn. Von ihm erfuhr ich erst, als er nach der Plünderung der Stadt Worcester auf der Suche nach zwei verlorenen

Kindern in unsere Gegend kam. Ich war froh, und ich war stolz auf ihn, wozu ich durchaus Anlaß hatte. Als er zum zweiten Mal kam, habt auch Ihr ihn kennengelernt. Urteilt selbst, ob ich mich gefreut habe oder nicht.«

»Du hattest guten Grund dazu«, räumte Radulfus bereitwillig ein. »Wie auch immer er in die Welt gekommen sein mag, er hat seiner Herkunft Ehre gemacht. Ich wage nicht, dir Vorwürfe zu machen. Du hattest keine Gelübde abgelegt, du warst jung und fern der Heimat, und wir Menschen sind schwach. Zweifellos hast du all das längst gebeichtet und bereut.«

»Gebeichtet habe ich es«, sagte Cadfael abweisend, »als ich erfuhr, daß ich sie freundlos und mit einem Kind zurückgelassen hatte, aber das liegt noch nicht lange zurück. Doch Reue? Ich glaube nicht, daß ich je bereute, sie geliebt zu haben, denn sie war der Liebe eines jeden Mannes wert. Vergeßt auch nicht, Vater Abt, daß ich aus Wales stamme, wo als Bastard ausschließlich der gilt, von dem sein Vater nichts wissen will. Nie würde ich mein Anrecht auf diesen fröhlichen und tapferen jungen Menschen bestreiten. Das beste, was ich je getan habe, war, ihn in eine Welt zu setzen, in der ihm nur wenige das Wasser reichen können.«

»Wie bewundernswert auch immer das Ergebnis sein mag«, sagte der Abt trocken, »so ist das kein Grund, sich einer Sünde zu rühmen oder ihr einen anderen Namen zu geben. Doch ist es sinnlos, heute über eine Sünde zu rechten, die wohl an die dreißig Jahre zurückliegt. Seit du dein Gelübde abgelegt hast, habe ich nur selten tadelnswerte Schwächen an dir entdeckt, abgesehen von den kleinen täglichen Fehlern wie Ungeduld oder mangelnden Eifer, zu denen wir alle neigen. Daher wollen wir uns mit dem beschäftigen, was uns augenblicklich drückt. Ich vermute, daß du mit Bezug auf Olivier de Bretagne etwas vortragen oder um etwas bitten möchtest.«

»Tadelt mich, Vater«, sagte Cadfael, jedes seiner Worte wägend, »falls ich zu Unrecht meine, daß mir die Vaterschaft eine Pflicht auferlegt, wenn mein Kind in Not oder Unglück gerät. Ich sehe mich durch eine solche Verpflichtung gebunden und kann mich ihr nicht entziehen. Ich muß meinen Sohn suchen und ihm zur Freiheit verhelfen, sofern ich ihn finde. Ich bitte Euch, mein Unternehmen gutzuheißen und mir Urlaub dafür zu gewähren.«

»Ich sage dir, was ganz im Gegenteil deine Pflicht ist«, gab ihm Radulfus zu bedenken. Dabei runzelte er die Stirn, wohl weniger aus Mißbilligung denn vor tiefer Konzentration. »Deine Gelübde binden dich an diesen Ort. Aus eigenem Willen hast du dich dazu entschieden, der Welt und allem zu entsagen, was dich an sie bindet. Das kannst du nicht abwerfen wie einen Umhang.«

»Meine Gelübde habe ich in gutem Glauben abgelegt«, gab Cadfael zurück. »Zu jener Zeit war mir nicht bekannt, daß diese Welt ein Lebewesen trägt, für dessen Existenz ich verantwortlich bin. Gewiß, meine Gelübde haben alle Bindungen gelöst und alle persönlichen Beziehungen aufgehoben – bis auf diese eine! Ob ich der Welt entsagt hätte, wenn mir bekannt gewesen wäre, daß sie meinen lebenden Samen hält, vermag ich nicht zu sagen, und auch Ihr könnt keine Antwort wagen. Der Sohn, den ich gezeugt habe, lebt und schmachtet in Gefangenschaft, ich hingegen bin frei. Es ist gut möglich, daß er in Gefahr schwebt, während ich in Sicherheit bin. Vater Abt, gibt der Schöpfer das unbedeutendste seiner Geschöpfe auf? Kann sich ein Mann von seinem eigenen Fleisch und Blut abwenden, wenn es in Gefahr ist? Ist nicht auch der Akt der Zeugung gleichbedeutend mit einem heiligen und unverletzlichen Gelöbnis? Ob ich es wußte oder nicht, ich war Vater, bevor ich Mönch wurde.«

Diesmal wirkte das Schweigen nicht nur kälter und distanzierter als zuvor, es dauerte auch länger. Dann sagte der Abt in ruhigem Ton: »Nenne mir offen heraus deine Bitte.«

»Urlaub und Euren Segen«, sagte Cadfael, »damit ich Hugh Beringar zur Versammlung in Coventry begleiten kann, um dort vor König und Kaiserin zu fragen, wo mein Sohn gefangen gehalten wird und mit Gottes und ihrer beider Hilfe zu erreichen, daß man ihm die Freiheit gibt.«

»Und was ist, wenn dir dort keine Hilfe zuteil wird?« fragte Radulfus.

»Dann möchte ich die Sache auf jede mögliche Weise weiterverfolgen, bis ich ihn finde und seine Freilassung erreiche.«

Der Abt sah ihn beherrscht an. Er hörte in der Stimme dieses älteren Mönches einen stählernen Klang aus früherer Zeit mitschwingen, der stumpf und verborgen gewesen war, seit er ihn kannte. Cadfael betrachtete ihn offen aus einem wettergegerbten und sonnengebräunten Gesicht mit kräftigen Knochen, in dessen Haut fünfundsechzig Lebensjahre tiefe Furchen gegraben hatten. Der Blick seiner herbstbraunen Augen zeigte dem Abt, daß sein Gegenüber nichts zu verbergen hatte. Nach Jahren bereitwilliger Unterwerfung gemäß den Forderungen der Gemeinschaft stand er mit einem Mal aufrecht und von den anderen losgelöst da, erneut allein. Radulfus erkannte die Endgültigkeit seiner Entscheidung.

»Sofern ich es dir verböte«, sagte er, »würdest du dennoch gehen.«

»Vor Gottes Angesicht und in aller Ehrfurcht sage ich ja, Vater Abt.«

»Dann verbiete ich es nicht«, gab Radulfus zurück. »Mir obliegt es, meine ganze Herde zusammenzuhalten. Wenn eins meiner Schafe in die Irre geht, fehlt auch den anderen etwas. Ich gestatte dir, Hugh zu begleiten und an der Versammlung teilzunehmen, und ich bete, daß die

Sache ein gutes Ende nehmen möge. Doch endet dein Urlaub, sobald die Versammlung aufgelöst wird, ganz gleich, ob du erfahren hast, was du zu wissen begehrst oder nicht. Kehre mit Hugh zurück, wie du mit ihm gehst. Du bist auf dich allein gestellt und hast weder meine Unterstützung, noch meine Genehmigung oder meinen Segen, falls du weiterziehst und länger säumst.«

»Und auch nicht Eure Gebete?« fragte Cadfael.

»Habe ich das gesagt?«

»Vater Abt«, sagte er, »die Regel unseres Ordens erlaubt es, einen Bruder, der das Kloster irrenderweise verlassen hat, bis zu dreimal wieder aufzunehmen, wenn auch unter Strafe. Sogar die Buße endet, wenn Ihr die Worte sagt: ›Es ist genug‹.«

KAPITEL 2

Als Zeitpunkt für den Beginn der Versammlung in Coventry legte man den letzten Novembertag fest. In der Zwischenzeit gab es gewisse Hinweise darauf, daß das Bemühen um Aussöhnung und Frieden keineswegs allgemein auf Zustimmung stieß – offenbar lag mächtigen Interessengruppen daran, es scheitern zu lassen. Philip FitzRobert hatte den Grafen von Cornwall und Halbbruder der Kaiserin, Reginald FitzRoy, mit dem er selbst verwandt war, ergriffen und gefangengesetzt, obwohl dieser im Auftrag der Kaiserin reiste und einen Geleitbrief des Königs besaß. Zwar ordnete dieser FitzRoys sofortige Freilassung an, als man ihm Mitteilung machte, doch entspannten sich die Beziehungen dadurch in keiner Weise.

»Wenn dieser Vorfall einen Rückschluß auf Philips Einstellung zuläßt, kommt er auf keinen Fall nach Coventry«, sagte Cadfael zu Hugh, als sie davon erfuhren.

»Er wird sich hüten, fortzubleiben«, entgegnete dieser, »und käme er nur, um allen Friedenswilligen Knüppel zwischen die Beine zu werfen. Dazu hat er an Ort und Stelle weit bessere und wirksamere Möglichkeiten als aus der Ferne. Außerdem liegt ihm, soweit ich die Sache durchschaue, daran, seinem Vater, gegen den er so heftig wütet, von Angesicht zu Angesicht gegenüberzutreten.

Er kommt bestimmt.« Aufmerksam sah er den Freund an, in dessen Gesicht er sonst so deutlich lesen konnte und dessen niedergeschlagener Ausdruck ihm jetzt ein gewisses Unbehagen bereitete. »Willst du wirklich mit mir ziehen? Auch auf die Gefahr hin, zu weit zu gehen und deinen Urlaub zu überschreiten? Du weißt, daß ich deine Sache gern für dich betreiben würde. Sofern es über Olivier etwas in Erfahrung zu bringen gibt, werde ich es erfahren. Dafür brauchst du nicht aufs Spiel zu setzen, was du so hoch schätzt wie dein eigenes Leben.«

»So Gott sich dem Jungen als gnädig erweist, ist sein Leben noch nicht zur Hälfte um«, sagte Cadfael, »und es ist mehr wert als meine abgelaufenen Jahre. Ich denke, du hast eine eigene Aufgabe zu erfüllen. Es bleibt dabei – ich ziehe mit. Radulfus weiß es. Er verspricht nichts und droht mir nicht. Er hat gesagt, daß ich auf eigene Faust handele, wenn mich mein Weg weiter vom Kloster entfernt als bis Coventry, aber er hat nicht gesagt, was er an meiner Stelle täte. Allerdings wird er mich nicht ausrüsten, da ich nicht in seinem Auftrag reise, und so wäre ich dir dankbar, wenn du mich mit einem Reittier, einem Umhang und etwas Wegzehrung ausstatten könntest.«

»Außerdem bekommst du von mir ein Schwert und ein Strohlager in der Wachstube auf der Burg«, sagte Hugh, alle Feierlichkeit ablegend, »wenn dich das Kloster eines Tages verstößt. Natürlich erst, nachdem wir Olivier gerettet haben.«

Die bloße Nennung des Namens genügte, um Cadfael das Bild der ersten Begegnung mit dem bis dahin unbekannten Sohn ins Gedächtnis zu rufen. Im Schnee eines bitterkalten Wintertages hatte er ihn über die Schulter eines jungen Mädchens hinweg durch das offene Gatter des Tores der Priorei von Bromfield gesehen. Ein langes, schmales Gesicht mit milden Zügen, den weit auseinanderstehenden schwarzen Augen eines Falken, die von einem Goldschimmer umrahmt waren, einer scharf gekrümmten Nase und einem sacht geschwungenen stolzen und lebhaften Mund. Das Ganze wurde überkrönt von einem kurzgeschnittenen glänzenden Schopf blauschwarzen Haares. Die Haut leuchtete olivgolden wie ein überaus schönes Bronzestandbild. Mariams Sohn hatte ihr Gesicht und war des Andenkens an seine Mutter würdig. Mit vierzehn Jahren hatte er nach der Feier zu ihrer Beisetzung Antiochia verlassen und war nach Jerusalem gezogen, um sich dort der Glaubensgemeinschaft seines Vaters anzuschließen, den er bis dahin nur durch die Augen der Mutter gesehen hatte. Jetzt mußte er an die dreißig Jahre alt sein und war womöglich selbst schon Vater eines Kindes von jener Ermina Hugonin, mit der er damals durch den Schnee nach Bromfield gekommen war. Ihre edle Familie hatte seinen Wert erkannt und sie ihm als Eheweib gegeben. Jetzt würde er ihr fehlen, wie auch dem Enkel, der vielleicht schon zur Welt gekommen war. Das aber durfte nicht sein, und niemand als Cadfael konnte die Dinge wieder ins Lot bringen.

»Nun«, sagte Hugh, »es ist nicht das erste Mal, daß wir miteinander reiten. Du hast drei Tage, um zu klären, was zwischen Gott, Radulfus und dir steht. Mach dich dann reisefertig. Auf jeden Fall werde ich dir statt eines Maultieres aus dem Kloster das beste Pferd aus den Stallungen meiner Burg geben.«

Innerhalb der Klausur herrschten gemischte Gefühle in bezug auf Cadfaels Vorhaben, das er nur mit eingeschränkter Billigung des Abtes und ohne das Versprechen unternahm, sich dessen Bedingungen zu unterwerfen. Sorgfältig hatte Prior Robert den Brüdern dargelegt, unter welchen Voraussetzungen Cadfaels Abwesenheit vom Abt genehmigt worden war und daß sich dieser lediglich für die Dauer der Versammlung in Coventry vom Kloster entfernen durfte. Seine Formulierungen ließen erahnen, daß es zu einer Mißachtung des Gebotes kommen werde, als könne er damit vorsorgen, daß man ihm später keinen Vorwurf machen würde. Der Grund war vermutlich, daß ihn der Abt nur unvollständig eingeweiht hatte. Eine Erklärung für die Gründe von Cadfaels nur zögernd genehmigter Abwesenheit wurde den Mitgliedern der Gemeinschaft nicht gegeben. Dieser Punkt ging nur Cadfael und Radulfus etwas an.

Unbefriedigte Neugier sorgte dafür, daß angesichts des wenigen, was bekannt wurde, die wildesten Mutmaßungen umliefen. Stumm richteten sich entsetzte und bekümmerte Blicke auf einen Bruder, den der eine oder andere beinahe schon als Abtrünnigen ansah. Manche, die bereits seit ihrer Kindheit im Kloster lebten, nahmen ihm gegenüber eine feindselige Haltung ein. Andere hingegen, die später gekommen waren und denen das Leben als Eingeschlossene bisweilen zur Last wurde, waren voll Neid. Der Krankenpfleger Edmund, den man bereits mit vier Jahren als für den Ordensstand bestimmt und ins Kloster gegeben hatte, nahm getreulich hin, was ihn an Cadfael verwirrte und fürchtete lediglich eine Weile, er werde den kräuterkundigen Mitbruder verlieren. Nur der Vorsänger, Bruder Anselm, der sonst äußerstenfalls einen mißlungenen Ton beim Chorgesang oder eine Erkältung bei einem der besten Sänger durchgehen ließ, nahm die Neuigkeit mit äußerster Gelassenheit hin. Er vermutete, daß alles zum besten stehe, wünschte jedem nur das Beste und machte sich weiter keine Sorgen.

Prior Robert mißbilligte jede Abweichung von der Benediktinerregel, wie er schon in den vergangenen Jahren alle Vorrechte mißbilligt hatte, die seiner Meinung nach Bruder Cadfael eingeräumt wurden. Dazu gehörte auch die Erlaubnis, sich frei unter den Bewohnern der Abteivorstadt und in der Stadt zu bewegen, wenn Krankheitsfälle das erforderten. Zu einem anderen Zeitpunkt hätte außerdem sein Sekretär, Bruder Jerome, nur allzu gern den Groll des Priors geschürt; doch war jenem vor einer Weile eine schreckliche Niederlage widerfahren, die seiner Selbstzufriedenheit einen schweren Dämpfer aufgesetzt hatte. Seit man ihn nach einer ihm auferlegten langen Buße von seiner Aufgabe als Beichtiger der Novizen entbunden hatte, war er von überraschender Demut. So verhielt er sich zumindest zur Zeit weit umgänglicher als zuvor und nutzte nicht mehr jede sich bietende Gelegenheit, die Schwächen anderer zu geißeln. Zweifellos würde er im Laufe der Zeit wieder in seine gewohnte Selbstgerechtigkeit verfallen, dies eine Mal aber blieb Cadfael jeglicher Tadel aus seinem Munde erspart.

So kam es, daß die schärfste Auseinandersetzung in Cadfael selbst stattfand. Er hatte die Gelübde abgelegt und war sich durchaus dessen bewußt, daß sie ihn an den von ihm selbst gewählten Ort banden, den er jetzt zu verlassen erwog. Bei der Darlegung seines Falles vor dem Abt hatte er die reine Wahrheit gesagt und alles rückhaltlos und offen geschildert. Doch entband ihn das von den Verpflichtungen, die er eingegangen war? Bruder Edmund und Bruder Winfried würden ihn gemeinsam vertreten müssen, Arzneien zubereiten, sich um das Lepra-Hospiz von St. Giles kümmern, den Kräutergarten pflegen, kurz, nicht nur ihre eigene Arbeit, sondern auch seine erledigen müssen.

Das wäre für sie eine große Bürde, wenn er die ihm gewährte Zeit der Abwesenheit nicht einhielte. Während er diese Möglichkeit erwog, war ihm bewußt, daß er durchaus damit rechnete. Daher lag sein Entschluß wie eine Entscheidung zwischen Leben und Tod auf ihm, bevor er auch nur die Klosterpforte durchschritten hatte.

Trotz allem war ihm klar, daß er gehen würde.

Hugh kam am vereinbarten Vormittag unmittelbar nach dem Primgebet mit dreien seiner Hauptleute. Alle waren gut beritten, und für Cadfael führten sie einen munter tänzelnden und stolz blickenden Rotschimmel am Zügel mit, dessen Stirn eine weiße Blesse schmückte. Befriedigt merkte Hugh, daß sich das besorgt blickende Gesicht des Freundes aufhellte, als er des gut gebauten stattlichen Tieres ansichtig wurde, das fast ebenso edel war wie Hughs stolzer Grauschimmel. Gestiefelt und reisefertig legte ihm Cadfael den Mantelsack quer über den Sattel und schwang sich hinauf, ein wenig steif zwar, aber mit sichtlichem Vergnügen. Hugh unterließ es bewußt, ihm seine Hilfe anzubieten. Auch wenn ein Fünfundsechzigjähriger die Achtung und Verehrung Jüngerer verdient, so möchte er doch nicht bei jeder Gelegenheit an sein Alter erinnert werden.

Als sie zum Tor hinausritten, sah ihnen niemand offen nach, obwohl es hier oder da verborgene Blicke aus dem Torhaus, der Krankenstation oder gar aus der Abtwohnung gegeben haben mochte. Am besten hielt man sich an den üblichen Tagesablauf, denn schließlich war es ein ganz gewöhnlicher Tag, und niemand zweifelte, daß der Bruder, der da fortritt, zum festgesetzten Zeitpunkt zurückkehren würde, um sich aufs neue seinen Pflichten zu widmen. Sofern der Frieden mit ihm kam, um so besser.

Als sie an St. Giles vorüber waren, Stadt und Kloster hinter ihnen lagen und der Buckel des Berges Wrekin vor ihnen aufragte, hob sich Cadfaels Herz. Er war bereit, sich allem zu fügen, was da kommen mochte. Manches, was er unterwegs sah, tröstete ihn. Zwar stand der Dezember vor der Tür, doch noch war die Landschaft grün und das Wetter mild. Auch blieben sie von Winden verschont. Er hatte ein gutes Pferd, und neben Hugh zu reiten war eine Wonne, zumal sie viele Erinnerungen miteinander teilten. Die Straße, die vor ihnen lag, war sicher, der Weg, den sie nehmen mußten, zumindest bis zum

Forst von Chenet beiden vertraut. Hugh war so zeitig aufgebrochen, daß ihnen bis zur offiziellen Eröffnung der Versammlung drei volle Tage blieben.

»Wir wollen uns nicht unnötig hetzen«, sagte er, »und ich würde gern noch einige Worte mit Robert Bossu wechseln, bevor die Sache in der Versammlung angesprochen wird. Vielleicht stoßen wir sogar in Lichfield, wo wir über Nacht bleiben wollen, auf Ranulf von Chester. Ich habe erfahren, daß man ihm in letzter Minute noch Nachrichten mit auf den Weg gegeben hat, die er seinem Halbbruder aus Lincoln übermitteln soll. William kümmert sich um das, was beide im Norden gewonnen haben, während Ranulf bescheiden zur beratenden Versammlung nach Coventry reitet.«

»Er täte gut daran, seine Erfolge nicht übermäßig herauszustreichen«, sagte Cadfael nachdenklich, »denn gewiß wird dort eine ganze Anzahl seiner Feinde zusammenkommen.«

»Er sucht noch nach Verbündeten. Ein Seitenwechsel ist ein kostspieliges Unterfangen«, sagte Hugh sarkastisch. »Er hat in den vergangenen Wochen klug bemessene Zugeständnisse an Barone gemacht, deren Landbesitz oder Privilegien er noch im vorigen Jahr an sich gebracht hatte. Der König ist lediglich der erste, den er für sich günstig stimmen muß, und der ist geneigt, Verbündete mit geschlossenen Augen und offenen Armen willkommenzuheißen. Er gibt lieber, als daß er nimmt. Wer ihm von Anfang an die Treue gehalten und dabei beobachtet hat, wie Ranulf den König verspottete, ist bestimmt nicht billig zu haben. Es würde mich nicht wundern, wenn der eine oder andere gern nähme, was Ranulf zu bieten hat, ohne auch nur im Traum daran zu denken, ihm die erhoffte Gegenleistung zu gewähren. Ich an seiner Stelle wäre noch ein weiteres Jahr oder gar länger äußerst vorsichtig und zurückhaltend.«

Als sie am frühen Abend auf das Gelände des erzbischöflichen Gästehauses von Lichfield ritten, herrschte dort munteres Treiben. Im Logis, das auch Hughs Begleitern als Unterkunft diente, sah man so manches Adelswappen auf der Brust von Reitknechten und Lakaien prangen. Doch keiner kam aus Chester. Entweder hatte Ranulf eine andere Route genommen – er mochte geradenwegs vom Sitz seines Halbbruders in Lincoln aus geritten sein – oder er befand sich schon vor ihnen und war bereits wieder auf seiner Burg Mountsorrel in der Nähe von Leicester, um Pläne für die Versammlung zu schmieden. Bei ihm ging es weniger um den Versuch, Frieden zu schließen, als um eine Gelegenheit, sich der günstigen Aufnahme auf der Seite zu versichern, von der er hoffte und annahm, sie werde den Sieg erringen.

Vor dem Komplet trat Cadfael in die Kälte der Abenddämmerung hinaus und wandte sich nach Süden, dorthin, wo die Flächen der um das Münster liegenden Teiche in der Abendruhe in bleiernem Licht leuchteten. An der Stelle, wo zuvor die sächsische Kirche gestanden hatte, sah man die freie Fläche wie eine Narbe, die noch längst nicht verheilt war. Roger de Clinton hatte die Wahl eines weiter entfernten und besser geeigneten Ortes für ein Bauvorhaben gebilligt, das auf der Basis alter Planungen weit gewichtiger zu werden schien, als es der heilige Chad, der erste Bischof, je erwogen hatte. Am Rande des heiligen Bodens, den einer der sanftmütigsten und meistgeliebten Priester geweiht hatte, wandte sich Cadfael um und blickte auf die wuchtige Masse der neuen steinernen Bischofskirche, die noch kaum beendet war – sofern man überhaupt je mit der Aufgabe fertig würde, sie auszuschmücken und zu vergrößern. Der kurze Chor lief in einer Apsis aus, und das lange Dach des Schiffes schnitt, wie auch der feste mittlere Vierungsturm, scharfe Linien in den blasser werdenden Himmel. Schräg fiel durch die hohen Fenster im Westen, die in Mauern, dick wie die einer Festung, eingelassen waren, ein wenig Licht ins Innere. Aus der Ferne konnte man weder die aufgeschichteten Stapel von Steinquadern und Bauholz, noch den Bruchsteinhaufen sehen, der dort lag, wo man einstweilen die Werkbänke der Steinmetze beiseite geräumt hatte. Inzwischen hielt sich der Mann, der seinem Gott diese feste Burg errichtet hatte, in Gedanken bereits im Heiligen Land auf, denn die Sache des Christentums lag ihm sehr am Herzen.

Schwach flackernder Lichtschein ließ den Rand des Teiches sichtbar werden, als sich Cadfael umwandte, um nicht zu spät zur Komplet zu kommen. Im Hof der bischöflichen Anlage befand er sich wieder unter Männern, schattenhaften Gestalten, die in der zunehmenden Dunkelheit an ihm vorüberkamen und ihm ein freundliches Wort zuwarfen. Er kannte keines der Gesichter. Es waren Kanoniker, Meßdiener, Chorknaben, Gäste aus der Gemeinschaftsunterkunft und dem Speisesaal, fromme Stadtbewohner, die gekommen waren, den Tag mit der abendlichen Andacht zu beenden und zu krönen. Er fühlte sich von einer großen Schar Zeugen umgeben, wobei völlig unerheblich war, daß unter Umständen jeden von ihnen eigene Sorgen verzehrten und sie ihn überhaupt nicht wahrnahmen. So viele leidenschaftliche Bedürfnisse, wie hier versammelt waren, mußten doch gewiß den Himmel in seinen Grundfesten erschüttern.

Im gewaltigen Kirchenschiff zogen einige Gestalten stumm durch die Dunkelheit und widmeten sich den mit der Abendandacht verbundenen Aufgaben. Noch war es früh, nur auf dem Altar glomm das Ewige Licht wie ein kleines rotes Auge. Im Chor war ein Kirchendiener jedoch damit beschäftigt, die Kerzen zu entzünden, so daß in der reglosen Luft Flamme auf Flamme stetig emporwuchs.

Vor einem der Seitenaltäre, auf dem man gerade die Kerzen entzündet hatte, stand ein untersetzter und kräftig wirkender junger Mann, der sichtlich nicht dem geistlichen Stand angehörte. Zwar war er in diesem Moment waffenlos, doch trug er das Gurtzeug für Schwert und Degen aus kunstfertig bearbeitetem Leder, und sein aufwendig geschneiderter dunkler Umhang war aus feinstem Stoff. Der Mann stand völlig still und hielt den Blick unverwandt auf das Kreuz gerichtet. Er schien zu beten, ernst und in sich versunken, wie für eine wichtige Sache. Da er halb abgewandt stand, war sein Gesicht nicht zu erkennen. Obwohl er sich nicht erinnern konnte, ihn je gesehen zu haben, kam Cadfael die Gestalt ebenso vertraut vor, wie auch die Art, in der er den Kopf emporreckte und das Kinn vorschob, als stritte er von gleich zu gleich mit Gott und als hätte er einen Anspruch darauf, daß man ihm bei einer Sache helfe, die es verdiente.

Cadfael trat ein wenig beiseite, um das bewegungslose Profil genauer zu betrachten. Im gleichen Augenblick loderte eine der Kerzenflammen auf, die einen losen Faden erfaßt haben mochte, und warf einen hellen Lichtschein auf das Gesicht des jungen Mannes. Sogleich sank sie nieder, denn der Mann nahm rasch mit Daumen und Zeigefinger einer Hand das störende Gewebe fort. Cadfael erkannte in dem Gesicht eine gerade Nase und ein gemeißeltes Kinn. Es handelte sich offensichtlich um einen jungen Mann von edler Abkunft, der sich seines Wertes durchaus bewußt war. Als die Kerze aufloderte, mußte dieser im Augenwinkel eine Bewegung Cadfaels wahrgenommen haben, denn mit einem Mal drehte er sich um und wandte ihm das Gesicht zu. Unter der kräftigen Stirn und dem dichten braunen Haar lagen die braunen Augen weit auseinander. In ihnen erkannte Cadfael die Verletzlichkeit des aufrichtigen Mannes.

Nachdem der Jüngling den alten Mönch verwirrt gemustert hatte, wandte er den Blick rasch und höflich ab. Kaum war er wieder in stumme Zwiesprache mit seinem

Schöpfer eingetreten, als er erstarrte und sich erneut umdrehte. Diesmal starrte er Cadfael so unverhohlen und schamlos an wie ein Kind. Der Jüngling öffnete den Mund, als wollte er etwas sagen, auf seine Züge trat ein breites Lächeln, dann zeigte sich kurz der Anflug eines Zweifels, bis er sich schließlich entschieden hatte.

»Bruder Cadfael? Ihr müßt es sein.«

Der Angesprochene blinzelte unsicher. Er wußte nach wie vor nicht, mit wem er es zu tun hatte.

»Ihr könnt unmöglich vergessen haben«, sagte der junge Mann munter, in der offenbaren Gewißheit, daß man sich seiner unbedingt erinnern müsse. »Ihr habt mich vor sechs Jahren nach Bromfield gebracht. Olivier war gekommen, um Ermina und mich fortzuholen. Natürlich habe ich mich verändert, aber Ihr – Ihr seht genauso aus wie damals!«

Zwischen ihnen lag das ruhige und helle Licht der Kerzen, und die sechs Jahre schwanden dahin wie Morgendunst. In der Tat erkannte Cadfael in dem kräftigen, untersetzten jungen Mann den kräftigen, untersetzten Knaben, dem er an einem bitterkalten Dezembertag im Wald zwischen Stoke und Bromfield zum ersten Mal begegnet war und den er mitsamt seiner Schwester nach Gloucester in Sicherheit gebracht hatte. Damals war er dreizehn Jahre alt gewesen, mußte jetzt also an die neunzehn sein. Er wirkte so kühn, adrett und selbstsicher, wie man es bei jener ersten Begegnung bereits hatte voraussehen können.

»Ach, jetzt erkenne ich Euch. Yves, Yves Hugonin! ... Eigentlich habt Ihr Euch nicht besonders verändert. Aber was tut Ihr hier? Ich wähnte Euch irgendwo im Westen, in Gloucester oder Bristol.«

»Ich war im Auftrag der Kaiserin in Norfolk beim Grafen. Er dürfte inzwischen auf dem Weg nach Coventry sein. Sie braucht alle Verbündeten in ihrer Nähe, und

Hugh Bigod besitzt bei den Baronen größeren Einfluß als die meisten anderen.«

»Werdet Ihr dort wieder zu ihr stoßen?« Begeistert sog Cadfael die Luft ein. »Wir können miteinander reiten. Seid Ihr allein hier? Ihr braucht es nicht länger zu sein, denn es ist eine Freude, Euch wiederzusehen, noch dazu in so guter Verfassung. Ich bin mit Hugh Beringar hier, und er wird ebenso glücklich sein, Euch zu sehen, wie ich es bin.«

»Aber was führt Euch her?« fragte Yves, der vor Begeisterung strahlte. Er hielt beide Hände Cadfaels und drückte sie hoch erfreut. »Ich weiß, daß man Euch damals ausgeschickt hatte, einen Verwundeten zu retten. Welchem Geschick habt Ihr es diesmal zu verdanken, daß man Euch zu einer solchen Versammlung der Mächtigen entsendet? Andererseits«, fügte er bekümmert hinzu, »wäre die Aussicht auf eine Einigung größer, wenn mehr Männer Eures Schlages dort zusammenkämen. Gott weiß, wie froh ich bin, Euch zu sehen! Doch wie habt Ihr es angestellt, daß Ihr hier seid?«

»Ich habe Urlaub bis zum Ende der Versammlung«, gab ihm Cadfael Auskunft.

»Warum? Äbte lassen sich nicht leicht überreden.«

»Meiner hat mir eine gewisse Zeit eingeräumt«, entgegnete Cadfael, »sie aber genau begrenzt. Ich darf sie also nicht überschreiten. Er hat mir gestattet, mit nach Coventry zu reiten, damit ich dort Kunde über einen der Gefangenen von Faringdon einhole. Wo Fürsten beieinander sind, läßt sich zweifellos etwas über ihn in Erfahrung bringen.«

Obwohl er keinen Namen genannt hatte, war der junge Mann bei seinen Worten förmlich erstarrt. Mit einem Mal wirkte sein frisches jugendliches Gesicht erstaunlich reif. Er war noch nicht vollständig erwachsen und ausgeformt, doch der Mann in ihm ließ sich bereits erkennen, wenn ihn etwas forderte, das ihm am Herzen lag.

»Ich glaube, wir folgen derselben Fährte«, sagte er, »jedenfalls dann, wenn auch Ihr Ausschau nach Olivier de Bretagne haltet. Ich weiß, daß er in Faringdon war, und wie wohl jedem, der ihn kennt, ist mir klar, daß er keiner Untreue fähig ist. Man muß ihn an irgendeinem unzugänglichen Ort verborgen halten. Einst hat er mich mit seinem Schwert errettet, jetzt ist er mein Schwager, und meine Schwester trägt sein Kind unter dem Herzen. Er ist mir näher als meine eigene Haut und mir so lieb wie ein leiblicher Bruder«, sagte Yves. »Wie könnte ich je rasten und ruhen, bevor ich weiß, was mit ihm geschehen ist und ihn aus der Gefangenschaft befreit habe?«

»Ich war bei ihm«, erklärte Yves, »bis Faringdon eine Besatzung bekam. Ich war an seiner Seite, seit ich zum ersten Mal Waffen trug. Ich wollte nicht, daß man mich von ihm trennte, und in der Güte seines Herzens duldete er mich in seiner Nähe. Erst hat er an mir Vaterstelle vertreten, und als er meine Schwester Ermina ehelichte, wurde er mein Bruder. Gerade jetzt, da sie ein Kind erwartet, ist sie allein in Gloucester.«

Hugh, Cadfael und der junge Mann saßen in der Abendstille nach der Komplet nebeneinander auf einer Bank unter einer der Fackeln im großen Saal. Mit der Finsternis um sie herum, die nicht vom Licht der Fackeln erhellt wurde, umgaben sie Erinnerungen. Yves hatte sich allein auf die Suche gemacht, seit sein Freund nach dem Fall von Faringdon an unbekanntem Ort als Gefangener saß, ohne daß ein Lösegeld für ihn gefordert wurde. Es erleichterte ihn, nunmehr den beiden, die Olivier de Bretagne ebenso schätzten wie er, sein Herz ausschütten und ihnen alles mitteilen zu können, was er mutmaßte oder wußte. Gewiß vermochten drei mehr zu erreichen als einer allein.

»Nach der Fertigstellung der Burg Faringdon hat Robert von Gloucester seine eigenen Leute abgezogen und das Feld seinem Sohn Philip überlassen. Dieser hat Brien de Soulis zum Burgvogt ernannt und ihm eine starke Besatzung zur Verfügung gestellt, die er von verschiedenen Stützpunkten zusammengezogen hatte. Einer dieser Männer war Olivier. Damals hielt ich mich im Auftrag der Kaiserin in Gloucester auf, sonst wäre ich wohl mit ihm gegangen. Sie aber wollte, daß ich in ihrer Nähe blieb, weil sich ihr Hof damals noch großenteils in Devizes befand, wo nur wenige von uns um sie waren. Dann erfuhren wir, daß König Stephen mit einer großen Streitmacht die neue Burg belagerte, um den Druck von Oxford und Malmesbury zu nehmen. Als nächstes hörten wir, daß Philip einen Boten um den anderen an seinen Vater schickte, mit der Bitte, Verstärkung zum Entsatz von Faringdon zu schicken. Doch es kam keine. Warum nur?« fragte Yves hilflos. »Warum hat er ihm nicht geholfen? Gott allein weiß es. War er krank? Ist er es womöglich immer noch? Man sagt, er sei sehr erschöpft. Aber zu einem Zeitpunkt, als er so dringend benötigt wurde, nichts zu unternehmen ...!«

»Soweit ich weiß«, sagte Hugh, »wäre es ausgesprochen schwierig gewesen, Faringdon einzunehmen. Man hatte die Burg mit frischen Vorräten versehen und die Besatzung neu bewaffnet. Sogar ohne Robert hätten sie sich zweifellos halten können. So sehr ich auf der Seite meines Königs stehe, muß ich doch sagen, daß er kein ausdauernder Belagerer ist. Er wäre der Sache bald überdrüssig geworden und weitergezogen. Es kostet außerordentlich viel Zeit, eine mit allem wohlversehene Burg auszuhungern.«

»Sie hätte sich halten können«, sagte Yves trübe. »Die Übergabe war nicht nötig und ging auf Verrat zurück. Ob Philip dabei seine Hände im Spiel hatte, weiß niemand außer ihm. Sicher ist, daß er selbst nicht anwesend war. Ob die Übergabe aber gegen seinen Willen erfolgte, ist eine ganz andere Frage. De Soulis war sich bei allen Beratungen mit Philip einig. Wie auch immer die Dinge liegen, es muß ein Einvernehmen zwischen den Belagerern und den Anführern im Inneren der Burg gegeben haben, denn die Besatzung wurde von einem Augenblick auf den anderen zusammengerufen, um ihr mitzuteilen, alle sechs Hauptleute hätten einstimmig die Übergabe der Burg beschlossen. Man ließ sie einen Blick auf das von den Hauptleuten gesiegelte Dokument werfen, und so blieb ihnen nichts anderes übrig, als die Dinge hinzunehmen. Damit standen die Ritter und Edelleute ohne Gefolgschaft da und mußten, sofern sie sich nicht den Tatsachen beugten, damit rechnen, entwaffnet und gefangengenommen zu werden, denn die Reisigen des Königs befanden sich bereits innerhalb der Burgtore. Dreißig junge Männer hat man Stephens Verbündeten ausgeliefert wie eine Handvoll Goldmünzen. Einige sind wieder aufgetaucht, weil ihre Verwandten und Freunde sie freigekauft haben. Aber Olivier ist und bleibt verschwunden.«

»Das wissen wir bereits«, sagte Hugh. »Der Graf von Leicester ist im Besitz der vollständigen Liste. Niemand hat Olivier zum Freikauf angeboten. Niemand hat gesagt, wer ihn gefangen hält, obwohl es doch gewiß jemand wissen muß.«

»Mein Onkel Laurence hat überall herumgefragt«, stimmte ihm Yves zu, »aber nichts in Erfahrung gebracht. Aber er wird älter und man braucht ihn in Devizes, wo die Kaiserin vorwiegend Hof hält. Daher bin ich entschlossen, die Angelegenheit in Coventry zur Sprache zu bringen und werde nicht ruhen und rasten, bevor ich eine Antwort habe. Man kann sie mir nicht verweigern.«

Cadfael, der schweigend zugehört hatte, schüttelte angesichts solch kindlichen Vertrauens leicht den Kopf. Es wirkte fast liebevoll. Weder der König noch die Kaiserin, die beide den Sieg fast in Reichweite wähnten, dürften bereit sein, sich auf ein privates Rechtsersuchen einzulassen, wie es sich dieser treuherzige junge Mann von edler Abkunft vorstellte. Er glaubte noch an Recht und Gerechtigkeit und meinte, einen Anspruch auf rücksichtsvolle Behandlung zu haben. Vermutlich würde er noch einige Male unsanft mit der Wirklichkeit zusammenprallen müssen, bis er gegen die Welt und den Teufel vollständig gewappnet war.

»Anschließend ist Philip mit Mann und Maus zu König Stephen übergelaufen und hat ihm die Burg Cricklade samt Besatzung, Waffen, Rüstungen und allem sonstigen Zubehör ausgeliefert. Ich kann mir einfach nicht vorstellen, was ihn dazu veranlaßt hat. Ich habe mir den Kopf zerbrochen, um dahinterzukommen. War es einfach Berechnung, weil er glaubte, er stehe auf der Verliererseite und könne durch den Seitenwechsel sein Geschick günstig beeinflussen? War es eine kaltblütig überlegte Tat, oder hat er im Zorn gehandelt, von Bitterkeit gegen den Vater erfüllt, der die Burg Faringdon ihrem Geschick überlassen hatte? Hatte er gar Faringdon von Anfang an verraten? Hat man sie in seinem Auftrag der Gegenseite angeboten? Ich kann ihn nicht verstehen.«

»Aber zumindest habt Ihr ihn gesehen und unter ihm gedient«, sagte Hugh. »Ich kenne ihn nicht. Auch wenn Ihr Euch nicht über sein Tun klar seid, so wart Ihr doch an seiner Seite und habt eine Vorstellung von ihm. Wie alt ist er? Doch wohl höchstens zehn Jahre älter als Ihr?«

Ungeduldig schüttelte Yves seine Verwirrung ab und überlegte. »Er dürfte um die dreißig sein. Sein älterer Bruder William, Roberts Erbe, ist wohl einige Jahre älter als er. Zwar suchen Philip von Zeit zu Zeit düstere Stimmungen heim, und er spricht nicht viel, ist aber ein guter Heerführer. Hätte man mich damals gefragt, ich hätte gesagt, daß ich ihn gut leiden könne. Nie wäre ich auf den Gedanken gekommen, er könnte zum Verräter werden – schon gar nicht aus Angst oder Gewinnsucht ...«

»Laßt es gut sein«, sagte Cadfael besänftigend, als er erkannte, wie sehr sich der junge Mann mit Fragen abquälte, die er nicht verstand. »Wir sind unser drei und werden dafür sorgen, daß Olivier die Freiheit erlangt. Wartet ab, bis wir in Coventry sind. Dort wollen wir sehen, was sich in Erfahrung bringen läßt.«

Am folgenden Tag – es war kühl, aber die Sonne schien – ritten sie einige Stunden vor dem Abend in Coventry ein. Der Ritt hatte Yves eine Weile von seiner Besessenheit abgelenkt. Seine Augen leuchteten und seine Wangen glühten rot. Da sie sich der Stadt von Norden näherten, stießen sie als erstes auf Graf Leofrics alte hölzerne Verteidigungsanlage, die durchaus noch Widerstand zu leisten vermochte. Die Straßen der Stadt waren gepflastert und auch sonst in gutem Zustand, seit die Bischöfe sie zum Hauptort ihres Bistums ausersehen hatten. Roger de Clinton war davon nicht abgerückt, obwohl Lichfield seinem Herzen näherstand, denn in jenen unruhigen Zeiten lag Coventry näher am Herd der Unruhe und lief eher Gefahr, hin und wieder von einem der rivalisierenden Heere überfallen zu werden. Er aber war nicht der Mann, sich einer Bedrängnis zu entziehen, die seine Herde ertragen mußte.

Zweifellos bedeutete die Anwesenheit dieser respektheischenden Persönlichkeit einen gewissen Schutz für die Stadt. Dennoch sah man auf den Straßen Schäden und Verfall und gelegentlich auch eine Lücke mit gezackten Rändern, wo man ein bis auf die Grundmauern zerstörtes Haus noch nicht wieder aufgebaut hatte. Es war nicht weiter verwunderlich, daß in einem Land, in dem sich zwei miteinander verwandte Herrscher seit Jahren in äußerst unverwandtschaftlicher Weise mit Waffengewalt bekämpften, Plünderungen durch unabhängige Privatheere wie auch durch habsüchtige Nachbarn an der Tagesordnung waren. Selbst das im Inneren der Stadt gelegene kleine hölzerne Kastell des Grafen von Chester wies Narben auf und hätte sich kaum noch als Quartier für das Gefolge geeignet, das er an den Verhandlungstisch mitzunehmen gedachte. Schon gar nicht hätte er dort seinen jüngst versöhnten und beschwichtigten König zu bewirten vermocht. Man durfte also annehmen, daß er sein berechnendes Werben lieber von der in angenehmer Entfernung liegenden Burg Mountsorrel aus fortzuführen gedachte.

Die Stadt war in zwei Hälften geteilt: hier die des Priors und dort die des Grafen. Gelegentlich vernahm man ein unzufriedenes Murren über ungleich aufgeteilte Vorrechte, doch galt für alle eine gemeinsame Rechtsprechung, die jeder achtete, und im großen und ganzen lebten sie recht friedlich nebeneinander. Nur in wenigen Städten Englands war der Wohlstand größer, und keine von ihnen verstand es besser, sich wechselnden Umständen anzupassen und ihren Vorteil zu nutzen. Auf den Straßen herrschte reges Treiben: Kaufleute und Händler rückten ihre Waren ins günstigste Licht, damit diese den zusammenströmenden Edlen in die Augen stächen. Auch wenn man vielleicht nicht unbedingt damit rechnete, daß die Zusammenkunft von langer Dauer sein oder in eine friedliche Lösung münden würde, Geschäft ist Geschäft, und wo sich Grafen und Barone versammelten, lockte Gewinn.

Bunte Wimpel flatterten von den der Straße zugewandten Hausfassaden, und Lakaien in reich geschmückten Livreen eilten zwischen dem Tor der Priorei und den Pilgerherbergen hin und her. Da die Stadt Coventry neben den Reliquien ihres Schutzpatrons Osburg auch einen Arm des heiligen Augustinus und zahlreiche minder bedeutende Reliquien ihr eigen nannte, hatte sie schon seit ihrer Gründung vor etwas mehr als hundert Jahren

Nutzen aus dem Strom der Pilger gezogen. Auch die Reichen und Mächtigen, die jetzt dort zusammenkamen, konnten, sofern ihnen an ihrem Ruf lag, kaum abreisen, ohne der Kirche als Dank für ihre Aufnahme und die Gastfreundschaft reichlichen Lohn zu hinterlassen.

Die drei Männer ritten im Schritt durch das Gesumm der geschäftigen Straßen, und schon lange, bevor sie das Tor der Priorei Sankt Marien erreicht hatten, nahm man an Yves eine gewisse Erregung wahr. Offenbar vermittelte ihm das in der Stadt herrschende lebhafte Treiben den Eindruck, als heiße sie ihre Besucher willkommen und als dürften sie auf die Möglichkeit einer Aussöhnung hoffen. Er benannte einige der unbekannten Wappen und Banner, denen sie unterwegs begegneten und tauschte Grüße mit jungen Männern seines Standes, die wie er getreue Anhänger der Kaiserin waren.

»Hugh Bigod aus Norfolk ist vor uns eingetroffen... Da sind einige seiner Leute. Und seht ihr dahinten den Mann auf dem Rappen? Das ist Reginald FitzRoy, Halbbruder der Kaiserin, der jüngere, den Philip vor nicht einmal einem Monat ergriffen und dessen unverzügliche Freilassung der König angeordnet hat. Ich frage mich«, fuhr Yves fort, »wie Philip es wagen konnte, Hand an ihn zu legen, wo er wußte, daß Reginald unter Roberts Schutz steht, denn sie haben ein wahrhaft brüderliches Verhältnis zueinander. Aber alles, was recht ist, Stephen hält Wort. Er hatte freies Geleit zugesichert und sich daran gehalten.«

Inzwischen hatten sie das breite Tor erreicht, das in den Prioreibezirk führte. Im großen Hof wimmelte eine farbenfrohe Menge durcheinander. Die wenigen Benediktinermönche in ihren Kutten, die sich nach Kräften bemühten, ihren Aufgaben nachzugehen und das Tagespensum zu erledigen, gingen in der großen Zahl der zu Besuch weilenden hohen Herren und ihrer Diener völlig unter.

Während die einen ankamen, ritten andere aus, um sich in der Stadt umzusehen oder Bekannte zu besuchen. Reitknechte führten Pferde am Zügel, die angesichts der Menge unruhig und furchtsam waren. Knappen versorgten das Gepäck ihrer Herren oder nahmen Pferden die Sättel ab. Hugh mußte bei seinem Eintritt einem auffällig gekleideten hochgewachsenen Herrn ausweichen, der sich gerade in den Sattel schwang.

»Roger von Hereford«, sagte Yves voll Begeisterung, »der neue Graf. Sein Vater ist vor einigen Jahren bei einem Jagdunfall ums Leben gekommen. Der Mann, der sich gerade auf der Treppe dahinten umsieht, ist Humphrey de Bohun, der Haushofmeister der Kaiserin. Sie muß schon da sein –«

Dann erstarrte er mit offenem Mund und ließ den Satz unvollendet. In seine Augen trat ein Ausdruck von Ungläubigkeit. Cadfael, der seinem Blick folgte, sah einen Mann, der auf der gegenüberliegenden Seite die breite Steintreppe herabkam, die zum großen Saal führte. Da sich außer ihm niemand dort befand, konnte man ihn oberhalb der quirligen Menge deutlich sehen. Er wirkte nicht unsympathisch, war gut gebaut und bewegte sich mit eleganter Überheblichkeit. Er war barhäuptig, und ein kurzer Umhang hing ihm lose von einer Schulter. Der Mann mochte an die fünfunddreißig Jahre alt sein und schien sich seiner Bedeutung durchaus bewußt. Als er den Fuß auf den gepflasterten Hof setzte, wich die Menge beiseite, als teile sie seine Selbsteinschätzung. Doch das konnte nicht der Grund sein, warum Yves innegehalten und die dunklen Brauen in feindseliger Abwehr zusammengezogen hatte.

»Er hat die Stirn, sich hier zu zeigen?« knurrte er mit zusammengebissenen Zähnen. Unvermittelt schmolz das Eis und wurde zu Feuer. Mit einem Sprung war Yves aus dem Sattel, stürmte dem kräftig ausschreitenden Fremden entgegen und trieb mit der flachen Klinge seines Schwertes Reitknechte und Pferde aus dem Weg. Seine Stimme erhob sich, sie klang laut und scharf.

»He, de Soulis! Verräter an Eurer Sache und Euren Gefährten. Wagt Ihr es, Euch unter Ehrenmännern zu zeigen?«

Einen entsetzten Moment lang verstummte jede Stimme im Hof; gleich darauf redeten alle unruhig, erregt und aufbegehrend durcheinander. So wie die Menschen zuerst zur Seite gewichen waren, strömten sie jetzt in einer Gegenbewegung zur Mitte der Szene, um die bevorstehende Kraftprobe zu unterbinden. Doch de Soulis war bereits herumgefahren, um sich seinem Herausforderer zu stellen. Auch er hielt das entblößte Schwert in der Hand und verschaffte sich Platz, indem er die Klinge um sich herum durch die Luft pfeifen ließ. Dann drangen die beiden aufeinander ein, und Stahl klirrte auf Stahl.

KAPITEL 3

Hugh Beringar sprang vom Pferd, warf ihm den Zügel über den Hals – mochte sich ein Reitknecht darum kümmern – und drang in den Kreis erschreckter Menschen vor, der sich um die Kämpfenden gebildet hatte. Jeder achtete ängstlich darauf, außerhalb der Reichweite der blitzenden Schwerter zu bleiben. Cadfael folgte dem Freund mit ergebener Geduld, wenn auch ohne Eile, nahm er doch an, daß er kaum in der Lage sein dürfte, mehr als dieser zur Schlichtung beizutragen. Keinesfalls würde der Kampf so lange dauern, bis dabei einer der beiden Gegner den Tod fand – solch ungehöriges Tun würden die in großer Zahl anwesenden kirchlichen und weltlichen Würdenträger zu verhindern wissen. Die aus allen Richtungen widerhallenden Kampfgeräusche waren dazu geeignet, binnen weniger Minuten eine ganze Anzahl von ihnen am Ort des Geschehens eintreffen und wortgewaltig einschreiten zu lassen.

Doch als Cadfael erst festen Boden unter den Füßen hatte, drängte er sich doch geschwind in die wogende Menge. Er wollte wenigstens in der Nähe sein, wenn sich eine Gelegenheit ergeben sollte, einen der beiden Streithähne am Ärmel zu packen und aus der Gefahrenzone zu ziehen. Sofern es sich bei dem Angegriffenen tatsächlich um den Abtrünnigen von Faringdon handelte – dieser de Soulis hatte Yves im Schwertkampf ein Dutzend Jahre an Übung voraus, eine Erfahrung, die durch nichts zu ersetzen war. Während sich Cadfael unverdrossen weiter durch die Menge voranarbeitete, hörte er irgendwo hinter sich vom Torweg eine laute Stimme und sah am Eingang zum großen Saal Farben aufleuchten. Erst, als sich ohne Vorwarnung ein langer Stab gebieterisch über seine linke Schulter in die Mitte des Kreises der Umstehenden schob, in dem die beiden mit ihren Schwertern aufeinander einhieben, erkannte er, daß sich jemand nachhaltig darum bemühte, sie zu trennen. Als nächstes sah er einen langen Arm, der den Stab führte und damit die Schwerter kräftig nach oben stieß, ohne die Hände zu schonen, die sie hielten. An der Spitze des Stabes blitzte etwas silbern auf. Yves ließ seine Waffe fahren, so daß die Klinge klirrend auf die Pflastersteine schlug. De Soulis bemühte sich, sein Schwert erneut fester zu packen, doch zitterte ihm der Knauf in der Hand, und er sprang vor dem schweren silberbeschlagenen Krummstab zurück, der jetzt senkrecht zwischen den beiden stand. Atemlose Stille trat ein.

»Weg mit den Waffen«, sagte der Bischof Roger de Clinton, ohne die Stimme zu erheben. Er war ein hochgewachsener, schlanker und offenbar kräftiger Mann. »Es ziemt sich nicht, hier das Schwert zu entblößen. Damit bringt Ihr Eure Seele in Gefahr. Unser Anliegen ist der Friede.«

Schwer atmend standen die beiden Gegner einander gegenüber. Yves blickte mit gerötetem Gesicht trotzig drein, während de Soulis den Angreifer mit einem kalten Lächeln aus zusammengekniffenen Augen musterte.

Mit aalglatter Höflichkeit sagte er: »Es war nicht meine Absicht, Anstoß zu erregen, doch dieser Hitzkopf, den ich nie zuvor gesehen habe, hat mich ohne ersichtlichen Grund angegriffen.«

Gelassen und mit der erkennbaren Absicht, dem Bischof die ihm gebührende Ehrerbietung zu erweisen, schob er sein Schwert zurück in die Scheide. »Er kam von der Straße hereingeritten und begann, mich auf das übelste zu beschimpfen. Ich weiß nicht einmal, wer er ist, und ich habe zum Schwert gegriffen, um mich zu verteidigen.«

»Er weiß sehr wohl, warum ich ihn als Überläufer, Abtrünnigen und Verräter anständiger Männer bezeichne«, warf Yves hitzig ein. »Ihm haben es wackere Ritter zu verdanken, daß sie im Verlies so mancher Burg schmachten müssen.«

»Schweigt!« gebot ihm der Bischof, und Yves gehorchte ihm auf der Stelle. »Was auch immer der Anlaß Eures Streites sein mag, innerhalb dieser Mauern laßt davon ab. Wir sind hier zusammengekommen, um solchem Zwist unter Ehrenmännern ein Ende zu bereiten. Nehmt Euer Schwert auf und steckt es in die Scheide! Nehmt es auf diesem heiligen Boden nicht wieder zur Hand, wie sehr auch immer man Euch reizen mag. Das gebiete ich Euch im Namen der Kirche. Überdies befinden sich Eure Lehnsherren und Souveräne hier, die Gleiches von Euch verlangen.«

Die machtvolle Stimme, die zu Beginn des ungehörigen Schauspiels auf dem Torweg ihre Befehle hervorgestoßen hatte, gehörte, wie sich zeigte, einem breitschultrigen und überaus erzürnten Mann, der jetzt gebieterisch in den mit einem Mal verstummten Kreis trat. Obwohl graue Strähnen sein einst blondes Haar durchzogen und Spuren von Sorge und Bekümmernis auf seinem gut geschnittenen offenen Gesicht lagen, erkannte Cadfael ihn sofort. Er war König Stephen vor vielen Jahren bei der Belagerung der Stadt Shrewsbury begegnet – ein aufbrausender Herrscher, der sich rasch wieder beruhigte, ungestüm, tapfer, aber unbeständig, gutmütig und großzügig, ein Mann, der alle Jahre seiner Herrschaft mit zerstörerischer Kriegsführung zugebracht hatte. Im selben Augenblick begriff Cadfael, daß das Aufblitzen der leuchtenden Farben im Eingang des großen Saales in Zusammenhang mit dem Auftreten jener Frau stehen mußte, die mit Stephen um die Herrschaft stritt. Da stand sie, glänzend gekleidet, stolz und hoch aufgerichtet vor der Dunkelheit des Saals. Maud, das einzige überlebende legitime Kind des alten Königs Heinrich, Kaiserin durch ihre erste Eheschließung, Gräfin von Anjou durch ihre zweite, ungekrönte Herrscherin Englands.

Sie ließ sich nicht dazu herab, unter die Leute im Hof zu treten, sondern blieb ruhig stehen, und ihr Blick glitt teilnahmslos und leicht verächtlich über das Bild, das sich ihr bot. Als Antwort auf die Reverenz, die ihr der König erwies, neigte sie lediglich das Haupt ein wenig. Sie war von hoheitsvoller Schönheit. Das dunkle, volle Haar quoll unter dem goldenen Netz ihres Kopfputzes hervor und ihre großen unverwandt blickenden Augen wirkten ebenso beunruhigend und unbeteiligt wie der starre Blick einer Heiligen in einem byzantinischen Mosaik. Sie hatte das vierzigste Lebensjahr überschritten, war aber so widerstandsfähig wie Marmor.

»Ich will von keinem von Euch beiden ein Wort hören«, sagte der König, der nicht nur die Friedensstörer überragte, sondern auch den Bischof, der seinerseits größer war als die meisten Männer. »Ihr untersteht hier dem Gebot der Kirche und fügt Euch am besten darein. Spart Euren Zwist für eine andere Gelegenheit und einen anderen Ort auf, oder besser noch, legt ihn für alle Zeiten bei. Hier ist er fehl am Platze. Bischof, trefft jetzt Eure Anordnungen, was das Waffentragen angeht, und verkündet sie morgen in aller Form, wenn Ihr im Versammlungssaal den Vorsitz habt. Verbietet das Tragen jeglicher Waffe, wenn Euch das gut dünkt oder entscheidet, welche getragen werden dürfen und von wem. Ich werde dafür sorgen, daß jeder zur Rechenschaft gezogen wird, der gegen Euer Gebot verstößt.«

»Ich will mich nicht vermessen, einem Mann das Recht abzusprechen, seine Waffen zu tragen«, sagte der Bischof entschieden. »Wohl aber kann ich Anweisungen über ihren Gebrauch innerhalb dieser Mauern und während der bedeutsamen Verhandlungen erlassen. Wer in der Stadt umhergeht, mag sein Schwert tragen, wie er es gewohnt ist, könnte sich doch ein Mann sonst entblößt fühlen.« Mit der kräftigen Statur und seinem Adlergesicht hätte er ohne weiteres als Krieger eine gute Figur gemacht. Hieß es denn nicht auch von ihm, er strebe danach, bei der Verteidigung des christlichen Königreichs Jerusalem nicht nur eine passive Rolle zu spielen? »Innerhalb dieser Mauern«, sagte der Bischof eindringlich, »darf keine Klinge entblößt werden. Während der Versammlung ist es niemandem erlaubt, eine Waffe mit in den Saal zu nehmen, sie müssen alle im Quartier bleiben. Ebensowenig darf jemand bei den Gottesdiensten in der Kirche eine Waffe mit sich führen. Ganz gleich, wie die Verhandlungen ausgehen, niemand darf einen anderen mit der Waffe in der Hand zur Rede stellen, aus welchem Grund auch immer. Dies gelte bis wir, die wir hier zusammengekommen sind, uns wieder getrennt haben. Ist es Euch so recht?«

»So ist es gut«, sagte König Stephen. »Ihr, meine Herren, beherzigt die Anordung und haltet Euch daran.«

Der Blick seiner leuchtend blauen Augen richtete sich drohend auf Yves und Brien. Er kannte keins der beiden Gesichter und wußte auch nicht, zu welcher Partei die Männer gehörten. Wahrscheinlich hatte er sie nie zuvor gesehen und würde sie auch wieder vergessen, sobald er ihnen den Rücken zugekehrt hatte.

»Nunmehr werde ich den Fall in gleicher Weise der Dame darlegen«, sagte Roger de Clinton, »und überdies die Bedingungen öffentlich bekanntgeben, wenn wir uns morgen früh versammeln.«

»Das ist wohlgetan«, entgegnete der König munter und schritt zum Torweg, wo ein Reitknecht sein Pferd hielt.

Als Cadfael erneut den Blick auf den Eingang des Versammlungssaals richtete, sah er, daß sich die Dame bereits in ihre Gemächer zurückgezogen hatte.

Auf dem Weg zu ihrer Unterkunft in einer der Pilgerherbergen ging Yves schweigend neben ihnen, rasend vor unterdrücktem Zorn. Teils wirkte er wie ein Junge, den man öffentlich getadelt hat, teils wie ein Mann, der gezwungen wurde, von einer handfesten Auseinandersetzung Abstand zu nehmen.

»Nun grämt Euch doch nicht«, versuchte ihm Hugh vernünftig zuzureden, bemüht, den Jungen in Yves nachsichtig zu behandeln und zugleich darauf bedacht, den Mann in ihm nicht zu kränken. »Auch de Soulis hat man den Kopf zurechtgesetzt, sofern er es war. Ihr habt Euch Eure Zurechtweisung durch den Bischof selbst zuzuschreiben. Niemand kann bestreiten, daß Ihr ihn angegriffen habt. De Soulis seinerseits hätte Euch am liebsten durchbohrt. Ihr hättet Euch denken müssen, daß es sich die Kirche nicht gefallen läßt, wenn man hier auf ihrem Grund und Boden das Schwert zieht.«

»Das ist mir selbstverständlich klar«, räumte Yves widerwillig ein, »aber daran habe ich nicht gedacht, als ich ihn mit einem Mal hier umherstolzieren sah, als befände er sich in seiner eigenen Burg... Ich hätte nie geglaubt, daß er die Dreistigkeit besitzt, sich hier zu zeigen. Gott im Himmel, was muß sie empfinden, wenn sie ihn so unverfroren auftreten sieht, wo er ihr so viel angetan hat! Dabei hatte sie ihn anderen vorgezogen und ihm ein hohes Amt gegeben!«

»Das ist auch bei Philip der Fall«, sagte Hugh schroff.

»Wollt Ihr auch ihm an die Kehle springen, wenn er den Versammlungssaal betritt?«

»Bei Philip liegen die Dinge anders«, entgegnete Yves aufbrausend. »Gewiß, er hat Cricklade verraten, aber die Besatzung der Burg ist aus freien Stücken gegangen. Glaubt Ihr, ich wüßte nicht, daß es für einen Mann ehrenwerte Gründe geben kann, die Seiten zu wechseln? Glaubt Ihr, daß es so leicht ist, ihr zu dienen? Ich habe gesehen, wie sie sogar Graf Robert abweisend und beleidigend behandelt hat. Wenn ihr danach war, ist sie mit ihm umgesprungen wie mit einem leibeigenen Bauern. Dabei ist er ihre einzige Stütze und nimmt um ihretwillen alles auf sich!«

Er gab sich eine Weile einem Kummer hin, dessen Ursache Cadfael bereits erraten hatte. Es ging der schönen und unerschrockenen Herrscherin bei ihrem Kampf mehr um die Rechte ihres minderjährigen Sohnes als um ihre eigenen. All die treuherzigen jungen Männer, die sie umgaben, waren ein wenig in sie verliebt, hätten sie am liebsten vollkommen gesehen und wandten sich aufgebracht von allem ab, was darauf hinwies, daß sie keine Heilige war. Gleichwohl kannte jeder in seinem wehen Herzen ihren Hochmut und ihre Rachsucht, und es schmerzte einen wie den anderen. Yves aber war nun mit dem herausgeplatzt, was er von ihrem Wesen erkannt hatte.

»Aber dieser de Soulis hat sich insgeheim mit dem Feind verschworen«, sagte er jetzt, sich erneut dem Thema und seiner Feindseligkeit zuwendend, »hat ihm Zutritt zu Faringdon verschafft und jeden der kühnen Ritter und Schildknappen, der nicht bereit war, seinen Weg zu gehen, gefangen gesetzt. Zu ihnen gehörte Olivier! Wäre de Soulis bei seiner Entscheidung aufrichtig gewesen, hätte er ihnen die ihre ermöglicht, ihnen die Tore geöffnet und ihnen einen ehrenhaften Abzug mitsamt ihren Waffen gewährt – mochten sie von einem anderen Stützpunkt aus weiter gegen ihn kämpfen. Aber nein, er hat sie verraten und verkauft – und mit ihnen Olivier. Das kann ich ihm nicht verzeihen.«

»Geduldet Euch«, forderte ihn Bruder Cadfael auf, »bis wir Kunde von dem haben, was wir am dringendsten zu erfahren wünschen, nämlich wo wir nach ihm suchen müssen. Zerstreitet Euch mit niemandem, denn wir wissen nicht, welcher der Männer hier uns eine Antwort zu geben vermag.« Und wenn wir die Antwort haben, dachte er mit einem nachsichtigen Blick auf Yves' gerunzelte Stirn und das entschlossen vorgeschobene Kinn, dann sind Racheakte möglicherweise bedeutungslos geworden und nicht mehr erforderlich.

»Mir bleibt keine Wahl, als Frieden zu halten«, sagte Yves schicksalsergeben, aber mit unverkennbarem Unmut und gab sich trotz dieser Einsicht weiter seinen finsteren Gedanken hin. Ein Novize aus der Priorei kam, um nach ihm Ausschau zu halten, da die Kaiserin ihn zu sprechen begehrte. Der junge Klosterbruder nannte sie in aller Unschuld die Gräfin von Anjou. Das hätte ihr mit Sicherheit nicht gefallen. Nach dem Tod ihres schon recht betagten ersten Gemahls Kaiser Heinrich V. bestand sie auf dem Titel Kaiserin und verlangte auch, als solche behandelt zu werden; daß sie wegen ihrer zweiten Eheschließung nur noch eine bloße Gräfin war, sagte ihr in keiner Weise zu.

Gehorsam befolgte Yves die Aufforderung, wobei er nicht wußte, ob er sich freuen oder Furcht empfinden sollte. Mehr oder weniger rechnete er damit, daß ihn die Kaiserin für die unziemliche Szene auf dem Hof zur Rechenschaft ziehen würde. Bisher hatte sie ihn ihr Mißvergnügen noch nie spüren lassen, doch war er bereits Zeuge gewesen, mit welcher Schärfe sie ihrem Tadel Ausdruck zu verleihen wußte. Das stand in scharfem Gegensatz zum bezaubernden Wesen, das sie an den Tag legen konnte, wenn ihr danach zumute war. Vereinzelt hatte er während seines kurzen Aufenthalts in ihrer Umgebung solche Glücksmomente genossen.

Eine der Hofdamen, eine ausnehmend hübsche dunkelhaarige junge Frau mit munteren Augen, erwartete ihn auf der Schwelle zu den Gemächern der Kaiserin im Gästehaus des Priors. Yves kannte sie nicht. Sie trat mit einer Selbstsicherheit und Kühnheit auf, die an ihre Herrin gemahnten. Mit raschem Blick musterte sie Yves von Kopf bis Fuß, als müsse er eine Probe bestehen, bevor man ihn einlassen konnte. Erst nach einer Weile ließ sie sich zu einem Lächeln herbei, dem zu entnehmen war, daß sie ihn etwas mehr als nur annehmbar fand. Leider merkte er es kaum.

»Tretet näher, sie erwartet Euch. Der Graf von Norfolk scheint Euch empfohlen zu haben.« Während sie über die Schwelle ins Gemach der Kaiserin trat, senkte sie den Blick und erwies ihr mit wohl einstudierter Anmut ihre Reverenz. »Kaiserliche Hoheit, Messire Hugonin!«

Die Kaiserin thronte in ihrer gewohnten majestätischen Haltung auf einem hölzernen Sessel mit Armlehnen und mehreren Kissen. Das dunkle Haar war gelockert und fiel ihr in einem glänzenden schweren Zopf über die Schulter. Sie trug ein lose fallendes Kleid aus nachtblauem Samt, das ihre elfenbeinweiße Haut sanft schimmern ließ. Das Kerzenlicht schmeichelte ihr. Mit ungekünstelter Hingabe beugte Yves vor ihr das Knie und erwartete dann stehend ihre Befehle.

»Laßt uns allein!« sagte die Kaiserin ohne einen Blick auf die wartende junge Frau und die ältere Hofdame zu werfen, die neben ihr stand. Als beide den Raum verlassen hatten, fuhr sie fort: »Tretet näher! Zu viele begierige Ohren lauschen hier an zu vielen Türen. Noch näher! Laßt mich Euch ansehen.«

Ein wenig befangen stand Yves da, während die großen byzantinischen Augen langsam und nachdenklich über ihn glitten, ähnlich der ersten gleichsam liebkosenden Berührung, mit der ein Schinder über die Haut seines Opfers fährt, bevor er sie abzieht.

»Norfolk sagt mir, daß Ihr Euch Eurer Aufgabe mit Anstand entledigt habt«, begann sie dann. »Wie ein geborener Diplomat. Es ist wahr, ich hatte ein wenig an ihm gezweifelt, aber er ist gekommen. Heute nachmittag im Hof habe ich allerdings nur wenig von Eurer Diplomatie gemerkt.«

Yves spürte, wie ihm die Röte bis in die Haarwurzeln stieg. Sie aber erstickte sogleich mit erhobener Hand und kühlem Lächeln jeden Versuch einer Erklärung oder Entschuldigung im Keim. »Nein, sagt nichts! Eure Treue und Euer Wagemut haben mich mit Bewunderung erfüllt, auch wenn Ihr es an der nötigen Umsicht habt fehlen lassen.«

»Ich war ein Tor«, gab Yves zu, »das ist mir klar.«

»Dann ist der Fall bald erledigt«, sagte die Kaiserin. »Ich tadele Euch hiermit in aller Form für Eure Torheit und wiederhole Euch als dem Angreifer das Gebot des Bischofs, Euren Groll fürderhin im Zaum zu halten. Das muß so sein, denn zweifellos ermahnt eben jetzt Stephen den anderen Toren. Ihr habt mich verstanden: innerhalb dieser Mauern dürft Ihr niemandem mit unverhüllter Feindseligkeit begegnen. Nachdem wir darüber Einigkeit erzielt haben, mögt Ihr gehen.«

Ein wenig verwirrt verneigte sich Yves und wandte sich der verschlossenen Tür zu. Hinter ihm ertönte ihre sonst so schneidende Stimme gedämpft und beherrscht, aber gleichwohl deutlich vernehmbar: »Ich muß allerdings gestehen, daß es mich nicht übermäßig grämen würde, Brien de Soulis tot zu meinen Füßen zu sehen.«

Benommen ging er hinaus. Der Klang der sich sanft einschmeichelnden Stimme folgte ihm, bis er die Tür hinter sich geschlossen hatte. Dort wartete in einigen Schritt Entfernung geduldig die ältere Kammerfrau mit gefalteten Händen, bis ihre Gebieterin ihrer erneut bedurfte. Sie wandte ihm ohne Neugier das schmale ovale Gesicht zu, fragte nichts und äußerte sich nicht. Zweifellos hatte sie schon viele junge Männer aus den Gemächern der Kaiserin kommen sehen, und das in mancherlei Gemütszustand: beschämt, hochgestimmt, ergeben oder verzweifelt, und vermutlich hatte sie nie zu erkennen gegeben, wie gut sie die Zeichen zu deuten vermochte. Yves nahm sich zusammen und machte das Beste aus seinem Abgang, indem er mit einer steifen Verbeugung an ihr vorüberging. Erst draußen im Hof, in der kalten Dämmerung des Novemberabends, hielt er inne, um Atem zu holen. Mit furchterregender Klarheit erinnerte er sich an jedes Wort, das im Verlauf seines kurzen Gesprächs mit der Kaiserin gesagt worden war.

Ob die Kammerfrau den letzten Satz vollständig oder teilweise mitgehört hatte, während er durch die geöffnete Tür hinaustrat? Würde sie ihn – und wäre es nur einen flüchtigen Augenblick lang – ebenso deuten, wie er ihn verstanden hatte? Gewiß nicht, unmöglich! Jetzt fiel ihm ein, wer sie war. Sie stand ihrer Herrin näher als jede andere, denn sie war nicht nur die Witwe eines Ritters aus dem Gefolge des Grafen von Surrey, sondern auch eine geborene de Redvers aus einer Nebenlinie der Familie des Grafen von Devon, Baldwin de Redvers, der auf der Seite der Kaiserin stand. Eine Dame von einwandfreiem Adel, nicht nur alt und weise genug, um einer Kaiserin zu dienen, sondern auch, um deren Geheimnisse getreulich zu bewahren. Vielleicht sogar weise genug, nicht alles wahrzunehmen, was ihr zu Ohren kam. Sofern sie aber die letzten Worte mitbekommen hatte – welchen Sinn entnahm sie ihnen?

Langsam überquerte er den Hof, vernahm erneut die eindringliche leise Stimme. Nein, gewiß mißverstand er den Sinn ihrer Worte. Sicherlich waren sie lediglich bitterer Ausdruck des ganz und gar verständlichen Hasses auf einen Mann, der sie verraten hatte. Was sonst durfte er von ihr erwarten? Nein, sie hatte auf keinerlei Handeln angespielt und es schon gar nicht befohlen. Solche Dinge sagt jeder von uns ins Leere, wenn uns die Leidenschaft hinreißt, ohne daß dahinter eine Absicht stünde.

Und doch hatte sie ihn unmißverständlich angewiesen: innerhalb dieser Mauern dürft Ihr niemandem mit unverhüllter Feindseligkeit begegnen ... Dann aber wieder: Ich muß allerdings gestehen, daß es mich nicht übermäßig grämen würde ... Nun geht, Yves Hugonin! Ihr habt Verstand genug zu begreifen, was ich meine.

Unmöglich! Er tat ihr bitteres Unrecht. Gewiß verdrehte und entstellte er den Sinn ihrer Worte. Er mußte und würde diese unwürdigen Gedanken aus seinem Kopf und seiner Erinnerung verbannen.

Weder Hugh noch Cadfael gegenüber sprach er den Vorfall an. Er hätte sich geschämt, vor anderen an diese offene Wunde zu rühren und war nicht bereit, sich auf die Worte einzulassen, mit denen Hugh ihn neckte: »Zumindest hat sie Euch nicht gefressen!« Yves tat die Äußerung achselzuckend und mit gequältem Lächeln ab. Nicht einmal die feierlich begangene Komplet, die in Gegenwart von Bischöfen und Mächtigen als Vorbereitung für die Gespräche des nächsten Tages gefeiert wurde, vermochte die Unruhe vollständig aus seinem Kopf zu vertreiben.

Nach dem feierlichen Hochamt trafen im Kapitelsaal der Priorei Sankt Marien Englands Herrscher und sein Adel zu ihren Gesprächen zusammen. Den Vorsitz führten die beiden Bischöfe von Winchester und Ely sowie Bischof Roger de Clinton von Coventry und Lichfield. Obwohl es nicht ausbleiben konnte, daß sie teils der einen und teils der anderen der miteinander verfeindeten Parteien zuneigten, hatte man den Eindruck, daß sie sich ernsthaft um eine Einigung bemühten. Die Kraft für diese Aufgabe suchten sie im tiefen Gebet. Bruder Cadfael versuchte, einen Platz vor den offenen Türen zu ergattern, von wo aus ein Beobachter einen Blick auf die Versammelten erhaschen und unter Umständen hören konnte, was im Saal vor sich ging. Er erkannte bald, daß es besser war, keine zu hohen Erwartungen auf einen guten Ausgang zu hegen. Offenkundig bildete die Kaiserin mit ihren Verbündeten auf der einen Seite und König Stephen mit seinen Stellvertretern und Großvögten auf der anderen jeweils eine geschlossene Gruppe, die gar nichts mit den Vertretern der Gegenseite zu tun haben wollte. Eine solche Konstellation, die eher an eine Schlachtordnung denken ließ, verhieß nichts Gutes. Dies geschah unabhängig davon, daß sich Menschen, die einander in Freundschaft verbunden waren, über die Trennlinie hinweg begegneten, sobald sie den Kapitelsaal verlassen hatten. Da stand Hugh Beringar Schulter an Schulter mit dem Grafen von Leicester, nur vier oder fünf Plätze vom König entfernt. Auf der Gegenseite wartete Yves Hugonin dem Grafen von Norfolk auf, jenem Hugh Bigod, der das Augenmerk der Kaiserin wegen eines lobenswert ausgeführten Dienstes auf den jungen Edlen gelenkt hatte. Nach den offiziellen Gesprächen würden sie auf ebenso natürliche Weise zueinander finden wie die rechte und die linke Hand, denn es galt, gemeinsam etwas zu bewerkstelligen. Dort drinnen aber wurde von ihnen erwartet, daß jeder in den beiden einander feindlich gegenüberstehenden Lagern die ihm zugewiesene Rolle spielte.

Aufmerksam ließ Cadfael den Blick über die Reihen der Großen und Mächtigen schweifen, von denen er die meisten noch nie gesehen hatte. Robert Beaumont, der seit seinem vierzehnten Lebensjahr Herr über die Grafschaft Leicester war, kannte er bereits. Er war klug, witzig und weise, wohl einer der wenigen, die hinter den Kulissen auf eine gerechte und vernünftige Lösung hinarbeiteten. Wegen einer mißgestalteten Schulter, die ihn aber im Kampf in keiner Weise behinderte und seinen ansehnlichen Körper kaum entstellte, nannte man ihn auch Robert Bossu, den Buckligen. Neben ihm saß William Martel, König Stephens Oberhofmeister. Er hatte vor einigen Jahren bei Wilton dessen Rückzug gedeckt und war dabei in Gefangenschaft geraten, woraufhin Stephen ihn um den Preis einer wertvollen Burg freigekauft hatte. An seiner Seite sah man Wilhelm von Ypern, Oberbefehlshaber der flämischen Truppen des Königs, und hinter ihm konnte Cadfael Bischof Nigel von Ely erspähen. Dazu aber mußte er den Hals recken, um zwischen den Köpfen der anderen Neugierigen einen Blick auf die erlauchte Versammlung zu erhaschen. Da sich der Bischof nach einigen Jahren der königlichen Ungnade wieder mit Stephen versöhnt hatte, war ihm zweifellos darum zu tun, die wiedererlangte Gunst des Herrschers nicht zu verspielen.

Auf der gegenüberliegenden Seite fiel Cadfaels Blick ungehindert auf den Mann, der entschieden die Sache der Kaiserin vertrat: Graf Robert von Gloucester. So wie er für seine Halbschwester die Schlachten im Felde führte, stand er ihr auch hier unablässig zur Seite. Robert von Gloucester war ein breitschultriger Mann von fünfzig Jahren, der sich einfach und schlicht kleidete. Graue Strähnen durchzogen sein braunes Haar, und das gutgeschnittene Gesicht ließ Spuren von Erschöpfung erkennen. Zwei silbrige Linien in seinem kurzgestutzten Bart unterstrichen die kräftige Form des Kinns. Sein Sohn und Erbe William stand neben ihm, von kräftigem Körperbau und auch sonst seinem Vater ähnlich. Sofern auch der jüngere Sohn Philip anwesend war, mußte er sich unter den Anhängern der Gegenseite befinden. Neben dem Grafen von Gloucester und dessen Sohn erkannte Cadfael Humphrey de Bohun und Roger von Hereford. Darüber hinaus waren die Anwesenden seinen Blicken entzogen, wohl aber hörte er Stimmen und erkannte auch einige davon, die er gelegentlich schon vernommen hatte.

Bischof de Clinton eröffnete die Sitzung mit einem Willkommensgruß an alle Gäste, die guten Willens waren. Wie er zugesagt hatte, sprach er als Herr des Hauses, dem er in seiner Eigenschaft als Abt wie auch als Bischof vorstand, das Verbot aus, im Versammlungssaal und bei Gottesdiensten Waffen zu tragen. Dann übergab er das Wort an Heinrich von Blois, den jüngeren Bruder des Königs und Bischof von Winchester. Die hohe gebieterische Stimme dieses Mannes hatte Cadfael nie zuvor gehört, doch beeinflußten dessen Worte das Leben der Engländer seit Jahren auf geistlicher wie auf weltlicher Ebene.

Es war nicht das erste Mal, daß Heinrich von Blois versuchte, seinen Bruder Stephen und seine Base an einen Tisch zu bringen, damit sie zu einer beide Seiten zufriedenstellenden Einigung gelangten. Zumindest sollte der kriegerischen Auseinandersetzung Einhalt geboten werden, und sei es um den Preis der Teilung des Königreichs. Allerdings mußte man bei einer solchen Lösung weiterhin damit rechnen, daß es hier und da zu Ausbrüchen von Gewalt kam. Bislang war seinen Bemühungen kein Erfolg beschieden gewesen, und was auch immer er sich davon versprechen mochte, er ging diesen erneuten Versuch mit der gewohnten Tatkraft und Zielstrebigkeit an. Seiner Zuhörerschaft malte der Bischof das beklagenswerte Bild eines durch sinnlosen Hader verwüsteten Landes aus, in dem Jahre des Kampfes keiner Seite einen Vorteil verschafft und dem einfachen Volk nichts als schmerzliche

Verluste eingetragen hatten. Er machte deutlich, daß keine der Parteien diesen Krieg gewinnen oder verlieren konnte und es daher keine andere Lösung gab, als sich zu einigen. Sein beredter Vortrag war pointiert und knapp. Alle hörten ihm zu – das aber hatte man auch früher schon getan. Nur hatte man ihn entweder nicht verstanden oder ihm nicht geglaubt. Jedem war bekannt, daß er bisweilen der eigenen Position unsicher gewesen war und einmal dem einen und dann dem anderen Lager zugeneigt hatte. Jetzt forderte er beide Parteien mit gleichem Nachdruck auf, zur Besinnung zu kommen. Als er mit erhobener Stimme endete, zum Zeichen, daß er auf eine Antwort wartete, trat ein kurzes Schweigen ein, dem sich fast greifbar entnehmen ließ, daß beide Parteien eifersüchtig auf den besseren Ausgangspunkt lauerten. Das verhieß nichts Gutes!

Schließlich nahm die Kaiserin mit weithin tragender stählern klingender Stimme die Herausforderung an. Cadfael überlegte, daß ihr Stephen den Vortritt nicht aus taktischen Erwägungen überlassen hatte, wie man hätte annehmen können, denn der erste, der spricht, wird nur allzu bald vergessen. Sondern es geschah wohl aus seiner unverbesserlichen Ritterlichkeit heraus, mit der er Frauen behandelte, sogar diese. Maud wies, zunächst nicht ohne eine gewisse vorsichtige Zurückhaltung, auf ihr Recht hin, das Wort in dieser und jeder anderen Versammlung zu ergreifen, bei der es um England ging. Sie bemühte sich, nicht alle Trumpfkarten sogleich offen auf den Tisch zu legen und erinnerte die Anwesenden in für ihre Verhältnisse bemerkenswert zurückhaltender Weise daran, auf welch beklagenswerte Art vor Jahren der alte König Heinrich beim Untergang des Weißen Schiffes vor der Hafeneinfahrt von Barfleur in der Normandie den einzigen ihm verbliebenen legitimen Sohn verloren hatte. Damals sei sie unbestrittene Erbin seines Königreichs geworden. Diesen Rechtsstatus habe König Heinrich bekräftigt, als er alle hohen Adligen des Landes zusammenrufen ließ, um ihnen seinen Willen darzulegen und ihnen den Treueid auf ihre künftige Monarchin abzunehmen. Diesen hätten sie zwar geleistet, sich aber später geweigert, eine Frau als Herrscherin anzuerkennen und sich dann ohne größeres Zögern auf Stephens Seite geschlagen, als er sich rasch und entschlossen des Thrones und der Krone bemächtigt hatte. Auf dieses kleine Samenkorn der Uneinigkeit gehe der ganze Unfriede und die daraus entstandene Verwirrung zurück.

Cadfael hörte aufmerksam zu. Stephen sprach mit seiner ihm eigenen Offenheit, die ihn verwundbar machte, und hob den durch seine Krönung erworbenen Rechtsanspruch hervor. Auch er unterließ es aber zunächst, Dinge zu sagen, die den Zorn der Gegenseite entfachen konnten. Einige Redner vertraten anschließend betont gemäßigt den Standpunkt der in der Hierarchie unten Stehenden, die den größten Teil der Last zu tragen hatten. Robert Bossu verzichtete auf seinen gewohnten Appell, man möge sich endlich einigen, auf den ohnehin nur selten jemand gehört hatte, und wies stattdessen unumwunden darauf hin, wie töricht es vom wirtschaftlichen Standpunkt aus sei, die Mittel des Landes weiterhin auf diese Weise zu vergeuden. Eine ganze Reihe seiner jungen Gefolgsleute, unter ihnen Hugh Beringar, machten sich zum Fürsprecher dieses Arguments und untermauerten es, indem sie auf die Lage in ihren eigenen Grafschaften verwiesen. Obwohl so viele Worte hin und her flogen, daß man eine Bibel damit hätte füllen können, hörte man nur selten die Begriffe ›Einvernehmen‹, ›Verständigung‹, ›Vernunft‹ oder ›Frieden‹. Schon sah es so aus, als werde die Sitzung ergebnislos enden, als überraschend ein unbedeutend scheinender Punkt zur Sprache kam.

Yves hatte den Zeitpunkt klug gewählt. Er wartete, bis

sich Roger de Clinton erhob, um das Ende dieser ersten Gesprächsrunde zu verkünden, nachdem er den Blick über die Reihen der schweigenden Anwesenden hatte gleiten lassen. Vermutlich war der Bischof erleichtert, vielleicht sogar ermutigt, weil sie ohne erkennbare Bosheit verlaufen war. Unvermittelt ertönte Yves' Stimme leise und voll sanfter Ehrerbietung. Diesmal hatte er sich vollständig in der Gewalt. Vergebens bemühte sich Cadfael um einen anderen Platz, damit er einen Blick auf ihn werfen konnte. Er schlang die Hände zu einem inbrünstigen Gebet ineinander, in dem er darum flehte, daß die Gelassenheit des Jünglings von Dauer sein möge.

»Euer Gnaden, Meine Edlen…«

Mit einer wohlwollenden Handbewegung bedeutete ihm der Bischof, daß er sprechen dürfe.

»Edle Herren, ich möchte in aller Demut einen Punkt ansprechen…«

Zwar war die genannte Eigenschaft die letzte, auf die der ungestüme junge Mensch Anspruch erheben durfte, aber zumindest gab er sich Mühe.

»Die Klärung einiger minder bedeutender Angelegenheiten könnte ein Schritt auf dem Wege zu einer Aussöhnung sein. Sicher vermag eine Übereinkunft im Kleinen zur Einigung bei bedeutenderen Dingen beitragen. Beide Seiten halten Männer gefangen – wäre es nicht recht und angemessen, sie freizulassen, während wir um dieser guten Sache willen einen Waffenstillstand einhalten?«

Auf beiden Seiten erhob sich Gemurmel, das anschwoll und lauter wurde. Nein, keiner der Anwesenden würde sich dazu bereitfinden, kampffähige Männer, die jetzt entwaffnet und ungefährlich waren, erneut in die Reihen des Gegners zu entlassen. Mit einer Handbewegung wischte die Kaiserin diese Zumutung beiseite. »Das hat keinen Vorrang«, sagte sie. »Darüber kann man reden, wenn die Friedensbedingungen ausgehandelt werden.«

Der König, dies eine Mal bereit, ihr beizupflichten, sagte entschlossen: »Zuerst müssen wir in der Hauptfrage Einigung erzielen. Über andere Punkte können wir später reden und verhandeln.«

»Euer Gnaden«, wandte sich Yves vernünftigerweise an den Bischof, den einzigen Verbündeten, auf den er sich mit Bezug auf die mißliche Lage der Gefangenen stützen konnte. »Sofern es sich in der Tat nicht vermeiden läßt, einen Austausch der Gefangenen hinauszuschieben, dürfte ich dann zumindest um Angaben über einige jener Ritter und Edelleute bitten, die man im vorigen Sommer in Faringdon festgesetzt hat. Von manchen ist bis auf den heutigen Tag nicht bekannt, in wessen Hände sie gefallen sind. Sollte man ihren Freunden und Verwandten, die bereit sind, Lösegeld für sie zu zahlen, diese Gelegenheit nicht zugestehen?«

»Wer einen Menschen in Gewahrsam hat, um Gewinn daraus zu ziehen«, sagte der Bischof mit leichtem Abscheu in der Stimme, »würde sich gewiß alsbald zu erkennen geben, um seinen Vorteil zu wahren. Wollt Ihr sagen, daß das bisher nicht geschehen ist?«

»Nicht in allen Fällen«, gab Yves zurück. »Ich vermute, daß man einige nicht um des Geldes willen festhält, sondern aus Haß, weil sich jemand wegen einer wirklichen oder angenommenen Kränkung rächen möchte. Ein Konflikt wie der, über den wir hier reden, führt zu vielen persönlichen Fehden.«

Ungeduldig rutschte der König auf seinem Sessel hin und her und erklärte mit lauter Stimme: »Wir kümmern uns nicht um persönliche Fehden; sie sind hier unerheblich. Was ist das Geschick eines einzelnen Mannes, wenn es um das Wohl des ganzen Landes geht?«

»Das Wohl eines jeden ist das Wohl des Landes«, rief Yves kühn aus. »Sofern einem Mann Unrecht geschieht, ist das einer zu viel. Die Kränkung gilt allen, und das ganze Gemeinwesen leidet darunter.«

Als im zunehmenden Tumult Stimmen einander niederzuschreien versuchten, hob der Bischof gebieterisch die Hände. »Ruhe! Ganz gleich, ob Ort und Zeit richtig gewählt sind, auf jeden Fall hat der junge Mann recht. Wenn Gesetze nicht für alle gelten, herrscht das Unrecht.« An Yves gewandt, der sich nicht hatte einschüchtern lassen, fuhr er fort: »Ich vermute, daß Ihr an einen bestimmten Mann unter denen denkt, die nach dem Fall Faringdons in Gefangenschaft geraten sind.«

»So ist es, Euer Gnaden. Man hält ihn an einem geheimen Ort gefangen und hat bisher kein Lösegeld verlangt. Weder mein Onkel, der sein Lehnsherr ist, noch seine Freunde wissen, bei wem sie seinen Preis erfragen können. Sofern mir Seine Majestät sagte, in wessen Hand er sich befindet ...«

»Ich habe die Gefangenen nicht für mich behalten«, stieß der König lautstark und störrisch hervor. Cadfael vermutete, daß ihm mindestens ebensosehr daran lag, möglichst rasch zu Tisch gehen zu dürfen, wie daran, diese Störung aus dem Weg zu räumen. Es war kennzeichnend für Stephen, daß er all die wertvollen Gefangenen ausnahmslos seinen habgierigen Anhängern zugesprochen und es ihnen überlassen hatte, sich um die Verteilung der Beute zu streiten. »Ich kenne nur wenige von ihnen und erinnere mich an keinen Namen. Ich habe es meinem Burgvogt überlassen, sie gerecht zu verteilen.«

Yves ergriff die Gelegenheit, ehe sie vorüberging: »Majestät, der Burgvogt von Faringdon ist hier anwesend. Seid so großmütig zu gestatten, daß er mir antwortet.« Und sogleich fragte er, bevor der König es noch verbieten konnte: »Wo und in wessen Gewahrsam befindet sich Olivier de Bretagne?«

Auch wenn er die Frage mit beherrschter Stimme stellte, schleuderte Yves den Namen wie eine Lanze heraus: nicht auf den König, sondern über den freien Raum zwischen den beiden Parteien hinweg de Soulis ins Gesicht. Er brauchte Stephens Duldung, wenn er eine Antwort bekommen wollte, denn der hatte die Macht zu befehlen, wo andere lediglich bitten durften. Stephens Geduld war allmählich erschöpft. Das hatte weniger mit der Beharrlichkeit des jungen Edelmannes zu tun als damit, daß sich die Verhandlung endlos in die Länge zog.

»Es ist ein berechtigtes Ansinnen«, sagte der Bischof mit einer Stimme, in der immer noch Schärfe mitschwang.

»Sagt dem Burschen in Gottes Namen, was er wissen will«, knurrte der König, »damit wir die Sache hinter uns bringen.«

Sogleich ertönte aus seinem Gefolge de Soulis' willige Stimme. Doch stand er so weit entfernt unter den unbedeutenden Anhängern des Königs, daß ihn Cadfael nicht sehen und seine Stimme kaum hören konnte. »Majestät, gern würde ich dem Wunsch willfahren, doch ich weiß die Antwort nicht. Ich habe in Faringdon nichts für mich selbst beansprucht und alles den Rittern der Burgbesatzung überlassen. Selbstverständlich ausschließlich denen unter ihnen, die sich zu Eurer Majestät bekannt haben«, fügte er säuerlich hinzu. »Ich habe mich nie danach erkundigt, wie sie verfahren sind und abgesehen von den Fällen, in denen Lösegeld gefordert und gezahlt wurde, ist mir der Verbleib keines der Männer bekannt. Es mag sein, daß die Schreiber eine Liste mit ihren Namen verfertigt haben. Sofern es eine solche gibt, habe ich sie nie zu sehen begehrt.«

Schon lange, bevor er endete, hatte es wütendes Knurren im Gefolge der Kaiserin hervorgerufen, daß de Soulis mit voller Absicht jene Angehörigen der Besatzung von Faringdon verhöhnte, die sich selbst treu geblieben waren. In die Reihen der Zuhörer war Bewegung gekommen, als hätten die Männer nach dem Schwert greifen wollen, das sie im Versammlungssaal nicht tragen durften.

Yves rief mit beherrschter Stimme, aber zornbebend, aus: »Das ist nicht wahr, Majestät! Er war von Anfang bis Ende dabei. Er hat alles angeordnet. Das ist eine schamlose Lüge!« Daraufhin erhob sich ein Murren unter den Anhängern des Königs.

In diesem Augenblick fehlte es nur wenig und es wäre zum Kampf gekommen, den die Männer in Ermangelung von Waffen mit Fäusten, Füßen und Zähnen hätten führen müssen. Doch voll Empörung hatte sich der Bischof von Winchester erhoben, um Roger de Clintons laut hallende Forderung nach Ruhe und Ordnung zu unterstützen. Auch König und Kaiserin waren aufgesprungen und schleuderten drohende Blicke, woraufhin die Unruhe allmählich nachließ. Doch hing der scharfe Geruch von Zorn und Haß nach wie vor zitternd in der Luft.

»Wir vertagen die Versammlung, weitere hitzige Worte sind hier fehl am Platz«, sagte Bischof de Clinton entschlossen, nachdem die Stille eine unbehagliche Weile gedauert hatte. »Wir werden uns am Nachmittag erneut treffen, und ich erwarte von euch allen eine bessere und christlichere Haltung. Überdies erwarte ich, daß diejenigen unter euch, die nicht nur mit Worten, sondern in ihrem Herzen wahrhaft den Frieden suchen, nach der Versammlung, wie auch immer ihr Ergebnis aussehen mag, unbewaffnet an der Vesperandacht teilnehmen. Dann wollen wir für diesen Frieden beten, ohne Feindseligkeit, sondern guten Willens gegenüber allen Menschen.«

KAPITEL 4

»Er lügt«, empörte sich Yves auch noch während des einfachen Mahls mit zornrotem Gesicht. Dennoch griff er so wacker zu wie ein hungriger Halbwüchsiger. »Er hat den Rat zu keiner Zeit verlassen. Könnt ihr euch vorstellen, daß er auf Beute für sich selbst verzichtet oder sich mit weniger als dem Besten zufriedengibt? Er weiß sehr wohl, wer Olivier in Gewahrsam hat. Aber wenn nicht einmal Stephen ihn zwingen kann, darüber auszusagen, oder ihn nicht zwingen will – wie soll man dann etwas aus ihm herausbringen?«

»Auch ich vermute, daß er ein Lügner ist. Aber selbst die sagen manchmal die Wahrheit«, gab Hugh besonnen zu bedenken. »Mir scheint, es gibt nur sehr wenige Menschen, die etwas über Oliviers Geschick wissen – wenn überhaupt jemand etwas weiß. Ich habe überall herumgefragt, wo es mir möglich war, ohne den geringsten Erfolg, und bestimmt hat auch Cadfael bei den Klosterbrüdern die Ohren offengehalten. Ich bin überzeugt, daß der Bischof nun seine eigenen Nachforschungen betreibt, nachdem er heute morgen von Euch erfahren hat, wie die Dinge stehen. Und das ist auch gut so.«

»Ich an Eurer Stelle würde die Sache aus dem Kapitelsaal heraushalten«, sagte Cadfael, tief in Gedanken. »Mit

Sicherheit werden sich König wie Kaiserin erklären müssen. Keinem von beiden wird es gefallen, wenn man von ihnen fordert, daß sie sich um das Schicksal eines einzelnen Edelmanns kümmern, wo ihr eigenes auf dem Spiel steht. Fragt herum, ob es andere hier gibt, die in Faringdon dabei waren. Ich werde mit dem Prior sprechen. Auch Mönche erfahren Gerüchte so schnell wie jeder andere – umso besser, wenn sie sich selbst nicht dazu äußern.«

Doch Yves brütete weiter finster vor sich hin und ließ nicht von der Zielscheibe seines Zorns ab. »De Soulis weiß es. Ich bekomme es heraus, und müßte ich es ihm aus seinem Verräterherzen schneiden.« Mit einer Handbewegung wischte er beiseite, was Cadfael möglicherweise dazu hätte sagen wollen. »Kein Wort!« entgegnete er, »ich weiß, daß ich mich von ihm fernhalten muß, solange ich hier eingesperrt bin.«

Warum nur betont er das Offensichtliche so nachhaltig und bleibt doch zugleich so zurückhaltend, als müsse er sich selbst an etwas erinnern und nicht andere beruhigen?, dachte Cadfael. Warum richtet er seinen sonst so offenen und in die Weite schweifenden Blick zweifelnd nach innen und sieht in die Vergangenheit, auf etwas, das wir kaum verstehen und das zutiefst beunruhigend ist?

»Aber bald werden er und ich das Territorium der Kirche verlassen«, sagte Yves, seine Grübeleien von sich abschüttelnd. »Dann hindert mich nichts daran, ihm gewappnet gegenüberzutreten und ihn zu zwingen, daß er mit der Wahrheit herausrückt.«

Cadfael ging hinaus und bahnte sich seinen Weg durch die Menschenmenge im großen Hof zur Prioreikirche. Die Mächtigen hatten sich wohl noch nicht von der Tafel erhoben, um ihre Gespräche wieder aufzunehmen, die bisher so wenig erfolgversprechend verliefen; ihm blieb also Zeit, sich eine Weile in einen stillen Winkel zurückzuziehen und von der Welt abzusondern. Doch stille Winkel gab es auch in der Kirche nur wenige. Eine ganze Reihe minder bedeutender Anhänger der beiden Parteien war auf den Gedanken verfallen, sich an einem Ort zusammenzufinden, an dem sie miteinander beratschlagen konnten, ohne belauscht zu werden. Im Schutz von Altären und in den Mauernischen des Kreuzgangs steckten sie die Köpfe zusammen. Auswärtige Kirchenmänner schritten durch Schiff und Chor und betrachteten den Altarschmuck. Einige der Brüder, die nach der halbstündigen Mittagspause wieder an ihre Aufgaben zurückkehrten, schoben sich schweigend zwischen den Besuchern hindurch.

Mit demütig gefalteten Händen und gesenktem Blick stand eine junge Frau vor dem Hochaltar. Ob sie betete? Cadfael bezweifelte das. Der rötliche Schein des Altarlichts ließ andeutungsweise ein siegessicheres Lächeln erkennen, und der Mann, der dicht neben ihr stand, flüsterte ihr achtungsvoll etwas ins Ohr. Dabei umspielte ein Lächeln ähnlich dem ihren seine Lippen. Ach ja! Eine junge Frau unter so vielen liebenswürdigen jungen Männern, praktisch die einzige ihres Geschlechts und Alters in dieser so gut wie ausschließlich aus Männern bestehenden Versammlung. Sie durfte wohl ihre Vorrechte genießen und ihre Möglichkeiten nutzen, solange es währte. Cadfael hatte sie schon am Vormittag gesehen, wie sie der Kaiserin munter zur Messe gefolgt war und ihr das Gebetbuch sowie einen leichten wollenen Umhang für den Fall nachtrug, daß während der Andacht der hohen Dame die Kälte der riesigen steinernen Höhle lästig würde. Soweit man ihm gesagt hatte, handelte es sich um die Nichte der älteren Kammerfrau. Diese drei Frauen, eine von königlichem Geblüt, die beiden anderen dem minderen Adel angehörig, waren die einzigen Vertreterinnen ihres Geschlechts inmitten der hier versammelten Angehörigen des gesamten hohen und niederen Adels des Landes. Das konnte einer jungen Frau schon den Kopf verdrehen. Allerdings kam Cadfael zu dem Ergebnis, daß sie, nach ihrer Haltung und der Selbstsicherheit zu urteilen, mit der sie zuhörte, ohne selbst etwas zu sagen, weder vorschnell Zugeständnisse machen noch ihren Vorteil aus dem Auge verlieren würde. Sie würde zuhören und lächeln, vielleicht sogar die Möglichkeit andeuten, noch weiter zu gehen, schien aber zu wissen, was sie wollte. Umgeben von hundert oder mehr jungen Männern, die sie sehen und bewundern und ihr mit angenehmen Aufmerksamkeiten schmeicheln konnten, war es nicht wahrscheinlich, daß der erste und dreisteste besonders weit käme, solange nicht andere gezeigt hatten, was sie zu bieten hatten. Sie war jung genug, das Spiel zu genießen, und gewitzt genug, es unbeschadet zu überstehen.

Jetzt war ihr offenbar eingefallen, daß sich die Stunde näherte, da sie ihren Dienst wieder aufnehmen mußte, und sie wandte sich zum Gehen, um ihre Herrin erneut zur Tür des Kapitelsaals zu geleiten. Die junge Frau bewegte sich entschlossen, und ihr rascher Gang zeigte, daß es ihr gleichgültig war, ob ihr der Höfling folgte oder nicht. Dennoch ging sie nicht so schnell, daß er zurückblieb. Bis dahin hatte Cadfael den Mann nicht erkannt. Der erste und dreisteste – ja, gewiß, das mußte er sein. Der blonde Schopf, der elegante, selbstbewußte Schritt, das angedeutete, ein wenig herablassende Lächeln des Brien de Soulis folgten der jungen Frau mit überheblicher Beherrschtheit aus der Kirche. Er vermittelte den Eindruck, als sähe er keinen Grund zur Eile, da sie ihm zu Willen sein würde, sobald er das nur wollte – genau so, wie sie sicher war, mit ihm spielen und ihn nach Belieben fallenlassen zu können. Man durfte sich ernsthaft fragen, welches der beiden anmaßenden Geschöpfe die Oberhand behalten würde.

Cadfaels Neugier war so weit geweckt, daß er ihnen in den Hof folgte. Die ältere Kammerfrau war aus dem Gästehaus getreten, um Ausschau nach ihrer Nichte zu halten. Sie betrachtete das Paar mit teilnahmslosem Gesicht und allem Anschein nach ungerührt. Dann wandte sie sich ab, um erneut in das Haus zu treten, blickte aber über die Schulter zurück, um zu sehen, ob die junge Frau ihr folgte. De Soulis blieb stehen, erwies beiden mit höfischer Geste seine Reverenz und schritt dann auf den Kapitelsaal zu. Cadfael betrat den Klostergarten, wo er gedankenverloren über das bleiche Wintergras schritt.

Die Kammerfrau der Kaiserin konnte eine Tändelei ihrer Nichte mit dem eleganten Verräter kaum dulden, wie harmlos diese auch sein mochte. Bestimmt würde sie sich Sorgen machen und die junge Frau vor einer solchen Torheit warnen. Vielleicht kannte sie auch ihr eigenes Blut besser und sah keinen Grund zur Sorge, da sie wußte, daß die junge Frau genug Lebensklugheit besaß und gewiß alles unterlassen würde, was ihre vielversprechende Zukunft am Hof der Kaiserin gefährden konnte.

Nun, es war wohl besser, daß er sich wichtigeren Dingen zuwandte, als müßigen Gedanken über die Zukunft junger Frauen nachzuhängen, die er nie zuvor gesehen hatte. Es war fast Zeit für die verfeindeten Parteien, erneut zusammenzukommen. Wie vielen der Vertreter beider Seiten mochte aufrichtig an einem Frieden gelegen sein, und wie vielen wäre ein vollständiger Sieg mit dem Schwert lieber?

Als sich Cadfael so nahe wie möglich an den Eingang des Kapitelsaales heranschob, sah es ganz so aus, als hätte Bischof de Clinton den Vorsitz diesmal dem Bischof von Winchester überlassen. Vielleicht hoffte er, ein so mächtiger geistlicher Würdenträger werde aufgrund seiner Abkunft aus königlicher Familie, und weil er seit neuestem päpstlicher Legat für das Königreich England war, einen größeren Einfluß auf verhärtete Gemüter haben. Bischof Henry erhob sich gerade, um die Versammlung zur Ordnung zu rufen, als eilige Schritte und eine knapp, wenn auch höflich, vorgebrachte Forderung, den Durchgang zu ermöglichen, die dicht gedrängt stehenden Zuschauer auseinandertrieb. In die Mitte des Kapitelsaals trat ein hochgewachsener Neuankömmling, noch in Umhang und Reitstiefeln. Hinter ihm führte ein Reitknecht das Tier über den Hof, von dem der staubbedeckte Reiter soeben abgestiegen war. Während die Hufschläge allmählich verhallten, durchmaß der Ankömmling wortlos mit langen Schritten die freie Fläche zwischen den verfeindeten Gruppen und verneigte sich ehrfurchtsvoll vor dem vorsitzenden Bischof, der ihn mit fragendem Stirnrunzeln und einer kaum wahrnehmbaren Neigung des Hauptes begrüßte. Dann beugte er sich zum Kuß über den Ring des Königs, alles ohne seine finstere Würde auch nur einen Augenblick lang abzulegen. Der König lächelte ihm erkennbar huldvoll zu.

»Majestät, ich bitte um Verzeihung, daß ich mich verspätet habe. Ich mußte noch etwas erledigen, bevor ich Malmesbury verlassen konnte.« Obwohl der Fremde leise sprach, war seine Stimme deutlich vernehmbar. »Vergebt, meine Herren, daß ich mich im befleckten Reisegewand vor dieser erlauchten Versammlung zeige. Ich hatte gehofft, in angemessener Form auftreten zu können, wollte aber durch meine Verspätung den Gang der Dinge nicht unnötig verzögern.«

Sein Verhalten gegenüber den Bischöfen war von einwandfreier Höflichkeit. An die Kaiserin richtete er kein Wort, verbeugte sich aber mit so feierlichem Zeremoniell und so unnahbarer Miene vor ihr, daß es überheblich wirkte. An seinem Vater war er vorübergegangen, ohne ihn eines Blickes zu würdigen, und als er sich jetzt umwandte, sah er ihn so gelassen und unbeteiligt an, als hätte er ihn nie zuvor gesehen.

Ganz offenkundig handelte es sich um Philip FitzRobert, den jüngeren Sohn des Grafen von Gloucester. Trotz des unterschiedlichen Körperbaus bestand eine gewisse Ähnlichkeit zwischen den beiden. Philip war nicht wuchtig und gedrungen, sondern hochgewachsen und sehnig, bewegte sich rasch, aber voll Anmut, und seine Haut war gebräunt. Über den beiden wie Striche in seinem Gesicht sitzenden schwarzen Brauen erhob sich eine steile Stirn bis hinauf zum dichten, gewellten Haar. Die Augen darunter waren feurig und voll gezähmten Lebens. Am deutlichsten wurde die Ähnlichkeit zwischen den beiden an ihrem vollen leidenschaftlichen Mund und dem kräftigen Kinn. Philip war das Abbild des Vaters, das sich in der nächsten Generation zu einem Extrem gesteigert hatte. Was man an diesem als Beständigkeit loben würde, ließ sich bei seinem jüngeren Sohn mit Fug und Recht Starrhalsigkeit nennen.

Seine Ankunft schien bei den Versammelten eine sonderbare Anspannung hervorzurufen, die ohne sein Zutun wohl nicht wieder schwinden würde. Er schien sich dessen bewußt und war bemüht, mit einer entschuldigenden Handbewegung und einem Neigen des Kopfes zu den Bischöfen hinüber die Atmosphäre wieder zu entspannen. »Ich bitte Euch, fahrt fort, ich ziehe mich zurück.« Er trat in die Reihen um König Stephen und bahnte sich geschmeidig seinen Weg durch sie hindurch. Seine Anwesenheit war fast mit Händen zu greifen. Um ihn herum erstarrten Männer in der Bewegung, begannen Ohren unwillkürlich zu lauschen, richteten sich Nackenhaare ängstlich auf. Viele der Anwesenden hatten vermutet, daß er nicht wagen würde, sich hier zu zeigen – vor dem Vater, den er beleidigt, und vor der Gebieterin, die er verraten hatte. Nun sah es ganz so aus, als gebe es nur sehr wenig, was dieser Mann nicht wagen würde, und nicht viel, was er mit seiner stählernen Entschlossenheit nicht zuwege brachte, die zu gebieterisch war, als daß man sie leichtfertig hätte Unverschämtheit nennen dürfen.

Selbst den Bischof von Winchester hatte er wohl mit seinem Auftritt ein wenig aus der Fassung gebracht. Doch schon bald erhob dieser machtvoll die beeindruckende Stimme und rief die Versammelten entschlossen zum Gebet und zur Behandlung der schwerwiegenden Angelegenheiten, um deretwillen sie zusammengekommen waren.

Bisher hatten die Hauptvertreter beider Seiten lediglich zurückhaltend vorgetragen, worauf sie jeweils ihren Anspruch auf die Vorherrschaft stützten. Es war höchste Zeit festzustellen, wie weit sie bereit waren, die Ansprüche der Gegenseite anzuerkennen. Bischof Henry machte sich äußerst umsichtig daran, die Kaiserin zu befragen; er hatte große Erfahrung mit Versuchen, sie zu beeinflussen wie auch damit, an der Mauer ihres Starrsinns zu scheitern. Auf keinen Fall durfte man sie als Gräfin von Anjou anreden, obwohl genau das der ihr gebührende Rang war, den sie allerdings als Tochter eines Königs und Witwe eines Kaisers als herabsetzend empfand.

»Hoheit«, begann der Bischof eindringlich, »Ihr wißt um die Notwendigkeit und die Dringlichkeit der hier zu verhandelnden Sache. Schon zu lange hat unser Land unter der Zwietracht gelitten, und ohne Versöhnung kann es keine Besserung geben. Königliche Verwandte müßten imstande sein, in Eintracht miteinander zu leben. Ich bitte Euch von ganzem Herzen, sucht eine Lösung und sprecht. Gebt Eurem Volk ein Zeichen, auf welche Weise wir ab heute und von hier aus der Vernichtung von Leben und der Zerstörung des Landes Einhalt gebieten können.«

»Schon seit Jahren denke ich darüber nach«, beschied ihn die Kaiserin steif, »und ich meine, daß die Wahrheit am Tage liegt und sich durch noch so viel Neubetrachtung nicht ändern und durch das Vortragen noch so vieler Argumente nicht in ihr Gegenteil verkehren läßt. Die Dinge liegen wie zu der Zeit, da mein Vater starb, der unbestrittene und unangefochtene Herrscher. Nach dem Verlust meines Bruders war ich das einzige lebende Kind meines Vaters von der ihm rechtmäßig angetrauten Gemahlin Mathilda, seiner Königin, selbst Tochter des Königs von Schottland. Niemand ist hier, der das nicht weiß. Niemand lebt in England, der das zu bestreiten wagt. Wie konnte es da nach dem Tode meines Vaters einen anderen Erben für sein Reich geben als mich?«

Natürlich sagt sie kein Wort über das runde Dutzend Kinder von anderen Müttern, die der alte König im ganzen Reich zurückgelassen hat, ging es Cadfael durch den Kopf, der vor der Tür die Ohren spitzte. Sie zählten nicht, nicht einmal der beste von ihnen, der unverdrossen und unerschütterlich der Kaiserin die Treue hielt, obwohl er von königlicherem Geblüt war als die beiden Rivalen um die Krone, sofern man seine Abstammung nach normannischem Recht und Brauch würdigte. In Wales würde diesem ältesten Sohn seines Vaters und königlichsten von allen niemand sein Recht streitig machen.

»Um sicher zu gehen«, fuhr die herrscherliche Stimme stolz fort, »hat mein Vater, der König, in eigener Person neun Jahre vor seinem Tod die Frage der Nachfolge um die Weihnachtszeit an seinem Hofe zur Sprache gebracht und alle Edlen seines Reiches zusammengerufen, um ihnen einen feierlichen Eid abzunehmen, mit dem sie versicherten, daß sie nach seinem Dahinscheiden mich, die Nachfahrin von vierzehn Königen, als seine Erbin und ihre Königin anerkennen würden. Jeder von ihnen hat den Eid geleistet, meine Herren Bischöfe – allen voran

William von Corbeil, seinerzeit Erzbischof von Canterbury. Der zweite war mein Onkel, der König der Schotten, und der dritte«, sagte sie, wobei ihre Stimme scharf wie ein Dolch wurde, »mein Vetter Stephen, der jetzt mit dem Anspruch wider mich auftritt, selbst König zu sein.«

Inzwischen war das Murmeln von einem Dutzend Stimmen zu vernehmen – beschwichtigend und besorgt auf der einen Seite, in unverhülltem Groll auf der anderen. Laut und fest sagte der Bischof: »Hier ist nicht der Ort, um erneut die Taten und Ereignisse der Vergangenheit vorzutragen, von denen es auf beiden Seiten genug gegeben hat. Wir stehen jetzt dort, wohin uns allerlei menschliche Schwächen und Verrat gebracht haben, von welcher Seite auch immer sie ausgingen. Von diesem Standpunkt aus müssen wir nun fortfahren. Uns bleibt keine Wahl. Wir müssen feststellen, was sich jetzt tun läßt, um das Übel ungeschehen zu machen, soweit man es ungeschehen machen kann. Das sollten wir bei allem bedenken, was gesagt wird, und nicht nach Vergeltung für etwas streben, das in ferner Vergangenheit liegt.«

»Ich verlange lediglich, daß man die Wahrheit als das anerkennt, was sie ist«, sagte Maud unbeugsam. »Ich bin kraft der gesetzlichen Erbfolge rechtmäßige Herrscherin Englands, wie auch durch die königliche Verfügung meines Vaters und die feierlichen Eide all seiner Edlen, die mich anerkannt und bestätigt haben. Daran könnte ich nicht einmal dann etwas ändern, wenn ich das wollte, und Gott ist mein Zeuge, ich werde es nicht tun. Daß man mir meine Rechte verweigert, ist dabei unerheblich. Ich habe sie nie aufgegeben.«

»Man kann nicht aufgeben, was man nicht besitzt«, höhnte eine Stimme aus den hinteren Reihen der Anhänger Stephens. Sogleich gaben ein Dutzend Männer auf beiden Seiten aufreizende, beleidigende und spöttische Bemerkungen von sich, bis Stephen die Faust auf die Lehnen seines Thronsessels niederfahren ließ und noch lauter als der empörte Bischof Ruhe gebot.

»Meine kaiserliche Base hat das Recht zu sprechen«, erklärte er fest, »und sie hat ihre Worte kühn vorgetragen. Jetzt muß ich etwas über jene Symbole sagen, welche die Herrschaft nicht so sehr vorhersagen oder entscheiden, wohl aber übertragen und bestätigen. Wollte die Gräfin von Anjou in den Besitz der Krone gelangen, auf die sie aufgrund ihrer Erbfolge Anspruch erhebt, müßte man mich um das bringen, was ich bereits kraft der Krönung, der Weihe und der Salbung besitze. Was man ihr zugesagt hat, habe ich eingefordert und rechtmäßig bekommen. Das Öl, mit dem man mich gesalbt hat, läßt sich nicht abwaschen. Das ist das Recht, unter dem ich Anspruch auf das erhebe, was ich besitze, und meinen Besitz werde ich nicht aufgeben und nicht auf den geringsten Bruchteil dessen verzichten, was ich – ganz gleich auf welche Weise – errungen habe. Ich werde unter keinen Umständen Zugeständnisse machen.«

Was ließ sich da noch sagen, nachdem beide ihren Standpunkt unnachgiebig vorgetragen hatten? Obwohl die Kaiserin auf das Recht des Blutes und der König auf weltliche und geistliche Anerkennung und Einsetzung verwies, wollte man sich um eine Lösung bemühen. Das sollte die Stunde der gemäßigten Stimmen sein. Doch statt zu brüderlicher oder verwandtschaftlicher Liebe und Vergebung aufzurufen, rückten sie unumwunden nackte Tatsachen in den Vordergrund. Sofern man in dieser Sackgasse verharrte und Zerwürfnis und Verwüstung weitergingen, erklärte Robert Bossu kalt und mit erkennbarem Nachdruck, gäbe es zum Schluß nichts mehr zu besitzen oder zu übernehmen als eine Wüstenei, in welcher der Sieger, sofern man den Überlebenden so bezeichnen mochte, seinen Wohnsitz in Glut und Asche würde nehmen müssen. Aber auch darauf hörte niemand. Die

Kaiserin gab sich sicher, auf Englands Boden letztlich zu siegen, im Bewußtsein dessen, daß ihr Gemahl und ihr Sohn die gesamte Normandie fest in der Hand hatten und die meisten der versammelten englischen Edlen dort über Grundbesitz verfügten, an dessen Schutz ihnen gelegen war. Dazu aber waren sie auf das Haus Anjou angewiesen. Stephen wiederum war überzeugt, daß sein Stern in England günstig stand, was sich an den glänzenden Erfolgen des nun endenden Jahres ablesen ließ. Gewiß würde ihm auch das Übrige zufallen, und er war bereit, es darauf ankommen zu lassen. Was jenseits des Wassers geschah – darum konnte man sich später kümmern.

Wie üblich predigten die Stimmen der Vernunft tauben Ohren. Inzwischen bestanden die Redebeiträge aus kaum mehr als einem Austausch von Vorwürfen und Gegenvorwürfen. Unerschrocken bemühte sich der Bischof von Winchester um Ausgleich und sorgte dafür, daß kein offener Konflikt ausbrach. Doch zu mehr war er ebenfalls nicht in der Lage. Cadfael bemerkte, daß es viele in der Menge gab, die verdrießlich zuhörten und nichts sagten. Man vernahm kein Wort aus dem Mund Roberts von Gloucester und keins aus dem Mund seines Sohnes und Feindes Philip FitzRobert. Beide mißtrauten einander und dachten nicht daran, ihre Bemühungen und ihren Atem zu verschwenden, auf welcher Seite auch immer.

»Es fruchtet nichts«, flüsterte Robert Bossu resigniert Hugh Beringar zu, als die beiden Einzelgesänge schließlich zu einem bitteren Klagelied verkommen waren. »Nicht hier. Noch nicht. So muß es schließlich in noch finsterer Trostlosigkeit enden. Bis dahin hat es noch gute Weile.«

Als man schließlich die ergebnislos verlaufene Versammlung für beendet erklärte, wurden gleichzeitig alle Anwesenden beschworen, einander zumindest am letzten

Abend gelten zu lassen und gemeinsam an Vesper und Komplet teilzunehmen, bevor sie am nächsten Morgen aufbrechen und ihrer Wege gehen würden. Einige, die keinen langen Heimweg hatten, verließen die Priorei sogleich, um nicht noch mehr Zeit zu vergeuden. Vielleicht waren sie sogar erleichtert, daß die zuvor vergeudeten Stunden kein Ergebnis gebracht hatten. Wenn die Mehrheit nach wie vor vom vollständigen Sieg träumt, hat die Stimme der wenigen kein Gewicht, die mit einer brauchbaren einvernehmlichen Lösung zufrieden wären. Dennoch würde es schließlich, wie von Robert Bossu vorausgesagt, dahin kommen müssen, denn ein anderes Ende war nicht möglich. Keine der beiden Seiten konnte gewinnen, keine verlieren. Irgendwann würden sie es müde werden, sinnlos ihre Zeit zu opfern, ihr Leben und ihr Land aufs Spiel zu setzen.

Aber nicht hier. Noch nicht.

Cadfael trat in die Stille der frühen Abenddämmerung hinaus und sah, wie die Kaiserin über den Hof davonrauschte, neben ihr die würdige Jovette de Montors, einen oder zwei Schritt dahinter die junge Isabeau. Bis zur Vesper blieb noch eine Stunde zum Ausruhen und Nachdenken. Vermutlich würde sich die Kaiserin mit den Diensten ihres eigenen Kaplans begnügen, statt die Andacht in der Prioreikirche zu besuchen. Es sei denn, sie hielte es für richtig, zur Demonstration ihres legitimen Anspruchs ein letztes Mal in vollem Staat aufzutreten, bevor sie den Staub des Ortes von ihren Füßen schüttelte, an dem man sich bemüht hatte, die Grundlage für eine Einigung zu finden, und von dem aus man aufs Schlachtfeld zurückkehrte.

Dort werden sich nach diesem Austausch gegenseitiger Beschuldigungen und selbstbezogener Ansprüche alle wiederfinden, dachte Cadfael betrübt. Belagerungen, Angriffe und Plünderungen werden weitergehen. Gewiß haben sie schon während dieser Atempause Vorräte an Kraft, Haß und Feindseligkeit angesammelt. Eine Weile wird man dem Feuer neue Nahrung geben, doch nach einem weiteren Jahr wird die Mattigkeit erneut einsetzen. Und immer noch bin ich mit meinem Vorhaben keinen Schritt weiter gekommen, zu erfahren, wo man meinen Sohn gefangenhält. Ganz davon zu schweigen, daß ich nicht weiß, wie ich den langen Weg zu seiner Befreiung beschreiten soll.

Ohne Ausschau nach Yves oder Hugh zu halten, trat er allein in die Kirche. Dort gab es jetzt genug stille Winkel für jeden, der fromme Einsamkeit und den Frieden von Gottes Gegenwart suchte. Immer wenn er in eine andere Kirche als die seines Klosters trat, fehlte Cadfael anfangs der kleine steinerne Altar und das ziselierte Reliquiar der Heiligen Winifred, in dem sie anwesend war und zugleich auch wieder nicht. Der bloße Blick darauf entzündete jedesmal ein kleines Feuer in seinem Herzen. Hier mußte er sich diesen besonderen Trost versagen und sich einem Segen anheim geben, der ihm nicht vertraut war. Doch wurde auch hier jedes Bedürfnis befriedigt.

In einer Ecke des Querschiffs fand er auf einer schmalen steinernen Kante, die gerade genug Platz zum Sitzen bot, eine Stelle, die im Dunkeln lag. Dort versank Cadfael in geduldiges Schweigen und schloß die Augen, um das Bild des glatten olivfarbenen Gesichts mit den verwirrenden von Gold umgebenen schwarzen Augen noch besser heraufbeschwören zu können. Mariams Sohn. Andere Männer zeugten Söhne und genossen es, sie aufwachsen zu sehen, anschließend konnten sie das Vergnügen miterleben, wie allmählich Männer aus ihnen wurden. In sein dem Alter zuneigenden Leben war lediglich der vortreffliche Mann getreten, wie ein von Engeln zur Erde herniedergebrachtes Bild, ebenso plötzlich und ebenso strahlend. Es waren nur zwei kurze Augenblicke, die ihm geschenkt und sogleich wieder entrissen worden waren. Er empfand Dankbarkeit und Freude, denn es war mehr, als er verdiente. Solange Olivier furchtlos und reinen Herzens frei in der Welt umherzog, brauchte sein Vater nichts weiter. Doch war der Gedanke unerträglich, daß sich der Sohn in Gefangenschaft befand, willkürlich aus dem Leben gerissen und vor dem Licht verborgen gehalten wurde. Dort, wo sein Platz war, befand sich nun eine dunkle Leere, die einen Angriff auf die Gerechtigkeit darstellte.

Er wußte nicht, wie lange er schweigend und allein dagesessen hatte, dem Schmerz der Leere hingegeben, ohne daß ihm die wenigen Menschen zu Bewußtsein gekommen wären, die zu jener Stunde die Kirche aufsuchten und wieder verließen. Im Querschiff war es dunkler geworden, so daß der Mann, der aus dem sanften Zwielicht des Kreuzgangs seinen düsteren Zufluchtsort betrat, Cadfael nicht bemerkte. Der hatte dessen Schritte nicht gehört, und fuhr daher aus seiner tiefen Versunkenheit auf, als ein Körper ihn streifte und an Arm und Knie anstieß. Eilig faßte eine Hand an seine Schulter, um beide am Fallen zu hindern. Keiner von beiden gab einen Laut von sich. Der Fremde wartete eine Weile, bis sich seine Augen an die Finsternis im Inneren der Kirche gewöhnt hatten. Dann sagte eine leise Stimme: »Ich bitte um Verzeihung, Bruder, ich habe Euch nicht gesehen.«

»Ich wollte nicht gesehen werden«, erwiderte Cadfael.

»Mitunter gab es Situationen, wo auch mir das recht gewesen wäre«, pflichtete ihm die Stimme ohne jede Überraschung bei.

Die langen sehnigen Finger, die kraftvoll Cadfaels Schulter erfaßt hatten, wurden zurückgezogen. Cadfael sah eine schlanke dunkle Gestalt neben sich aufragen. Im Schatten lag ein ovales Gesicht mit hohen Wangenknochen und einer Adlernase, das mit ernsthafter und ein wenig beunruhigender Intensität kalt auf ihn herabsah. Glänzende Augen betrachteten ihn aufmerksam und ohne Eile, ohne Zurückhaltung und ohne Milde. Wenn sich Philip FitzRobert einem Mann gegenübersah, der weder sein Verbündeter noch sein Feind war, betrachtete er ihn mit einer Art in die Tiefe gehender neugieriger Aufmerksamkeit, der man sich nur schwer entziehen konnte.

»Sollte es sogar innerhalb dieser Mauern Kummer und Trübsal geben, Bruder?«

»Die gibt es überall, drinnen wie draußen«, sagte Cadfael. »Das liegt an der Beschaffenheit dieser Welt, und nur an wenigen Orten kann man sich davor verstecken.«

»Das habe auch ich erfahren«, sagte Philip und trat einen Schritt beiseite, ohne aber fortzugehen und ohne den finster wirkenden durchdringenden Blick von Cadfael zu wenden. Auf seine eigene Weise sah er gut aus, und er war jung – zu jung, als daß er seine erstaunliche Geisteskraft hätte vollständig im Zaum halten können. Knapp dreißig, so alt wie Olivier, und wie ihn Cadfael so im Halbdunkel sah, dessen unscharfes Spiegelbild.

»Möge Euer Kummer aus Eurer Erinnerung getilgt sein, Bruder, sobald wir Fremde diesen Ort verlassen haben, damit zumindest Ihr in Frieden leben könnt«, sagte Philip. »Wie auch die Erinnerung an uns ausgetilgt sein wird, wenn der letzte Hufschlag verhallt ist.«

»So Gott will«, sagte Cadfael, obwohl ihm klar war, daß es sich keineswegs so verhalten würde.

Philip wandte sich ab und trat in das Hauptschiff, in dem eine gewisse Helligkeit herrschte. Im Schein der Kerzen war er ein geschmeidiger junger Mann, der leichten Schritts um den Chor herum zum Hochaltar ging. Cadfael überlegte, warum er in jenem kurzen Augenblick des sonderbaren Zusammentreffens mit Gloucesters Sohn, der zweifellos dachte, er sei ein Angehöriger der Priorei, nicht von Angesicht zu Angesicht gefragt hatte, wer Olivier de Bretagne festhielt. War es nicht der rechte Ort und die rechte Zeit gewesen, oder fürchtete er die Antwort?

Die Komplet, die Schlußandacht des Tages, bedeutete nicht nur die Vollendung des Zyklus' aus Stundengebeten, sondern brachte auch den Abschluß der Bemühungen eines Tages und zeigte seinen Ertrag, wie unvollkommen und bescheiden auch immer er aussehen mochte. An diesem Abend bedeutete sie lediglich ein letztes Aufflammen von stolzer Zurschaustellung, mit der die beiden Rivalen gegeneinander auftraten. Wenn sie schon auf dem Schlachtfeld nicht – noch nicht – triumphieren konnten, wollten sie einander zumindest an Glanz und Frömmigkeit übertrumpfen. Die Kirche mochte sich über ihre üppigen Almosen freuen, dem Land würde es mit Sicherheit nicht zum Vorteil gereichen.

Offensichtlich dachte die Kaiserin auch auf diesem Gebiet nicht daran, ihrem Widersacher das Feld zu überlassen. Sie trat in gedämpftem Prunk auf und ließ sich diesmal nicht von ihrer Kammerfrau begleiten, sondern vom jüngsten und bestaussehenden ihrer Edelknaben. Die mächtigsten ihrer Barone folgten nach, so daß sich minder bedeutende Menschen in die finstersten Winkel des Kirchenschiffs drängen mußten. Das Dunkelblau und Gold ihres Gewandes ließen es wie eine schimmernde Rüstung aus Stahl erscheinen. Vielleicht war diese Wirkung beabsichtigt, und möglicherweise hatte sie auf weibliche Begleitung verzichtet, weil diese nicht auf ein Schlachtfeld gehörte, auf dem sie aber jedem Mann ebenbürtig war und keine andere Frau ihr das Wasser reichen konnte. Maud zog es vor, nicht an Stephens fähige und heldenhafte Gemahlin zu denken, die im Südosten des Landes unangefochtenen Vorrang genoß, womit sie im Herzland und am Ursprung der Macht ihres Mannes die unumschränkte Herrin war.

Hinter ihr schritt Stephen eindrucksvoll und in sorglosem Glanz herein, das hocherhobene Haupt entblößt, jeder Zoll ein König. Mit selbstgefälligem Lächeln hielt sich Ranulf von Chester besitzergreifend an seiner Rechten, als hätte ihn eine eigens für neue und wertvolle Verbündete erlassene königliche Anordnung dazu ermächtigt. Links von Stephen folgten gesetzten Schritts William Martel, sein Haushofmeister, und sein Oberzeugmeister Robert de Vere. Treue, die sich lange bewährt hat, ist nicht auf Tuchfühlung und auf Handküsse angewiesen. Erst sehr viel später, merkte Cadfael in seiner dunklen, fernen Ecke, trat Philip FitzRobert ohne Eile von dorther in Erscheinung, wo er gewartet und gegrübelt haben mochte und nahm seinen Platz unter den Anhängern des Königs ein. Er war nicht wie andere bemüht, die Aufmerksamkeit seines Herrschers auf sich zu lenken, damit dieser seine Anwesenheit bemerkte, sondern blieb in den hinteren Reihen. Diese Zurückhaltung minderte seine Bedeutung nicht.

Cadfael hielt Ausschau nach Hugh und fand ihn unter den Vasallen des Grafen von Leicester, der sich mit einer Anzahl verläßlicher und vertrauenswürdiger junger Leute umgeben hatte. Yves aber sah er nicht. Als die Andacht begann, drängten sich bereits so viele Menschen in der Kirche, daß es Nachzüglern schwerfallen würde, ein Plätzchen im Schiff oder um den Eingang herum zu finden. Vor den Fenstern wurde es dunkel. Die Außenwelt zog sich von dem zurück, was im Inneren der Kirche geschah, und Gesichter verschwammen im Dämmerlicht. Es sah ganz so aus, als hätten die Bischöfe betrübt den Fehlschlag ihrer Bemühungen um eine Hoffnung auf Frieden hingenommen, denn in den Worten, die Roger de Clinton an seine Gemeinde richtete, lag feierlicher Abschied: »Ich beschwöre euch, verweilt noch diese letzte Nacht, bevor ihr auseinandergeht, um euch erneut dem Krieg und dem Hader zuzuwenden. Man hat euch hergerufen, damit ihr über die Krankheit des Landes nachdenkt. Auch wenn ihr zur Zeit eine Heilung nicht für möglich haltet, dürft ihr dennoch die Last von Englands Sorgen nicht von eurer Seele abschütteln. Verwendet diese Nacht darauf, weiter im Gebet und in Gedanken zu verharren, und sofern ihr anderen Sinnes werdet, wisset, daß es nicht zu spät ist, es zu sagen und das Denken anderer zu ändern. Weder euch, die ihr führt, noch uns, denen Gott das Wohlergehen der Seelen anvertraut hat, bleiben Vorwurf und Schuld erspart, wenn wir unsere Pflicht den uns anvertrauten Menschen gegenüber vernachlässigen und sie dessen berauben, worauf sie Anspruch haben. Geht jetzt und überdenkt, was ich gesagt habe.«

Der abschließende Segen klang wie eine Mahnung, und vom Gewölbe hallte das Echo der erhobenen Stimme des Bischofs wie ein fernes kleines Donnergrollen zurück, das Gottes Zorn verkündete. Dennoch würden sich König wie Kaiserin davon nicht sonderlich beeindrucken lassen. Zwar blieben sie reglos an ihrem Fleck, bis die Geistlichen fast die Tür der Sakristei erreicht hatten, doch würden sie alle Mahnungen in den Wind schlagen, wenn sie erst einmal aus der Kirche hinaus und, von all ihren Kämpen umgeben, wieder in die Welt zurückgekehrt waren.

Einige der zu spät Gekommenen waren still beiseite getreten, um den Weg für den geordneten Zug der Mönche und den Aufbruch der weltlichen Herrscher freizumachen. Sie drängten sich durch die Südpforte in die tiefe Dämmerung des Kreuzgangs, wo bereits die Kälte der Nacht herrschte. Unter den ersten, einige Schritte weiter auf dem nördlichen Weg des Kreuzgangs, ertönte plötzlich ein Aufschrei. Er war nicht so laut, daß er bis in die Kirche gedrungen wäre, es handelte sich eher um einen Ausruf des Erstaunens. Doch die Rufe, die bald darauf folgten, waren sogar am Allerheiligsten hörbar. Es erhob sich dieselbe Stimme erneut und rief laut: »Hilfe! Bringt Fackeln! Hier liegt ein Mann verletzt...«

Die Bischöfe hörten die Rufe und traten verwundert einen Schritt von der Schwelle der Sakristei zurück, wo sie erstarrt lauschten, bevor sie in aller Eile der Südpforte entgegenstürzten. Doch sie war schon verstopft. Und unter dem Druck der Nachdrängenden platzten jeweils einzelne Männer aus der Öffnung hervor wie Samenkörner aus einer überreifen Schote. Als aber Stephen hinauswollte, teilte sich die Menge in wunderbarer Weise wie das Rote Meer vor dem Zug der Kinder Israels. Diesmal hatte er der Kaiserin nicht den Vortritt gelassen, die von der schwunghaften Vorwärtsbewegung mitgerissen, nicht weit hinter ihm folgte. Gekränkt, aber schweigend trat Maud ins Freie, Stephen hingegen rief laut und gebieterisch: »He, ihr da, Lichter! Rasch! Seid ihr taub?« Und schon lief er dem nördlichen Weg des Kreuzgangs zu, von woher die Rufe ertönt waren und wo jetzt Stille herrschte. Die Dunkelheit des Gewölbes ließ ihn einen Moment zögern, so daß ihm jemand mit einer zuckenden Fackel folgen konnte. Doch dann ließ ein von der Abendkühle getragener Windstoß die Flamme auf die Hand des Fackelträgers herunterzucken, so daß er sie mit einem Aufschrei fallenließ und sie auf den Bodenplatten erlosch.

Den Gedanken an Kerzen hatte Cadfael wegen des Abendwindes verworfen. Dann aber war ihm eingefallen, daß er am Eingang eine Laterne mit Hornplatten gesehen hatte, welche die Flamme schützen würden. Er nahm eine der Kerzen mit, um sie in die Laterne einzusetzen und anzuzünden. Ein Klosterbruder begleitete ihn mit einer aus ihrem Wandhalter genommenen Fackel, und ein junger Mann aus Leicesters Gefolge hatte aus dem Vorhof einen der eisernen Feuerkörbe an seiner langen Stange mitgebracht. Gemeinsam drängten sie sich durch die Menschenmenge auf den nördlichen Weg des Kreuzgangs, um festzustellen, was die Ursache der Schreie gewesen war.

Auf den bloßen Steinplatten vor der dritten Mauernische neben dem Weg lag ein Mann auf der rechten Seite, die Knie leicht angewinkelt, die Arme reglos auf den Steinen. Das dichte braune Haar fiel ihm ins Gesicht, so daß er nicht zu erkennen war. Kostbare dunkle Kleider zeigten seinen Stand an, und von seiner linken Hüfte hing ein Schwertgehenk. Die Scheide reichte bis in die Mauernische, deren Schwelle die Füße des Mannes streiften. Yves Hugonin hatte sich über ihn gebeugt und erhob sich jetzt von den Knien. Mit entsetztem, verwirrtem Blick und bleichem Gesicht sah er die Umstehenden an. »Ich bin im Dunkeln über ihn gestolpert. Er ist verletzt ...«

Er sah auf seine Hand. Sie war mit Blut bedeckt. Der Mann zu seinen Füßen, auf den König und Kaiserin mitsamt dem halben Adel des Landes erstarrt und gebannt hinabsahen, lag regloser da, als man das von einem Lebenden annehmen würde. Dann beugte sich Stephen vor, griff den Mann an der hängenden Schulter und drehte ihn auf den Rücken. Im Licht der Fackeln zeigte sich ein Gesicht, auf dem der Ausdruck fassungsloser Verblüffung lag. Die Augäpfel starrten, und vor den Augen der Zuschauer wurde ein Blutfleck auf der Brust allmählich größer.

Hinter Stephens Rücken ertönte ein gedämpfter Aufschrei, beherrscht zwar und kurz, aber nichtsdestoweniger durchdringend. Philip FitzRobert bahnte sich den Weg durch die zähe Masse der Menschen und kniete vor dem reglosen Mann nieder. Er beugte sich über ihn, legte ihm eine Hand auf die noch warme Stirn und Kehle, hob ein Oberlid und sah in ein Auge, das auf Licht und Dunkelheit nicht mehr reagierte. Dann schloß er beide Lider mit einer raschen, fast heftigen, Handbewegung. Über den Leichnam von Brien de Soulis hinweg schleuderte er Yves einen finsteren Blick zu.

»Durch das Herz, und er hatte noch nicht einmal das Schwert gezogen! Jedem von uns ist bekannt, welchen Haß Ihr für ihn empfandet! Ihr seid ihm an die Kehle gefahren, kaum daß er hier war, wie ich von anderen gehört habe, die dabei waren. Danach habe ich mit eigenen Augen Euren Zorn gegen ihn mit ansehen müssen. Majestät, Ihr seid hier Zeuge eines Mordes! Mord, meine Herrn Bischöfe, an heiliger Stätte, während eines Gottesdienstes! Entweder ergreift Ihr diesen Mann, damit das Gesetz über ihn befindet, oder Ihr gestattet, daß ich ihn fortbringe und im Kampf Mann gegen Mann töte, denn er hat einem anderen das Leben genommen!«

KAPITEL 5

Taumelnd wich Yves vor dem wirren Blick und der scharfen Stimme einen Schritt zurück, die ihn wie ein Peitschenhieb traf. In Anbetracht seines Standes und der Vorrechte, die dieser mit sich brachte, wäre er nicht im Traum auf den Gedanken gekommen, man könne ihn auf diese Weise verdächtigen. Mit offenem Mund starrte er seinen Ankläger sprachlos an und quittierte als der arglose Tor, der er war, die Bezichtigung mit ungläubigem Lächeln – fast war es ein Lachen –, bis er begriff, wie die Dinge standen. Sein Gesicht wurde bleicher als ein Laken. Erregt um sich blickend erkannte er in einem Dutzend Augenpaare um sich herum die gleiche mißtrauische Überzeugung. Schwer atmend brachte er schließlich heraus: »Ich? Ihr glaubt also, daß ich …? Ich bin gerade aus der Kirche gekommen und über ihn gestolpert. Er hat hier so gelegen, wie Ihr ihn seht …«

»An Eurer Hand klebt Blut«, sagte Philip durch zusammengebissene Zähne. »Das ist nur allzu verständlich – wer außer Euch hätte die Tat begehen können? Hier steht Ihr über seinem Leichnam, und niemand außer Euch war in der Nähe. Überdies wart Ihr voller Groll gegen ihn, wie jeder der hier Anwesenden weiß.«

»Ich habe ihn so gefunden, wie er hier liegt«, begehrte

Yves wild auf. »Ich bin niedergekniet, weil ich mich um ihn kümmern wollte. Es war dunkel, ich wußte nicht, ob er lebte oder tot war. Ich habe aufgeschrien, als ich über ihn gestrauchelt bin. Ihr habt mich gehört! Ich habe gerufen, damit jemand Licht bringt, um ihm zu helfen, sofern das möglich war...«

»Welch bessere Möglichkeit gäbe es«, fragte Philip voll Bitterkeit, »sich als schuldlos hinzustellen und Zeugen der Unschuld herbeizurufen? Wir waren Euch dicht auf den Fersen. Die Zeit, unauffällig zu verschwinden und den Toten hier liegenzulassen, hattet Ihr nicht. Er unterstand mir, war der Befehlshaber meiner Leute. Ich habe ihn sehr geschätzt! Sofern es eine Gerechtigkeit gibt, werdet Ihr mir dafür bezahlen.«

»Ich sage es noch einmal: Ich habe gerade die Kirche verlassen, er lag hier im Weg, und ich bin über ihn gestrauchelt. Ich hatte mich zur Komplet verspätet und mußte gleich bei der Tür stehen bleiben.« Inzwischen war er sich über seine verzweifelte Lage klar geworden. Seine Stimme klang betont vernünftig und entschlossen. »Es muß noch andere geben, die wie ich zu spät gekommen sind und in meiner Nähe standen. Sie können bestätigen, daß ich den Kreuzgang erst vor wenigen Augenblicken betreten habe. De Soulis trägt ein Schwert. Bin ich etwa bewaffnet? Schaut nur her! Ich habe keinen Stahl bei mir, weder Schwert noch Stoßdegen! Keiner, der an den Andachten und Gebeten teilnimmt, darf Waffen tragen. Ich bin zur Komplet gekommen und habe mein Schwert in der Unterkunft gelassen. Wie hätte ich ihn da töten können?«

»Jedes Eurer Worte ist eine Lüge«, sagte Philip, der jetzt über dem Leichnam seines Waffengefährten stand. »Ich glaube Euch nicht, daß Ihr in der Kirche wart. Wer spricht für Euch? Ich höre niemanden. Während wir uns dort aufhielten, blieb Euch mehr als genug Zeit, Euer

Schwert zu säubern, es in Eure Unterkunft zurückzubringen und dort auf das Ende des Gebets zu warten. Dann habt Ihr uns waffenlos herbeigerufen, damit wir ihn in seinem Blut entdecken. Und jetzt wollt Ihr den Mord auf einen Unbekannten schieben – Ihr, von dem jeder weiß, daß Ihr sein Feind wart! Alles weist darauf hin, daß das nur Euer Werk sein kann, sein muß, ist.« Cadfael war von den vielen Neugierigen eingezwängt, die den Schauplatz umdrängten. Er konnte sich weder zum König und der Kaiserin durcharbeiten, noch sich gegen den Lärm von einem Dutzend Stimmen Gehör verschaffen, die sich bereits über den Kreuzgang hinweg miteinander stritten. Zwischen den sich reckenden Hälsen sah er im Schein der Fackeln deutlich Philips regloses Gesicht. Irgendwo inmitten des Durcheinanders aus Erregung und Bestürzung der jeweiligen Angehörigen beider Parteien erhoben zweifellos die Bischöfe ihre Stimme, geboten Stille und mahnten zur Vernunft, ohne daß jedoch irgend jemand auf sie hörte. Erst als sich Stephen mit seiner donnernden Stimme gebieterisch vernehmen ließ, sorgte er dafür, daß jedes Geräusch erstarb.

»Ruhe! Schluß mit dem Tumult!«

Wie ein Stein legte sich Stille über die Szene. Jede Bewegung erstarb, alle hielten den Atem an. Doch war das nur von kurzer Dauer, und schon bald schlurften verstohlen Füße über den Boden, raschelten Ärmel, atmeten Männer hörbar ein und begannen sogar, sich im Flüsterton zu dem Vorfall zu äußern. Doch Stephen war Herr der Lage und nutzte sie nach Kräften.

»Wir sollten erst überlegen, bevor wir jemanden der Tat bezichtigen oder von Schuld freisprechen. Vor allem sollte ein mit derlei Dingen Vertrauter feststellen, ob man dem Mann wirklich nicht mehr helfen kann, andernfalls tragen wir alle die Schuld an seinem Tod. Wer im Dunkeln über ihn stolpert, ganz gleich, ob er selbst den Streich geführt hat oder nicht, dürfte kaum imstande sein, ein Urteil zu fällen, das einem Wundarzt zusteht. William, seht nach.«

William Martel, der im Laufe vieler Feldzüge ein großes Maß an Erfahrung mit Todesfällen durch Stichwaffen gewonnen hatte, kniete sich neben den reglosen Körper. Im Fackelschein wurden dabei die blutbedeckte Brust, der aufgeschlitzte Umhang und die schmale Wunde mit ihren gezackten Rändern sichtbar. Er zog ein Lid hoch und achtete auf das reglose Starren des Augapfels.

»Der Stich ist offenkundig ins Herz gegangen. Für ihn kann man nichts mehr tun, er ist tot.«

»Seit wann?« fragte der König knapp.

»Das läßt sich nicht genau sagen. Jedenfalls noch nicht lange.«

»Kann es während der Komplet geschehen sein?« Die Andacht hatte nicht lange gedauert, auch wenn sie an diesem schicksalsschweren Abend ein wenig länger gewesen sein mochte als sonst.

»Kurz bevor wir hineingegangen sind, habe ich ihn noch lebend gesehen«, gab Martel zur Antwort. »Ich hatte angenommen, er werde uns folgen. Mir ist nicht aufgefallen, daß er bewaffnet war.«

»Sofern sich zeigt, daß sich dieser junge Mann während der Andacht in der Kirche aufgehalten hat«, gab der König zu bedenken, »kann er der Tat nicht schuldig sein. Es handelt sich offenbar um kaltblütigen Mord, denn de Soulis ist nicht dazu gekommen, sein Schwert zu ziehen.«

Eine Hand griff leicht nach Cadfaels Ärmel. Hugh hatte sich unauffällig seinen Weg durch die Menge zu ihm gebahnt. Er flüsterte dringlich in Cadfaels Ohr. »Kannst du für ihn sprechen? War er in der Kirche? Hast du ihn gesehen?«

»Ich wünschte, ich hätte ihn gesehen! Ich habe ziemlich weit vorn im Chor gestanden. Er sagt, er hat sich verspätet. Die Kirche war so voll, daß die letzten nicht viel weiter gekommen sein dürften als bis zur Tür.« Dorthin fiel kein Licht, und es war durchaus möglich, daß kaum jemand oder niemand dort stand, der den Verspäteten kannte oder mit ihm gesprochen hatte. An einer solchen Stelle nicht bemerkt zu werden, war fast wahrscheinlich. Für den Fall, daß Yves dort gestanden hatte, war seine Aussage überzeugend, er sei als einer der ersten in den Kreuzgang hinausgetreten, um den Weg freizumachen, und dabei über den Mann gestolpert. Es konnte für ihn sprechen, daß sein erster Ausruf ein kurzer Laut der Überraschung war, als er fast gestürzt wäre. Kurz darauf fatte er den Grund dafür genannt.

»Laß es gut sein, es ist nicht so wichtig!« sagte Hugh leise. »Stephen hat die richtige Frage gestellt. Irgend jemand wird es schon wissen. Sollte tatsächlich alles nichts nützen, wird die Kaiserin auf keinen Fall zulassen, daß Philip FitzRobert einem ihrer Männer zu nahe tritt. Schon gar nicht, wenn es um den Tod eines Mannes geht, den sie verabscheute. Schau sie dir nur an!«

Cadfael mußte den Hals recken und den Kopf drehen, um sie zu sehen. Zwar war sie für eine Frau hochgewachsen, doch umgaben sie Männer, die noch weit größer waren als sie. Nachdem ihm klar war, wo er sie suchen mußte, zeichnete sich ihre Gestalt im Licht der Fackeln deutlich ab. Ihr angenehmes Gesicht war gefaßt und streng, in ihren großen Augen allerdings blitzte eine Spur beherrschten Wohlgefallens, und ihre Mundwinkel deuteten ein zufriedenes Lächeln an. Nein, sie hatte nicht den geringsten Anlaß, über den Tod des Mannes zu trauern, der Faringdon verraten hatte, oder Kummer und Groll von dessen Herrn und Meister zu teilen, der dem Feind ihre Burg Cricklade übergeben hatte. Während Cadfael sie beobachtete, wandte Maud den Kopf ein wenig und sah mit scharfer Aufmerksamkeit zu Yves Hugonin hin.

Dabei vertieften sich die feinen Schatten um ihre Mundwinkel, und einen flüchtigen Augenblick lang war das Lächeln deutlich sichtbar. Noch unternahm sie nichts. Gewiß wollte sie abwarten, ob sich Zeugen für seine Unschuld meldeten. Es gab keinen Grund, sich selbst zu bemühen, soweit und solange es nicht nötig war. Rechts von ihr stand ihr Halbbruder, Roger von Hereford, und zu ihrer Linken Hugh Bigod; beide waren mächtig genug, einen Übergriff gegen einen ihrer Schützlinge zu verhindern.

»Sprecht!« sagte Stephen und sah sich unter den aufmerksamen Gesichtern um, undurchdringliche Mienen, die hie und da unauffällig zum Nachbarn blinzelten. »Wenn einer der hier Anwesenden sagen kann, daß er diesen Mann während der Komplet in der Kirche gesehen hat, möge er das tun und ihm sein Recht werden lassen. Er sagt, er sei unbewaffnet gekommen, um Gott zu dienen, wie es seine Pflicht war, und er habe bis zum Ende an der Andacht teilgenommen. Wer bestätigt seine Aussage?«

Es herrschte völliges Schweigen. Abgesehen von verstohlenen Blicken gab es keine Bewegung. Niemand sagte ein Wort.

»Wie Eure Majestät sieht«, unterbrach Philip schließlich die langwährende Stille, »ist niemand willens, seine Worte zu bestätigen. Auch glaubt ihm niemand.«

»Das beweist nicht, daß er die Unwahrheit sagt«, gab Roger de Clinton zu bedenken. »Nur allzu häufig vermag die Wahrheit keine Zeugen beizubringen und findet daher keinen Glauben. Ich sage nicht, daß seine Aussage damit bestätigt ist, aber man hat ihm auch keine Lüge nachgewiesen. Wir haben nicht jeden gehört, der heute abend an der Komplet teilgenommen hat, und nicht einmal das wäre ein Beweis dafür, daß er die Unwahrheit behauptet. Wenn aber auch nur ein Mann vortritt und sagt: ›Ich habe nahe der Tür bei ihm gestanden, bis das letzte Gebet beendet war, und wir sind hinausgegangen, um den Eingang freizumachen‹, wäre die Wahrheit seiner Aussage erwiesen. Majestät, wir sollten den Fall weiter verfolgen.«

»Dazu bleibt uns keine Zeit«, erwiderte der König mit finster gerunzelter Stirn. »Morgen verlassen wir Coventry. Warum uns verweilen? Es ist alles gesagt.«

Zurück aufs Schlachtfeld, dachte Cadfael. Jetzt sind die Feuer neu entflammt, und der König wartet nur auf einen Vorwand, loszuschlagen.

»Ich verbiete jede Gewalttat innerhalb dieser Mauern«, sagte Roger de Clinton aufgebracht, »auch wenn sie dazu dienen soll, eine Gewalttat zu sühnen. Überdies fordere ich euch auf, auch außerhalb dieser Mauern jeglicher Rachsucht zu entsagen. Wo es keine ordnungsgemäße Suche nach Gerechtigkeit gibt, dürfen wir nicht einmal jene bestrafen, die wir für schuldig halten.«

»Das ist auch nicht nötig«, sagte Philip finster. »Ich verlange einen Blutpreis für meinen Mann. Wenn Euer Gnaden an Gerechtigkeit gelegen ist, möge er dafür sorgen, daß dieser Mann gefesselt hier bleibt, damit ihn die Gerichtsbeamten der Stadt bis zur Verhandlung festhalten und den Fall untersuchen können. In unserem Land gibt es Mittel, dem Recht zur Geltung zu verhelfen. Man möge sie nützen! Übergebt ihn dem weltlichen Arm, denn er hat das Gesetz gebrochen und muß diesen Tod mit seinem Leben büßen, so gewiß wir sterben müssen. Wie könnt Ihr daran zweifeln? Wer sonst war draußen? Wer sonst hat sich so bitter mit Brien de Soulis geschlagen oder einen solchen Groll gegen ihn gehegt? Wir finden ihn über den Toten gebeugt, während kaum ein anderer Mensch in der Nacht unterwegs ist, und Ihr zweifelt noch?«

Es schien Cadfael, als hätte Philip mit seiner bitteren Überzeugung auch den König auf seine Seite gebracht. Stephen hatte keinen besonderen Anlaß, den Unschuldsbeteuerungen eines ihm unbekannten jungen Mannes zu glauben, gegen den alles sprach. Außerdem handelte es sich um einen Vertreter der Gegenseite, der verdächtigt wurde, ihn eines wertvollen Kämpfers beraubt zu haben, der ihm noch kurz zuvor einen so bedeutenden Dienst erwiesen hatte. Stephen zögerte, offenkundig nur allzu bereit, die Bürde auf andere Schultern abzuladen und sich erneut seinen kriegerischen Verrichtungen hinzugeben. Die bloße Andeutung, er könne es daran fehlen lassen, in seinem eigenen Reich den Gesetzen Geltung zu verschaffen, veranlaßte ihn, Yves den weltlichen Behörden zu übergeben und die eigenen Hände in Unschuld zu waschen.

»Dazu habe ich etwas zu sagen«, meldete sich die Kaiserin energisch zu Wort. »Die Zusammenkunft hier in Coventry ist auf beiden Seiten an die Zusage freien Geleits gebunden, damit jeder teilnehmen kann, ohne um seine Sicherheit fürchten zu müssen. Was auch immer hier vorgefallen ist, niemand kann diese Zusage zurücknehmen. Ich bin mit einer bestimmten Anzahl von Gefolgsleuten gekommen und werde morgen mit genau dieser Zahl wieder aufbrechen, denn für jeden von ihnen gilt die Zusage freien Geleits. Niemandem hat man ein Unrecht nachgewiesen, weder diesem jungen Edelmann noch einem anderen. Wer Hand an ihn legt, bricht das Gesetz. Wer ihn festhält, wird meineidig und verfällt dem Gesetz.«

Jeden beiseite schiebend, der im Wege stand, drängte sie sich entschlossen zu Yves durch und reichte ihm gebieterisch die Hand. Während der junge Mann mit bleichem Gesicht ihrer Geste folgte und sich umdrehte, sie zu begleiten, streifte sie verächtlich mit dem Ärmel Philips Arm. Die Umstehenden wichen auseinander und die Reihen öffneten sich vor ihr und ihrem Begleiter. Cadfael sah, wie sie sich umwandte und Yves zulächelte. Er nahm erstaunt wahr, daß dieser sie mit bleichem und ausdruckslosem Gesicht ansah, ohne eine Spur von Dankbarkeit, Verehrung oder Freude.

Eine halbe Stunde später kehrte Yves in die Unterkunft zurück. Die Kaiserin gestattete nicht einmal, daß er das kurze Stück bis dorthin ohne Wächter zurücklegte, fürchtete sie doch, Philip oder ein anderer gekränkter Feind werde den Versuch unternehmen, sich zu rächen, solange Yves noch in greifbarer Nähe war. Wahrscheinlich würde ihr Interesse an ihm bald erkalten, überlegte Yves, der sich kläglich fühlte. Sie würde eifersüchtig darauf bedacht sein, ihn vor Schaden zu bewahren, bis ihr gesamtes Gefolge sicher auf dem Weg nach Gloucester war und ihn dann vergessen. Vor sich selber wollte sie beweisen, daß sie die Macht besaß, ihn zu schützen. Auf diese Weise tilgte sie ihre Schuld ihm gegenüber oder was sie dafür hielt. Keinesfalls aber würde er über längere Zeit hinweg von Bedeutung sein.

Obwohl sie ihn eigenhändig aus dem Kreis der Feinde errettet und diesen ihre Verachtung offen gezeigt hatte, vermochte die lebensspendende Berührung ihrer Hand sein Blut nicht in Wallung zu versetzen. Im Gegenteil spürte er, wie es geradezu erstarrte, wenn er daran dachte, wessen sie ihn für fähig hielt und was sie an ihm so hoch schätzte. Von allen, die ihm den Mord an Brien de Soulis zutrauten, war niemand fester von seiner Täterschaft überzeugt als die Kaiserin. Noch immer hallte in seiner Erinnerung die leise Stimme wider, die ihre Befehle in harmlos klingende Äußerungen kleidete. Von einem ihr ergebenen jungen Mann, der ihr blind folgte und Wachs in ihren Händen war, konnte sie alles verlangen, wie doppelsinnig ihre Worte auch immer waren: Er würde es richtig deuten und ihr gehorchen. Selbstverständlich würde er die Tat anschließend bestreiten, sogar ihr gegenüber. Er kannte seine Pflicht. Über die Art von de Soulis' Tod durfte nicht gesprochen werden, man durfte sie in keiner Weise bestätigen.

An jenem Abend antwortete Yves sogar auf Fragen seiner Freunde nur mürrisch, ja, vor allem auf ihre Fragen. Auch sie fürchteten um seine Sicherheit und hielten sich in seiner Nähe auf, ließen ihn nicht aus den Augen, bis er am nächsten Morgen mit dem übrigen Gefolge der Kaiserin aufgebrochen und auf dem Weg nach Gloucester war.

Vor dem Schlafengehen packte er seine wenigen Habseligkeiten. »Ich muß fort«, sagte er und fügte nichts hinzu, was das Zögern in seiner Stimme hätte erklären können. »Der Antwort auf die Frage, was mit Olivier geschehen ist, sind wir keinen Schritt nähergekommen.«

»Mit der Sache bin ich noch nicht fertig«, entgegnete ihm Cadfael. »Aber für Euch ist es am besten, wenn Ihr abreist und sie auf sich beruhen laßt.«

»Und was ist mit dem Makel auf meinem Namen?« fragte Yves verbittert.

»Auch damit bin ich noch nicht fertig. Die Wahrheit wird schließlich an den Tag kommen. Es ist schwer, sie für immer zu begraben. Da Ihr Brien de Soulis mit Sicherheit nicht getötet habt, muß es unter uns jemanden geben, der es getan hat. Wer auch immer dessen Namen enthüllt, wäscht den Euren vom Makel frei. Sofern es überhaupt jemanden gibt, der wirklich an Eure Schuld glaubt.«

»O, den gibt es«, sagte Yves gequält und zugleich spöttisch lächelnd, »– mit Sicherheit zumindest eine Person!«

Aber einen Namen nannte er nicht; und Cadfael drang nicht weiter in ihn.

Am folgenden Vormittag brach eine Gruppe nach der anderen auf. Philip FitzRobert hatte die Priorei schon verlassen. Ohne sich von jemandem zu verabschieden, war er allein, wie er gekommen war, davongeritten, noch bevor die Glocke zur Prim geläutet hatte. König Stephen nahm noch am Hochamt teil, dann versammelte er all seine Edlen um sich und brach rasch nach Oxford auf. Einige der Edelleute aus dem Norden kehrten in ihre eigenen Grafschaften zurück, um dort ihre Angelegenheiten zu ordnen, bevor sie ihre Aufmerksamkeit wieder König oder Kaiserin zuwandten. Letztere brach um die Mitte des Vormittags nach Gloucester auf. Sie war so lange geblieben, bis sie sicher sein durfte, daß ihr Rivale die Stadt verlassen hatte und sich auch nicht mehr in der Nähe aufhielt, um die Gelegenheit zu nutzen, hinter ihrem Rücken Kräfte gegen sie zusammenzuziehen.

Während sich die Gruppe sammelte, war Yves allein in die Kirche gegangen, und Cadfael, der ihm in einem gewissen Abstand gefolgt war, fand ihn vor einem der Altäre des Querschiffs kniend. Dort hielt er offenbar seine eigene Andacht, bevor er aufbrach. Der unglückliche Ausdruck auf dem Gesicht des Jünglings veranlaßte Cadfael, den Takt hintan zu stellen und sich ihm zu nähern. Yves hörte ihn kommen; ein gequältes Lächeln trat auf seine Züge, dann stand er rasch auf. »Ich bin bereit.«

Am kleinen Finger der Linken, mit der er sich auf den Betstuhl stützte, trug er einen Ring, den Cadfael nie zuvor gesehen hatte – ein schmaler gewundener Goldreif, nichts Aufsehenerregendes. Es war die Art Gabe, die eine Dame einem Pagen als Belohnung für einen besonderen Dienst überreichen würde. Yves bemerkte, wie Cadfaels Blick auf dem Ring ruhte, und wollte ihn unwillkürlich verbergen. Dann überlegte er es sich anders und ließ die Hand liegen. Mit verschwommenen Augen und unbewegtem Gesicht sah er auf den schmalen Reif.

»Ist das ein Geschenk von ihr?« fragte Cadfael, der merkte, daß er eine Frage stellen durfte, vielleicht sogar sollte.

Halb mutlos, halb dankbar, sagte Yves einfach: »Ja.« Dann fügte er hinzu: »Ich habe es abzulehnen versucht.«

»Gestern abend habt Ihr den Ring nicht getragen«, stellte Cadfael fest.

»Nein, aber jetzt wird sie es wohl erwarten ... Ich habe nicht den Mut, ihr gegenüberzutreten und ihn zurückzuweisen«, sagte Yves kläglich. »Bis wir auf halbem Weg nach Gloucester sind, wird sie mich ohnehin vergessen haben, dann kann ich ihn an einem Schrein ablegen – oder einem Bettler am Wege schenken.«

»Warum?« fragte Cadfael, der diese offenbare Wunde mit voller Absicht sondierte. »Gewiß hat sie ihn Euch für erwiesene Dienste geschenkt?«

Yves wandte den Kopf mit dem Ausdruck scharfen Schmerzes ab und ging auf die Tür zu. Wie nebenbei sagte er, und es machte den Eindruck, als erstickte er fast an den Worten: »Ich habe ihn nicht verdient.« Dann wiederholte er, etwas freundlicher: »Ich habe ihn nicht verdient.«

Sie waren fort, die letzten der bunt herausgeputzten Höflinge und die grimmigen Krieger, König und Königsmacher, wie auch die beiden Bischöfe von außerhalb. Nigel von Ely war in sein eigenes Bistum zurückgekehrt und Heinrich von Blois mit seinem königlichen Bruder nach Oxford gereist, bevor er an seinen Sitz nach Winchester weiterzog. Nichts war bei ihrem Aufbruch geregelt, nichts gelöst, der Friede so fern wie eh und je. Außerdem lag ein Toter in einer Seitenkapelle der Prioreikirche. Dort würde er ruhen, bis man ihn einsargen und dorthin bringen konnte, wo ihn seine Angehörigen beizusetzen wünschten, sofern er welche besaß. Im großen Hof war es stiller als gewöhnlich, da nach dem Aufbruch der doppelten Hofhaltung eines nach wie vor geteilten Landes der übliche Verkehr zwischen Stadt und Priorei noch nicht wieder eingesetzt hatte.

»Bleib doch noch einen Tag oder zwei«, bat Cadfael Hugh. »Tu mir die Liebe, denn wenn ich dann mit dir zurückkehre, halte ich meine Zusage ein. Gott weiß, daß ich mich gern an das mir Auferlegte halten möchte, sofern ich dazu imstande bin. Sogar ein einziger Tag sagt mir unter Umständen schon, was ich wissen möchte.«

»Nachdem König und Kaiserin mitsamt ihrem ganzen Gefolge bestritten haben, etwas über Oliviers Aufenthalt zu wissen?« gab Hugh freundlich zu bedenken.

»Ja, trotz allem. Es waren Männer hier, die etwas wissen«, erklärte Cadfael fest. »Da ist aber auch noch die Sache mit Yves. Die Kaiserin läßt ihm zwar ihren Schutz angedeihen und hat ihn mit sich genommen, damit er in Sicherheit ist, doch genügt das? Frieden wird er erst finden, wenn man weiß, wer die Tat vollbracht hat, die man ihm gewiß nicht vorwerfen kann. Gib mir noch einige Tage und laß mich wenigstens ein wenig über diesen Tod nachdenken. Ich habe die Brüder hier außerdem gebeten, mir alles zu sagen, was sie im Zusammenhang mit der Übergabe Faringdons gehört haben. Laß mir soviel Zeit, bis alle darüber geredet haben und ich eine Antwort bekomme, sofern einer der Männer hier eine für mich hat.«

»Ich kann ohne weiteres einen oder zwei Tage länger bleiben«, räumte Hugh zögernd ein. »Ich würde auch äußerst ungern ohne dich zurückkehren. Wir sollten unbedingt dafür sorgen, daß man den Jungen von dem Verdacht befreien kann und den für die Untat Verantwortlichen ermittelt. Immer vorausgesetzt«, fügte er mit einer Grimasse hinzu, »man kann es eine Untat nennen, daß jemand de Soulis aus dieser Welt befördert hat. Nein, sag nichts! Ich weiß! Mord bleibt Mord, ein Fluch für den Mörder wie für den Ermordeten, und man darf ihn nicht gleichgültig hinnehmen, einerlei, wer der Tote ist. Willst du ihn dir noch einmal ansehen? Eine saubere Stichwunde, von vorn, nicht heimtückisch von hinten. Allerdings war es an der Stelle dunkel. Einem kundigen Schwertkämpfer, der ihm aufgelauert hat, dürfte es keine Schwierigkeiten bereitet haben, nachdem sich seine Augen an die Dunkelheit gewöhnt hatten.«

Cadfael überlegte. »Ja, wir wollen uns den Mann noch einmal ansehen. Was ist mit seiner Habe? Befindet sie sich noch immer in der Obhut des Priors? Meinst du, wir könnten ihn darum bitten?«

»Vielleicht erlaubt der Bischof, daß wir uns darum kümmern. Ihm ist es genauso wenig recht wie dir, daß ein Mörder sein Unwesen auf kirchlichem Boden treibt.«

Brien de Soulis lag, von einem Leintuch bedeckt, aber noch nicht ins Totenhemd gekleidet, auf einer Steinplatte in der Kapelle – noch arbeitete der Tischler an seinem Sarg. Es sah ganz so aus, als habe jemand Geld für eine standesgemäße Beisetzung dagelassen. Philip?

Cadfael zog das Leichentuch bis zur Wunde herab, die nur noch ein schmaler, blauschwarzer Einschnitt mit leicht gezackten Rändern war, nicht länger als die Breite eines Daumennagels. Der ansonsten unversehrte Leib war kräftig und muskulös, das gutgeschnittene Gesicht, das nach wie vor den Ausdruck fassungsloser Verblüffung trug, kalt und hart wie Alabaster.

»Das ist keine Schwertwunde«, sagte Cadfael entschieden. »Wegen des austretenden Blutes hat das niemand gesehen, als man ihn auffand. Die Tat wurde mit einem Dolch begangen, der nicht einmal besonders lang gewesen sein muß – gerade lang genug, um bis ins Herz zu dringen. Es liegt nicht sehr tief. Die Klinge muß sehr dünn und schmal gewesen sein. Der Griff hat keine Spur auf der Haut hinterlassen. Offenbar wurde der Dolch so schnell wieder herausgezogen, daß die Wunde noch nicht angefangen hatte zu bluten. Es hätte keinen Sinn gehabt, festzustellen, wessen Kleidung blutbefleckt ist, denn aus einem so kleinen Schnitt spritzt das Blut nicht wie aus einem Brunnen. Bis es zu strömen begann, war der Angreifer auf und davon.«

»Ist er nicht einmal lange genug geblieben, um sich zu vergewissern, daß sein Anschlag gelungen war?« fragte Hugh.

»Er war seiner Sache sicher. Kalt, entschlossen, jemand, der sein Handwerk versteht.«

Cadfael zog das Leintuch wieder über das starre Gesicht. »Hier werden wir nichts mehr finden. Wollen wir uns den Ort des Geschehens noch einmal ansehen?«

Durch die Südpforte betraten sie den nördlichen Weg des Kreuzgangs. Der Leichnam hatte vor der dritten Mauernische gelegen, deren Schwelle seine Fußspitzen berührt hatten. Sie entdeckten einen hellrosa Fleck dort, wo das Blut des Ermordeten unter seiner rechten Seite auf die Bodenplatten gelaufen war. Zwar hatte sich jemand bemüht, den Fleck zu beseitigen, aber sein Umriß ließ sich nach wie vor erkennen. »Ja, hier«, sagte Hugh. »Vermutlich würden die Steine keine Spuren eines Kampfes zeigen, aber ich vermute auch nicht, daß es einen solchen gegeben hat. De Soulis wurde mit Sicherheit vom Täter überrascht.«

Sie setzten sich gemeinsam in die Mauernische, um sich den Ablauf des Geschehens vorzustellen.

»Der Stoß kam von vorn«, sagte Cadfael, »und als der Dolch herausgezogen wurde, ist de Soulis in diese Richtung gefallen, also nach vorn – von der Mauernische, in der er vermutlich auf jemanden gewartet hatte, auf den Weg. Da er Schwert und Stoßdegen trug, hatte er wohl nicht die Absicht, zur Komplet zu gehen. Sofern er hier zu einer geheimen Zusammenkunft verabredet war, kann das nur jemand gewesen sein, den er gut kannte und dem er in keiner Weise mißtraute. Wie hätte er ihn sonst so nah an sich herangelassen? Wäre es Yves gewesen – aber wir wissen, daß er es nicht war –, hätte de Soulis blank gezogen, bevor der Junge auch nur auf zwei Schritt an ihn herangekommen wäre. Yves ist bestimmt nicht der einzige, der ihm feindlich gesonnen war. Innerhalb dieser Mauern befanden sich bestimmt vier Dutzend Männer, die ihn wegen seiner Handlungsweise in Faringdon haßten. Manche von ihnen dürften zur Besatzung gehört haben und rechtzeitig entkommen sein, viele andere aus dem Gefolge der Kaiserin, die nicht dabei waren, sind ihm trotzdem wegen seines Verrats gram. Er hätte sich vor jedem gehütet, den er nicht gut kannte und ausschließlich seinen Verbündeten getraut, die seine Überzeugung teilten.«

»Den einen hier aber hat er falsch eingeschätzt und mit dem Leben dafür bezahlt«, sagte Hugh.

»Wie sollte ein Verräter mit Gegenverrat rechnen? Er hatte sich gegen die Kaiserin gestellt, und jetzt hat sich einer seiner eigenen Leute gegen ihn gewandt – und er hat sich eben in jenem ebenso vollständig getäuscht wie zuvor Maud sich in ihm. Das ist der Lauf der Welt.«

»Wir dürfen wohl alles, was Yves sagt, für bare Münze nehmen?« fragte Hugh mit ernstem Blick auf den Freund. »Ich bin dazu gern bereit, denn ich kenne ihn. Aber müssen wir nicht überlegen, wie sich die Dinge für andere darstellen, die nicht mit ihm bekannt sind?«

»Gewiß«, sagte Cadfael unbeirrt, »doch müssen wir unserer Überzeugung treu bleiben. Zwar hat niemand bestätigt, daß er unter den letzten war, die in die Kirche gekommen sind, aber das ist nicht unbedingt verwunderlich. Er sagt, daß er sich verspätet und mit niemandem gesprochen hat, weil die Andacht schon begonnen hatte. Da er in einer dunklen Ecke gleich am Eingang stand, war er am Schluß einer der ersten, die hinaustraten, um den Weg frei zu machen. Wir haben seinen Ausruf gehört – zuerst war es einfach ein Laut der Überraschung, als er strauchelte, dann kam der Hilferuf. Wenn er die Komplet tatsächlich nicht besucht und Zeit gehabt hätte, in aller Ruhe zu handeln, während fast alle in der Kirche waren, warum hätte er dann rufen sollen? Aus Arglist, wie ihm Philip vorgehalten hat, um den Anschein der Schuldlosigkeit zu erwecken? Yves ist klug, aber in keiner Weise gerissen. Außerdem wäre ihm, hätte er sich allein im Kreuzgang aufgehalten, genug Zeit geblieben, zu entkommen und den Toten von anderen auffinden zu lassen. Er war waffenlos, und man hat sein Schwert in seiner Unterkunft aufgefunden, wie er es gesagt hatte. Es stak in der Scheide. Ich habe mir die Klinge gründlich angesehen: Sie war unbefleckt. Zwar hätte er, wie es Philip behauptet hat, während der Komplet genug Zeit gehabt, sie zu säubern und das Schwert wieder in seine Unterkunft zu bringen. Doch hätte er dann selbst die Aufmerksamkeit auf den Vorfall gelenkt? Nein, er hätte dafür gesorgt, daß er sich an einem anderen Ort aufhielt, als man den Toten fand, und zwar unter Zeugen, die bestätigen konnten, daß er zum Zeitpunkt des ersten Ausrufs weit vom Ort der Tat entfernt war.«

»Und wenn er nach der Komplet aus der Kirche gekommen ist, wie er sagt, hatte er nicht nur keine Zeit, dem Mann entgegenzutreten und ihn zu töten, sondern auch weder Schwert noch Dolch bei sich.«

»So ist es. Ich denke, du weißt ebensogut wie ich, daß der Tod vorher eingetreten ist. Allerdings läßt sich nur schwer sagen, wieviel früher. Der Leichnam hatte Zeit zu bluten, man sieht noch die Größe der Lache, die sich unter ihm gebildet hat. Nein, du brauchst keine Zweifel zu haben. Das Bild, das du dir von dem Jungen gemacht hast, entspricht der Wirklichkeit.«

»Die meisten Angehörigen der Hofhaltung waren in der Kirche«, sagte Hugh nachdenklich. »Allerdings müssen es nicht unbedingt alle gewesen sein. Wie du schon sagst: De Soulis hatte hier Feinde, von denen zumindest einer unauffälliger vorgegangen ist als Yves, und mit tödlichem Ausgang.«

»Außerdem muß es jemand gewesen sein«, resümierte Cadfael noch einmal finster, »dem er nicht mißtraute. Einer, der nahe an ihn herantreten konnte, ohne Verdacht zu erregen, einer, auf den er wartete, denn gewiß hat er hier in der Mauernische gestanden, ist bereitwillig herausgetreten, als der andere kam, und wurde genau auf der Schwelle durchbohrt.«

Hugh beschäftigte sich in Gedanken noch einmal mit dem Winkel des Sturzes, der Lage der Leiche, der sonderbaren Gestalt des Blutflecks, ohne an Cadfaels Darstellung des Geschehens einen Fehler entdecken zu können. Mit ihren wohlgemeinten Bemühungen, beide am Streit beteiligten Parteien zu einer Versöhnung zusammenzubringen, hatten die Bischöfe zugleich erreicht, daß innerhalb dieser Mauern ein gewaltiger Hexenkessel von Haß und Böswilligkeit ins Brodeln geriet und unendliche Möglichkeiten zu künftigem Verrat geschaffen waren.

»Noch mehr Intrigen werden geknüpft, noch mehr Ränke geschmiedet werden, um einen Vorteil zu erlangen«, sagte Hugh bekümmert. »Wenn sich hier zwei insgeheim verabredet hatten, während die hohen Herren der Andacht beiwohnten, haben sie sicherlich Unfrieden im Schilde geführt. Was können wir hier noch tun? Hattest du nicht die Absicht, einen Blick auf de Soulis' Habseligkeiten zu werfen? Laß uns mit dem Bischof sprechen.«

»Alle Habe, die der Getötete mit sich führte«, sagte der Bischof, »befindet sich hier in meiner Obhut, und ich warte darauf, daß mir sein Bruder aus Worcester Anweisungen für die Beisetzung gibt. Ich zweifle nicht daran, daß er dazu befugt ist. Sofern Ihr glaubt, daß uns eine nähere Betrachtung seiner Besitztümer Aufschlüsse über die Umstände seines Todes zu geben vermag, sollten wir uns darum bemühen. Wir dürfen nichts unversucht lassen, der Wahrheit auf die Spur zu kommen. Ist es Eure feste Überzeugung, daß der junge Mann, von dem wir zu dem Toten gerufen wurden, die Tat nicht selbst begangen hat?« fügte er besorgt hinzu.

»Nach allem, was ich über ihn weiß«, antwortete Hugh, »ist er zu Trug oder Heimtücke so unfähig wie nur einer. Ihr habt am Tag unserer Ankunft miterlebt, wie er aus dem Sattel gesprungen und stracks von Angesicht zu Angesicht auf seinen Feind zugestürmt ist. Das entspricht seinem Wesen eher. Außerdem trug er keine Waffe bei sich, als de Soulis aufgefunden wurde. Gewiß, Ihr kennt ihn nicht so gut wie Bruder Cadfael und ich – wir aber sind uns seiner völlig sicher.«

»Es kann auf keinen Fall schaden festzustellen«, räumte der Bischof ein, »ob das Gepäck de Soulis' etwas enthält, das ein Licht auf seine Absichten nach seiner Abreise oder auf irgendwelche Pläne wirft, die er hatte. Vielleicht findet sich ein Brief oder etwas anderes, das uns weiterbringt. Nun denn! Die Satteltaschen befinden sich hier in der Sakristei.«

Darüber hinaus stand noch de Soulis' Pferd im Stall, ein gutes Reittier, das wie alle anderen irdischen Güter dem jüngeren Bruder in Worcester übergeben werden sollte. Eigenhändig öffnete der Bischof die Riemen der ersten Satteltasche und stellte sie auf eine Bank. »Einer der Brüder hat sie gepackt und aus dem Gästehaus hergebracht. Seht sie Euch an.« Da er für diese Gegenstände verantwortlich war, ging er nicht fort, sondern sah aufmerksam zu, während die beiden Brien de Soulis' Habe untersuchten.

Was da vor ihren Augen auf der Bank ausgebreitet lag, erwies sich als gleichermaßen spartanisch wie geordnet. Offenkundig war der Tote ein ordentlicher Mensch gewesen, der mit wenig Gepäck reiste. Neben Hemden und Beinkleidern zum Wechseln sowie einer gutbestückten Börse hatte er nur das Wichtigste mit sich geführt, was ein Mann an persönlichen Dingen brauchte. Ein lederner Beutel in der zweiten Satteltasche enthielt in einer mehrfach unterteilten Schachtel Feuerstein, Zunder, Wachs und ein Petschaft. Kein Herr von Stand würde eine längere Reise ohne sein persönliches Siegel antreten. Hugh hielt es auf der flachen Hand, damit der Bischof es begutachten konnte. Das scharf herausgearbeitete Wappen zeigte zwischen zwei Weidenruten einen Schwan mit gebogenem Hals, der den Kopf nach links wandte.

»Sein Wappen«, bestätigte Hugh. »Wir haben es auf der Schnalle seines Schwertgürtels gesehen, als wir den Leichnam hereintrugen. Da war es natürlich erhaben gearbeitet und seitenverkehrt. Das ist alles.«

»Nein«, sagte Cadfael, während er mit den Fingern an den Nähten der leeren Satteltasche entlangtastete, »hier unten befindet sich noch ein kleiner Gegenstand.« Er zog ihn heraus und hielt ihn ins Licht. »Noch ein Petschaft! Warum sollte ein Mann auf einer Reise zwei davon mit sich führen?«

In der Tat: warum? Wer sich zwei Petschafte anfertigen ließ und beide mitnahm, lief Gefahr, eines davon zu verlieren, wobei es einem Feind oder einem Fälscher in die Hände fallen und auf mancherlei Weise zum Nachteil des Eigentümers mißbraucht werden konnte.

»Es sind verschiedene«, sagte Hugh unvermittelt und trat mit dem Fund ans Fenster, um ihn genauer zu betrachten. »Eine Eidechse – wie ein kleiner Drache – nein, ein Salamander, denn hier sind einzelne züngelnde Flammen. Die Einfassung ist keine Schmuckkante, sondern nur eine einfache Linie. Tief graviert – wenig benutzt. Ich habe es noch nie gesehen. Kennt Ihr es, Euer Gnaden?«

Der Bischof betrachtete das Petschaft aufmerksam und schüttelte dann den Kopf. »Nein, es ist mir unbekannt.

Wozu sollte jemand das Siegel eines anderen mit sich führen? Doch nur, wenn jener es ihm als seinem Stellvertreter anvertraut, damit er es in dessen Abwesenheit unter ein Dokument setzt?«

»Das dürfte hier nicht der Fall gewesen sein«, gab Hugh zurück, »denn hier gab es weder Dokumente noch Abkommen irgendeiner Art zu unterzeichnen, was für uns alle sehr beklagenswert ist. Cadfael, kannst du dir vorstellen, was das zu bedeuten hat?«

»Das Siegel eines Mannes ist wohl das, wovon er sich als letztes trennt«, erwiderte dieser. »Es ist gleichbedeutend mit seiner Zustimmung, seiner Ehre und seinem Ruf. Sofern er es einem Freund anvertraut, wird dieser es gut unter Verschluß halten und nicht achtlos in eine Satteltasche werfen. Ja, Hugh, ich wüßte sehr gern, um wessen Wappen es sich hier handelt und auf welche Weise es in de Soulis' Besitz gelangt ist. Die Ereignisse der jüngsten Vergangenheit haben ihn uns nicht als besonders vertrauenswürdig erscheinen lassen, und auch nicht als jemanden gezeigt, den man ohne weiteres dazu ausersieht, den eigenen Ruf und Namen zu vertreten.«

Zögernd drehte er das kreisförmige Petschaft zwischen den Fingern. Sein Durchmesser war nicht größer als die Länge seines ersten Daumengliedes, und der Knauf, der glatt in der Hand lag, bestand aus dunklem, glänzendem Holz. Die Gravur war sauber ausgeführt, jedes der kleinen Flämmchen ließ sich deutlich erkennen. Der Kopf des Tieres mit seinem geöffneten Maul und der hervorschießenden Zunge wies nach links – der Abdruck würde also nach rechts zeigen. Oft besitzt ein Spiegelbild, das geheime Gesicht wirklicher Wesen, eine schreckliche Bedeutung. Es kam Cadfael so vor, als würden die züngelnden Flammen aus dem Feuerkreis um den Salamander herum die Finger verbrennen, die sie berührten, und als schrien sie danach, erkannt und verstanden zu werden.

Bedächtig fragte er: »Darf ich dies Petschaft an mich nehmen, Euer Gnaden, bis ich den wahren Eigentümer gefunden habe? Ich bin davon überzeugt, daß ich es dazu brauche. Sofern mir das aber nicht gestattet wird, würde ich gern eine genaue Zeichnung der Gravur anfertigen, um mich damit an seiner Stelle auszuweisen.«

Der Bischof sah ihn lange und durchdringend an und stimmte dann zu. »Es abzuzeichnen kann sicher nicht schaden. Aber du wirst kaum Gelegenheit haben, den Hintergründen dieses Todesfalles oder dem Aufenthalt der Gefangenen, die ihr sucht, weiter nachzuspüren, denn ich vermute, daß ihr jetzt, da die Versammlung beendet ist, zurück nach Shrewsbury reiten werdet.«

»Ich weiß nicht, ob ich in mein Kloster zurückkehre, Euer Gnaden«, sagte Cadfael.

KAPITEL 6

Du weißt, daß ich dich nicht begleiten kann, wenn du der Sache weiter nachforschst«, sagte Hugh mit großem Ernst, als sie in der Dämmerung erneut aus der Komplet kamen. »Ich muß mich wieder um meine eigenen Angelegenheiten kümmern. Wenn ich Madog ap Meredudd noch lange den Rücken kehre, wird er erneut begehrliche Augen auf die Stadt Oswestry werfen. Das Verlangen danach hat ihn nie verlassen. Natürlich würde ich nur äußerst ungern ohne dich zurückkehren, und niemand weiß besser als du, daß du dir und dein Leben in höchstem Grade erschwerst, wenn du nicht zur festgesetzten Zeit zurückkehrst.«

»Wenn ich meinen Sohn nicht finde, ist mein Leben nichts mehr wert«, gab Cadfael freundlich und ohne besondere Betonung zurück. »Mach dir um mich keine Sorgen, Hugh. Bei dieser Aufgabe kann ein Einzelner ebensoviel erreichen wie ein Trupp Bewaffneter, wenn nicht mehr. Da ich hier nicht gefunden habe, was ich suche, bleibt mir nichts anderes übrig, als nach Faringdon zu gehen, wo Olivier gedient hat, verraten und gefangengenommen wurde. Es muß dort jemanden geben, der etwas über sein Schicksal weiß. Gewiß findet sich dort irgendein Nachhall, gibt es Spuren, denen man folgen kann. Die will ich finden.«

Sorgfältig übertrug er das Salamandersiegel auf einen Bogen Pergament aus der Schreibstube des Klosters: einmal in natürlicher Größe und ein weiteres Mal vergrößert, damit alle Einzelheiten deutlich erkennbar waren. Das Siegel trug weder Wahlspruch noch Umschrift und zeigte lediglich das Tier in seinem Flammennest. Cadfael war sicher, daß es in irgendeiner Weise auf die Übergabe Faringdons verwies und im Zusammenhang mit Brien de Soulis' Tod stand – man mußte nur eine Möglichkeit finden, das Siegel zum Sprechen zu bringen.

Hugh wollte versuchen, etwas zur Lösung der Rätsel beizutragen, die seinem Freund keine Ruhe ließen. Er fühlte sich unbehaglich, weil er nicht so recht zu helfen vermochte. Da ihm nichts Besseres einfiel, sagte er: »Ist dir schon einmal der Gedanke gekommen, daß von allen, die de Soulis gehaßt haben könnten, niemand mehr Grund dazu hatte als die Kaiserin? Wie wäre es, wenn sie einem der von ihr betörten jungen Männern den Auftrag erteilt hätte, ihn aus dem Weg zu räumen? Möglich wäre es – sie verfügt über genug unkritische Bewunderer, die keine Hemmungen kennen.«

»Genauso stelle ich mir das eigentlich vor«, erwiderte Cadfael nüchtern. »Weißt du noch, wie sie Yves am ersten Abend zu sich kommen ließ, nachdem sie Zeugin geworden war, wie forsch er gegen de Soulis aufgetreten ist? Vermutlich war das für sie ein willkommener Hinweis darauf, daß sie ihm eine Aufgabe übertragen könnte, deren Ausführung das Licht der Öffentlichkeit mehr scheuen mußte als sein erster Versuch.«

»Um Gottes willen!« entfuhr es Hugh. Er blieb vor Überraschung stehen. »Willst du damit etwa sagen, daß Yves …?«

»Aber nein, keinesfalls«, beruhigte ihn Cadfael mit leichtem Tadel in der Stimme. »Er hat gewiß verstanden, was sie, wie ich fürchte, von ihm verlangte, sich aber zugleich verboten, je zu glauben, daß es so gemeint sein könnte. Er hat es selbstverständlich nicht getan! Sogar sie hätte genug Verstand besitzen können zu vermuten, daß ihr ein so unverdorbenes Gemüt diesen Gefallen nicht erweisen würde. Aber sicher hat er begriffen, was sie von ihm erwartete – er ist kein Dummkopf!«

»Könnte sie dann nicht noch einen anderen mit dieser Tat beauftragt haben?« erkundigte sich Hugh. Die Fährte, auf der sie sich jetzt befanden, schien ihm zuzusagen.

»Nein. Schlag dir diesen Gedanken getrost aus dem Kopf. Er führt uns nicht weiter. Die Kaiserin ist überzeugt, daß Yves den Hinweis verstanden und sie von ihrem Feind befreit hat.«

»Woher willst du das wissen?« fragte Hugh angeregt.

»Weil sie ihn mit einem goldenen Reif belohnt hat. Er ist nicht besonders wertvoll, bedeutet aber eine Anerkennung. Yves hätte ihn gern zurückgewiesen, hat aber den Mut dazu nicht aufgebracht. Man kann es dem armen Jungen nicht verdenken. Natürlich wurde die Sache, um die es ging, nicht offen angesprochen, und ebenso natürlich würde er alles bestreiten. Auch die Kaiserin würde sich hüten, etwas zu sagen, was ihn dazu veranlassen könnte, darüber zu sprechen. Der Junge weiß noch nicht, wie er sich solchen Frauen gegenüber verhalten soll. Er ist entschlossen, sich ihrer Gabe zu entledigen, sobald das gefahrlos möglich ist. Er weiß, daß ihre Dankbarkeit nicht von langer Dauer sein wird. Gewiß hat sie niemanden sonst mit der Tat beauftragt, weil sie sicher war, daß sie keinen anderen brauchte.«

»Das kann ihm kaum recht gewesen sein«, sagte Hugh mit finsterer Miene. »Und uns hilft es auch nicht, den Verdacht zu entkräften, der auf ihm lastet.«

Sie waren an der Tür ihrer Unterkunft angekommen. Die früh hereingebrochene Dunkelheit ließ am klaren Himmel über ihnen eine unendliche Zahl winzig kleiner

Gestirne erkennen. Für beide war es die letzte Nacht in Coventry, denn Hugh erwarteten daheim Aufgaben, deren Erledigung er nicht länger hinausschieben konnte.

»Überleg dir gut, was du tust. Mir ist ebenso klar wie dir, was du aufs Spiel setzt. Es geht nicht einfach darum, daß du fortgehst und zurückkommst. Bei dem, was du vorhast, kann ein Mann ohne weiteres verschwinden und nie wieder auftauchen. Kehr mit mir zurück, und ich werde Robert Bossu bitten, der Sache nachzugehen, bis er ein Ergebnis hat.«

»Dafür bleibt keine Zeit«, sagte Cadfael. »Ich bin überzeugt, daß es mehr Seelen als eine zu erlösen und mehr Leben zu retten gibt als das meines Sohnes. Die Zeit ist sehr knapp und die Gefahr sehr nah. Wenn ich jetzt zurückkehre, wird niemand der Angelpunkt des großen Schicksalsrades sein, das von einem Teufel oder einem Engel gedreht wird und das Geschick all dieser Menschen bestimmt. Dennoch will ich alles gründlich erwägen, bevor du mich verläßt. Wir werden sehen, was der Morgen bringt.«

Der nächste Morgen brachte einen staubbedeckten Reiter, der just in dem Augenblick sein erschöpftes Tier auf dem Pflaster des Hofes zum Stehen brachte, als alle nach der Messe aus der Kirche traten. Das Tier hielt den Kopf gesenkt, Schweiß umgab sein Maul, Geifer troff zu Boden, und von seinen schwer atmenden Flanken stieg Dampf in die frostklare Luft. Mit letzter Kraft hielt sich der Reiter am Sattelknauf und stieg ab. Seine Knie waren offenkundig so weich, daß er fast gestürzt wäre.

Da er sich weiter an seinem Pferd festhalten mußte, konnte er nicht wie vorgeschrieben das Knie beugen. Stammelnd neigte er den Kopf so tief und achtungsvoll er es vermochte: »Ich bitte um Vergebung, Euer Gnaden ... Edle Herren, ich soll euch im Auftrag der Kaiserin mitteilen, daß sie mit all ihrem Gefolge außer einem Mann sicher nach Gloucester gelangt ist. Auf dem Weg dorthin ist es zu einem Überfall gekommen …«

»Laßt Euch Zeit und kommt zu Atem. Auch schlechte Nachrichten können warten«, sagte Bischof Roger de Clinton zu den Umstehenden und machte zugleich eine gebieterische Handbewegung. »Bringt etwas zu trinken und setzt Glühwein auf. Helft ihm hinein und kümmert euch um das Tier, bevor es zusammenbricht.«

Sogleich ergriff eine Hand den lose herabhängenden Zügel. Während jemand um den Wein lief, stützte der Bischof selbst den rechten Arm des Boten mit seiner kräftigen Schulter, damit dieser aufrecht stehen konnte. »Kommt, wir gehen hinein. Dort mögt Ihr ruhen.«

In der nächstgelegenen Mauernische des Kreuzgangs lehnte sich der Bote dankbar an die Wand und holte tief Luft. Als einer der Jüngsten und Gelenkigsten kniete sich Hugh im Gedenken an so manchen scharfen Ritt nach Lincoln nieder und zog ihm mit kundigen Händen die schweren Reitstiefel von den Füßen.

»In Evesham haben wir frische Pferde bekommen und sind bis kurz vor Gloucester gut vorangekommen«, begann der Bote seinen Bericht. »Wir wollten die Stadt bis zum Einbruch der Nacht erreichen. Nach Einbruch der Abenddämmerung hat uns ein bewaffneter Haufen in einem Waldstück in der Nähe von Deerhurst aufgelauert und uns überfallen, als der größte Teil unseres Trupps vorüber war. Bevor wir es merkten, wurde einer der Männer von der Nachhut abgeschnitten, der auch ich angehörte. Mit ihm sind sie in die Dunkelheit davongaloppiert.«

»Wer war das?« fragte Cadfael erregt. »Sagt seinen Namen!«

»Einer der jungen Edelleute, jener Yves Hugonin, der sich mit de Soulis geschlagen hatte. Es scheint keinen

Zweifel zu geben, daß ihn FitzRoberts Leute ergriffen haben, weil dieser ihn des Mordes an de Soulis bezichtigt. Offenbar ist er von Hugonins Schuld überzeugt und kümmert sich nicht um den Befehl der Kaiserin, daß er auf dem Weg keinen Schaden erleiden darf.«

»Und seid Ihr den Männern nicht gefolgt?« fragte der Bischof stirnrunzelnd.

»Ein Stück weit. Doch sie waren ausgeruht und schienen das Waldgebiet gut zu kennen, und so haben wir sie nach einer Weile aus den Augen verloren. Als wir dann einen Boten nach vorn schickten, um unserer Gebieterin Mitteilung von der Entführung zu machen, hat sie angeordnet, daß einer von uns zurückreitet, um Euch von dem Vorfall in Kenntnis zu setzen. Wir hatten die Zusage sicheren Geleits nach dem Abschluß der Zusammenkunft; es handelt sich also um eine Freveltat.«

»Wir werden dem König Mitteilung davon machen«, sagte der Bischof entschlossen. »Er wird befehlen, daß man den Mann freiläßt, wie in jenem Fall, als FitzRobert den Grafen von Cornwall festgesetzt hatte. Er hat damals gehorcht und wird es wieder tun, ganz gleich, wie sein persönlicher Groll aussehen mag.«

Wird er das wirklich tun?, fragte sich Cadfael. Würde König Stephen einen Grund sehen, einzugreifen, wo es um einen Mann ging, dessen Unschuld nicht bewiesen war? Er hatte lediglich auf Betreiben der Kaiserin eingewilligt, daß er unter sicherem Geleit davonzog. Immerhin ging es hier nicht um einen wertvollen Verbündeten, sondern lediglich um einen unerprobten Jüngling der Gegenseite. Nein, sofern die Kaiserin Yves' Freiheit wünschte, würde sie sich in höchsteigener Person darum bemühen müssen. Er hatte Coventry in ihrer Obhut verlassen, also war sie für seinen Schutz zuständig. Wie weit aber würde sie dabei gehen? Gewiß war sie nicht bereit, ihm zuliebe Unbequemlichkeiten oder Zeitverlust auf sich zu nehmen, und ganz sicher würde sie um seinetwillen keinen Vorteil aufgeben. Der ruchlose Dienst, den er ihr vermeintlich erwiesen hatte, war gewürdigt und belohnt worden – sie schuldete ihm nichts. Er hatte sich außerdem mit voller Absicht ans hintere Ende des Zuges begeben, damit sein Anblick sie nicht an seine Anwesenheit erinnerte.

»Die Bande hat unseren Zug vermutlich über eine längere Strecke hinweg insgeheim von einem Berittenen beobachten lassen, um ihres Mannes sicher zu sein«, berichtete der Bote. »An einer Wegbiegung, wo die Bäume dicht stehen, schlugen sie dann zu. Es war alles im Nu vorüber.«

»Und in der Nähe von Deerhurst, sagt Ihr?« vergewisserte sich Cadfael. »Liegt das schon auf FitzRoberts eigenem Gebiet? Wie nahe stehen seine Burgen? Er ist so früh hier aufgebrochen, daß ihm ohne weiteres Zeit blieb, einen Hinterhalt zu legen. Offenbar hat er das von Anfang an für den Fall geplant, daß man ihm seine Pläne hier durchkreuzte.«

»Es sind von dort aus wohl an die zwanzig Meilen bis Cricklade, und bis Faringdon ist es noch weiter. Aber bis zu seiner neuen Burg bei Greenhamsted, die er vor einigen Wochen Robert Musard entrissen hat, ist es nicht weit. Sie liegt keine zehn Meilen von Gloucester entfernt.«

»Und seid Ihr sicher«, fragte Hugh ein wenig zögernd, wobei er einen besorgten Blick auf Cadfael warf, »daß sie den jungen Edelmann gefangen davongeführt haben?«

»Keine Frage«, sagte der Bote ohne zu zögern. »Man konnte sehen, daß sie ihn unbedingt lebend wollten. Der Überfall lief wie am Schnürchen. Heutzutage ist man mit dem Blutvergießen ein wenig zurückhaltender. Schließlich haben Männer, die der einen Seite angehören, Verwandte auf der anderen, und diese könnten sich zur Rache veranlaßt fühlen. Seid unbesorgt, man hat ihn nicht getötet.«

Der Bote bekam in den Räumen des Priors eine Stärkung und durfte sich ausruhen. Der Bischof war in seinen Palast zurückgekehrt, um die Neuigkeit brieflich weiterzugeben, insbesondere nach Oxford und Malmesbury, denn in jener Gegend hatte der Überfall stattgefunden. Zwar durfte man zweifeln, ob sich König Stephen zum Eingreifen aufraffen würde, doch erreichte die Nachricht von der Entführung des jungen Mannes sicherlich dessen Onkel in Devizes, der bei der Kaiserin einen gewissen Einfluß hatte. Keinesfalls durfte man irgendein Mittel unversucht lassen.

»Jetzt muß ich zwei Geiseln auslösen«, sagte Cadfael, nachdem er lange schweigend auf Hughs enttäuschtes und betrübtes Gesicht gesehen hatte. »Sofern ich um ein Zeichen gebeten hätte, hier ist es. Für mich besteht keinerlei Zweifel mehr daran, was ich zu tun habe.«

»Und ich kann dich nicht begleiten«, sagte Hugh.

»Du mußt dich um deine Grafschaft kümmern. Es genügt, wenn sich einer von uns seinen Aufgaben entzieht. Aber dürfte ich dein gutes Pferd behalten, Hugh?«

»Wenn du versprichst, es sicher zurückzubringen, mit dir im Sattel«, erwiderte dieser.

Sie verabschiedeten sich am Tor der Priorei. Hugh wollte in Begleitung seiner drei Reisigen nordwestwärts auf dem Weg zurückkehren, den sie gekommen waren, Cadfael hingegen zog es nach Süden. Sie umarmten einander flüchtig, bevor sie aufsaßen und sahen sich nicht um, als sie aus dem Tor auf die Straße ritten, wo sich ihre Wege trennten. Mit jedem Schritt, den die Pferde taten, dehnte sich das Band zwischen ihnen ein wenig mehr, wurde dünner, ein Haar, ein Spinnwebfaden – aber es riß nicht.

Cadfael kam gleichmäßig voran. Er nahm seine Umgebung kaum wahr, denn seine Gedanken beschäftigten sich mit dem Abreißen einer anderen Verbindung, als er sich südwärts statt heimwärts gewandt hatte. Mit einer Mischung aus starker Erleichterung und ebenso starkem Schrecken fühlte Cadfael, wie er plötzlich einen beklemmenden Zwang abschüttelte, der sein Leben in sich verschlossen hatte. Zuerst stellte sich das angenehme Gefühl ein, frei in der Welt umherzuziehen, und erst allmählich überwältigte ihn ein Entsetzen. Er war wortbrüchig geworden, hatte sich aus der Gemeinschaft der anderen ausgeschlossen, im vollen Bewußtsein dessen, was er tat. Jetzt gab es für ihn nur noch eine Entschuldigung: Er mußte Yves und Olivier befreien. Falls ihm das mißlang, rechtfertigte nichts sein eigenmächtiges Fernbleiben vom Kloster. Er hatte seine Gelübde gebrochen, seine Mitbrüder im Stich gelassen, die Aussicht auf einen Platz im Himmel aufgegeben. »Du bist auf dich allein gestellt«, waren Abt Radulfus' Worte.

Zunächst mußte er sich eingestehen, daß es geschehen war, dann mußte er es akzeptieren. Danach konnte er gefaßt weiterreiten, sein eigener Herr, wie er es in der ersten Hälfte seines Lebens gewesen war. Nur selten hatte er dabei ein darüber hinausgehendes Bedürfnis gespürt, bis er Vollendung in der Gemeinschaft und in der Selbstaufgabe gefunden hatte. Einstweilen konnte und mußte er sein Leben nach jenen alten Bedingungen führen, vielleicht sogar während der ganzen Zeit, die ihm auf Erden noch blieb.

Nachdem sich Cadfael über seine neue Situation klar geworden war, konnte er um sich blicken, auf den Weg achten und sich innerlich mit der Aufgabe beschäftigen, die vor ihm lag.

In der Nähe von Deerhurst hatten die Unbekannten Yves von seinen Gefährten getrennt und entführt. Genau genommen gab es keinen Beweis für die Identität der Täter; aber Philip FitzRobert war der Einzige, von dem man wußte, daß er großen Groll gegen den Jüngling hegte, und der, wie es schien, nicht gesonnen war, auf seine Rache zu verzichten. Zudem besaß er in jenem Teil des Landes nicht nur drei Burgen, sondern auch eine starke Gefolgschaft, und konnte also eine solche Tat im Bewußtsein seiner Macht begehen. Seine Männer brauchten die Gefahr, mit dem Gefangenen auf offener Straße entdeckt zu werden, nicht länger als unbedingt nötig auf sich zu nehmen, sondern konnten ihn so rasch und verstohlen wie möglich in einer der Burgen verschwinden lassen. Damit war er außer Sicht und vergessen. Die nächste Burg lag, laut dem Boten der Kaiserin, bei Greenhamsted. Cadfael kannte die Gegend nicht gut, hatte aber den Boten nach diesem und jenem ausgefragt. Deerhurst war einige Meilen nördlich von Gloucester und Greenhamsted etwa ebenso weit südöstlich von der Stadt entfernt. La Musarderie hatte der Bote die Burg genannt, nach der Familie Musard, in deren Besitz sie seit den Zeiten der Normannen gewesen war. In Deerhurst gab es eine alte Priorei, die zum Besitz der dem Heiligen Dionysius geweihten Pariser Kirche Saint Denis gehörte. Sofern Cadfael dort die Nacht verbrachte, konnte er möglicherweise einiges über die Umgebung in Erfahrung bringen. Landbewohner achten schon aus Gründen der Selbsterhaltung aufmerksam auf das Tun und Treiben ihrer Herrschaft – zumal in Bürgerkriegszeiten.

Die Burg La Musarderie ging auf die Zeit König Wilhelms des Eroberers zurück, der Hascoit Musard das Dorf Greenhamsted zum Lehen gegeben hatte, kurz bevor er die Erstellung des Reichsgrundbuchs in Angriff nahm. Die brauchte einige Zeit, lange genug um eine steinerne Burganlage fertigzustellen, nachdem man anfangs in aller Eile einen hölzernen Bau errichtet hatte, um die Stelle zu sichern. Faringdon hingegen war binnen weniger Sommerwochen so stark wie möglich befestigt worden, wozu man Erdwerke aufgeworfen und hölzerne

Bauten errichtet hatte. Etwas anderes war in der kurzen Zeit nicht möglich gewesen. Prompt hatte dann der Gegner mit der Belagerung begonnen, als die Anlage kaum fertig war. Cricklade wiederum lag, in welchem Zustand der Befestigung auch immer es sich befand, der Stelle, an der Yves gefangen genommen wurde, nicht so nahe wie Greenhamsted. Nun, Cadfael würde sehen, ob er in Deerhurst auf jemanden stieß, der ihn in seinen Fragen weiterbringen konnte.

Er ritt in gemäßigter Gangart, denn er wollte so lange wie möglich im Sattel bleiben, um noch vor Einbruch der Nacht ein gutes Stück Weg hinter sich zu bringen. Er machte auch zum Essen nicht Rast und verrichtete die Gebete zur Terz und Sext im Sattel. Einmal traf er einen berittenen Kaufmann, den ein Gehilfe begleitete, und sie zogen einige Meilen gemeinsam weiter. Cadfael ließ dessen Wortfluß über sich ergehen und murmelte nur von Zeit zu Zeit höflich bestätigende Worte. Seine Gedanken beschäftigten sich währenddessen mit dem, was ihn im Themsetal erwarten mochte, wo die Kampflinie verlief. Vor den Toren von Stratford trennten sich ihre Wege: Der Kaufmann und sein Begleiter ritten in die Stadt, während Cadfael seinen Weg auf einer vielbenutzten und vergleichsweise sicheren Straße fortsetzte. Hin und wieder traf er andere Reisende und tauschte mit ihnen einen Gruß.

In der Abenddämmerung erreichte er Evesham. Unvermittelt kam ihm der erschreckende Gedanke, daß er bisher als selbstverständlich angenommen hatte, man werde ihn dort als Ordensangehörigen willkommen heißen. In Wirklichkeit aber genoß er solche Vorrechte nicht mehr, hatte er doch sein Gehorsamsgelübde mit voller Absicht und im Bewußtsein dessen gebrochen, was er tat. Als Wortbrüchiger, der sich selbst aus der Gemeinschaft der anderen ausgeschlossen hatte, durfte er eigentlich nicht einmal mehr das Habit tragen, es sei denn, man gestattete ihm das aus Nächstenliebe, damit er seine Blöße bedecken konnte.

Er bat um ein Strohlager und legte dar, daß er sich auf einer Bußreise befinde, und daher die Gemeinschaft der zum Chor zugelassenen Mönche vor deren Abschluß nicht verdiene. Mit dieser Erklärung entfernte er sich nicht unnötig weit von der Wahrheit. Der Bruder, dem die Aufnahme Reisender oblag, war rücksichtsvoll genug, nicht mehr aus ihm herauszufragen, als er sagen wollte, tat ihm seinen Willen und bot ihm obendrein einen Beichtiger für den Fall an, daß er einen brauchte. Dann gab er ihm Gelegenheit, sein Pferd in die Stallungen zu führen und sich darum zu kümmern, bevor er selbst ausruhte. Bei der Vesper und der Komplet zog sich Cadfael in einen dunklen Winkel des Kirchenschiffs zurück, von dem aus er den Hochaltar sehen konnte. Äußerlich war er nicht aus der Gemeinschaft des Ordens ausgeschlossen. Noch nicht.

Doch während der gesamten Andacht spürte Cadfael in seinem Inneren ein sonderbares Paradox, eine Leere, die schwerer drückte als Steine.

Im Verlauf des nächsten Nachmittags kam er durch das Waldgebiet, das sich am Rande des Tals von Gloucester entlangzieht. Alle Grafschaften Mittelenglands schienen reichlich von Wäldern voller Wild bestanden zu sein, ein einziger großartiger Forst. Und in diesem speziellen Revier hatte Philip FitzRobert einen Mann gejagt – ein weiterer bestürzender Verlust für die tapfere junge Frau, die ein Kind erwartete und jetzt ganz allein in Gloucester saß.

Cadfael hatte Tewkesbury rechts liegenlassen und folgte dem kürzesten Weg nach Gloucester, wie das wohl auch die Kaiserin mit ihrem Troß getan hatte. Gute, breite

Reitwege, die fast immer in ebenem Gelände verliefen und sich nur ab und zu auf kurzen Strecken verengten, führten durch Waldland. An einer Biegung, wo die Bäume nahe an den Weg heranrückten, hatte der Bote gesagt. Da sich die Kaiserin dem Ende ihrer Reise näherte, hatte man in Evesham die Pferde gewechselt und danach vermutlich das Tempo verschärft, um das Ziel noch vor Einbruch der Dunkelheit zu erreichen. Die Nachhut war ein wenig zurückgefallen – ein Kinderspiel, den Trupp zu umzingeln und einen einzelnen Mann von den anderen zu trennen. Irgendwo hier also war es geschehen. Da der Vorfall zwei Nächte zurücklag, waren aber wohl auch die von mehreren Reitern hinterlassenen Spuren allmählich undeutlich geworden.

Südlich des Weges lichtete sich der dichte Wald ein wenig, so daß dort Gräser und andere Pflanzen gediehen. An dieser günstigen Stelle hatte jemand eine Fläche gerodet. Einige Schritt beiseite duckte sich eine von einem niedrigen Holzzaun umgebene Kate unter den Bäumen, dahinter stand ein Stall. Cadfael hörte eine Kuh zufrieden muhen und sah am Rande des Grundstücks eine kleine Fläche, die bereits bewirtschaftet wurde. Ein Mann, vermutlich der Besitzer des Häuschens, grub innerhalb der Einfriedung und streckte den Rücken, als er das leise Klappern der Hufe auf dem Reitweg vernahm, um dem Ankömmling aufmerksam entgegenzuspähen. Beim Anblick des Benediktinermönchs entspannte er sich sichtlich, lockerte den Griff um den Spatenstiel und rief ihm über das runde Dutzend Schritte, das sie trennte, einen Gruß zu.

»Guten Tag, Bruder!«

»Gott segne Euer Tun!« gab Cadfael zur Antwort, zügelte sein Pferd und ließ es zwischen den Bäumen näher herangehen. Der vierschrötige, blauäugige Mann, dessen sonnengebräuntes Gesicht faltig wie die Schale einer Walnuß war, legte den Spaten zu Boden und wischte sich die Hände ab. Offensichtlich war er bereit, seine Arbeit für einen Plausch mit einem harmlosen Reisenden zu unterbrechen. Es sah ganz so aus, als lebe er allein auf seinem Besitz mitten im Wald, denn man hörte und sah weder in der Kate noch im Garten etwas, das auf die Anwesenheit anderer Menschen hinwies. »Das scheint ja eine richtige Einsiedelei zu sein«, sagte Cadfael. »Sehnt Ihr Euch nicht bisweilen nach Gesellschaft?«

»Ach, ich bin die Stille gewöhnt. Sollte ich ihrer aber müde werden – ich hab einen verheirateten Sohn in Hardwicke, dort drüben, knapp eine Meile von hier, und an Feiertagen kommen die Enkel zu mir heraus. Ich hab genug Gesellschaft, und mir gefällt das Leben im Wald. Wohin des Wegs, Bruder? Die Dunkelheit wird Euch bald einholen.«

»Ich gedenke die Nacht in Deerhurst zu verbringen«, sagte Cadfael gelassen. »Und Ihr, mein Freund, habt Ihr nie Schwierigkeiten mit wilden Männern, denen das Leben im Walde ebenfalls zusagt, wenn auch aus minder rechtschaffenen Gründen als Euch?«

»Ich kann mich meiner Haut wehren«, sagte der Kätner zuversichtlich. »Außerdem liegt den Rechtsbrechern nichts an kleinen Leuten wie mir. Hier reiten viele vorüber, bei denen es die Mühe eher lohnt, doch gibt es hier nicht viele Überfälle. Zwar bieten die Bäume gute Deckung, doch ist der Streifen Waldland nur schmal. Es gibt bessere Jagdgründe.«

»Das hängt gewiß von der Beute ab«, erwiderte Cadfael und musterte den Mann aufmerksam. »Vor zwei Tagen müßte hier ein großer Trupp auf dem Weg nach Gloucester vorübergezogen sein, etwa um diese Tageszeit, vielleicht eine Stunde weiter auf die Nacht zu. Habt Ihr ihn gehört?«

Der Mann hatte seine entspannte Haltung aufgegeben und betrachtete Cadfael nachdenklich mit zusammengekniffenen Augen. Offensichtlich war er auf der Hut. Cadfael hoffte, daß sein Mißtrauen nicht ihm oder seinen Fragen galt.

»Ich hab den Trupp gesehen«, sagte er ruhig. »Einem klugen Mann entgeht ein solches Lärmen nicht. Anfangs war mir nicht bekannt, wer da vorüberzog, heute weiß ich es. Die Kaiserin, die außer Königin schon alles war, ist mit ihren Gefolgsleuten von der Versammlung des Bischofs in Coventry nach Gloucester zurückgekehrt. Für Männer wie mich hat das Rascheln ihrer Röcke noch nie etwas Gutes bedeutet – allerdings gilt das auch für das Rascheln des Umhangs von König Stephen. Wir sehen den Großen zu, wenn sie vorüberziehen, und danken Gott, wenn sie vorbei sind.«

»Konnten sie in Frieden ziehen?« fragte Cadfael. »Oder wurde ihnen aufgelauert? Hat es an jenem Abend einen Kampf oder etwas anderes Beunruhigendes gegeben?«

»Bruder«, sagte der Mann gemessen, »warum willst du das wissen? Ich bleibe im Haus, wenn Bewaffnete um den Weg sind und lasse jeden in Frieden, der mich in Frieden läßt. Ja, es gab eine Art Unruhe – nicht hier, ein Stück weiter, außer Sichtweite. Man hat nur Geräusche und Rufe gehört, es sind wohl einige durch die Bäume gebrochen, aber es war rasch vorüber. Dann kam ein einzelner Mann, der hinter dem Trupp hergaloppierte und etwas rief, und später kehrte ein anderer in großer Eile auf demselben Weg zurück. Bruder, wenn du mehr über all das weißt als ich, der ich es mit angehört habe, warum fragst du mich dann danach?«

»Und bist du am nächsten Tag bei Tageslicht an den Ort des Überfalls gegangen, um ihn dir anzusehen?« fragte Cadfael. »Was für Hinweise hast du dort gefunden? Wieviele Männer waren es, würdest du sagen? Und wohin sind sie anschließend gezogen?«

»Wohl mindestens ein Dutzend«, antwortete der Mann. »Sie hatten sich äußerst geduldig verborgen gehalten und gewartet. Die meisten südlich des Wegs, einige aber auch im Norden. Ihre Pferde haben das Gras unter den Bäumen zertrampelt. Nachdem sie ihr Werk getan hatten, was auch immer es war, sind sie alle miteinander rasch südwärts geritten. Dort drüben führt ein Weg nach Süden. Links und rechts von ihm sind Büsche geknickt und Äste abgerissen.«

»Genau nach Süden?« fragte Cadfael.

»Und in großer Eile. Es ist offensichtlich, daß sie den Weg kannten, denn sie sind trotz der Dunkelheit rasch vorangekommen. Nachdem du jetzt weißt, was ich gehört und gesehen habe – und ich habe es dir nur um deines Gewandes willen gesagt – laß mich wissen, was du mit solchen nächtlichen Überraschungen zu schaffen hast.«

»Nach meinem Wissen«, befriedigte Cadfael die Neugier des Mannes, die der seinen ähnelte, »haben die Männer, die nach dem Überfall auf die Nachhut der Kaiserin in so großer Eile davongeritten sind, einen mir gut bekannten jungen Mann in die Gefangenschaft verschleppt, dessen ganzes Unrecht darin besteht, daß er Philip FitzRoberts Haß auf sich gezogen hat. Ich will nun seinen Aufenthaltsort auskundschaften und ihm die Freiheit verschaffen.«

»So, so, Gloucesters Sohn also? Hier in der Gegend hört jeder auf sein Wort, und er hat überall Schlupflöcher. Aber, Bruder«, teilte ihm der Kätner mit allen Anzeichen von Entsetzen mit, »wenn du in die Burg La Musarderie willst, um dich FitzRobert entgegenzustellen, kannst du ebensogut den Teufel beim Bart packen.«

»Hält sich Philip dort auf?« gab Cadfael zurück.

»So sagt man. Es heißt, daß er dort bereits eine oder zwei Geiseln festhält, und sofern es seit dem Überfall hier eine mehr ist, sind deine Aussichten, sie zu befreien, ebenso groß wie die, lebend in den Himmel zu kommen. Überleg es dir zweimal und öfter, bevor du das Wagestück unternimmst.«

»Leb du in Sicherheit vor allen Bewaffneten hier weiter und sprich von Zeit zu Zeit ein Gebet für alle, die als Gefangene in Knechtschaft schmachten. Dann tust du, was dir frommt.«

Das Tageslicht wurde deutlich schwächer. Am besten war es, rasch nach Deerhurst weiterzuziehen. Immerhin hatte Cadfael einen Hinweis bekommen, der ihm nutzen konnte. Eine oder zwei Geiseln befanden sich also bereits dort, wo sich Philip aufhielt. Sicherlich würde er auch die Beute seiner Bitterkeit und seines Hasses dorthin bringen, um sie für den Zeitpunkt der Rache aufzubewahren.

Gerade wollte Cadfael sein Pferd wieder auf den Weg lenken, als ihm noch etwas einfiel, was er unbedingt wissen mußte. Er nahm den Pergamentbogen aus der Kutte und strich ihn auf seinem Oberschenkel glatt, um dem Mann die Zeichnungen zu zeigen, die er von dem bewußten Salamandersiegel angefertigt hatte.

»Hast du je dies Zeichen auf einem Wimpel, einer Schabracke oder einem Siegel gesehen? Ich versuche festzustellen, wem es gehört.«

Der Mann sah sich die Zeichnung aufmerksam an, schüttelte dann aber den Kopf. »Ich weiß nichts von diesen Wappen und Zeichen der hohen Herren, mit Ausnahme der wenigen hier in der Gegend. Nein, ich habe es nie gesehen. Aber sofern du nach Deerhurst reitest, es gibt dort einen Klosterbruder, der sich mit derlei Dingen beschäftigt. Es ist sein ganzer Stolz, das Wappen eines jeden Grafen und Barons im Lande zu kennen. Bestimmt weiß er, wem das da zu eigen ist.«

Als Cadfael die Dämmerung des Waldes verließ, stieß er auf breite Sumpfwiesen. Sie zogen sich zu beiden Seiten eben jenes Flusses Severn entlang, den er in Shrewsbury hinter sich gelassen hatte, nur daß er hier doppelt so breit war und mächtig dahinströmte. In der offenen Landschaft herrschte noch helles Tageslicht, und hinter einigen Bäumen sah er nahe dem Wasser gelblich-silbern das Mauerwerk eines Kirchturms aufschimmern. Es war solide sächsische Arbeit, wuchtig und ebenso fest wie der Bergfried einer Burg. Im Näherkommen erkannte er immer deutlicher die lange Linie des Dachs über dem Langschiff und dann im Ostteil des Gebäudes die vielfach gegliederte Apsis mit ihrem halbkreisförmigen Grundriß. Der Bau war mehrere Jahrhunderte alt und unter Eduard dem Bekenner, der stets mehr der normannischen als der englischen Seite zugeneigt hatte, neu gegründet und dem Heiligen Dionysius geweiht worden. Erneut spürte Cadfael, wie er sich nur mit einem gewissen Zögern dem benediktinischen Umfeld nähern konnte, das ihm so viele Jahre Heimat bedeutet hatte. Es kam ihm vor, als sei er dessen unwürdig und habe dort kein Bleiberecht. Doch sofern er nach dem Wissen forschen wollte, das er brauchte, mußte er die Täuschung auf sein Gewissen laden. Wenn seine Mission vorüber war, würde er alles wieder gutmachen, immer vorausgesetzt, er überlebte das Abenteuer.

Der Bruder Pförtner, der ihn in den Hof einließ, war ein rundlicher Gemütsmensch in mittleren Jahren, stolz auf sein Kloster und nur allzu gern bereit, die Schönheiten von dessen Kirche vorzuführen. Am Südteil des Chors wurde gearbeitet, und eine Bauhütte, neben der unter einer Abdeckung Steinquader aufgestapelt waren, stand dicht an der Apsismauer. Zwei Steinmetze waren mit ihren Gehilfen dabei, Steinquader zurecht zu klopfen. Nach einer Weile legten sie das Werkzeug beiseite, weil es zum Arbeiten zu dunkel wurde. Der Bruder Pförtner wies auf die Fundamente, die den Umriß der vorgesehenen Erweiterung des Gebäudes erkennen ließen. »Hier errichten wir eine weitere Kapelle, die nach Südosten geht, und auf der Nordseite wird eine ebensolche Kapelle angebaut. Unser Steinmetz, Meister Bernard, stammt aus dem Dorf, und die Arbeit an der Kirche ist sein ganzer Stolz. Er ist ein guter Mensch, denn er gibt einigen Unglücklichen Arbeit, bei denen so mancher andere Meister sagen würde, es verlohne der Mühe nicht. Sieh seinen Gehilfen dort: noch kürzlich war er Krieger, doch hat er von einer Verwundung ein lahmes Bein zurückbehalten und kann seinem Herrn im Kampf nicht mehr nützen. Der Steinmetz hat ihn eingestellt und es bisher nicht zu bereuen brauchen, denn der Mann arbeitet gut und schwer.«

Der Genannte zog sein linkes Bein nach, vermutlich als Folge eines schweren Knochenbruchs. Er war ein etwa dreißigjähriger gutgebauter, kräftiger Mann mit langen Armen und großen Händen, der sich trotz seiner Behinderung äußerst geschickt bewegte. Höflich trat er beiseite, um die Klosterbrüder vorbeizulassen, dann beendete er seine Arbeit und folgte dem Steinmetz zum äußeren Tor.

Bisher hatte es lediglich leichten Bodenfrost gegeben, denn sonst hätte man die Bauarbeiten für den Winter bereits einstellen und die emporwachsenden Mauern bis zum Frühjahr mit Torf, Heidekraut und Stroh abdecken müssen.

»Wenn es kälter wird, finden die Leute drinnen Arbeit«, sagte der Bruder Pförtner. »Komm und sieh.«

In der Prioreikirche von Deerhurst gab es noch keinerlei Hinweise auf den normannischen Baustil; alles war sächsisch, und die frühesten Mauern des Kirchenschiffs bereits Jahrhunderte alt. Erst als der Bruder Pförtner dem Besucher alle Schönheiten und Sehenswürdigkeiten seiner Kirche gezeigt hatte, reichte er ihn dem für die Betreuung von Gästen zuständigen Bruder Hospitalmeister weiter, damit ihm dieser ein Nachtlager anwies und ihn bei der Abendmahlzeit in der Runde der Mitbrüder willkommen hieß.

Noch vor der Komplet fragte Cadfael nach dem gelehrten Mönch, der die Wappen und Siegel aller Adelshäuser Englands kannte. Als er Bruder Eadwin die Zeichnungen zeigte, die er in Coventry angefertigt hatte, musterte dieser sie gründlich und schüttelte dann den Kopf: »Nein, das habe ich noch nie gesehen. Es gibt Adelsfamilien, in denen einzelne Mitglieder unterschiedliche persönliche Wappen führen, Abwandlungen des Familienwappens. Das hier ist wirklich auffällig, aber ich kenne es nicht.«

Auch der Prior und die anderen Mönche schienen es bis dahin nicht gesehen zu haben. Sie betrachteten die Zeichnungen aufmerksam, konnten aber weder einen Familiennamen noch einen Ort nennen, der dazugehört hätte.

»Sofern es aus dieser Gegend stammt«, sagte Bruder Eadwin im Bestreben, Cadfael behilflich zu sein, »findest du eine Antwort eher im Dorf als innerhalb dieser Mauern. In unserer Grafschaft lebten außer Familien des hohen Adels eine Reihe von Junkerfamilien. Wie bist du an dies Siegel gelangt?«

»Ich habe es im Gepäck eines Toten gefunden«, gab Cadfael zur Antwort. »Aber es war nicht seines. Das Original bewahrt der Bischof von Coventry auf, bis wir den Eigentümer gefunden haben und es ihm zurückgeben können.« Er rollte das Pergament wieder zusammen und wickelte eine Schnur herum. »Es ist nicht so wichtig; der Bischof wird der Sache weiter nachgehen.«

Während der Komplet, an der er gemeinsam mit den anderen Mönchen teilnahm, beschäftigte ihn mehr als die Verantwortung, die er aus freien Stücken in der Welt auf sich genommen hatte, die Schuld im Zusammenhang mit seiner eigenmächtigen Trennung von diesem klösterlichen Kosmos. Die Gebetsandacht tröstete ihn, und er war dankbar für das Schweigen, das darauf folgte. Er verschob alles Nachdenken auf den nächsten Tag und ruhte in der Stille, bis er einschlief.

Als die Bauleute am nächsten Morgen nach der Messe ihr Material wieder abgedeckt hatten, um einen neuen Arbeitstag zu beginnen, fiel ihm ein, daß der Bruder Pförtner gesagt hatte, der Steinmetz stamme aus dem Dorf. So wagte er den Versuch, entrollte seine Zeichnungen auf einem Stapel von Steinen und rief Meister Bernard herbei, damit dieser sie sich ansah. Schließlich arbeitete ein Steinmetz nicht nur an Kirchen, sondern auch an Herrenhäusern, Scheunen und Bauernhöfen, und da der Berufsstand selbst Zeichen mit eigener Bedeutung und Symbolik verwendete, mochte es durchaus sein, daß dem Meister solche auch anderswo auffielen.

Er kam herbei, warf einen kurzen Blick auf die Abbildungen und sagte sogleich: »Nein, kenne ich nicht.« Er sah noch einmal ein wenig aufmerksamer hin, schüttelte dann aber entschieden den Kopf. »Ich hab das noch nie gesehen.«

Zwei seiner Gehilfen, die eine Trage voller Steine schleppten, waren im Vorübergehen kurz stehengeblieben, um einen neugierigen Blick auf den Bogen zu werfen, mit dem sich ihr Meister beschäftigte. Der Lahme verlagerte sein Gewicht auf das rechte Bein, sah lange vom Pergament zu Cadfael hin, und zuckte lächelnd mit den Schultern, als Cadfael seinen Blick erwiderte. Dann gingen sie weiter.

»Also niemand aus der Gegend«, sagte er ergeben.

»Keiner, den ich kenne. Dabei hab ich auf den meisten Herrensitzen im weiten Umkreis gearbeitet.« Noch einmal schüttelte der Steinmetz den Kopf, als Cadfael das Blatt zusammenrollte und wieder in seine Kutte steckte. »Ist es wichtig?«

»Möglicherweise. Gewiß kennt man es irgendwo.«

Es sah ganz so aus, als hätte er hier alles in seinen Kräften Stehende getan. Über seine nächsten Schritte hatte er sich noch keine Gedanken gemacht und wußte noch nicht, wie er weiter vorgehen sollte. Alles deutete darauf hin, daß er Philip in der Burg La Musarderie finden würde. Dorthin hatten seine Leute höchstwahrscheinlich Yves verschleppt, und dort hielt er nach den Worten des Waldbauern bereits eine oder zwei Geiseln fest. Überzeugend schien Cadfael auch der Gedanke, daß sich ein so sehr von seinen Leidenschaften getriebener Mann dort aufhalten würde, wo sich die Objekte seines Hasses befanden. Zweifellos war Yves in Philips Augen schuldig. Sofern man ihn jedoch davon überzeugen konnte, daß er dem Jüngling Unrecht tat, würde er sicherlich Abstand von dem nehmen, was er mit ihm zu tun plante. Er war ein kluger Mann, der sich Vernunftargumenten kaum verschließen würde.

Cadfael nahm diese Frage zur Terz mit in die Kirche und sprach sein Gebet still in einem ruhigen Winkel. Gerade als er die Augen wieder öffnete und sich zurückziehen wollte, legte sich von hinten sacht eine Hand auf seinen Ärmel.

»Bruder …«

Offensichtlich konnte sich der Lahme trotz der Behinderung mit seinen abgetretenen Filzschuhen lautlos auf den Bodenplatten bewegen. Sein wettergegerbtes Gesicht unter dem dichten braunen Haar war angespannt und schwermütig. »Bruder, du suchst den Mann, der seine

Dokumente mit einem gewissen Petschaft siegelt.« Seine Stimme klang leise und eindringlich.

»So ist es«, stimmte Cadfael betrübt zu. »Aber es sieht ganz so aus, als könnte mir hier niemand helfen. Dein Meister kann es niemandem zuordnen, den er kennt.«

»Aber ich«, sagte der Lahme schlicht, doch mit Nachdruck.

KAPITEL 7

Ungeduldig öffnete Cadfael den Mund zu einer Frage, denn diese unerwartete Gelegenheit wollte er nicht ungenutzt verstreichen lassen. Dann aber fiel ihm ein, daß der Mann gerade arbeitete und ohnehin bereits auf den guten Willen seines Dienstherrn angewiesen war. Er konnte wahrlich von Glück sagen, einen solchen Meister gefunden zu haben. »Man wird dich vermissen«, sagte er also rasch. »Du sollst nicht um meinetwillen getadelt werden. Wann bist du frei?«

»Wir machen zur Sext eine Pause, um uns zu stärken. Die Zeit genügt«, sagte der Lahme und lächelte kurz. »Ich hatte schon Sorge, du würdest aufbrechen, bevor ich dir sagen konnte, was ich weiß.«

»Ich rühre mich nicht vom Fleck«, entgegnete Cadfael voll Eifer. »Wo können wir miteinander sprechen? Hier? Sag mir, wohin du kommen kannst, und ich werde dort warten.«

»In der letzten Mauernische des nördlichen Kreuzgangs, dort, wo wir arbeiten.«

An jener Stelle, überlegte Cadfael, hätten sie die aufgestapelten Quader und das Bauholz im Rücken und könnten sogleich jeden sehen, der sich im Kreuzgang zeigte. Ob aus natürlichem Mißtrauen oder begründeter Vorsicht, achtete der Mann auf seine Sicherheit und hielt sein Mundwerk im Zaum.

»Und keinem gegenüber ein Wort?« fragte Cadfael, wobei er dem Blick der grauen Augen standhielt, die ihn fest und unverwandt ansahen.

»In dieser Gegend ist zu viel geschehen, als daß man leichtfertig sprechen könnte. Ein Wort ins falsche Ohr kann ein Messer im falschen Rücken bedeuten. Das soll keine Kränkung deines Gewandes sein, Bruder. Gottlob gibt es noch ehrliche Männer.« Er wandte sich um und humpelte zurück in die Außenwelt und zu seiner Arbeit an Gottes Werk.

Um die Mittagszeit war es vergleichsweise warm, und sie saßen in der bezeichneten Mauernische beisammen, wo sie über den Klostergarten hinweg den gesamten Kreuzgang überblicken konnten. Nach einem nahezu regenlosen Herbst war das Gras trocken und bleich, nun aber kündigten regenschwere Wolken am Himmel einen Wetterwechsel an.

»Ich heiße Forthred und stamme aus Todenham, einem Vorwerk des Ritterguts von Deerhurst«, sagte der Lahme. »Ich habe unter Brien de Soulis der Kaiserin gedient und in Faringdon während der wenigen Wochen unter seinem Kommando gestanden, in denen die Burg ihrer Sache diente. Dort habe ich das Siegel gesehen – zweimal hat man es auf Schriftsätze gedrückt, die er als Zeuge beglaubigt hat. Ich irre mich auf keinen Fall. Zum dritten Mal habe ich es auf dem Schriftstück gesehen, mit dem Faringdon dem König übergeben wurde.«

»So formell?« fragte Cadfael überrascht. »Ich hatte gedacht, man hätte die Belagerer einfach bei Nacht eingelassen.«

»So war es auch. Aber die Hauptleute hatten das Dokument schon vorbereitet und haben es der Besatzung, also uns, gezeigt, um zu beweisen, daß jeder von ihnen dem Seitenwechsel zugestimmt hatte, so daß wir ihnen folgen mußten. Ich glaube auch nicht, daß ihnen ihr Plan sonst gelungen wäre. Hätte auch nur einer oder zwei der besten Männer nein gesagt, hätten deren Gefolgsleute gekämpft, und Faringdon wäre König Stephen teuer zu stehen gekommen. Das Ganze war offenbar von langer Hand eingefädelt und geplant.«

»Sechs Hauptleute mit ihren eigenen Truppen«, sagte Cadfael nachdenklich. »Alle unter dem Kommando von de Soulis.«

»So ist es. Außerdem etwa dreißig Ritter oder Schildknappen, die keine persönliche Gefolgschaft hatten, sondern nur ihre eigenen Waffen.«

»Von denen wissen wir. Die meisten haben sich dem Verrat verweigert und sind jetzt Gefangene der Gefolgsleute des Königs. Aber alle sechs, die über eigene Truppen geboten, waren sich einig und haben ihr Siegel unter das Übergabedokument gesetzt?«

»Einer wie der andere. Andernfalls hätte man mich nicht so leicht dazu bewegen können mitzumachen. Der einfache Krieger ist seinem Hauptmann treu, ihm folgt er überall hin. Hätte auf dem Pergament auch nur ein einziges Siegel gefehlt, die Sache wäre anders ausgegangen. Hätte ein ganz bestimmtes Siegel gefehlt, wäre es mit Sicherheit zur Schlacht gekommen. Es hatte das meiste Gewicht, und seinem Besitzer haben wir mehr vertraut als jedem anderen.«

Bei dieser Äußerung über den offenbar hoch geschätzten Mann schwang in der Stimme des Lahmen weit mehr mit, als seine Worte gesagt hatten. Cadfael wies auf die Pergamentrolle. »Ist es dieses hier?«

»Eben das«, sagte Forthred. Eine Weile blieb er schweigend sitzen und sah über den Klostergarten hinweg, den Blick mehr nach innen gerichtet als nach außen.

»Und er hat wie alle anderen sein Siegel auf das Dokument gesetzt?«

»Sein Siegel – jenes dort – war auf dem Dokument. Ich habe es mit eigenen Augen gesehen, denn sonst hätte ich es nicht geglaubt.«

»Und wie heißt der Mann?«

»Geoffrey FitzClare, unehelicher Sohn Richard de Clares, gewesener Graf von Hertford. Der gegenwärtige Graf, Gilbert, ist sein Halbbruder. Bisweilen besitzen allerdings solche Bastarde mehr Adel als legitime Söhne. Obwohl auch Gilbert ein wackerer Mann ist, soweit ich weiß. Zumindest sieht es so aus, als hätten er und sein Halbbruder einander stets geachtet und geschätzt, obwohl alle de Clares rückhaltlos auf Stephens Seite stehen, während sich dieser Zufallsbruder für die Kaiserin entschieden hatte. Sie sind miteinander aufgewachsen, denn Graf Richard brachte seinen Bastard kurz nach der Geburt nach Hause, und die Großmutter hat sich um ihn gekümmert. Sie haben es bei ihm an nichts fehlen lassen und ihn gut ausgestattet, als er volljährig wurde. Jetzt weißt du, wer der Mann ist, nach dessen Siegel du gefragt hast.« Er hatte Cadfael nicht gefragt, wie er in dessen Besitz gelangt war, so daß er es abzeichnen konnte.

»Und wo befindet sich dieser Geoffrey zur Zeit?« fragte Cadfael. »Wenn er mit seinen Männern jetzt auf Stephens Seite steht, hält er sich wohl noch bei den übrigen in Faringdon auf?«

»Bestimmt«, sagte der Lahme mit leiser und gleichzeitig scharf klingender Stimme, »aber nicht bei den übrigen. Am Tag nach der Übergabe hat man ihn auf einer Trage in die Burg gebracht, nachdem er vom Pferd gestürzt war. Er starb noch in der Nacht und liegt auf dem Friedhof von Faringdon begraben. Er braucht sein Siegel nicht mehr.«

Das Schweigen, das nach diesen Worten wie angehaltener Atem zwischen ihnen lag, wurde lastend. Dann spürte Cadfael das Echo. Es nahm nicht das Gesagte auf, sondern war der Widerhall unausgesprochener Worte. Zwischen den beiden gab es ein Verständnis, das keiner äußeren Form bedurfte. Ein bereits verkrüppelter Mann, dem ohne weiteres gefährlich werden konnte, was er über gewisse Vorfälle zu berichten wußte, war gut beraten, wenn er seine Zunge im Zaum hielt, sofern er zu allem Überfluß in der Nähe von Mächtigen lebte, die etwas zu verbergen hatten. Forthred wagte sich mit dem Vertrauen, das er Cadfael entgegenbrachte, bereits sehr weit vor, auch wenn dieser die Kutte des Benediktiners trug. Daher durfte er ihn nicht dazu veranlassen, offen auszusprechen, was bereits hinreichend klar geworden war, ohne daß es ausdrücklich gesagt werden mußte.

Nach wie vor wußte er nicht, auf welche Weise Cadfael an das Siegel mit dem Salamander gekommen war.

»Berichte mir über die Ereignisse jener Tage«, forderte ihn dieser behutsam auf. »Der genaue zeitliche Ablauf ist von entscheidender Bedeutung.«

»Nun ja, wir standen unter Druck, das stimmt schon. Es war ein heißer Sommer, und besonders viel Wasser hatten wir auch nicht, wenn man bedenkt, wie viele Leute in der Burg versorgt werden mußten. Philip hatte seinen Vater von Cricklade aus immer wieder um Entsatz gebeten, ohne eine Antwort zu bekommen. Eines Morgens waren dann die Hauptleute des Königs in der Burg, man hatte sie bei Nacht eingelassen. Brien de Soulis hat uns aufgefordert, keinen Widerstand zu leisten, und uns das Abkommen mit all den Siegeln gezeigt, damit jeder selbst sehen konnte, daß es sein eigenes sowie die der fünf anderen Hauptleute trug. Das bedeutete, daß die Befehlshaber aller Truppen in der Burg zugestimmt hatten, nicht aber die Männer, die zur Verteidigung lediglich mit ihren eigenen Waffen beitrugen. Wer sich von ihnen dem Wechsel nicht fügte, wurde gefangengenommen, wie allgemein bekannt ist. Außerdem waren da noch wir, die Krieger, aber uns blieb so recht keine Wahl, als wir sahen, daß unsere Befehlshaber über uns verfügt hatten.«

»Und Geoffreys Siegel war bei den übrigen?«

»Das *Siegel* ja«, sagte Forthred schlicht. »*Er* nicht.«

Nun, das war inzwischen klar und dafür gab es zweifellos gute Gründe.

»Man hatte uns mitgeteilt, er sei in der Nacht nach Cricklade geritten, um Philip FitzRobert Bericht über den Vorfall zu erstatten, habe aber vor seinem Aufbruch mit eigener Hand als erster von allen sein Siegel unter das Abkommen gesetzt.«

Ohne seine Zustimmung wäre also offenbar der Übergang von der Kaiserin zum König nicht so reibungslos verlaufen. Hätte er sie verweigert, würden sich seine Leute und andere um ihn geschart haben, und es wäre zur Schlacht gekommen.

»Und am nächsten Tag?« fragte Cadfael.

»Am nächsten Tag ist er nicht zurückgekehrt. Die anderen Hauptleute schienen sich Sorgen zu machen – wie wir alle«, sagte Forthred mit unbeteiligt klingender Stimme. »Dann haben sich de Soulis und zwei, die ihm am nächsten standen, aufgemacht, um den Weg abzusuchen, den er nehmen mußte. In der Abenddämmerung haben sie ihn zurückgebracht. In einen Umhang gewickelt lag er auf einer Trage. Es hieß, sie hätten ihn schwer verwundet im Wald gefunden, wo er angeblich vom Pferd gestürzt war. Das reiterlose Tier hatten sie mitgebracht. Im Laufe der Nacht, hieß es am nächsten Tag, sei er gestorben.«

Im Laufe der Nacht gestorben. Aber in welcher?, überlegte Cadfael und spürte, daß eben diese Frage bitter in dem Mann brannte, der neben ihm saß. Ein Toter läßt sich leicht im Schutze der Dunkelheit beiseite schaffen – zum

Beispiel noch am Abend des Verrats, zu dem er die Hand nicht hatte reichen wollen. In der folgenden Nacht konnte man ihn dann vor aller Augen tot zurückbringen und behaupten, er sei einem tragischen Unfall zum Opfer gefallen.

»Und beerdigt ist er dort in Faringdon«, sagte Forthred. »Man hat uns den Leichnam nicht gezeigt.«

»Hatte er Frau oder Kinder?« fragte Cadfael.

»Nein. De Soulis hat einen Boten ausgeschickt, welcher der Familie de Clare seinen Tod mitteilen sollte. Die Burg Faringdon stand jetzt auf ihrer Seite. Sie haben für ihn in gutem Glauben Messen lesen lassen.« Er hatte offenbar keine Vorbehalte gegen die Familie de Clare.

»Ich habe das unbehagliche Gefühl, daß es noch mehr zu berichten gibt«, fuhr Cadfael zögernd fort. »Wie ist es so bald danach zu deiner Verwundung gekommen?«

Ein finsteres Lächeln trat auf das gefaßte Gesicht des Lahmen. »Ein gefährlicher Sturz vom Bergfried in den Burggraben. Mir sagte der neue Dienst nicht so zu wie der alte, aber das zu zeigen wäre nicht klug gewesen. Woher wußten sie es nur? Woher wissen sie es immer? Immer war jemand zwischen mir und dem Tor. Als ich mich von der Mauer herabließ, hat jemand das Seil durchgeschnitten.«

»Und man hat dich mit zerschmetterten Gliedmaßen hilflos dort liegengelassen?«

»Warum nicht? Ein Unfall kommt selten allein, nicht wahr? Aber ich konnte in Deckung kriechen. Dort haben mich rechtschaffene arme Menschen gefunden. Das Bein ist schlecht verheilt, aber ich lebe.«

Hier würde es eines Tages ungeheuerliche Schulden zu begleichen geben – der Wert eines Menschenlebens, der Preis für einen absichtlich und kaltblütig verstümmelten Leib. Mit einem Mal fühlte sich Cadfael von eigener Schuld niedergedrückt; immerhin hatte ihm dieser Mann rückhaltlos Vertrauen geschenkt, ohne zu wissen, ob er sich damit erneut in Gefahr begab. Sein Wissen würde vielleicht dazu beitragen, daß die Gerechtigkeit schließlich doch siegt, wie spät und auf welch verschlungenen Pfaden auch immer.

»Ich muß dir etwas sagen, Forthred, wonach du mich nicht gefragt hast. Dies Siegel, das dazu gedient hat, einen Verrat zu fördern, befindet sich zur Zeit in den Händen des Bischofs von Coventry. Es fand sich im Gepäck eines Mannes, der an der Versammlung dort teilgenommen hat und dort getötet wurde – noch weiß niemand, von wessen Hand. Dieser führte sein eigenes Siegel mit sich, was nicht ungewöhnlich ist. Aber außerdem hatte er jenes andere im Besitz, nach dem ich die Zeichnungen angefertigt habe, das Siegel Geoffrey FitzRichards aus der Familie de Clare, wie ich von dir weiß. Es ist in der Satteltasche Brien de Soulis' von Faringdon nach Coventry gereist, wo jener durch einen Dolch, den ihm jemand ins Herz stieß, den Tod gefunden hat.«

Am anderen Ende des Kreuzgangs tauchte der Steinmetz auf, der an seine Arbeit zurückkehrte. Langsam erhob sich Forthred, um ihm zu folgen. Flüchtig trat ein frohes Lächeln auf sein finsteres Gesicht, das aber bald wieder seiner üblichen ausdruckslosen Miene wich. »Gott ist weder blind noch taub«, sagte er leise. »Und er vergißt auch nicht. Sein Name sei gelobt!« Damit trat er auf den Umgang und überquerte mit schleppendem Schritt das Gras des Klostergartens. Cadfael sah ihm nach.

Nunmehr gab es für Cadfael keinen weiteren Grund, auch nur eine Stunde länger zu säumen. Es bestand kein Zweifel, wie sein Ziel heißen mußte. Er suchte den Bruder Hospitalmeister auf, verabschiedete sich und ging in den Stallhof, um sein Pferd zu satteln. Noch hatte er nicht darüber nachgedacht, wie er vorgehen wollte, wenn er in

Greenhamsted angekommen war. Es gibt mehr als eine Möglichkeit, sich Zutritt zu einer Burg zu verschaffen, und mitunter ist die einfachste die beste, vor allem für einen Mann, der nicht nur den Waffen entsagt, sondern auch Gelübde abgelegt hat, die ihm Gewalttat und Täuschung verbieten. Zwar ist die Wahrheit eine strenge Zuchtmeisterin, und ihr zu dienen hat einen hohen Preis, doch vereinfacht sie auch alle Schwierigkeiten. Selbst wer dem Kloster aus freien Stücken abtrünnig geworden ist, mag es bisweilen ehrenwert finden, Gelübde zu halten, die noch nicht gebrochen worden sind.

Hughs schöner junger Rotschimmel schien sich über den bevorstehenden Aufbruch zu freuen und kam aus dem Stall getänzelt. Das Licht des Nachmittags dämpfte die lebhafte Farbe seines Fells. Von Deerhurst aus ging es nach Süden. Cadfaels Schätzung nach lagen etwa fünfzehn Meilen vor ihm, und sicherlich empfahl es sich, Gloucester in weitem Bogen zu umreiten und rechts liegen zu lassen. Dunkle Wolken zogen am Himmel auf; ein rascher Ritt würde ein Vergnügen sein.

Von den breiten Sumpfwiesen im Tal gelangte er zu den Ausläufern des Hügellandes und in die Nähe der hochgelegenen Dörfer der Schafzüchter, wo die Wollhändler ihre beste Ware fanden. Sogar bis dorthin hatten die einander befehdenden Parteien bereits ihre Schlachten getragen, so daß die Bauern der Umgebung schon darunter hatten leiden müssen. Doch meist ging es bei den Kämpfen lediglich um kleine Ausfälle der Burgbesatzungen, Nadelstiche einer Seite gegen die andere. Bei diesen wechselseitigen Angriffen hatte Faringdon auf der Seite der Kaiserin die Hauptrolle gespielt. Jetzt aber lag die Burg an der Spitze der Kette von König Stephens Festungen und hielt ihm die Verbindungswege zwischen Malmesbury und Oxford offen. Wohl waren die Kampfhandlungen nicht mehr so heftig wie zuvor, doch nach wie vor nicht ungefährlich. Graf Robert Bossu hatte recht mit seiner Ansicht, daß beide Seiten letztlich zu einer Einigung gelangen mußten, da keine von ihnen imstande war, die andere vernichtend zu schlagen.

Cadfael überlegte, ob diese Erkenntnis für jemanden, der das begriffen hatte, ein triftiger Grund sein konnte, sich mit all seinen Mannen und Waffen auf die Gegenseite zu schlagen? Beispielsweise mit der Erwägung im Hintergrund: Jetzt kämpfe ich seit neun Jahren für die Kaiserin und sehe, daß wir einem Sieg, der diesem Land Ordnung und eine vernünftige Regierung bringen könnte, keinen Schritt nähergekommen sind. Wäre vielleicht die andere Seite dazu imstande, wenn ich sie unterstützte, könnte sie dann die Angelegenheit entscheiden und die Waffen aus der Hand legen? Ich bin bereit, alles zu geben, um dieser endlosen Zerstörung ein Ende zu bereiten. Ja, es mochte den Versuch wert scheinen. Doch mußte in einem solchen Fall der Gefolgschaftsgeist entsetzlich ausgehöhlt sein und die völlige Erschöpfung zu dem verzweifelten Ergebnis geführt haben, daß jedes Ende dieser Anarchie besser war als keines – denn was konnte folgen, wenn sich das neue Bündnis als ebenso unfähig, zerstörerisch und ergebnislos erwies wie das vorige? Nur die völlige Abscheu vor beiden Parteien und der Entschluß, sich von ihnen zurückzuziehen, um die letzten verbliebenen Kräfte für eine Sache einzusetzen, die der Mühe wert war.

Die Straße, auf der Cadfael jetzt ritt, verlief über eine Hochebene und erstreckte sich pfeilgerade vor ihm in die Ferne. Der Wollhandel hatte die wenigen Dörfer reich gemacht, die dort weit verstreut und abseits lagen. Er mußte die Straße verlassen, um ein Haus zu finden, wo er nach dem Weg fragen konnte. Der Kätner, der in die Tür trat, um ihn zu begrüßen, warf ihm einen mißtrauischen Blick zu, als er sich nach der Burg La Musarderie erkundigte.

»Ihr seid nicht aus dieser Gegend, Bruder? Wahrscheinlich wißt Ihr dann auch nicht, daß die Burg in andere Hände gefallen ist. Sofern Ihr mit jemandem von der Familie Musard sprechen wollt, werdet Ihr dort niemanden finden. Man hat vor mehreren Wochen oder Monaten bereits Robert Musard in einen Hinterhalt gelockt und gezwungen, seine Burg an den jüngeren Sohn des Grafen von Gloucester abzutreten, der sich kürzlich auf König Stephens Seite geschlagen hat.«

»Davon habe ich gehört«, sagte Cadfael. »Aber ich habe dort etwas zu erledigen, das keinen Aufschub duldet. Ich nehme an, daß man den Besitzwechsel und das Überwechseln auf die Seite des Königs hier nicht besonders gern sieht.«

Der Mann zuckte mit den Schultern. »Kirche und Dorf läßt er in Ruhe, solange ihm kein Priester oder Schultheiß in die Quere kommt. Aber die Musards waren hier ansässig, seit Wilhelm der Eroberer das Landgut einem von Roberts Vorfahren zu Lehen gegeben hatte, und niemand glaubt, daß es einen Wandel zum Besseren geben wird. Seht Euch also vor, Bruder, wenn Ihr unbedingt dort hin müßt. Gewiß tritt Philip von Gloucester jedem Fremden voll Argwohn entgegen, der sich der Burgmauer nähert.«

»Von mir wird er wohl kaum große Waffentaten befürchten«, entgegnete Cadfael, »und was ich von ihm zu fürchten habe, darauf bin ich vorbereitet. Vielen Dank aber, Freund, für den Hinweis. Wie also muß ich reiten?«

Ein Achselzucken des anderen zeigte, daß Cadfael nach dessen Ansicht alles Mißgeschick, das ihm widerfahren mochte, auf seinen eigenen Starrsinn zurückführen müsse. »Kehrt zur Straße zurück«, teilte er ihm mit, »und reitet etwa eine gute Meile weiter. Dann führt ein Weg zur Rechten nach Winstone. Überquert den Fluß an der Furt, und wenn Ihr das waldige Gelände auf der anderen Seite hinter Euch habt, seht Ihr die Burg vor Euch liegen. Das

Dorf Greenhamsted liegt oberhalb, auf dem Bergkamm dahinter«, fuhr er fort. »Seht Euch vor und kommt heil zurück.«

»Das hoffe ich mit Gottes Hilfe zu tun«, sagte Cadfael, dankte ihm und wandte sein Pferd, um zur Straße zurückzukehren.

Es gibt mehr als eine Möglichkeit, *in eine Burg zu gelangen*, überlegte er, während er durch Winstone ritt. Die einfachste von allen ist für einen einzelnen Mann, der weder über eine Streitmacht noch andere Zwangsmittel gebietet, vor das Tor zu reiten und um Einlaß zu bitten. Jeder kann sehen, daß ich waffenlos bin, der Tag neigt sich einem kalten Abend zu, und Gastfreundschaft ist eine heilige Pflicht. Insbesondere obliegt es dem Adel, Geistlichen und bedürftigen Laienbrüdern Obdach und Mahlzeit zu gewähren. Wollen wir also einmal sehen, wie weit Philip FitzRoberts Adel reicht.

Er spann den Gedanken weiter: Wer mit dem Burgherrn sprechen möchte, sollte einfach darum bitten. Am besten dürfte man dabei mit der Wahrheit fahren. Er hält zwei Männer fest – das ist inzwischen so gut wie sicher! –, die von ihm nichts Gutes zu erwarten haben. Du willst, daß sie unverletzt freigelassen werden und hast gute Gründe vorzutragen, warum er sein Vorhaben noch einmal überdenken sollte. Nichts könnte einfacher sein. Warum die Dinge durch Weitschweifigkeit unnötig erschweren?

Hinter Winstone führte die Straße fast genau nach Westen und wurde allmählich zu einem bloßen Karrenweg, der allerdings häufig benutzt zu werden schien und sich in gutem Zustand befand. Er führte aus dem hier und da von kleinen Baumgruppen und Heidekraut bedeckten offenen Gelände nahezu übergangslos in einen dichten Forst und senkte sich unter den Bäumen in scharfen Windungen in ein tiefes Tal. Weiter unten hörte Cadfael Wasser fließen; es war kein breiter Strom, sondern das eilige Gemurmel eines Flüßchens in einem steinigen Bett. Auf einem schmalen Grashang stand er dann an dessen Ufer, von wo eine noch schmalere Kieszunge ins Wasser führte. Dort verlief offenbar die Furt. Auf der anderen Seite stieg der Weg fast ebenso steil wieder an, wie er abgefallen war. Ein umgestürzter morscher Baumriese verbarg alles, was Cadfael erwarten mochte, vor seinem Blick.

Er durchritt den Fluß an dieser Furt und begann, sich aus dem Tal emporzuarbeiten. Unvermittelt geriet er auf gerodetes Gelände, auf dem nicht einmal Büsche standen. Vor und über ihm erhob sich auf einer vorspringenden ebenen Felsfläche etwa eine halbe Meile entfernt die Burg La Musarderie.

Er hatte mit seiner Vermutung recht gehabt: Vier Generationen im Besitz ein und derselben Adelsfamilie hatten genügt, die mit Bruchsteinen aus der Umgebung erbaute Anlage zu erweitern und zu befestigen. Längst waren die fünfundsiebzig Jahre zuvor eilends errichteten Palisaden verschwunden, die dazu gedient hatten, das Besitztum vorläufig zu sichern. Was jetzt vor Cadfael aufragte, war eine von einer Ringmauer mit hoher Brustwehr umschlossene trutzige Festung. Das Gelände rings um die ganze Anlage war von jeglichem Bewuchs befreit, der Deckung hätte bieten können, zwei feste Türme bewachten das nach Osten gelegene Tor, dem er sich näherte, und zinnenbekrönte Ecktürme umstanden schützend den hohen Bergfried, der sich im Burghof erhob. Hinter der Burg stieg das Gelände steil bis zu einem langgezogenen Berggrat an, auf dem man über Baumwipfeln die äußerste Spitze eines Kirchturms und hier und da eine geneigte Dachfläche ausmachen konnte – das Dorf Greenhamsted. Zum Tor der Burg führte ein schnurgerade verlaufender aufgeschütteter Damm, der weder links noch rechts

Deckung bot. Ungesehen konnte sich La Musarderie niemand nähern.

Entschlossen und überzeugt, daß man ihn sehen und anrufen würde, machte sich Cadfael an den Anstieg. Es war nicht vorstellbar, daß Philip FitzRobert untüchtige Untergebene duldete. Die Mitteilung von seiner Ankunft erfolgte lange, bevor er für einen Anruf nahe genug herangekommen war. Ein kurzer Hornstoß ertönte irgendwo im Inneren der Anlage, woraufhin das große Doppeltor geschlossen wurde. Angesichts der vorgerückten Abendstunde war es verständlich, daß man alles sicherte, Man ließ jedoch eine Schlupftür offen, hoch und breit genug, einem Berittenen auch dann noch Einlaß zu gewähren, wenn er verfolgt wurde und im Galopp reiten mußte, und leicht genug, um sie hinter ihm zuschlagen und verriegeln zu können, kaum daß er die Sicherheit des Burghofs erreicht hatte. Die doppelten Schießscharten in den Mauern der beiden niedrigen Türme links und rechts des Tores ermöglichten es, Verfolger mit einem Pfeilhagel einzudecken. Innerlich nickte Cadfael zustimmend. Seine kriegerischen Instinkte gingen zwar auf weit in der Vergangenheit liegende Zusammenstöße zurück, doch waren sie keineswegs vergessen.

Einem solchen Tor, wie unschuldig auch immer es offenstehen mag, nähert man sich wachsam und achtet darauf, daß jederzeit beide Hände zu sehen sind. Dabei geht man weder vorschnell zu Werke, noch zögert man unnötig. Cadfael ritt die letzten Schritte heran und hielt sein Tier vor dem Tor an, obwohl sich niemand gezeigt hatte – weder, um ihn willkommen zu heißen, noch um ihn zurückzuweisen. Nachdem er in den offenen Durchlaß gerufen hatte: »Friede sei mit Euch allen!« schob er sich, ohne eine Antwort abzuwarten, sacht durch die Öffnung in den äußeren Burghof.

Im dunklen, gewölbten Torweg sah er Krieger zu beiden Seiten, und im Hof standen zwei Männer bereit, nach Zügel und Steigbügeln zu greifen. Sie übereilten sich nicht und nahmen keine drohende Haltung ein, schienen aber auf der Hut zu sein.

»Und jedem, der in friedlicher Absicht kommt«, antwortete der Hauptmann der Wache und trat mit einem schmalen Lächeln aus dem Wachraum. »Das ist bei Euch offensichtlich der Fall, Bruder. Euer Gewand spricht für Euch.«

»Es sagt die Wahrheit«, gab Cadfael zurück.

»Was ist Euer Begehr, und was ist Euer Ziel?« fragte der Wachhabende.

»Ich bin hier in La Musarderie am Ziel«, gab Cadfael unumwunden zur Antwort, »sofern Ihr mir eine Weile Gastfreundschaft gewährt, bis ich mit dem Burgherrn gesprochen habe. Mehr habe ich hier nicht zu tun. Ich bin gekommen, um mir bei Philip FitzRobert Gehör zu erbitten, und man hat mir gesagt, daß er sich hier aufhält. Ich stehe zu Euren und seinen Diensten, wann immer es ihm recht ist. Ich werde auf ihn warten, solange es nötig ist.«

»Überbringt Ihr die Botschaft eines anderen?« fragte der Wachhabende mit nur geringer Neugier. »Er ist von Gesprächen mit einigen Bischöfen zurückgekehrt; seid Ihr im Auftrag des Euren hier, um in seinem Namen zu sprechen?«

»In gewisser Weise ja«, räumte Cadfael ein. »Aber auch im eigenen Namen. Wenn Ihr ihm meine Bitte vortragen wollt, wird er Euch zweifellos wissen lassen, wie er dazu steht.«

Neugierig und wachsam umstanden ihn die Männer in einer gewissen Entfernung. Während der Wachhabende in aller Ruhe überlegte, was er von dem Ankömmling zu halten hatte und was er mit ihm tun sollte, umspielte ein leichtes Lächeln den Mund seiner Krieger. Der äußere Burghof war nicht besonders groß, dafür ließ sich aber auf der weiten gerodeten Fläche um die Anlage herum eine heranrückende feindliche Streitmacht vom Wehrgang herab frühzeitig erkennen. Außerdem hatten die Verteidiger von dort aus ein mörderisches Schußfeld für ihre Bogenschützen, über die sie zweifellos in großer Zahl verfügten. Die im Schutz der Mauern errichteten Schuppen, Vorratshäuser, Waffenkammern und beengten Quartiere bestanden hauptsächlich aus Holz. Feuer, dachte Cadfael, mochte eine Gefahr bedeuten, wenn auch nur in Grenzen. Die Wände des Rittersaals bestanden wie der Bergfried, die Türme und die Ringmauer aus Bruchstein. Er überlegte, warum er die Anlage musterte, als wäre sie ein Kriegsziel, eine Festung, die er einnehmen mußte. Vielleicht war sie das für ihn auch, aber auf keinen Fall im militärischen Sinne.

»Steigt ab und seid willkommen, Bruder«, sagte der Wachhabende freundlich. »Männer Eures Standes weisen wir nie ab. Was unseren Herrn betrifft, werdet Ihr eine Weile warten müssen, denn er ist ausgeritten. Doch er wird von Eurer Bitte bald erfahren, seid unbesorgt. Peter mag sich um Euer Pferd kümmern, er wird Euch auch die Satteltaschen in die Unterkunft bringen.«

»Um mein Pferd kümmere ich mich selbst«, sagte Cadfael voll Sanftmut. Es war immer gut zu wissen, wo man es notfalls finden konnte, auch wenn der Wachhabende den Anschein erweckte, als sei er überzeugt, es lediglich mit einem einfachen Klosterboten zu tun zu haben, von dem man keinen Täuschungsversuch zu befürchten brauchte. »Ich war vor vielen Jahren selbst Reisiger; was man da lernt, geht einem in Fleisch und Blut über.«

»Das stimmt«, sagte der Wachhabende verständnisvoll und ließ dem alten Kämpen seinen Willen. »Dann wird Peter Euch voraufgehen und Euch alles zeigen. Wenn Ihr fertig seid, werdet Ihr jemanden im Rittersaal finden, der sich Euer annimmt. Da Ihr selbst Waffen getragen habt, werdet Ihr auch an die Umstände dieses Lebens gewöhnt sein.«

»Und bin damit zufrieden«, stimmte Cadfael aufrichtig zu und führte sein Pferd am Zügel hinter dem Reitknecht her. Immerhin war er am Ort seiner Wünsche angelangt. Ihm entging nicht, daß Philip seine Burg offenkundig straff führte und die Besatzung in aufmerksamer Wachsamkeit hielt. Er mußte an den finster wirkenden, aber durchaus die Formen der Höflichkeit wahrenden Mann denken, den er, wenn auch nur kurz, in der Prioreikirche von Coventry aus nächster Nähe erlebt hatte – er hätte von ihm nichts anderes erwartet. In jeder Burg führte die Besatzung ihr eigenes vielgestaltiges Leben, das auf zwei voneinander getrennten Ebenen abläuft, der kriegerischen und der häuslichen. Dabei greift in der Brunnenstube wie in der Bäckerei, in der Waffenkammer wie in den Vorratsräumen und Werkstätten ein Rädchen ins andere. In der Burg von La Musarderie schien die häusliche Seite des Lebens so weit wie möglich vermindert worden zu sein und nahezu ohne Frauen abzulaufen. Sie lag in einem umkämpften Gebiet, mochten die Gefahren, die durch den Krieg drohten, auch ungewiß sein. Es war denkbar, daß Philips Haushofmeister eine Gattin hatte, die den wenigen Dienerinnen vorstand, die es geben mochte, doch alles, was Cadfael beobachtete, richtete sich an den militärischen Bedürfnissen aus und wurde von Männern erledigt. Die notwendigen Verrichtungen wurden mit einer kalten Nüchternheit erledigt, die gewiß auf den Burgherrn zurückging. Der ehe- und kinderlose Philip war ganz und gar in den dämonischen Konflikt verstrickt, den niemand beenden zu können schien, und das Leben in seiner Burg spiegelte seine Besessenheit wider.

Im Hof wie in den Stallungen herrschte reges Treiben. Männer kamen und gingen, taten ihre Arbeit zügig, aber ohne Hast, und das Stimmengewirr ähnelte dem geschäftigen Summen in einem Bienenstock. Der Reitknecht Peter plauderte unbeschwert mit Cadfael, während sie dem Pferd Sattel und Satteltaschen abnahmen, es versorgten, tränkten und in den Stall führten. Dann wies er ihm freundlich den Weg zum Rittersaal. Der Gehilfe des Haushofmeisters, der ihn dort empfing, zeigte sich nur kurz überrascht und nahm dann mit einem Achselzucken zur Kenntnis, daß es einen unerwarteten, aber harmlosen Besucher aufzunehmen und zu bewirten galt. Er wies Cadfael eine Schlafstatt an und erklärte ihm auf seine Bitte hin den Weg zur Kapelle. Auch wenn die Stunde des Vespergebets vorüber war, wollte er doch eine Weile allein sein, Gott für die gegenwärtigen Segnungen danken und für künftige Auseinandersetzungen seine Hilfe erbitten. Ein älterer Benediktiner, der um Unterkunft für die Nacht bat, war nicht so aufregend, daß man sich länger als einen kurzen Augenblick mit ihm beschäftigt hätte, selbst an einem Ort, an dem nur selten freiwillig jemand zu Gast weilte.

Die Kapelle lag in der Mitte des Bergfrieds, und es erstaunte Cadfael ein wenig, daß man ihn unbewacht und ungeleitet dorthin gehen ließ. Nicht nur zögerte die Besatzung von Philips Burg nicht im geringsten, dem Mönch Zutritt zu ihrer wichtigsten Verteidigungsanlage zu gewähren, man hatte ihn sogar im Bergfried selbst untergebracht. Dies weitgehende Vertrauen konnte sich nur auf Ehrfurcht vor seiner Kutte und auf die Annahme gründen, daß man es mit einem rechtschaffenen Mann zu tun hatte. Das veranlaßte ihn, ein wenig über seine Beweggründe und seine Vorgehensweise nachzudenken. Als Ergebnis fühlte er sich in seiner Ansicht bestärkt, daß es am besten war, in gerader Linie auf sein Ziel zuzugehen. Es gab keinen anderen Weg, ob er nun zum Erfolg oder zum Untergang führen mochte.

Auf den kalten Steinen der Kapelle kniete er vor dem schlicht geschmückten und nur von einem still brennenden Ewigen Licht erhellten Altar und verrichtete seine verspätete Andacht. Das Gewölbe über ihm verschwand in der Dunkelheit, die Kälte des Raumes kroch in seine Glieder. Unwillkürlich wandten sich seine Gedanken dem Bevorstehenden zu. Lieber Gott, wie soll ich vorgehen? Wie kann ich etwas bei einem solchen Mann erreichen, der sich des einen Gewandes entledigt hat, womit er der Verdammung anheimgefallen ist, und der seine Blöße nunmehr mit einem anderen bedeckt, das seine Wunden lediglich verbirgt, aber nicht heilt? Ich vermag diesen Philip nicht zu durchschauen.

Gerade als er sich wieder erhob, hörte er das ferne Stakkato von Hufgeklapper auf den Pflastersteinen des äußeren Burghofs. Es war ein einzelnes Pferd; ein einzelner Reiter wie er es gewesen war. Einer der keine Furcht hatte, allein eine Burg zu verlassen oder in sie einzureiten, und das in einem Gebiet, in dem eine Burg eine verlockende Beute war, die man einnahm, sobald sich eine Gelegenheit dazu bot, oder auch ein Gefängnis sein konnte, das man um jeden Preis mied. Nach einer Weile hörte Cadfael, wie das Pferd weggeführt wurde, vermutlich zu den Stallungen, die am inneren Burghof lagen. Es ging mit leichtem Schritt über die Steine, dann verhallten die Hufschläge. Er verließ die Kapelle und trat aus der Pforte des Bergfrieds, in deren Nähe die Wachräume lagen. Bleich hing die Abenddämmerung zwischen den schwarzen Türpfosten. Als er hinaustrat, wo es noch vergleichsweise hell war, sah er Philip FitzRobert, der wohl gerade von seinem Reittier abgestiegen war und über den Hof dem Rittersaal entgegenschritt. Noch im Gehen warf er sich den Umhang über den Arm. Die beiden Männer blieben im Abstand von zwei oder drei Schritt voreinander stehen und sahen einander an.

Der Abendwind hatte Philips dunkles Haar zerzaust, denn er war barhäuptig geritten. Kurze Strähnen waren ihm in die hohe Stirn gefallen, die er nun runzelte, als er Cadfael musterte. Er war in schlichtes Schwarz gekleidet, ohne Schmuck oder Putz. Seine Zierde war die Art seiner Haltung. Ob er sich bewegte oder stillstand, stets wirkte er elegant und angespannt wie ein schußbereiter Bogen.

»Man hat mir gesagt, daß ich einen Gast habe«, begann Philip und zog die dunkelbraunen Augen zu Schlitzen zusammen. »Ich meine Euch schon einmal gesehen zu haben, Bruder.«

»Ich war in Coventry«, erklärte Cadfael, »einer von vielen. Da wäre es nur natürlich, wenn Ihr Euch nicht an mich erinnern könntet.«

Ein kurzes Schweigen trat ein. Keiner der beiden rührte sich. »Ich weiß es wieder«, sagte Philip schließlich, »Ihr wart auch dabei, als wir de Soulis tot auffanden. Ihr wart ganz nah, habt aber nichts gesagt.«

»Ja«, sagte Cadfael.

»Und jetzt kommt Ihr, um mit mir zu reden, hat man mir berichtet. In wessen Auftrag?«

»Im Auftrag der Gerechtigkeit und der Wahrheit«, antwortete Cadfael. »Zumindest sehe ich es so. Im eigenen Auftrag und im Auftrag einiger, die ich vertrete. Letztlich vielleicht auch, Herr, in Eurem eigenen Auftrag.«

Eine Weile musterte ihn Philip. Er hatte die Augen zusammengekniffen, um ihn im abnehmenden Licht besser sehen zu können, schien aber an seinen kühnen Worten nichts auszusetzen zu haben.

»Nach dem Abendessen habe ich Zeit, Euch anzuhören«, sagte Philip schließlich. Nicht einmal Neugier schwang in seiner gleichmäßig klingenden Stimme mit. »Kommt zu mir, wenn ich den Rittersaal verlassen habe. Jeder meiner Männer kann Euch zeigen, wo Ihr mich findet. Sofern es Euer Wunsch ist, könnt Ihr meinem

Kaplan bei der Komplet zur Hand gehen. Ich achte Euer Gewand.«

»Das kann ich nicht«, erwiderte Cadfael offen. »Ich bin kein Priester. Zur Zeit darf ich nicht einmal alle Vorrechte meines Standes beanspruchen. Ich habe mein Kloster ohne Erlaubnis meines Abtes verlassen und das Band zerschnitten, das mich gebunden hat. Ich bin ein Abtrünniger.«

»Dafür wird es Gründe geben!« sagte Philip und sah ihn eine ganze Weile aufmerksam an. Sofern er Philips Interesse erweckt hatte, ließ sich dieser nichts anmerken. Schließlich sagte er schroff: »Kommt trotzdem!« wandte sich um und schritt dem Rittersaal entgegen.

KAPITEL 8

Der Tischgesellschaft, sie bestand ausschließlich aus Männern, wurde ein einfaches Mahl aufgetragen, und Philip selbst hatte inmitten seiner Ritter den Vorsitz an der erhöhten Tafel. Das Verhalten der jungen Männer seines Gefolges, die offenbar gern unter ihm dienten, war weniger von Ehrfurcht, als von Vertrauen und Offenheit geprägt. Er aß und trank mäßig, unterhielt sich freimütig mit seinesgleichen und sprach höflich mit den Dienstboten. Cadfael saß neben dem Kaplan an einem der anderen Tische und beobachtete ihn aufmerksam. Er überlegte, was hinter der hohen Stirn und den feurigen, tief in ihren Höhlen liegenden, braunen Augen vor sich gehen mochte, was sich da an Geheimnissen und drohendem Unheil verbarg.

Schon bald verließ der Burgherr die Tafel, worauf sich die Atmosphäre ein wenig lockerte. Krüge mit Bier und Wein machten die Runde, und man brachte Musikinstrumente herbei, um ein wenig Unterhaltung zu haben. Trotz der gelösten Stimmung im Rittersaal waren draußen zweifellos alle Tore fest verschlossen und verriegelt und eine starke Wache sah nach dem Rechten. Vom Kaplan hatte Cadfael erfahren, daß Robert Musard törichterweise auf die Jagd geritten und dabei in Philips Hinterhalt geraten war. Dieser hatte ihn gezwungen, seine Burg als Preis für seine Freiheit aufzugeben. Eine Weigerung hätte ihn womöglich das Leben gekostet, auch wenn eine solche Drohung nicht in allen Fällen ernst gemeint war. Es kam häufig vor, daß ihr so mancher auch dann noch mannhaft trotzte, wenn ihm der Henker bereits die Schlinge um den Hals legte, in der festen Überzeugung, man werde es nicht wagen, mit der ruchlosen Tat Ernst zu machen. Auch sorgten in solchen Fällen häufig Bluts- und Ehebande für eine gewisse Zurückhaltung. Musard freilich besaß auf der Seite des Königs keinen mächtigen Verwandten, der diesem wichtiger gewesen wäre als Philip, und so hatte er, seiner Sache nicht besonders sicher, lieber klein beigegeben. Philip würde dergleichen wohl nie widerfahren. Er fürchtete niemanden, achtete aber auch stets darauf, daß die Tore seiner Burg gut verriegelt waren und auf ihren Mauern aufmerksame Wächter die Runde machten.

»Euer Gebieter will gleich nach dem Ende seiner Mahlzeit mit mir sprechen«, sagte Cadfael. »Könnt Ihr mir den Weg weisen? Vermutlich schätzt er es nicht, wenn man ihn warten läßt.«

Den altgedienten Kaplan konnte nichts von dem überraschen, das sein Gebieter tat: Ob er etwas verweigerte oder gewährte, ob er einen unbedeutenden Grundherrn zurückwies, einen einfachen reisenden Klosterbruder willkommen hieß, nichts von all dem schien Verwunderung hervorzurufen. Gewiß hatte Philip seine guten Gründe für alles, was er tat, und jedermann unterließ es wohlweislich, sich Gedanken darüber zu machen, ob sie verständlich waren oder nicht.

Also erhob sich der alte Priester achselzuckend, um Cadfael den Weg zu seinem Herrn zu zeigen. »Gewöhnlich begibt er sich früh zur Ruhe und steht mit den Hühnern wieder auf. Er hat Euch also eine feste Zeit genannt? Das ist ein besonderer Gunsterweis. Allerdings ist er gastfrei zu jedem, der ein Habit wie das Eure trägt oder im Namen der Kirche kommt.«

Cadfael ging lieber nicht darauf ein. Man wußte in der Burg, daß er an der Versammlung in Coventry teilgenommen hatte und nahm vermutlich an, sein Auftrag bestehe darin, Philip eine weitere Ermahnung des Bischofs zu überbringen. Mochten sie ruhig so denken; das lieferte eine ausgesprochen einleuchtende Erklärung für Cadfaels Anwesenheit. Zwischen ihm und Philip jedoch würde es keinerlei Irreführung geben.

»Dort in jenem Gemach haust er in der Kälte des Bergfrieds in geradezu mönchischer Abgeschiedenheit«, erklärte der Kaplan, »ganz in der Nähe seiner Kapelle. Er ist kein verweichlichter Sonnenanbeter.« Sie hatten unterdessen einen engen steinernen Gang in einem der oberen Stockwerke erreicht, der von einer qualmenden Fackel in einem Wandhalter nur schwach erleuchtet wurde. Die schmale Tür, auf die sie zutraten, stand angelehnt. Das Klopfen des Kaplans wurde mit einem kräftigen »Herein!« beantwortet.

Cadfael trat in einen kleinen, karg ausgestatteten Raum, der auf der der Ringmauer abgewandten Seite des Bergfrieds lag. Durch ein schmales hohes Fenster fiel der Blick auf den nächtlichen Himmel, an dem kaum wahrnehmbar Sterne zu sehen waren. Auf einem schweren Tisch nahe dem Fenster, hinter dem Philip in einem breiten Armsessel thronte, brannte eine große abgeschirmte Kerze. Dunkle Teppiche bedeckten die Wand. Der Burgherr hob den Blick von dem Buch, das aufgeschlagen vor ihm lag. Es überraschte Cadfael nicht, daß Philip im Unterschied zur Mehrzahl seiner Zeitgenossen lesen konnte; dieser Mann schien jede Fähigkeit zu nutzen, die er besaß.

»Kommt herein, Bruder, und schließt die Tür.«

Philips Stimme klang gelassen. Sein Gesicht, auf dem

das Licht der links von ihm stehenden Kerze zuckte, war eine Landschaft aus Helldunkel, mit tiefen Schlagschatten unter den hohen Wangenknochen und um die dunklen nachdenklichen Augen. Wieder mußte Cadfael darüber staunen, wie jung der Mann war – etwa von gleichem Alter wie Olivier, an den ihn etwas Undefinierbares in den gemeißelten Zügen dieses vornehmen Gesichts erinnerte. Forschend richteten sich Philips Augen auf den Besucher.

»Ihr wolltet mir etwas mitteilen, Bruder. Setzt Euch und sagt es frei heraus. Ich höre.«

Einladend wies er auf die mit einem Schaffell bedeckte hölzerne Bank, die rechts von ihm an der Wand stand. Am liebsten wäre Cadfael stehengeblieben, um Philips Blick standzuhalten, doch er gehorchte. Da sich Philip zugleich mit ihm umwandte, lösten sich ihre Blicke nicht voneinander.

»Was ist Euer Begehr?«

»Daß Ihr zwei Männern die Freiheit gebt«, sagte Cadfael, »von denen ich annehme, daß Ihr sie gefangen haltet.«

»Nennt ihre Namen«, erwiderte Philip, »und ich werde Euch sagen, ob Ihr recht habt.«

»Der eine heißt Olivier de Bretagne, und der andere Yves Hugonin.«

»Ja, sie befinden sich beide in meinem Gewahrsam«, antwortete Philip, ohne zu zögern und ohne seinen gleichmütigen Ton zu ändern.

»Hier in Eurer Burg?«

»Ja, hier in meiner Burg. Jetzt aber sagt mir, warum ich sie freigeben soll.«

»Es gibt für einen rechtschaffenen Mann Gründe, meine Bitte ernstzunehmen«, begann Cadfael. »Wie ich Olivier de Bretagne kenne, hat er sich vermutlich geweigert, gleich Euch die Seite zu wechseln, als Ihr dem König

Faringdon übergeben habt. Auch andere, die sich Euch nicht anschließen wollten, wurden überwältigt und gefangengesetzt, auf daß diejenigen, denen die Großmut des Königs zusprach, Lösegeld für sie fordern konnten. Das ist allgemein bekannt. Warum aber hat niemand Lösegeld für Olivier de Bretagne verlangt? Warum wurde nicht bekanntgegeben, wer ihn gefangen hält?«

»Jetzt habe ich es Euch gesagt«, erwiderte Philip mit dem Anflug eines Lächelns. »Sprecht weiter.«

»Nun denn! Es stimmt, daß ich Euch bisher nicht gefragt hatte, und Ihr habt es mithin nicht bestritten. Aber nie wurde, wie bei den anderen, öffentlich gesagt, wo er sich aufhielt. Ist es recht, daß man ihn anders behandelt? Es gibt Menschen, die ihn bereitwillig freikaufen würden.«

»Ganz gleich, um welchen Preis?«

»Nennt ihn, und ich werde dafür sorgen, daß man ihn Euch zahlt.«

Während der langen Pause, die nun eintrat, musterte ihn Philip mit offenem, aber undurchdringlichem Blick, so bewegungslos, daß sich kein Haar auf seinem Kopf rührte. »Vielleicht ein Leben«, sagte er dann leise. »Jemand, der hier an seiner Stelle einsam verfault, wie er verfaulen wird.«

»Nehmt meines«, sagte Cadfael.

Im Spitzbogen des hohen Fensters hatten sich Wolken vor die bleichen Sterne geschoben, und die Mauersteine wirkten jetzt fahler als die Nacht draußen.

»Eures«, erwog Philip kühl Cadfaels Anerbieten. Seine Stimme klang weder fragend noch erstaunt. Lediglich dies eine Wort sagte er sich vor, als wolle er es seinem Gehirn einmeißeln. »Welche Befriedigung würde ich daraus ziehen? Welchen Groll hegte ich gegen Euch, daß ich Gefallen daran finden könnte, Euch zu vernichten?«

»Und welchen Groll hegt Ihr gegen ihn? Welch bitteres Gefallen werdet Ihr daran finden, daß Ihr ihn vernichtet? Was hat er Euch angetan, außer daß er zu seiner Überzeugung stand, als Ihr die Eure aufgabt? Oder als er Euer Verhalten so deutete, als hättet Ihr sie aufgegeben«, korrigierte er sich mannhaft. »Ich sage Euch frei heraus – Euer Tun ist mir unverständlich, und er würde, wie ich sicher weiß, nicht nur einmal, sondern zwei–, dreimal und noch öfter hinsehen, bevor er ein Urteil fällte.«

Nein, Erklärungen waren wohl sinnlos. Vermutlich war Oliviers offenkundige Verachtung Kränkung genug gewesen, ebenso unübersehbar wie Philips maßloser Stolz, der ihn zu hemmungslosen Vorwürfen hinriß, als spräche sein eigenes Spiegelbild gegen ihn. Vielleicht hatte Philip diese tödliche Wunde ausschließlich damit vor sich selbst verbergen können, daß er den Ankläger aus dem Weg schaffte, an einen Ort, wo ihn niemand sah und man sich seiner nicht zu erinnern brauchte.

»Ihr habt große Stücke auf ihn gehalten!« sagte Cadfael aufs Geratewohl, denn ihm war eine Erleuchtung gekommen.

»Das stimmt«, bestätigte Philip. »Es ist nichts Neues, daß jemand, auf den ich besonders große Stücke hielt, mich verleugnet und gering schätzt, und es geschieht nicht zum ersten Mal. Aber wer so handelt, hat sich in mir verrechnet. Auch wenn es eine Weile dauert, bis man sich von ihnen allen gelöst hat und seinen Weg allein zu Ende geht. Doch sagt mir, welchen Grund hättet Ihr, mir anzubieten, daß Eure alten Knochen hier an Oliviers Stelle verfaulen? Was bedeutet er Euch?«

»Er ist mein Sohn«, erwiderte Cadfael.

Während des ausgedehnten, tiefen Schweigens, das darauf folgte, entließ Philip den angehaltenen Atem mit einem langen, leisen Seufzer. Die zwischen ihnen angeschlagene

Saite ließ eine Fülle von Tönen erklingen, die in beklemmender Weise nachhallten. Immerhin standen Philip und sein Vater Robert einander unversöhnlich in gegenseitiger Zurückweisung gegenüber. Außerdem gab es da noch den älteren Bruder William, den künftigen Erben. Hatte der Bruch damit begonnen, daß jener dem Vater stets nahe gewesen war, stets geliebt und gelobt wurde, während man über den jüngeren meist hinweggegangen war und seine Bedürfnisse und Wünsche so beiläufig abgetan hatte wie seine Bitten, Faringdon zu helfen? Das konnte Philips leidenschaftlichen Zorn unter Umständen zum Teil erklären, aber keinesfalls vollständig. So einfach war es nicht.

»Schuldet ein Vater seinem Sohn so viel Rücksicht und Anteilnahme?« fragte er trocken. »Glaubt Ihr, meiner würde auch nur einen Finger rühren, um mich aus einem Gefängnis zu befreien?«

»Ich denke schon«, entgegnete Cadfael standhaft. »Und Ihr denkt das gewiß ebenfalls. Doch bedürft Ihr keiner Hilfe, wohl aber Olivier. Überdies hat er Besseres von Euch verdient.«

»Ihr begeht den gleichen Denkfehler wie alle anderen«, sagte Philip unbeteiligt. »Nicht ich habe ihn im Stich gelassen, sondern er mich. Ich habe seine Ansichten akzeptiert. Welche Möglichkeit bleibt aber angesichts einer so großen Entschlossenheit auf der einen Seite, wenn jemand diese widerwärtige Vergeudung von Menschenleben beenden möchte, als sein ganzes Gewicht in die andere Waagschale zu werfen? Und was, wenn sich auch das als unwirksam und ebenso bittere Enttäuschung erwiese wie alle anderen Versuche? Wieviel kann dies arme Land noch ertragen?«

Er sagte fast das gleiche wie der Graf von Leicester, doch bediente er sich zum Erreichen seines Ziels gänzlich anderer Mittel. Robert Bossu war bemüht, die klügsten und gemäßigtsten Köpfe auf beiden Seiten an einen Tisch zu bringen, damit diese einen Verständigungsfrieden herbeiführten. Philip dagegen sah die einzige Möglichkeit, den Streit zu beenden, im endgültigen Sieg einer Seite über die andere. Dabei war es ihm nach acht Jahren des sinn- und ergebnislosen Kampfes offenbar ziemlich gleich, welche Seite gewann, wenn es nur in England wieder zu einer Art von Recht und Normalität kam. Ebenso wie jetzt Philip würde man eines Tages Robert Bossu als Verräter und Abtrünnigen bezeichnen, sofern er sich dem weiteren Kampf verweigerte, um auf diese Weise den König zum Einlenken zu zwingen. Dennoch war es denkbar, daß er und seinesgleichen sich eines Tages als Retter dieses gequälten Landes erwiesen.

»Ihr sprecht vom König und der Kaiserin«, sagte Cadfael, »und ich verstehe besser als zuvor, was Ihr sagt. Aber ich spreche von meinem Sohn Olivier. Ich bin bereit, für ihn den Preis zu zahlen, den Ihr gefordert habt. Wenn es Euch ernst damit war, nehmt ihn an. Was ich auch sonst von Euch denken mag, kann ich mir nicht vorstellen, daß Ihr einen Handel rückgängig macht, ob er für Euch günstig oder ungünstig ausgeht.«

»Wartet«, sagte Philip und hob eine Hand, nicht ohne Nachsicht. »Ich habe gesagt: vielleicht ein Leben. Eine so eingeschränkte Aussage bindet mich nicht. Würdet Ihr sagen, daß ich angesichts seiner Jugend und Kraft mit Euch, alt wie Ihr seid – vergebt mir, Bruder! –, einen angemessenen Gegenwert bekäme? Ich möchte ebenso aufrichtig sein, wie Ihr es wart.«

»Ich sehe den Unterschied«, sagte Cadfael. Er lag nicht in Alter, Wohlgestalt und körperlicher Kraft begründet, wie augenfällig er auf diesen Gebieten auch sein mochte. Es waren die grenzenlose Zuversicht und Zuneigung, die sich unter keinen Umständen mit dem schwachen und flüchtigen Gefühl vergleichen ließen, das jener Mann jetzt für seinen Herausforderer empfand. In der alles entscheidenden Situation hatten die beiden Freunde gegensätzliche Entscheidungen getroffen, und das war angesichts der hochgespannten Erwartungen unverzeihlich. »Ich habe Euch angeboten, was Ihr verlangtet. Ich kann mein Angebot nicht erhöhen, denn es ist alles, worüber ich verfüge. Ich besitze nichts weiter, das ich geben könnte. Jetzt seid aufrichtig und gesteht, daß es mehr ist, als Ihr erwartet habt.«

»Das ist es«, sagte Philip. »Ich glaube, Bruder, Ihr müßt mir Zeit lassen. Euer Kommen hat mich überrascht. Wie hätte ich wissen können, daß Olivier einen solchen Vater hat? Wenn ich Euch Fragen über diesen so sonderbar in die Welt gelangten Sohn stellte, ich zweifle, ob Ihr mir Antwort geben würdet.«

»Ich denke schon«, erwiderte Cadfael.

In den dunklen Augen seines Gegenüber blitzte belustigte Anteilnahme auf. »Vertraut Ihr anderen so leicht?«

»Nicht jedem«, antwortete Cadfael und sah, wie die auflodernde Flamme erstarb und wieder die gleichmäßige Glut brannte. Erneut trat Schweigen ein, doch lag es weniger lastend auf den Sinnen als bei den vorigen Malen.

»Wir wollen es dabei bewenden lassen«, sagte Philip unvermittelt. »Aber aufgeschoben ist nicht aufgehoben. Ihr seid um zweier Männer willen gekommen. Redet mir von dem anderen. Ihr wollt etwas sagen, das für Yves Hugonin spricht.«

»In erster Linie spricht für ihn«, begann Cadfael, »daß er bei Brien de Soulis' Tod die Hand nicht im Spiel hatte. Ihr habt ihn in jeder Beziehung falsch eingeschätzt. Ich kenne ihn von klein auf und weiß, daß er so geradlinig auf seine Ziele zugeht wie nur einer. Ich kenne ihn aus Situationen, die Ihr nicht miterlebt habt. So war ich Zeuge, wie er in Coventry durchs Tor der Priorei geritten kam und den bewaffneten de Soulis in all seinem Dünkel, kaum, daß er ihn erblickt hatte, offen des Verrats und des Überläufertums bezichtigte. Er hat zum Schwert gegriffen, das stimmt, aber in aller Öffentlichkeit, Mann gegen Mann. Ihn auf diese Weise zu töten, hätte seinem Wesen entsprochen. Er ist keiner von denen, die mit entblößter Klinge an verschwiegenen Orten im Hinterhalt lauern. Nun aber erinnert Euch an den Abend, an dem de Soulis umkam. Yves Hugonin sagt, er sei zur Komplet zu spät gekommen und in die Kirche getreten, als die Andacht schon begonnen hatte. Da er im finstersten Winkel dicht bei der Tür gestanden habe, sei er als erster hinausgegangen, um den hohen Herren den Weg freizumachen. Darauf sei er im Dunkeln über den Mann gestrauchelt und habe sich niedergekniet, um zu sehen, was er für ihn tun könne. Dann hat er laut gerufen, man möge Lichter bringen, und so haben ihn alle mit blutbefleckten Händen gesehen. Alles verhält sich so, wie er sagt, was auch immer Ihr ihm vorzuwerfen habt. Ihr behauptet, er sei auf keinen Fall in der Kirche gewesen, habe de Soulis getötet, sein Schwert gesäubert, in seine Unterkunft zurückgebracht und sei rechtzeitig zurückgekehrt, um laut rufend auf den Leichnam aufmerksam zu machen. Sofern sich das so verhielte – warum hätte er da gerufen? Warum hätte er sich dort aufhalten sollen, statt an einem anderen Ort, im munteren Gespräch mit Gefährten, umgeben von Zeugen, die seine Unschuld bestätigen konnten?«

»Dennoch wäre es möglich«, sagte Philip unnachgiebig. »Wer nicht viel Zeit hat, seine Spuren zu tilgen, verfällt nicht immer auf die beste Lösung. Was setzt Ihr meiner festen Überzeugung entgegen?«

»Verschiedenes. Erstens habe ich noch am selben Abend Yves' Schwert untersucht. Es steckte in seiner Scheide und lag dort, wo er es gesagt hatte. Es ist nicht einfach, eine mehrfach geriffelte Klinge von allen Blutspuren zu befreien – damit habe ich meine Erfahrung. Die von Yves' Waffe war fleckenlos. Außerdem habe ich nach

Eurem Aufbruch mit dem Einverständnis des Bischofs de Soulis' Leichnam untersucht. Die Wunde stammt nicht von einem Schwert – ein so schmales und dünnes Schwert, wie dazu nötig gewesen wäre, hat niemand je geschmiedet –, wohl aber von einem scharfen Dolch, der lang genug war, das Herz zu erreichen. Ein beherzter Stoß, tief hinein und rasch wieder heraus, bevor Blut zu fließen begann. Das floß erst später, als de Soulis am Boden lag, und es hat den Umriß seines Rumpfes auf den Steinplatten nachgezeichnet. Drittens aber sagt mir doch, wie jemand, von dem de Soulis wußte, daß er sein Feind war, so nah an ihn hätte herankommen können, noch dazu, wo jener mit Schwert und Stoßdegen bewaffnet war und schon beim Anblick seines Feindes blank gezogen hätte – lange, bevor ihm dieser nahe genug gewesen wäre, den Dolch zu zücken. Leuchtet das ein – ja oder nein?«

»In gewisser Weise«, gab Philip zu.

»Ganz und gar. De Soulis trug seine Waffe, er hatte nicht die Absicht, zur Komplet zu gehen, weil er etwas anderes plante. Er wartete in einer Mauernische des Kreuzgangs und trat heraus, als der Mann herankam, auf den er wartete. Eine stille Stunde, in der alle in der Kirche waren, genau der richtige Moment für ein vertrautes Gespräch unter vier Augen. Nicht mit einem erklärten Feind, sondern mit einem Freund, jemandem, dem er vertraute. Es war jemand, der dicht an ihn herantreten konnte, weil de Soulis von ihm nichts Böses vermutete, und der ihm deshalb den Dolch ins Herz stoßen konnte. Dann ist der Täter davongegangen und hat ihn liegenlassen, damit ein törichter junger Mann über ihn strauchelt, seine Entdeckung in die Dunkelheit hinausposaunt und auf diese Weise seinen Hals in die Schlinge steckt.«

»Bisher habe ich ihn nicht gehängt«, sagte Philip trocken. »Ich bin mir noch nicht schlüssig, was ich mit ihm tun werde.«

»Und zweifellos mache ich Euch die Entscheidung nicht leichter, denn was ich sage, ist die Wahrheit. Den Tatsachen könnt Ihr Euch nicht entziehen, ob Ihr wollt oder nicht. Es gibt noch mehr darüber zu sagen, und wenn das auch nicht bedeutet, daß Yves Hugonin keinen Grund gehabt hätte, Brien de Soulis zu hassen, eröffnet es doch die Möglichkeit, daß manch anderer weit mehr Grund zum Haß hatte. Das könnten sogar einige von denen sein, die vielleicht früher zu seinen Freunden gehört haben.«

»Fahrt fort«, sagte Philip gelassen. »Ich höre Euch immer noch zu.«

»Nachdem Ihr fort wart, haben wir unter Aufsicht des Bischofs de Soulis' Habseligkeiten zusammengepackt, um sie seinem Bruder auszuhändigen. Unter ihnen befand sich, wie nicht anders zu erwarten, sein Siegel. Kennt Ihr es?«

»Gewiß. Es ist ein Schwan mit Weidenruten.«

»Wir haben aber ein zweites Petschaft mit einem anderen Wappen darauf gefunden. Kennt Ihr es ebenfalls?« Mit diesen Worten nahm Cadfael das Pergament heraus und strich es zwischen Philips langen muskulösen Händen auf dem Tisch glatt. »Der Bischof hat es in Verwahrung. Ist es euch bekannt?«

»Ja, ich habe es schon einmal gesehen«, sagte Philip betont gelassen. »Einer von de Soulis' Hauptleuten in Faringdon hat es benutzt – Geoffrey FitzClare, ein unehelicher Sohn des Hauses de Clare aus Hertford und Halbbruder von Gilbert. Ich kannte ihn, wenn auch nicht besonders gut. De Soulis hatte ihn selbst ausgewählt; er befehligte eine gute Truppe.«

»Sicherlich habt Ihr auch gehört, daß Geoffrey FitzClare am Tag der Übergabe von Faringdon vom Pferd gestürzt und dann seinen Verletzungen erlegen ist. Man sagt, er sei bei Nacht nach Cricklade geritten, nachdem er wie alle anderen Hauptleute in der Garnison sein Siegel unter die Übergabeurkunde gesetzt hatte. Er sei nicht zurückgekehrt und de Soulis sei am nächsten Tag mit einigen anderen ausgeritten, um ihn zu suchen. Man hat ihn auf einer Trage zurückgebracht und der Besatzung der Burg noch vor Einbruch der Nacht mitgeteilt, daß er gestorben war.«

»Das ist mir bekannt«, sagte Philip. Zum ersten Mal klang seine Stimme angespannt und argwöhnisch. »Ein ausgesprochen unglückliches Zusammentreffen. Er ist nie bei mir angekommen; ich habe erst später davon erfahren.«

»Und Ihr habt ihn nicht erwartet? Ihr habt nicht nach ihm geschickt?«

Philips Gesicht war jetzt finster, seine schwarzen Brauen zogen sich über den tiefliegenden Augen zusammen. »Nein. Dazu bestand kein Anlaß. De Soulis hatte jede Vollmacht. Aber Ihr habt mir noch mehr zu sagen. Was ist es?«

»Es gibt jemanden, dem dieser plötzliche Unfalltod sehr gelegen kam – just einen Tag, nachdem sein Siegel unter die Urkunde gesetzt worden war, welche die Übergabe von Faringdon an König Stephen formell bekräftigte. Vorausgesetzt, er war nicht schon in der Nacht davor tot und eine fremde Hand hat sein Siegel auf das Dokument gedrückt. Es gibt Männer, die bereit sind, mit einem feierlichen Eid zu bekräftigen, daß Geoffrey FitzClare dieser Übergabe nie und nimmer zugestimmt hätte, solange er in der Lage war, seine Hand oder seine Stimme zu erheben. Ich habe mit einem von ihnen gesprochen. Hätte sich Geoffrey FitzClare aber gegen die Übergabe ausgesprochen oder zum Schwert gegriffen, seine Krieger in der Burg hätten auf seiner Seite gekämpft, und vielleicht auch noch andere. Dann wäre Faringdon nie gefallen.«

»Mit anderen Worten war sein Tod Eurer Ansicht nach kein Unfall«, sagte Philip finster. »Und nicht er hat sein Siegel zu den anderen unter die Übergabeerklärung gesetzt, sondern eine fremde Hand, als er schon tot war.«

»Davon bin ich fest überzeugt. Er hätte es nie im Leben getan und sein Siegel nie und nimmer einem anderen anvertraut. Seine Zustimmung aber war unerläßlich, um keine Zwietracht in den Reihen der Besatzung zu säen. Ich nehme an, daß man ihn bereits getötet hat, als man ihn von dem Vorhaben in Kenntnis setzte und er sich dagegen aussprach. Es gab keine Zeit zu verlieren.«

»Dennoch sind Männer am nächsten Tag ausgeritten, um nach ihm zu suchen und haben ihn vor den Augen aller nach Faringdon zurückgebracht.«

»In Umhänge gewickelt und auf einer Trage. Zweifellos hat man ihn seinen Kriegern so gezeigt, und sie haben das Gesicht erkannt. Aber sie haben ihn nicht aus der Nähe gesehen, und nicht seinen Körper, nachdem man ihnen sagte, daß er gestorben sei. Es ist nicht schwer, einen Toten nachts fortzuschaffen, irgendwo zu verbergen und am nächsten Tag offen zurückzubringen. Durch das Pförtchen, das man geöffnet hatte, um die Unterhändler des Königs einzulassen, konnte man ebenso FitzClares Leichnam hinausschaffen, zu irgendeinem Versteck in den Wäldern. Auf welche Weise und zu welchem Zweck wäre sonst FitzClares Siegel mit Brien de Soulis nach Coventry gelangt, wo man es in seiner Satteltasche gefunden hat?« schloß Cadfael seine Darlegung mit Nachdruck.

Philip erhob sich abrupt, ging um den Tisch herum und schritt schweigend im Raum auf und ab. Es war, als könne nur die Bewegung des Körpers den Aufruhr des Geistes besänftigen, der in ihm tobte. Wie eine umherstreifende Katze durchmaß er den Raum und blieb schließlich in der finstersten Ecke stehen. Dort stützte er sich, Cadfael und das Licht im Rücken, mit geballten Fäusten auf eine schwere Truhe. Obwohl er sich nicht bewegte, war seine Anspannung ebenso deutlich zu spüren wie zuvor. Er schwieg lange. Als Philip sich umwandte, konnte man seinem Gesichtsausdruck entnehmen, daß er das Gehörte in sich aufgenommen und verarbeitet hatte.

»Von all dem habe ich nichts gewußt. Sofern es der Wahrheit entspricht, was Ihr mir berichtet – und mein Gefühl sagt mir, daß es sich so verhält –, sollt Ihr wissen, daß ich damit nichts zu schaffen hatte und es auch nie zugelassen hätte.«

»Der Gedanke war mir nie gekommen«, sagte Cadfael. »Ob die Übergabe aufgrund Eures Ersuchens – besser gesagt Eurer Weisung – erfolgte, weiß ich nicht und will es auch nicht wissen. Ihr wart nicht am Ort, und alles, was vorgefallen ist, geschah auf de Soulis' Anordnung, wenn nicht sogar von seiner eigenen Hand. Es dürfte nicht leicht fallen, vier Hauptleute mit zahlreichem und kampfbereitem Gefolge zu einem Mordkomplott zu bewegen. Wahrscheinlich war es besser, FitzClare beiseite zu nehmen, Mann gegen Mann, und anschließend zu erklären, man habe ihn zu Euch nach Cricklade geschickt, damit er mit Euch verhandele. Unterdessen konnte einer oder zwei, denen ein Mord nicht viel bedeutete, den Toten mitsamt dem Pferd, das er angeblich bei seiner nächtlichen Botschaft geritten hatte, insgeheim aus dem Weg schaffen. FitzClares Siegel dürfte das erste auf dem Pergament gewesen sein. Nein, von Euch hatte ich keinen Augenblick lang angenommen, daß Ihr an einer solchen Verschwörung beteiligt wart, ganz gleich, wessen ich Euch für fähig halte. Aber FitzClare ist tot, und ebenso de Soulis, und ich denke, daß Ihr keinen Grund mehr habt, ihn zu betrauern oder rächen zu wollen. In dem Fall aber gibt es auch keinen Grund mehr, einem jungen Mann, der ein offener und erklärter Feind von Brien de Soulis war, dessen tückische Ermordung zur Last zu legen. Manch einer der Männer aus Faringdon war bereit, den Mord an FitzClare zu rächen und der eine oder andere von ihnen wird auch in Coventry zugegen gewesen sein. FitzClare war beliebt, und seine Männer folgten ihm bereitwillig. Nicht jeder von ihnen hat für bare Münze genommen, was über seinen Tod verlautbar wurde.«

»Ihnen wäre de Soulis mit dem gleichen Mißtrauen entgegengetreten, wie Ihr es mit Bezug auf Hugonin unterstellt«, sagte Philip.

»Meint Ihr denn, sie hätten sich als seine Feinde zu erkennen gegeben? Wer ihm mit gewisser Absicht näher kommen wollte, würde doch ganz im Gegenteil dafür Sorge tragen, sich nicht zu verraten, anders als Yves, der seinen Zorn und seine Feindschaft vor aller Welt hinausgeschrien hat. Euch ist ebenso klar wie mir, daß er nicht auf die Länge eines Schwertes an ihn herangekommen wäre, von Dolcheslänge ganz zu schweigen. Gebt Yves Hugonin die Freiheit«, sagte Cadfael, »und nehmt mich an meines Sohnes Statt.«

Langsam trat Philip an den Tisch zurück, setzte sich wieder und schloß das Buch, das aufgeschlagen vor ihm lag. Er stützte den Kopf in die Hände und richtete seinen undurchdringlichen Blick erneut auf Cadfael.

»Ach ja«, sagte er, mehr zu sich selbst als zu ihm, »da ist noch die Sache mit Eurem Sohn Olivier. Ihn wollen wir nicht vergessen.« Aber seine Stimme klang nicht beruhigend. »Wir wollen sehen, ob der Mann, den ich so gut zu kennen glaubte, derselbe ist wie der Sohn, den Ihr kennt. Mir gegenüber hat er nie von einem Vater gesprochen.«

»Er weiß nur, was ihm seine Mutter als Kind erzählt hat, und so kennt er von seinem Vater nur eine durch Liebe übermäßig wohlwollend gefärbte Legende. Von mir hat er nichts erfahren.«

»Wenn ich Euch mit meinen Fragen zusetze, antwortet einfach nicht. Aber ich empfinde das Bedürfnis, mehr zu wissen. Ist er ein Kind des Kreuzgangs?«

»Nein«, sagte Cadfael, »wohl aber eines des Kreuzzugs. Seine Mutter lebte und starb in Antiochia. Daß sie ein Kind von mir hatte, habe ich erst erfahren, als ich Olivier hier in England begegnet bin. Er nannte ihren Namen und bestimmte Daten, die zweifelsfrei anzeigten, daß er mein Sohn ist. In den Orden bin ich erst später eingetreten.«

»Der Kreuzzug!« knüpfte Philip an das Gesagte an. In seinen Augen lag ein goldglänzender Schimmer. Neugierig richtete er den Blick auf Cadfaels ergraute Haare und sein wettergegerbtes faltiges Gesicht. »Ihr habt an dem Kreuzzug teilgenommen, als dessen Ergebnis in Jerusalem ein christliches Königreich errichtet wurde? Ihr wart dort? Von allen Kämpfen gewiß der achtbarste.«

»Sagen wir, einer, der sich am ehesten rechtfertigen läßt«, stimmte Cadfael betrübt zu. »Weiter würde ich nicht gehen.«

Nach wie vor ruhten Philips Augen abschätzend und voll Staunen auf ihm. Mit einem Mal lag eine sonderbare Leidenschaft in ihnen. Der Blick ging durch Cadfael hindurch in die Ferne, über das sagenumwobene Mittelmeer ins jenseits gelegene legendäre fränkische Reich. Seit dem Fall von Edessa war die Christenheit, was Jerusalem anging, voll unbehaglicher Befürchtungen und unsicherer Hoffnungen. Der Papst wie Bischöfe und Äbte schliefen schlecht, wenn sie an ihre belagerte Hauptstadt dachten und erhoben immer wieder laut wie Trompetenschall ihre Stimme, um zur Verteidigung der Kirche aufzurufen. Auch Philip hatte sich vom Klang der Kriegstrompete mitreißen lassen.

»Wie hat es sich zugetragen, daß Ihr ihm hier begegnet seid, ohne ihn zuvor zu kennen? War es nur ein einziges Mal?«

»Nein, zweimal, und sofern mir Gott gnädig ist, wird es ein drittes Mal geben«, erwiderte Cadfael unerschrocken. Knapp berichtete er die Umstände dieser beiden Begegnungen.

»Und er weiß nach wie vor nicht, daß Ihr sein Vater seid? Habt Ihr es ihm nicht gesagt?«

»Er muß es nicht wissen. Zwar braucht er sich dessen nicht zu schämen, aber es gibt auch keinen Grund, stolz darauf zu sein. Sein Weg liegt vor ihm und wird ihn zur Größe führen. Warum sollte ich etwas tun, das ihn davon abbringen oder unsicher machen könnte?«

»Ihr wollt nichts von ihm?« Erneut lag die gefährliche Bitterkeit in Philips Stimme, die rauh war vom Schmerz um all das, was er sich von seinem eigenen Vater erhofft und nicht bekommen hatte. Ein Übermaß an Liebe, das in ein Übermaß an Haß umgeschlagen war, durchzog sein ganzes Denken, wenn es um die qualvolle und unausgewogene Beziehung zwischen Vater und Sohn ging, die einander zu nahe standen und zugleich zu fern waren.

»Er schuldet mir nichts«, sagte Cadfael. »Nichts als das Maß an Freundschaft und Zuneigung, das ein Mann dem anderen aus freien Stücken und im gegenseitigen Vertrauen gewährt. Es gibt keine Ansprüche, die auf die Bande des Blutes zurückgehen.«

»Dennoch glaubt Ihr, ihm aufgrund Eurer Blutsbande etwas zu schulden«, sagte Philip leise, »bis hin zu Eurem Leben. Bruder, ich denke, daß Ihr mir etwas berichtet, das ich nur allzu gründlich durchlebt und nur allzu gut begriffen habe. Diese Erkenntnis hat mich Jahre meines Lebens gekostet. Wir sind die Söhne der Väter, die wir verdienen, und sie zeugen die Söhne, die sie verdienen. Wir sind unsere eigene Buße und zugleich die ihre. Der erste tödliche Streit auf der Welt, heißt es, sei zwischen zwei Brüdern ausgebrochen, aber den längsten und erbittertsten fechten Väter und Söhne aus. Jetzt bietet Ihr mir den Vater für den Sohn. Das entspricht weder meinem Wunsch noch meinem Bedürfnis, und überdies wollt Ihr in einer Währung zahlen, mit der ich nichts anfangen kann. Wie könnte ich Euch zürnen? Ich achte und schätze Euch, und manches, um das Ihr mich bitten könntet, würde ich Euch gern gewähren. Aber Olivier bekommt Ihr nicht.«

Damit war Cadfael entlassen. An jenem Abend sprachen die beiden Männer nicht weiter miteinander. Von der Kapelle herüber rief die Glocke zur Komplet; hohl hallte ihr Klang durch die steinernen Gänge.

KAPITEL 9

Wie er es aus dem Kloster gewohnt war, stand Cadfael um Mitternacht auf, obwohl in der Burg keine Glocke zur Andacht läutete. Zum ersten Mal kam ihm der Gedanke, daß seine Unterbringung in einem Raum nahe der Kapelle eine tiefere Bedeutung haben könnte. Obgleich er Philip gegenüber seine Abtrünnigkeit nicht verhohlen hatte, war ihm der Raum angewiesen worden, auf den Angehörige der Kirche, die besuchshalber in der Burg weilten, Anspruch erheben durften. Da sein Gastgeber schon so rücksichtsvoll gewesen war, ihn nahe der Kapelle unterzubringen, war es nur recht und billig, daß er an deren Altar die fälligen Stundengebete Matutin und Laudes verrichtete. Zwar hatte Cadfael seine Rechte und den Anspruch auf Vergünstigungen aufgegeben, nicht aber seinen Glauben.

Schon daß er still und versunken in der Kühle des strengen steinernen Baus kniete und nahezu lautlos die vertrauten Worte murmelte, gab ihm mehr Trost und Seelenfrieden, als er zu hoffen gewagt hatte. Die Zweifel und Befürchtungen des Tages waren wie weggeblasen, und nicht der geringste Schatten einer Besorgnis fiel auf die Ereignisse, die der nächste Tag bringen würde. Das konnte nur bedeuten, daß ihm die Gnade des Herrn nahe war.

Gerade wollte er die Kapelle verlassen, als einer, der offenbar gleichfalls wach war, still in der offenen Tür erschien, von der Cadfael nur noch einen oder zwei Schritte entfernt war. Er hatte sie bewußt nicht geschlossen, damit sie nicht durch lautes Knarren andere Burgbewohner weckte. Im blassen Licht konnten die Männer einander deutlich erkennen.

»Für einen Abtrünnigen haltet Ihr die Gebetsstunden aber streng ein, Bruder«, flüsterte Philip. Er schritt barfuß über den Steinboden und hatte seine Blöße mit einem schweren pelzbesetzten Umhang bedeckt. »Keine Sorge, Ihr habt mich nicht gestört. Ich habe noch lange wachgelegen. Die Schuld daran dürft Ihr allerdings auf Euch nehmen, wenn Ihr wollt.«

»Auch wer sich losgesagt hat«, entgegnete ihm Cadfael, »kann nach dem Saum der Gnade haschen. Es tut mir leid, Euch am Schlaf gehindert zu haben.«

»Vielleicht folgt daraus für Euch etwas Gutes«, sagte Philip. »Wir wollen uns morgen noch einmal unterhalten. Ich hoffe, daß Ihr hier alles habt, was Ihr braucht und zumindest ebenso weich gebettet seid wie im Schlaftrakt Eures Klosters. Soweit ich gehört habe, gibt es keinen großen Unterschied zwischen dem Nachtlager eines Kriegers und dem eines Mönches. Ich habe, seit ich ein Mann bin, ausschließlich das eine ausprobiert.«

In der Tat hatte er in der endlosen Auseinandersetzung schon zu den Waffen gegriffen, bevor er zwanzig Jahre alt war, um seinen Vater zu unterstützen.

»Ich kenne beide«, erwiderte Cadfael, »und beklage mich weder über das eine noch das andere.«

»Ich erinnere mich, davon bereits in Coventry aus dem Munde von Menschen gehört zu haben, die Euch kannten. Damals gehörte ich noch nicht zu ihnen«, sagte Philip und zog den Umhang enger um sich. »Auch ich muß Zwiesprache mit Gott halten«, erklärte er und betrat an Cadfael vorbei die Kapelle. »Kommt nach der Messe zu mir.«

»Diesmal wollen wir uns nicht hinter einer verschlossenen Tür verschanzen, sondern uns mit allen in den Rittersaal begeben«, sagte Philip und nahm Cadfael am Arm, als sie die Burgkapelle nach der Messe verließen. »Nein, Ihr braucht nichts zu sagen, Ihr habt das Eure getan. Ich habe über alles nachgedacht, was im Hinblick auf Brien de Soulis und Yves Hugonin an den Tag gekommen ist. Wenn auch die eine Sache noch nicht erwiesen ist, Schuld hin oder her, so schreit die andere doch zu laut zum Himmel, als daß man darüber hinweggehen könnte. Brien de Soulis anzuklagen, ist es zu spät, zumindest hienieden. Also mag er in Frieden ruhen, so er das kann. Aber Hugonin wage ich nicht länger zu beschuldigen, dazu ist der Zweifel zu groß. Kommt und seht mit an, wie ich ihm die Freiheit gebe, damit er reiten kann, wohin auch immer es ihn gelüstet.«

Im Rittersaal hatte man die auf Böcken ruhenden Tische und die Bänke beiseite geräumt, so daß der große Raum leer war. Das hell auflodernde Feuer in seiner Mitte wurde fleißig geschürt, denn der Winter begann sich mit beißenden Nachtfrösten zu melden. Trotz des Schutzes, den das tief eingeschnittene Flußtal bot, fanden die Winde ihren Weg an jedem Fensterladen vorbei und durch jede Mauerritze. Philips Hauptleute waren dort versammelt und wandten sich dem Burgherrn zu, als er eintrat. Eine Gruppe Reisiger stand in gewissem Abstand herüber, bereit seine Befehle entgegenzunehmen.

An den Wachhabenden gewandt gebot er: »Hol mir Hugonin aus dem Verlies. Nimm den Schmied mit, damit er ihm die Ketten löst. Man hat mich überzeugt, daß ich ihm den Tod von Brien de Soulis aller Wahrscheinlichkeit nach zu Unrecht vorwerfe. Zumindest ist der Zweifel in mir hinreichend stark, dem Mann die Freiheit zu schenken und ihn jeden Vergehens gegen mich loszusprechen. Geh und bring ihn her.«

Unverzüglich machte sich der Angesprochene daran, den Auftrag auszuführen. Es hatte nichts mit Furcht zu tun, daß die Männer, die Philip dienten, seine Anordnungen umgehend befolgten. Wer ihn fürchtete, hätte die Burg verlassen und anderswo Dienst genommen.

»Ihr habt mir noch keine Gelegenheit gegeben, Euch meinen Dank zu erweisen«, flüsterte Cadfael in Philips Ohr.

»Dazu gibt es keinen Grund. Wenn Ihr mir die Wahrheit gesagt habt, tue ich nur, was recht und billig ist. Es kommt vor, daß ich mich übereile, aber es gehört nicht zu meinen Schwächen, mich bewußt gegen die Wahrheit zu stellen.« An einige der Männer gewandt, die nahe der Tür standen, fuhr er fort: »Sorgt dafür, daß sein Pferd gesattelt und seine Satteltasche gut gefüllt wird. Nein, wartet damit etwas. Es kann noch eine Weile dauern, bis er reisefertig ist. Schließlich müssen wir dafür sorgen, daß sich unsere Gäste sehen lassen können, wenn sie davonreiten und nicht mit leerem Magen aufbrechen.«

Sie verstanden den Wink und gingen, Wasser heiß zu machen und in einen freien Raum zu bringen. Auch die Satteltasche trugen sie dorthin, die man Yves' Pferd abgenommen hatte, als er gefangen hergebracht worden war. So dauerte es über eine halbe Stunde, bis der Jüngling in den Rittersaal und vor den Mann gebracht wurde, der ihn festgesetzt hatte. Als er Bruder Cadfael neben Philip stehen sah, fuhr er mit ungläubigem Staunen zurück.

»Hier ist jemand, der mir gesagt hat, daß ich Euch Unrecht getan habe«, sprach ihn Philip ohne Umschweife an. »Da auch ich inzwischen dieser Ansicht zuneige, gebe ich Euch die Freiheit. Ihr könnt gehen, wohin Ihr wollt, geltet fürderhin nicht mehr als mein Feind und habt von mir nichts zu befürchten.«

Verständnislos sah Yves von einem zum anderen. Offensichtlich konnte er noch nicht fassen, daß man ihn so unversehens aus seinem Verlies ans Licht des Tages gebracht hatte. Es waren kaum Spuren der kurzen Gefangenschaft an ihm zu erkennen, man sah nur eine schmale bläuliche Linie dort, wo die stählernen Fesseln die Haut seiner Handgelenke abgeschürft hatten. Entweder war er an einem trockenen und sauberen Ort untergebracht gewesen, oder er hatte sich vor seinem Erscheinen umziehen können. Seine noch nicht ganz trockenen Haare legten sich wie bei einem Kind in weichen Locken um den Kopf. Doch als er Philip ansah, waren in seinem Gesicht die dunklen Schatten von Zorn und Argwohn zu erkennen.

»Umarmt ihn ruhig – Ihr habt seine Freiheit redlich errungen«, sagte Philip gleichmütig zu Cadfael und lächelte ein wenig angesichts des finsteren Blicks, den ihm der Jüngling zuwarf.

Verwirrt und mißtrauisch wie er war, verkrampften sich Yves' Muskeln unwillkürlich, als er Cadfaels Hände auf seinen Schultern spürte. Dann aber entspannte er sich und bot ihm errötend, zitternd und ein wenig zögernd die Wange zum Kuß. Mit stockendem Atem fragte er hilflos: »Was habt Ihr getan? Was führt Euch her? Ihr hättet mir nie folgen dürfen.«

»Laßt das Fragen«, sagte Cadfael und schob ihn auf Armeslänge von sich. »Es ist gut! Nehmt, was man Euch anbietet, und freut Euch. Es ist kein Trug im Spiel.«

»Er hat gesagt, Ihr hättet meine Freiheit errungen«, bemerkte Yves und wandte sich mit gerunzelten Brauen und funkelnden Augen an Philip. »Was hat er getan? Wie hat er Euch dazu gebracht, mich freizulassen? Ich glaube nicht, daß Ihr es ohne Gegenleistung tut. Was hat er für mich verpfändet?«

»Zwar ist er gekommen, mir ein Leben anzubieten«, antwortete Philip kühl, »doch nicht für Euch, mein Freund.

Eure Freilassung hat er mit einem Appell an meine Vernunft bewirkt. Für Euch ist kein Preis verlangt und auch keiner gezahlt worden.«

»Das ist die Wahrheit«, sagte Cadfael.

Yves sah von einem zum anderen. Es war zu erkennen, daß er nicht recht wußte, wem er Glauben schenken sollte, und wem nicht. »Nicht für mich«, sagte er gedehnt. »Dann stimmt es also, daß Olivier hier ist! Wer noch?«

»So ist es«, bestätigte Philip und in einem Ton, der keinen Zweifel daran ließ, daß er meinte, was er sagte, fügte er hinzu: »Und er bleibt hier.«

»Dazu habt Ihr kein Recht«, brach es aus Yves voll Eifer, aber durchaus beherrscht, hervor. »Die Freveltat, derer Ihr mich bezichtigt habt, war zumindest glaubhaft. Aber ihn in Gewahrsam zu halten, ist nicht gerechtfertigt. Laßt ihn ziehen. Behaltet mich hier, wenn Ihr wollt, aber gebt Olivier de Bretagne frei.«

»Das Urteil darüber, ob ich Anlaß zu bitterem Groll gegen ihn habe, überlaßt mir«, sagte Philip, die Stirn in zürnende Falten gelegt, doch mit teilnahmslos klingender Stimme. »Was Euch betrifft – Euer Pferd ist gesattelt und versorgt. Ihr könnt reiten, wohin Ihr wollt, ohne daß man Euch daran hindern wird, und sei es zurück zu Eurer Kaiserin. Meine Männer werden Euch das Tor öffnen. Nun geht.«

Die schroffe Verabschiedung ließ dem Angesprochenen die Röte in die frisch gewaschenen Wangen steigen, und Cadfael fürchtete schon, Yves könne erneut einer Zorneswallung nachgeben. Welchen Sinn hatte es, weiter aufzubegehren, wenn die Dinge so standen, daß man sich ihnen fügen mußte? Noch vor wenigen Monaten wäre in Yves möglicherweise hilflose Wut aufgestiegen, wie das so häufig zur Zeit des gefährlichen Übergangs vom Halbwüchsigen zum reifen Mann der Fall ist. Aber er schien unter irgendeinem der Türme in der Ringmauer von La

Musarderie erwachsen geworden zu sein und stand seinem Widersacher mit beherrschtem Gesicht in untadeliger Haltung gegenüber.

»Laßt mich zumindest fragen«, sagte er, »was Ihr mit Bruder Cadfael zu tun beabsichtigt. Ist auch er Euer Gefangener?«

»Seid unbesorgt. Er hat nichts von mir zu befürchten, doch möchte ich noch nicht auf seine Gesellschaft verzichten, und ich vermute, daß er sich einem Wunsch nicht versagen wird. Er darf bleiben, solange er will, aber auch jederzeit gehen. Er kann seine Stundengebete in meiner Kapelle ebenso getreulich verrichten wie in Shrewsbury. Und das tut er auch«, fügte Philip mit einem knappen Lächeln hinzu, offensichtlich in Erinnerung an ihre nächtliche Begegnung – »sogar die Matutin um Mitternacht. Laßt ihn selbst wählen.«

»Ich habe hier noch zu tun«, sagte Bruder Cadfael und erwiderte den ernsten Blick des jungen Mannes, der sich sichtlich bemühte, den Sinn hinter den knappen Worten zu erfassen.

»Ich reite«, sagte er. »Aber laßt Euch gesagt sein, Philip FitzRobert, ich werde zurückkehren, um Olivier de Bretagne mit Waffengewalt zu befreien.«

»Das tut«, sagte Philip. »Beklagt Euch aber nicht über den Empfang, den ich Euch dann bereiten werde.«

Ohne sich umzusehen, ging Yves davon. Im Hof griff er mit einer Hand nach dem Zaumzeug, setzte den linken Fuß in den Steigbügel und saß mit einem Schwung im Sattel. Dann nahm er die Zügel und trieb dem Schecken die sporenlosen Fersen in die Weichen. Die neugierig gaffenden Krieger und Bediensteten wichen auseinander, um ihm Durchlaß zu gewähren. Er ritt zum Tor hinaus und über den Damm dem Rand des Waldgürtels entgegen. Hinter der Furt würde ihn sein Weg wieder nach oben führen, immer durch das dichte Grün, das Greenhamsted umgab. Yves zog auf demselben Weg davon, den Cadfael gekommen war, der von den Römern Jahrhunderte zuvor angelegten langen, breiten Straße entgegen, die sich schnurgerade über die gewellte Hügelkette der Cotswolds dahinzog. Sobald er sie erreicht hatte, würde er sich nach links wenden, der Stadt Gloucester zu, um dort seine Pflicht zu tun.

Cadfael ging nicht zum Tor, um Yves nachzusehen. Er erblickte als letztes seinen Umriß im Torweg, wie er sich, stolz mit geradem Rücken im Sattel sitzend, vor dem düsteren Himmel abzeichnete. Dann wurden die Torflügel hinter ihm geschlossen und verriegelt.

»Es ist ihm ernst. Er kommt zurück,« sagte Cadfael. Ihm war bewußt, daß manche jungen Männer Dinge sagen, die sie nicht wirklich meinen, und auch, daß es solche gab, die nicht zwischen dem einen und dem anderen zu unterscheiden wissen, was sie unter Umständen später bedauern.

»Das ist mir klar«, gab Philip zur Antwort. »Ich würde es ihm nicht einmal dann verübeln, wenn es nicht mehr wäre als eine Geste.«

»Es ist mehr. Unterschätzt ihn nicht.«

»Das verhüte Gott! Er wird kommen, und wir werden sehen. Alles hängt davon ab, wie stark die Streitmacht der Kaiserin in Gloucester zur Zeit ist und ob sich mein Vater bei ihr befindet oder nicht.« Auch als er von seinem Vater sprach, klang seine Stimme unverändert kalt. Offensichtlich schätzte er lediglich die Kräfteverhältnisse ab.

Die Männer, die dem Davonreitenden vom Burghof aus nachgesehen hatten, waren wieder an ihre Arbeit gegangen. Ein Windstoß trug nicht nur den süßen und warmen Geruch frisch gebackenen Brotes herein, das man aus dem Backhaus herbeibrachte, sondern auch das scharfe metallische Klirren von Hämmern aus der Waffenkammer.

»Warum wünscht Ihr, daß ich Euch weiter Gesellschaft leiste?« fragte Cadfael. »Ich bin es, der mit Euch etwas zu verhandeln hat, das bislang ungeklärt ist. Nicht Ihr wolltet etwas mit mir erörtern.«

Philip schrak aus seinen Gedanken auf, um sich ganz auf sein Gegenüber zu konzentrieren. »Warum habt Ihr Euch entschieden zu bleiben? Ich hatte doch gesagt, daß Ihr gehen könnt, sobald Ihr wollt.«

»Die Antwort auf diese Frage kennt Ihr«, entgegnete Cadfael geduldig. »Die auf meine Frage kenne ich nicht. Was wollt Ihr von mir?«

»Das weiß ich selbst nicht genau«, gab Philip mit dem Anflug eines spöttischen Lächelns zu. »Ich wüßte gern, was Ihr denkt. Ich finde Euch bemerkenswerter als die meisten anderen Menschen.«

Sofern es sich dabei um ein Kompliment handelte, konnte Cadfael es erwidern, ohne zu heucheln. Gewiß wäre es aufschlußreich, dahinterzukommen, was dieser Mann dachte. Vielleicht würde es sogar etwas Licht auf den Vater werfen, wenn man den Sohn besser verstand. Sofern Yves bei der Kaiserin auf Robert von Gloucester stieß – wäre dieser ähnlich verbittert wie sein Sohn und würde darauf hinarbeiten, daß sie gegen Philip vorging, oder würde er sich bemühen, ihre Feindseligkeit zu mäßigen, um ihn zu verschonen?

»Betrachtet mein Haus als das Eure, Bruder, solange Ihr hier seid«, sagte Philip. »Sofern es Euch an etwas fehlt, sagt es mir.«

»Mir fehlt etwas.« Cadfael trat unmittelbar vor Philip, damit dieser ihn deutlich sah und hörte, und ihm, sofern er es für richtig hielt, seinen Wunsch von Mann zu Mann verweigerte. »Mein Sohn. Laßt mich ihn sehen.«

Die Antwort war ein schlichtes »Nein«. Philip betonte das Wort nicht, und das war auch nicht nötig.

»Betrachtet mein Haus als das Eure, habt Ihr gesagt.

Wollt Ihr meine Bewegungsfreiheit innerhalb dieser Mauern jetzt einschränken?«

»Gewiß nicht. Geht, wohin Ihr wollt, öffnet jede unverschlossene Tür, wo immer Euch danach gelüstet. Mag sein, Ihr findet ihn, aber es wird Euch nicht gelingen, zu ihm vorzudringen«, sagte Philip ausdruckslos, »und er wird nicht zu Euch hinausgelangen.«

In der frühen Abenddämmerung machte Philip vor der Vesper die Runde durch die ganze Burganlage, inspizierte die Wachposten und kontrollierte, ob wirklich alles zur Verteidigung bereit war. Auf der Westseite, wo das Gelände steil zum Dorf oben auf dem Berggrat anstieg, trugen die Zinnen eine breite hölzerne Brustwehr, denn dort bestand für einen Angreifer am ehesten die Möglichkeit, sich mit Belagerungsmaschinen der Ringmauer zu nähern oder sie zu unterminieren. Philip schritt die ganze Brustwehr ab und achtete darauf, daß nichts das Öffnen der Falltüren im Boden behinderte, durch die man Belagerer, welche die Mauer erreicht hatten, von oben angreifen konnte, ohne deren Bogenschützen ein Ziel zu bieten. Gewiß, der Feind konnte die Brustwehr in Brand setzen, und Philip hätte das Holzwerk am liebsten durch Steine ersetzt, doch war er andererseits dankbar, daß Musard zumindest diese behelfsmäßige Verteidigungsmöglichkeit vorgesehen hatte. Philip vergewisserte sich auch, daß unterhalb der Brustwehr keinerlei Gebüsch oder junge Bäume die Sicht auf den nackten Boden erschwerten. Zwar wuchs an der Ostseite ein kräftiger Rebstock an der Mauer empor, doch unternahm er nichts dagegen, denn dort sprang ein Turm vor. Es bestand daher kaum Gefahr, daß jemand von Osten die Mauer erkletterte, zumal das Gelände um den Rebstock herum völlig kahl war und keinerlei Deckung bot.

Gegenüber der Brustwehr hatte Philip die ganze Bergflanke empor einen breiten Geländestreifen von jedem Bewuchs befreien lassen, damit ein Angreifer seine Belagerungsmaschinen auf Abstand halten mußte, wenn er in Deckung bleiben wollte. Sofern kein schweres Gerät eingesetzt wurde, lagen die Mauern von La Musarderie für Steinschleudern und Wurfmaschinen außer Schußweite.

Die von Philip zur Bewachung der Ringmauer eingeteilten Männer vertrauten seinem und ihrem Sachverstand, und ihr Verhältnis war von gegenseitiger Achtung geprägt. Die meisten dienten ihm schon seit Jahren und waren mit ihm von Cricklade gekommen. In Faringdon hatte die Sache ein wenig anders ausgesehen, da die dortige Besatzung von verschiedenen Stützpunkten zusammengezogen worden war, so daß er sich nicht in dem Maß auf gegenseitiges Verständnis und Vertrauen verlassen konnte. Doch ausgerechnet der, dem er mehr vertraut und den er höher geschätzt hatte als alle anderen, war mit unbegreiflicher Verachtung an der Spitze der Abtrünnigen gegen ihn aufgestanden. Lag dem ein Mißverständnis zugrunde? Hatten sie nicht die richtigen Worte gefunden? Sich nicht über die Tragweite der Ereignisse geeinigt? Mit Sicherheit war die Zuneigung auf beiden Seiten nicht die gleiche gewesen.

Von der Mauer herab ließ Philip den Blick über die Burghöfe schweifen, wo Fackeln aufflammten, harzige Feuerbrände in der zunehmenden Dämmerung. Schwer hingen die Wolken über den Westtürmen. Vielleicht würden sie Schnee bringen. Die Wächter auf der Mauer hüllten sich in ihre Umhänge und trotzten dem scharfen Wind. Der törichte tapfere Junge hatte wohl inzwischen Gloucester erreicht, sofern das wirklich sein Ziel war.

Beim Gedanken an dessen starrhalsige Geradlinigkeit umspielte ein anerkennendes Lächeln Philips Lippen. Höchstwahrscheinlich hatte der Benediktiner mit seiner

Einschätzung recht. Es war töricht anzunehmen, daß ein solches Geschöpf hinterrücks töten konnte. In ihm sah er eine kleinere Ausgabe jenes anderen – nichts als Tapferkeit und Treue. In einem solchen Mann war kein Raum für den unruhigen Geist, der unter Umständen nach minder ruhmreichen Wegen durch das Labyrinth der Zerstörung suchte, als sie das Schwert bot. Er kannte keinen jener wenig aufsehenerregenden Grautöne zwischen Schwarz und Weiß, die das Leben der meisten Sterblichen begleiten. Nun denn, sofern sich von uns verstümmelten und unreinen Seelen die eine oder andere auf irgendeine Weise den Weg in eine Zukunft erzwingen kann, in der die tapferen und verächtlichen Unschuldigen zu existieren vermögen – warum es ihnen mißgönnen? Aber warum fällt, wenn man an diesem Punkt der Einsicht angekommen ist, die Resignation so schwer, die sie begleitet? Das Feuer, das uns versengt, ist nie leicht zu ertragen.

Unten im Hof rüstete man die Burg mit gewohnter Geschäftigkeit und Tüchtigkeit für die Nacht. Kleine perspektivisch verkürzte Gestalten gingen von den der Mauer entlang gelegenen Gebäuden zum Rittersaal und zum Bergfried hinüber. Auf dem Steinpflaster vor der Schmiede spiegelte sich rot ein Lichtpunkt vom Feuerschein in der Esse. Zwei in lange Umhänge gehüllte Gestalten wurden am Eingang zum Bergfried sichtbar: Burgkaplan und Benediktinermönch auf dem Weg zur Vesper. Ein interessanter Mann, dieser Cadfael aus dem Kloster von Shrewsbury. Kein geweihter Priester, sondern ein Laienbruder, der seine Mitgliedschaft im Orden in Frage stellte. Seines Mönchtums ungeachtet ein Vater, der in jungen Jahren gewiß auch den Zwist mit seinem eigenen Vater erlebt hatte, denn er war unzweifelhaft auf dieselbe Art zur Welt gekommen wie alle anderen Menschen. Mehr als zwanzig Jahre lang hatte er nichts davon gewußt, bis er unvermittelt seinem Sohn gegenüberstand, der inzwischen selbst zum Mann herangereift war – ohne daß er Zeuge all der Mühen, Enttäuschungen und Sorgen geworden wäre, die den Weg vom Jungen zum Mann begleiten. Abgesehen von der nützlichen Eigenschaft des Selbstzweifels, die zur Bescheidenheit erzieht, war Olivier ein vollständiger und vollkommener Mann. Allerdings besitze auch ich nicht gerade übermäßig viel Selbstzweifel, dachte Philip mit leisem Spott.

Nun, es war Zeit. Er stieg über die schmale steinerne Treppe von der Brustwehr herab, um sich zur Vesperandacht den anderen beizugesellen.

Am Abend jenes sechsten Dezember war die Zahl der Teilnehmer an der Andacht geringer als sonst, denn der Burgherr hatte die Wache verstärkt, und die Schmiede waren noch an der Esse und in der Waffenkammer beschäftigt. Philip hörte aufmerksam der Psalmenlesung des Benediktiners aus Shrewsbury zu.

»Ich bin gerechnet zu denen, die in die Grube hinabfahren. Ich bin wie ein Mann, der keine Kraft hat, unter die Toten hingestreckt ... Du hast mich in die tiefste Grube gelegt, in Finsternisse, in Tiefen ...«

Selbst hier erinnert er mich daran, dachte Philip und nahm das Vorzeichen an. Nicht Cadfael hatte den Psalm ausgesucht; er war für diesen Tag festgelegt, an dem die Kirche das Fest des Heiligen Nikolaus feierte.

»Meine Bekannten hast du von mir entfernt, hast mich ihnen zum Abscheu gemacht. Ich bin eingeschlossen und kann nicht herauskommen.«

Es fällt leicht anzunehmen, Gott habe bestimmte Worte für die Andacht des Tages gewählt, damit der richtige Mund sie vorträgt. Eine andere Art von Losorakel. Aber ich glaube nicht daran, überlegte Philip, zwischen Bedauern und Trotz schwankend. Die ganze chaotische Welt taumelt dahin, vom Zufall gesteuert.

»Wirst Du an den Toten Wunder tun? Oder werden die Gestorbenen aufstehen und Dich preisen?«

Nun?, formulierte Philip stumm seine Herausforderung: werden sie? Bisher war er überzeugt, daß alles nach seinem Willen geschehen mußte.

Nach der Abendmahlzeit verließ Philip den Rittersaal und zog sich allein in seine Gemächer zurück. Dort nahm er einen Schlüssel, dessen Aufbewahrungsort außer ihm niemand kannte, verließ den Bergfried und ging zum Turm an der Nordwestecke der Ringmauer hinüber. Ein feiner Schneeregen fiel. Noch waren es keine Flocken, doch hier und da bedeckte schon eine dünne weiße Schicht das Steinpflaster, die aber den nächsten Morgen nicht erleben würde. Dem Wächter auf dem Turm entging nicht, daß die hochgewachsene Gestalt den Hof überquerte. Doch er rührte sich nicht, denn er kannte den Mann und wußte, wohin er wollte. Es war das erste Mal seit mehreren Wochen, daß er jenen Turm aufsuchte. Es gab da einen Namen, den niemand nennen durfte, der sich aber auch nicht aus dem Gedächtnis verbannen ließ. Der Wächter überlegte, was den Herrn an ihn erinnert haben mochte, ohne aber dem Gedanken weiter nachzugehen.

Die Tür am Fuße des Turmes, die der erste Schlüssel öffnete, war schmal und hoch. Ein Schwertkämpfer, unterstützt von einem Bogenschützen, der drei Stufen höher hinter ihm stehen und über seinen Kopf hinweg zielen würde, konnte den Eingang mühelos gegen ein ganzes Heer verteidigen. Im Inneren brannte in einem Wandhalter eine kurze Fackel. Sie warf ihr Licht auf die nach unten führenden Stufen der Wendeltreppe. An ein Entkommen war von dort nicht zu denken. Sogar die Luftschächte, die aus den beiden Kellergeschossen durch die mächtigen Mauern nach oben führten, endeten nicht an der Außenseite der Ringmauer, sondern im Innenhof.

Selbst wenn es einem Gefangenen gelänge, sich seiner Ketten zu entledigen und sich mühevoll durch die nach oben enger werdenden Luftschächte emporzuarbeiten, würde man ihn sogleich entdecken und unverzüglich wieder an den Ort seiner Gefangenschaft zurückbringen.

Im untersten Kellergeschoß steckte Philip den zweiten Schlüssel in das Schloß einer weiteren schmalen Tür. Es funktionierte so glatt und unauffällig wie alles, das ihm diente.

Ohne daß er sich die Mühe gemacht hätte, die Tür hinter sich zu verschließen, trat er in die Zelle. Sie war bis über halbe Mauerhöhe aus dem nackten Fels geschlagen und lief oben in eine steinerne Decke aus. Sie war so groß, daß sich Philip bei seinen seltenen Besuchen außerhalb der Reichweite des Gefangenen halten konnte, dessen Hände nicht gefesselt waren. Allerdings umschlossen schmale stählerne Bänder seine Fußknöchel. Die daran befestigte lange Kette lief zu einem Ring in der Wand neben seinem Lager. In Anbetracht der Klugheit und des Mutes, die seinen Gefangenen auszeichneten, ging Philip kein Risiko ein. Selbst wenn Helfer dorthin vorzudringen vermochten, würde es sie die größte Mühe kosten, ihn aus seinem Verlies zu befreien. Auch wenn es nicht Philips Absicht war, ihn zu entstellen oder zu verunglimpfen, ließ er sich nicht in seiner Entschlossenheit beirren, ihn von der Außenwelt fernzuhalten, als einzigartigen Besitz, für den sich kein Preis festsetzen ließ.

Die Luft im Inneren des Raumes war von beißender Kälte, aber trocken. Durch den Luftschacht, der auf der Hofseite zu einem Gitter in der Mauer des Turms emporführte, gelangte kalte Zugluft herein. Ein im gewachsenen Fels außerhalb des Luftstroms befindlicher Halter trug eine massige Kerze, die gleichmäßig brannte. Neben ihr wartete eine weitere darauf, die allmählich zu Ende brennende Kerze zu ersetzen. Beide ließen sich mühelos von der ebenen Steinfläche aus erreichen, auf der sich das Lager des Gefangenen befand.

Beim ersten Geräusch des Schlüssels richtete sich Olivier de Bretagne auf. Wie Speere schossen seine Blicke der Tür entgegen.

»Auch nach so langer Zeit kein Gruß für mich?« fragte Philip. Die Kerzenflamme zuckte im Luftzug, der durch die offene Tür hereindrang. Er bemerkte es, und schloß sie hinter sich. »Ich habe Euch vernachlässigt.«

»Ihr seid willkommen«, sagte Olivier mit kalter Würde. Ihre Worte prallten mit einer leichten Verzögerung aufeinander, für die ein von der Mauer zurückgeworfenes Echo verantwortlich war. Es wirkte so, als befände sich ein Dritter im Raum, der ihnen zuhörte und sich zu ihren Worten äußerte. »Ich bedaure, Euch keine Erfrischung anbieten zu können, mein Gebieter, aber zweifellos habt Ihr bereits zu Abend gespeist.«

»Und Ihr?« fragte Philip mit einem knappen Lächeln. »Ich sehe, daß die Tabletts leer zurückkommen. Es beruhigt mich, daß Ihr Euren Appetit nicht eingebüßt habt. Es wäre enttäuschend, wenn Euer Wille nachließe, alle Kräfte für den Tag zu bewahren, an dem Ihr mich tötet. Sagt nichts, das ist nicht nötig. Ich erkenne an, daß Ihr ein Anrecht darauf habt, ich bin aber noch nicht so weit. Haltet still und laßt mich Euch ansehen.«

Während Philip seinen Gefangenen aufmerksam musterte, hielten dessen Augen, deren Iris golden umrandet war wie bei einem Jagdfalken, den seinen unverwandt stand. Olivier war sehr schlank, aber hinter seiner schmalen Gestalt ließ sich angespannte Energie erkennen. In ihm brannte die unerträgliche Glut des Hasses und zugleich der Zorn darüber, daß er ihm nicht Ausdruck verleihen konnte. Von Anfang an hatten beide das gleiche Ausmaß an Wut und Qual empfunden, beide standen einander in erbitterter Feindschaft gegenüber, beide litten unter dem Schmerz, den ihnen der andere zugefügt hatte. Sogar in dieser Hinsicht waren sie einander ebenbürtig, eine vollkommene Paarung. Olivier wirkte gepflegt, seine Kleidung war sauber und sein Lager reinlich. Ein tönernes Gefäß mit Wasser und ein Ledereimer für die Bedürfnisse seines Leibes ermöglichten es ihm, seine Würde zu bewahren. Die Kerze konnte er nach Wunsch löschen oder neu entzünden, denn er hatte neben seinem Lager in einer hölzernen Schachtel Feuerstein, Stahl und Zunder. Feuer ist eine gefährliche Gabe, aber warum nicht? Mauerwerk läßt sich damit nicht in Brand setzen, und kein in ein steinernes Verlies Eingesperrter würde, solange er bei klarem Verstand ist, Feuer an die eigene Lagerstatt oder was sonst brennbar sein mag, legen und sich damit dem sicheren Tod durch Ersticken ausliefern. Olivier war bei geradezu unmäßig klarem Verstand, der ihn aber nur seine eigenen anspruchsvollen Maßstäbe erkennen ließ und nicht die Hoffnungen, die Verzweiflung, die lahmen und kläglichen Notbehelfe, mit denen schwächere Menschen das Leben in einer unwirtlichen Welt zu bewältigen versuchen.

Gefangenschaft, Groll und erzwungene Geduld hatten Oliviers gutes Aussehen noch hervorgehoben und vervollkommnet, die kühn vorspringenden Wangenknochen betont und die glatte Haut poliert wie Elfenbein. Sein glänzendes schwarzes Haar legte sich ihm wie zwei liebende, lebendige, aber fremde Hände um seine Schläfen und hohlen Wangen. Tag für Tag hatte Olivier seinen Leib mit dem Wasser gereinigt, das man ihm brachte, stets darauf bedacht, untadelig dazustehen, wann auch immer sein Feind kommen mochte, ihn anzusehen. Sein Bestreben war es, auf keinen Fall nachzugeben, sich nie zu unterwerfen und – vor allem anderen – keine Bitte zu äußern.

Diese eiserne Entschlossenheit, weder klein beizugeben, noch sich auf irgendeine Weise einer Verunglimpfung zu beugen, ist wohl ein Erbteil seiner syrischen Mutter und der Heimat im Osten, überlegte Philip, während er ihn weiter musterte. Oder hat er es doch von dem walisischen Mönch, den ich nicht mitgebracht habe? Was für ein Paar die beiden gewesen sein müssen, um einen solchen Sohn zu zeugen.

»Habe ich mich so sehr verändert?« schleuderte der Gefangene Philips unverrückt starrendem Blick entgegen. Als er sich bewegte, klirrte seine Kette leise.

»In keiner Weise«, gab dieser zur Antwort und trat auf Armeslänge an ihn heran. Olivier hatte schöne elegante Hände, groß und sehnig. Der Mann, dessen Kehle sie mit sicherem Griff gepackt hielten, dürfte es nicht leicht haben, sich daraus zu befreien. Vielleicht wäre für Olivier die Versuchung und Herausforderung noch unwiderstehlicher gewesen, wenn seine Hände auch Ketten getragen hätten. Denn eine um den Hals des Feindes gelegte dünne Kette hätte dessen Leben wohl noch wirksamer erstickt.

Aber Olivier regte sich nicht. Es war nicht das erste Mal seit der unwiderruflichen Übergabe Faringdons, daß ihn Philip auf diese Weise ergebnislos in Versuchung geführt hatte. Natürlich wäre der Tod des Angreifers die voraussehbare Folge einer solchen Tätlichkeit gewesen, doch ließ sich nicht sagen, ob das der Grund war, der Olivier davon abhielt.

»Nein, in keiner Weise.« Trotzdem sah ihn Philip mit erneutem und heftigem Interesse an und suchte nach den kaum wahrnehmbaren Merkmalen der beiden so unterschiedlichen Geschöpfe, die diese anmaßende Vortrefflichkeit hervorgebracht hatten. »Oben ist ein Besucher, der eigens um Euretwillen den Weg hierher gemacht hat. Von ihm habe ich Dinge über Euch erfahren, die Ihr vermutlich selbst nicht wißt. Es dürfte höchste Zeit sein, daß Ihr Kenntnis davon erhaltet.«

Olivier erwiderte Philips Blick wortlos und mit feindseliger Miene. Es überraschte ihn nicht, daß jemand versucht hatte, seinen Aufenthalt auszukundschaften. Er kannte seinen Wert, und ihm war klar, daß es Leute geben würde, die bereit waren, ihn auszulösen. Daß es einem der ihm Geneigten gelungen war, ihn durch glücklichen Zufall oder richtiges Vermuten hier aufzuspüren, überraschte ihn schon eher. Sofern tatsächlich Laurence d'Angers jemanden geschickt hatte, der sich nach seinem verschwundenen jungen Ritter erkundigen sollte, war das ein Schuß ins Dunkle gewesen, der nicht unbedingt hatte treffen müssen.

»Offen gestanden waren sogar zwei hier, denen gleichermaßen an Eurem Wohlergehen lag«, sagte Philip. »Einen habe ich mit leeren Händen davongeschickt, aber er hat gedroht, er werde zurückkehren, um Euch mit Waffengewalt zu befreien. Ich habe keinen Grund zu bezweifeln, daß der junge Mann sein Wort halten wird. Es ist Euer Schwager, Yves Hugonin.«

»Yves war hier?« Olivier erstarrte, Zorn erfaßte ihn. »Wie war das möglich? Wie ist er hergekommen?«

»Als mein Gast. Ich fürchte, meine Einladung war ein wenig grob. Aber keine Sorge, er ist so wohlbehalten davongeritten, wie er gekommen ist, und gewiß bemüht er sich gerade jetzt in Gloucester darum, ein Heer auf die Beine zu stellen, um Euch hier herauszuholen. Eine Weile war ich der Ansicht, daß ich Grund hatte, ihn als meinen Feind zu betrachten«, sagte Philip nachdenklich, »doch hat sich das als Irrtum erwiesen. Aber selbst wenn nicht, wäre es die Sache nicht mehr wert gewesen.«

»Schwört Ihr, daß er unbeschadet zu seinen Leuten zurückkehren durfte? Nein, ich nehme das zurück«, sagte Olivier entschlossen. »Ich weiß, daß Ihr nicht lügt.«

»Jedenfalls nicht Euch gegenüber. Er ist gesund und munter und haßt mich um Euretwillen von ganzem Herzen. Der andere – ich sagte ja, daß es zwei sind – ist ein Benediktinermönch aus Shrewsbury, der sich nach wie vor aus eigenem Entschluß in der Burg befindet. Er heißt Cadfael.«

Olivier stand erkennbar verwirrt da. Seine Lippen bewegten sich, wiederholten den ihm durchaus bekannten Namen, der völlig unerwartet genannt wurde. Schließlich sagte er zögernd: »Wie kann das sein? Mönche verlassen ihr Kloster nur auf Anordnung ihrer Oberen – ihr Gelübde würde es nicht erlauben – und wieso hier? Um meinetwillen ...? Nein, unmöglich!«

»Ihr kennt ihn also? Sein Gelübde – ja, er bezeichnet sich als abtrünnig, er hat das Kloster ohne den Segen seines Abtes verlassen. Um Euretwillen. Laßt mir Gerechtigkeit widerfahren – Ihr habt selbst gesagt, daß ich nicht lüge. Ich habe diesen Mönch in Coventry gesehen. Dort versuchte er gleich Yves Euren Aufenthaltsort zu erfahren. Ich weiß nicht recht, auf welche Weise er dahintergekommen ist, daß Eure Spur hierher führt, aber es ist ihm jedenfalls gelungen, und er ist mit der Absicht gekommen, Euch auszulösen. Ich denke, daß Ihr das wissen solltet.«

»Ich verehre diesen Mann«, sagte Olivier. »Zweimal bin ich ihm begegnet und hatte beide Male Anlaß, ihm dankbar zu sein. Aber er schuldet mir nichts, nicht das geringste.«

»Das war auch meine Ansicht, und ich habe es ihm gesagt«, stimmte Philip zu. »Aber er weiß es besser. Er ist zu mir gekommen und hat offen heraus erklärt, was er wollte. Euch. Er hat gesagt, es gebe Leute, die Euch gern freikaufen würden, und als ich fragte, um welchen Preis, hat er mich aufgefordert, ihn zu nennen. Er werde dafür sorgen, daß er gezahlt wird.«

»Das geht über meinen Verstand«, sagte Olivier verwirrt. »Ich weiß nicht, was ich dazu sagen soll.«

»Daraufhin habe ich ihm gesagt, ›Vielleicht ein Leben‹ und er hat erwidert, ›Nehmt meins!‹«

Langsam ließ sich Olivier auf die Decken seines Lagers sinken, zwischen der winterlichen Gegenwart und Erinnerungen zerrissen, die ihn frisch wie der Frühling bedrängten. Ein Benediktinermönch, ein Kuttenträger, der ihn wie einen Sohn behandelt hatte. Während sie gemeinsam in der Priorei von Bromfield darauf gewartet hatten, daß die Mitternacht und mit ihr die Matutin heranrückte, hatten sie Pläne auf den Boden gezeichnet, um die Wege zu finden, auf denen Olivier die ihm anvertrauten Menschen am besten von Stephens Gebiet in die Sicherheit von Gloucester zurückbringen konnte. Beim letzten Mal hatten sie unter den kräftig duftenden raschelnden Kräuterbüscheln gesessen, die in Cadfaels Arbeitsschuppen von den Deckenbalken hingen. Olivier hatte ihm vor seinem Aufbruch, ohne darüber nachzudenken, die Wange entgegengeneigt, damit er sie wie bei einem Blutsverwandten küsse, und seinen Abschiedsgruß ungeniert erwidert.

»Darauf habe ich ihn gefragt: ›Welchen Grund hättet Ihr, mir anzubieten, daß Ihr Eure alten Knochen hier an Oliviers Stelle verfaulen laßt? Was bedeutet er Euch?‹, und er hat gesagt: ›Er ist mein Sohn‹.«

Sie schwiegen lange. Mit einem Mal zischte die verlöschende Kerze, flüssiges Wachs lief über den Halter, der Docht sank seitwärts in die geschmolzene Masse und erlosch mit einem letzten Zucken der bläulichen Flamme. Rasch hielt Philip die frische Kerze darüber, um in der Dunkelheit die letzte Glut zu erhaschen und setzte das erneuerte Licht fest auf den erstarrenden Stumpf. Als die Flamme hoch emporwuchs, wurden Oliviers Züge, die kurz von der Dämmerung verschluckt worden waren, wieder im Licht sichtbar. Er rührte sich nicht, und der Blick seiner vor Staunen weit aufgerissenen Augen ging in eine unendliche Ferne.

»Ist das wahr?« fragte er beinahe tonlos. Diese Frage aber galt nicht Philip, der nicht log. »Er hat es mir nie gesagt. Warum nicht?«

»Als er Euch kennenlernte, wart Ihr bereits erwachsen und standet im Leben Euren Mann. Ein Vater, der sich unvermittelt an Euren Arm gehängt hätte, würde Euch vielleicht von Eurem Weg abgebracht haben. Also hat er die Dinge gelassen, wie sie waren. Solange Ihr nichts davon wußtet, schuldetet Ihr ihm nichts.« Philip war, den Schlüssel in der Hand, einen oder zwei Schritte in Richtung auf die Tür zurückgetreten, blieb aber dann stehen, um seine letzte Äußerung zu ergänzen. »›Nichts als das Maß an Freundschaft und Zuneigung, das ein Mann dem anderen aus freien Stücken und im gegenseitigen Vertrauen gewährt‹, hat er gesagt, denn solange Ihr nicht davon wußtet, wart Ihr einfach ein Mann wie er. Es wird zwischen Vater und Sohn nicht so leicht sein, das weiß ich. Schulden greifen wuchernd um sich, und so manches Mal erweist sich der festgesetzte Preis als allzu hoch.«

»Dennoch kommt er, um alles für mich zu bieten«, stellte Olivier fest, fast ärgerlich mit diesem Paradox kämpfend. »Ohne Erlaubnis hat er seine Berufung, seinen Seelenfrieden und die Stille aufgegeben und bietet sein Leben. Er hat mich getäuscht!« sagte er. Es klang wie ein gequälter Aufschrei.

»Ich gebe Euch Gelegenheit, darüber nachzudenken«, erwiderte Philip aus der geöffneten Tür. »Ihr habt die ganze Nacht dazu, falls Ihr nicht schlafen könnt.«

Leise ging er hinaus und verschloß die Tür.

KAPITEL
10

Yves entfernte sich voller Verachtung über den offenen Damm. Solange man ihn vom Tor und vom Wehrgang darüber sehen konnte, ritt er zügig voran. Sobald er jedoch vor Blicken sicher war, suchte Yves nach einer Stelle, von der aus er zwischen den Bäumen auf die steinernen Umrisse der Burg zurückblicken konnte. Von so weit unten schien sie außerordentlich trutzig und eindrucksvoll emporzuragen, obwohl sie eigentlich nicht besonders stark befestigt war. Philip hatte sie ohne großen Aufwand in die Hände bekommen, indem er ihrem Besitzer außerhalb seines Gebietes aufgelauert und ihn unter Drohungen gezwungen hatte, sie ihm abzutreten. Zwar war sie gut bemannt und gut in Schuß, ließ sich aber mit einer hinreichend großen Streitmacht gewiß einnehmen. Sie zu belagern schien nicht besonders aussichtsreich, denn es dauert viel zu lange, eine mit Vorräten wohlversehene Festung auszuhungern. Am ehesten durfte man einen Sieg erwarten, wenn man sich rasch entschloß und einen Sturmangriff mit allen verfügbaren Kräften führte.

Der Wald, den das gerodete Gelände von der Burg trennte, lag ihren Mauern dennoch nah genug, daß Yves dank seiner guten Augen imstande war, Einzelheiten, Bodenwellen und gegebenenfalls auch Schwachstellen zu entdecken, die Philip möglicherweise übersehen hatte. Je mehr nützliche Beobachtungen er mit nach Gloucester brachte, desto besser war es, und so schien es ihm durchaus der Mühe wert, einige Stunden mit der Beobachtung der Anlage zuzubringen.

Gründlich betrachtete er die Seite, die sich vom Damm aus darbot, kannte er doch bisher lediglich das Innere eines Verlieses unter einem der Türme, wohin man ihn gefesselt und mit verbundenen Augen gebracht hatte. Die Türme zu beiden Seiten des Torhauses boten Bogenschützen ein freies Schußfeld nicht nur quer über das Tor, sondern auch nach links und rechts hinüber zu den benachbarten Türmen. An jener Seite hatte man die Brustwehr nicht weitergebaut, denn eine Annäherung von dort war ohnehin äußerst schwierig. Yves wendete sein Pferd im Schutz des dichten Gebüschs; er wollte die Burg entgegen dem Sonnenlauf umreiten. Dabei würde er auch an die Stelle gelangen, an der das Gelände unterhalb des Dorfes anstieg und konnte von dort auf schnellstem Weg nach Gloucester reiten.

Vom Waldrand aus hatte er einen ungehinderten Blick auf den Nordturm und das Mauerstück dahinter. Im Winkel der beiden wand sich ein Rebstock bis dorthin empor, wo die Brustwehr begann. Er schien uralt zu sein, war mächtig wie ein Baum und jetzt im Winter blattlos. Es war möglich, überlegte Yves, daß sein Laub im Sommer zumindest eine der Schießscharten teilweise überdeckte. Der Rebstock bedeutete aber keine große Gefahr für die Burg. Zwar mochte ein Mann, wenn er sehr geschickt zu klettern verstand, im Schutz der Nacht auf diesem Wege bis ans obere Ende der Mauer gelangen, aber kaum weiter. Selbst dabei würde er sein Leben aufs Spiel setzen, denn sie war an jener Stelle bewacht: Ständig schritt ein Krieger zwischen den Türmen auf und ab. Yves bemerkte das Aufblitzen von Stahl. Trotzdem konnte es sich lohnen, die Stelle im Auge zu behalten. Er fragte sich, welche der vier Generationen der Musards den Rebstock gepflanzt haben mochte. Weinbau war in jener Gegend seit Jahrhunderten bekannt, schon die Römer hatten ihn betrieben.

Von den Zwillingstürmen am Torhaus abgesehen erhoben sich vier Türme über die Ringmauer, und auf jedem der Wehrgänge patrouillierte ein Wächter. Von Zeit zu Zeit mußte sich Yves tiefer in den Wald zurückziehen, um nicht gesehen zu werden. Er fuhr aber beharrlich mit seiner Erkundung der Anlage fort, immer darauf aus, mögliche Schwachstellen zu entdecken, doch er fand keine. Bis er den letzten der Türme inspizieren konnte, war er bereits weit oberhalb der Burg angelangt, ganz in der Nähe der ersten Häuser des Dorfes. Nach dieser Erhebung wurde das Gelände eben und ging in die Hochfläche der Cotswolds über, die sich weit dahinzog, mit langen geraden Straßen, großen offenen Ackerflächen und reichen Dörfern, zu denen Herden wohlgenährter Schafe gehörten. Dort, unmittelbar unterhalb des Bergkamms, war wohl die günstigste Stelle zur Aufstellung der Steinschleudern, zumal man von dort aus auch am ehesten einen Trupp zum Unterminieren der Mauern in Marsch setzen oder einen der als ›Widder‹ bezeichneten Sturmböcke vorrücken lassen konnte. Möglicherweise ließe sich sogar im Dunkel der Nacht die Mauer ungesehen im Laufschritt erreichen. Am Fuß jenes letzten Turmes war das Mauerwerk von anderer Farbe, als sei es einmal ausgebessert worden. Sofern dort ein Widder eine Bresche schlug, konnte man unter Umständen einen Brand legen und damit einen Teil des Turms zum Einsturz bringen.

Auf jeden Fall mußte er sich all diese Einzelheiten einprägen. Mehr konnte er jetzt nicht ausrichten. Er kannte nun neben der genauen Lage der Burg auch die Umgebung und konnte Bericht darüber erstatten. Yves ließ die

Häuser des Dorfes hinter sich und nahm den ersten Weg ostwärts, um die Straße zu erreichen, die nordwestlich nach Gloucester und südöstlich nach Cirencester führte.

Am späten Nachmittag ritt er durch das Osttor in die Stadt ein. Die Straßen kamen ihm belebter und geschäftiger vor, als er sie je gesehen hatte. Schon vor dem Marktkreuz hatte er in der Menge die Livreen und Wappen einiger der mächtigsten Parteigänger der Kaiserin entdeckt. Unter anderem waren das ihr jüngerer Halbbruder Reginald FitzRoy und der Graf von Devon, Baldwin de Redvers sowie Patrick von Salisbury, Humphrey de Bohun und der Marschall John FitzGilbert. Mit der Anwesenheit der höheren Hofbeamten hatte Yves gerechnet, doch die entfernteren Parteigänger wähnte er längst wieder auf ihren eigenen Besitzungen. Er verstand dies als gutes Vorzeichen und seine Zuversicht stieg. Offenbar hatten alle, die nach Süden und Westen weiterreisen mußten, hier Halt gemacht. Vermutlich waren sie erneut zusammengekommen, um sich nach dem Fehlschlag der bischöflichen Friedensbemühungen zu beraten und festzustellen, auf welche Weise man dem Feind zuvorkommen konnte. Das aber bedeutete, daß der Kaiserin hier in Gloucester ein Heer zur Verfügung stand, das ohne weiteres bedeutend stärkere Festungen als La Musarderie hätte angreifen können. Auch gebot sie über Belagerungsmaschinen, die so leicht waren, daß sie sich rasch transportieren ließen, zugleich aber auch schwer genug, um bei richtigem Einsatz eine Bresche in eine Mauer schlagen zu können. Als wichtigste Waffe aber würde sich die unerschütterliche Treue Roberts von Gloucester erweisen, der gewiß bereit war, gegen seinen abtrünnigen Sohn Philip zu Felde zu ziehen, ihn zu entwaffnen und sein Blut zu fordern.

Sicherlich focht Philip ebenso rückhaltlos für König Stephen wie nur je für die Kaiserin, aber er hatte bisher nie seinem Vater gegenübergestanden, dem er untreu geworden war. Die Tötung naher Verwandter stellte die einzige Ungeheuerlichkeit dar, zu der es in jenem Bürgerkrieg bislang nicht gekommen war – wirklich die einzige. Wer aber wäre näher miteinander verwandt als Vater und Sohn? Zwar sprach man von Bruderkrieg, aber genau das war er nicht. Wenn Robert vor den Toren von La Musarderie die Übergabe verlangte und dabei sein eigenes Leben in die Waagschale warf, mußte Philip weichen. Selbst wenn er kämpfte, um sein Gesicht zu wahren, durfte er das höchstens halbherzig tun, stets darauf bedacht, nicht mit dem Schwert in der Hand auf seinen Erzeuger zu treffen. Ganz gleich, ob man den Vater liebte oder haßte, die Beziehung zu ihm war das heiligste und unauflöslichste Band zwischen Menschen. Niemand konnte es zerreißen.

Yves wollte mit seinem Bericht unverzüglich zum Grafen von Gloucester eilen, denn dieser würde wissen, wie man in der Sache vorzugehen hatte. Daher wandte er sich am Marktkreuz nicht dem Kloster sondern der Burg zu. Der Weg führte ihn durch das belebte Südtor zum Fluß, dessen Uferwiesen dem Angriff des Winters noch in vollem Grün trotzten. Die große graue Masse der Burg erhob sich von dort aus gesehen über den Straßen der Stadt, von der anderen Seite aus über dem Flußufer und der breiten stahlgrauen Wasserfläche. Da die Kaiserin es behaglich liebte, war anzunehmen, daß sie mit ihren Damen Quartier in den Gastgemächern des Klosters bezogen hatte. Graf Robert und seine Mannen hingegen würden sich mit den spartanischen Einrichtungen der Burg begnügen. Nach dem Menschengewimmel zu urteilen und der großen Zahl von Kriegern und Bediensteten in der Livree bedeutender Herren, hatte man wohl größere Kontingente zur Verstärkung der in der Burg befindlichen Truppen herangeführt. Umso besser, desto rascher würde La Musarderie erstürmt sein.

Begeistert malte sich Yves aus, wie er den gewaltigen Rebstock erklomm, in die Burg eindrang und sich so lange darin verborgen hielt, bis es ihm gelang, von innen eine Pforte zu öffnen oder einen Wächter zu überwältigen und ihn seiner Schlüssel zu berauben. Je weniger gekämpft werden mußte, desto weniger wurde zerstört und mußte wieder instandgesetzt werden, je weniger Zeit vergeudet wurde, um so besser. Es bliebe weniger Bitterkeit, über die das Gras des Vergessens wachsen mußte, zwischen den Parteien, zwischen Vater und Sohn. Vielleicht käme es sogar zu einer Versöhnung.

Auf dem Weg zum Burgtor grüßte ihn dieser oder jener Schildknappe. Alle waren sichtlich erstaunt, den von Philip FitzRobert Entführten gesund und munter herantraben zu sehen, als hätte er nie Händel mit diesem furchtbaren Gegner gehabt. Munter erwiderte er ihren Gruß, bedeutete ihnen aber, daß sie ihn nicht aufhalten dürften. Nur im äußeren Burghof verhielt er den Schritt seines Pferdes neben der Wachstube, zog Erkundigungen ein und antwortete auf Fragen. Doch nicht einmal dort saß er ab, sondern fragte aus dem Sattel heraus: »Wo finde ich den Grafen von Gloucester? Ich habe Neuigkeiten, die er rasch erfahren muß.« Dabei war er vor Erregung ein wenig atemlos, teils wegen der Bedeutung seiner Botschaft, teils aber auch wegen des Glücksgefühls, wieder unter Freunden willkommen zu sein.

Der Hauptmann der Wache war herausgetreten, um den Ankömmling zu mustern und sah ihn verblüfft an. Ein Schildknappe aus dem Gefolge des Grafen von Devon verlieh im Stimmengewirr des dahinterliegenden Hofes mit einem lauten Ausruf seiner Freude Ausdruck und kam begeistert herbeigerannt, um nach dem Zaumzeug von Yves' Pferd zu greifen.

»Du bist wieder frei? Wie hast du das angestellt? Als

wir von deiner Ergreifung erfuhren, hätten wir nicht geglaubt, dich so bald wiederzusehen.«

»Oder überhaupt nochmal, was?« erwiderte Yves lachend. Jetzt, da die Gefahr vorüber war, konnte er unbeschwert über diese Möglichkeit sprechen. »Nein, mich werdet ihr so schnell nicht los. Ich erzähle dir alles später. Jetzt muß ich rasch zu Graf Robert.«

»Hier werdet Ihr ihn nicht finden«, sagte der Wachhabende. »Er befindet sich bei Graf Roger in Hereford. Es ist unsicher, wann er zurückkehren wird. Was brennt Euch so auf den Nägeln?«

»Er ist nicht hier?« fragte Yves bestürzt.

»Wenn die Sache so dringend ist«, entgegnete der Hauptmann knapp, »tragt Ihr sie am besten der Kaiserin vor. Wer wie Ihr bereits längere Zeit in ihrem Dienst ist, weiß, daß sie es nicht schätzt, übergangen zu werden. Nicht einmal bei Angelegenheiten, die ihren Bruder betreffen. Sie würde es Euch übel vermerken, wenn sie von dritter Seite erführe, was Ihr bringt.«

Der Kaiserin persönlich Mitteilung zu machen, war genau das, was Yves zu tun zögerte. Ihre Gunstbeweise waren ebenso beängstigend wie ihr Mißfallen, und so hielt er es für ein Gebot der Klugheit, das eine wie das andere zu meiden. Zweifellos war sie nach wie vor überzeugt, daß er ihr auf ihre unmißverständliche Aufforderung hin einen entsetzlichen Dienst erwiesen hatte. Zugleich aber war er unglücklicherweise auch Anlaß einer Störung ihres Rückwegs nach Gloucester gewesen und hatte ihr damit Ungelegenheiten bereitet, was sie ihm gewiß nicht danken würde. Sofern sie nach ihrem Reif an seinem kleinen Finger suchte und ihn dort nicht fand, würde auch das ihm kaum zum Vorteil gereichen. Yves gestand sich ein, daß er die Begegnung mit ihr fürchtete, und er schüttelte sich unwillkürlich bei der bloßen Vorstellung.

»Sie hält sich mit ihren Damen im Kloster auf. Ich an Eurer Stelle würde sie so rasch wie möglich dort aufsuchen«, riet ihm der Wächter gewitzt. »Sie war recht aufgebracht, als man Euch ergriffen hat. Geht und zeigt Euch, damit sie zumindest in dieser Hinsicht beruhigt ist.«

»Das würde auch ich dir raten«, stimmte ihm der Schildknappe mit einem gutmütigen Lächeln zu und gab Yves einen herzhaften Schlag auf den Rücken. »Bring das hinter dich, dann komm zurück und ruh dich aus. Alle freuen sich, dich zu sehen. Wir haben uns große Sorgen um dich gemacht.«

»Ist FitzGilbert bei ihr?« erkundigte sich Yves. Wenn schon Robert von Gloucester nicht zugegen war, wäre wenigstens die Anwesenheit des Marschalls von Vorteil. Sicherlich würde er der Kaiserin klar machen, daß sie sich eine so gute Gelegenheit, wie Yves sie ihr bot, nicht entgehen lassen durfte.

»Dazu Bohun und ihr Onkel, der König von Schottland. Niemand außer ihren engsten Beratern.«

Yves wendete sein Pferd, um durch das Südtor und vorbei am Marktkreuz zum Kloster zu reiten. Schade, daß Gloucester nicht da war. Das würde eine gewisse Verzögerung bedeuten, und dabei währte Oliviers Haft schon so lange. Doch daran ließ sich jetzt nichts ändern. Keinesfalls würde die Kaiserin ohne den Rat und die Unterstützung ihres Bruders vorgehen. Yves blieb nichts anderes übrig, als das Beste aus der Lage zu machen. Immerhin gebot die Kaiserin über die Mittel, aktiv zu werden, denn die Stadt platzte förmlich vor Kriegern. Sofern sie nicht mit der geballten Kraft ihrer Truppen gegen La Musarderie vorgehen wollte, konnte sie ohne weiteres eine Streitmacht aus Freiwilligen aufstellen, die bereit waren, den Versuch zu wagen. Yves zweifelte nicht an ihrem Mut und ihrer Tapferkeit, wohl aber an ihrem militärischen Sachverstand und ihrer Fähigkeit zu führen.

Er ritt in den großen Klosterhof und durch das dort herrschende Menschengewirr hinüber zum Gästeflügel. Obwohl man streng darauf achtete, daß in diesem Bezirk möglichst wenige Männer Waffen trugen, befanden sich dort ebenso viele Krieger wie Mönche. Sie waren auch dann unverkennbar, wenn sie Rüstung und Schwert abgelegt hatten. Auf der Treppe, die zum Eingang des großen Saals führte, stand ein Wachposten. Das war ein deutlicher Hinweis darauf, daß das ganze Gebäude nunmehr den Zwecken der Kaiserin diente und von gewöhnlichen Sterblichen nur solche vorgelassen wurden, welche die Dringlichkeit ihres Anliegens hinreichend darlegen konnten. Yves blieb stehen, als er angerufen wurde, und beantwortete die ihm gestellten Fragen.

»Ich heiße Yves Hugonin und diene im Gefolge der Kaiserin. Mein Lehnsherr ist mein Onkel Laurence d'Angers, dessen Streitmacht sich zur Zeit in Devizes befindet. Ich muß die Kaiserin sprechen und ihr Bericht erstatten. Ich komme von der Burg, wo man mir gesagt hat, daß sie sich hier befindet.«

»Ach, Ihr seid das?« sagte der Wächter und kniff die Augen zusammen, um ihn zu mustern. »Hat man Euch nicht auf dem Rückweg von Coventry aus ihrem Zug heraus entführt? Seither haben wir kein Wort über Euer Geschick gehört. Es scheint ja besser gegangen zu sein, als wir befürchtet hatten. Nun, bestimmt wird sie froh sein, Euch wohlbehalten wiederzusehen. Nicht jeder darf heutzutage mit einem Willkommen von ihr rechnen. Geht in den Warteraum; ich schicke gleich einen Pagen zu ihr, der Meldung von Eurer Ankunft macht.«

In dem kleinen Saal, der als Warteraum diente, befanden sich bereits mehrere Bittsteller, die bei der Kaiserin vorgelassen werden wollten. Außer einigen Kaufleuten aus der Stadt, die vermutlich Waren feilbieten oder um eine Gunst nachsuchen wollten, sah man mehrere Junker vom Lande. Solange sich die Kaiserin mit einer großen Hofhaltung in Gloucester aufhielt, bedeutete sie für die Stadt eine munter sprudelnde Einnahmequelle, und in dem Schutz ihrer Truppen konnten die Bürger ruhig schlafen.

Die Kaiserin ließ sich Zeit. Erst nach einer halben Stunde öffnete sich die Tür zu ihren Gemächern, und eine junge Hofdame trat heraus, rief die Namen zweier Junker und geleitete die beiden, wenn schon nicht vor ihre Herrin, so doch zumindest in deren Vorzimmer. Yves erkannte die selbstsichere und ein wenig hochnäsige junge Frau, die ihn in Coventry so gründlich gemustert und ihm schließlich ein Lächeln geschenkt hatte. Auf ihren dunklen Locken spielten rötliche Glanzlichter. Ihre nußbraunen Augen mit grünlichen Einsprengseln vermochten Männer mit einem Blick zu erfassen und entschlossen einzuordnen, wobei sie gleich jeden aussonderte, der älter als dreißig Jahre zu sein schien. Sie selbst mochte neunzehn Jahre alt sein, ebenso alt wie Yves. Während sie die beiden Junker aufrief und zur Tür geleitete, bedachte sie Yves mit einem durchaus wohlwollenden langen Blick. Da dessen Gedanken aber um andere Dinge kreisten, fiel ihm das nicht auf. Erst als sie mit den beiden Junkern fast verschwunden war, fiel ihm ein, wo er ihr zum ersten Mal begegnet war. Vermutlich genoß sie eine bevorzugte Stellung unter den Hofdamen, und sicherlich hatte sie einige der Eigenschaften ihrer Herrin übernommen.

Eine weitere halbe Stunde verging, bis sie zurückkehrte, um Yves vor die Kaiserin zu bringen. Inzwischen hatten einer oder zwei der Kaufleute das Warten aufgegeben und den Raum verlassen.

»Ihre Kaiserliche Hoheit befindet sich noch in der Beratung, aber kommt herein und nehmt Platz. Sie wird bald nach Euch schicken.«

Er folgte der jungen Frau über einen kurzen Gang in einen großen hellen Raum, in dem sich drei junge Edelfräulein in einer Ecke mit ihrer Stickarbeit beschäftigten. Sie unterhielten sich mit gedämpften Stimmen, denn zwischen ihnen und dem Raum, in dem die Kaiserin Rat hielt, lag lediglich eine dünne Tür. Von Zeit zu Zeit stichelten sie halbherzig an ihrer Arbeit herum. Zwar war ihre Anwesenheit erwünscht, doch sollte ihre Beschäftigung nicht in Arbeit ausarten. Yves lenkte bei seinem Eintreten sogleich ihre Aufmerksamkeit auf sich, umso mehr als sein Gesicht einen ernsten und in Gedanken versunkenen Ausdruck aufwies und er die jungen Damen kaum zur Kenntnis nahm. Nach kurzem Schweigen setzten sie ihr Gespräch leise fort, und man durfte getrost annehmen, daß er darin eine Rolle spielte. Die junge Hofdame, die ihn hereingeführt hatte, hieß ihn warten und trat allein in das innere Gemach.

Auf einer Polsterbank saß eine ältere Kammerfrau, weit genug von den jungen Damen entfernt, um deren Plappern nicht zu hören. Auf ihrem Schoß lag ein Buch, doch da das Licht bereits abnahm, hatte sie aufgehört zu lesen. Gewiß brauchte die Kaiserin einige des Lesens und Schreibens kundige Damen um sich, und diese schien in ihrem Hofstaat eine wichtige Rolle zu spielen. Auch an sie konnte sich Yves aus Coventry erinnern. Tante und Nichte, hatte man ihm damals gesagt, die einzigen Damen von Adel, die Maud in jene nur aus Männern bestehende Versammlung mitgenommen hatte. Sie hob den Blick und erkannte Yves offenkundig. Lächelnd bedeutete sie ihm mit einer Handbewegung, er möge zu ihr treten.

»Yves Hugonin? Ihr seid es doch? Wie schön, Euch gesund und munter hier zu sehen. Als freier Mann! Ich hatte gehört, daß Sie uns verloren gegangen sind. Wie die meisten hier, habe ich erst nach der Ankunft in Gloucester von jenem schändlichen Vorfall erfahren.«

Obwohl sie vollständig gefaßt war, und er sich auch nicht vorstellen konnte, daß sie je ihre Gelassenheit verlor, berührten ihn doch ihre Augen, die Yves mit warmem Blick umfaßten, als sie ihn erkannte. Diese Augen – sie waren von Fältchen umgeben – waren die eines lebenserfahrenen Menschen in mittleren Jahren, der sich keiner Täuschung mehr hingibt und den kaum noch etwas überraschen kann. Doch gewannen sie in diesem kurzen Aufblitzen freudigen Erstaunens einen Glanz und eine Tiefe, die Yves ans Herz griff. Es hatte die Kammerfrau offenbar tief erschüttert, daß er erneut in Lebensgefahr geraten war, nachdem ihn die Kaiserin in Coventry ausdrücklich ihrem Schutz unterstellt hatte. Jetzt bewegte es sie, daß er so unerwartet nach Gloucester zurückgekehrt war, als freier Mann und ohne daß man ihm ein Haar gekrümmt hatte.

»Tretet näher und nehmt Platz. Es ist ein zeitraubendes Geschäft, hier auf eine Audienz zu warten. Ich freue mich wirklich«, fuhr sie fort, »Euch wohlbehalten zu sehen. Als niemand unsere Abreise aus Coventry zu verhindern versuchte, hatte ich angenommen, daß die Schwierigkeiten vorüber seien und man es nicht noch einmal wagen werde, Euch jener Übeltat zu bezichtigen. Es ist äußerst bedauerlich, daß überhaupt ein solcher Verdacht gegen Euch geäußert wurde. Nachdem sich Ihre Kaiserliche Hoheit so unerschütterlich für Euch eingesetzt hatte, hielt ich die Sache für erledigt. Und dann der Überfall ... Wir haben es erst am nächsten Tag erfahren. Wie seid Ihr Philip entronnen? Wir fürchteten um Euch, da er Euch mit so bitterem Haß verfolgte.«

»Ich bin ihm nicht entronnen«, antwortete Yves aufrichtig und hatte dabei wie ein kleiner Junge das Gefühl, es mindere seinen Wert, daß er das zugeben mußte. Es wäre ihm recht gewesen, wenn er hätte sagen können, daß ihm sein Wagemut und Einfallsreichtum die Flucht aus

La Musarderie ermöglicht hatten. In dem Fall aber hätte er weder etwas von Bruder Cadfaels Aufenthalt in der Burg erfahren, noch Gewißheit darüber erlangt, daß man Olivier dort festhielt. Er hätte also auch nicht den Entschluß gefaßt, mit Waffengewalt zurückzukehren, um ihn zu befreien. Das aber war wichtiger als sein Selbstwertgefühl. »Philip FitzRobert hat mich aus seinem Gewahrsam entlassen. Da er mich nicht mehr für den Mörder von Brien de Soulis hält, hat er keine Verwendung mehr für mich.«

»Das ehrt ihn«, sagte Jovetta de Montors. »Sein Zorn ist verraucht, und er hört auf die Stimme der Vernunft.«

Yves verschwieg, daß er durch einen Dritten auf den Weg zur Vernunft gelangt war. Es gereichte Philip trotz allem zur Ehre, daß er sich die geänderte Situation eingestanden und danach gehandelt hatte.

»Er hat de Soulis hoch geschätzt und hielt ursprünglich mich für seinen Mörder«, sagte Yves. Zögernd und nicht ohne Groll ließ er seinem Feind Gerechtigkeit widerfahren. »Aber zwischen Philip und mir steht noch eine andere Sache, die sich nicht so leicht aus der Welt schaffen läßt.« Er sah ernsthaft auf das blasse Profil neben sich, die hohen Brauen unter den silbernen Zöpfen, die gerade edle Nase und die elegante und kräftige Linie des Kinns. Ihn beeindruckte die Art, wie sie die vollen sinnlichen Lippen schweigend verschloß und in würdevoller Zurückhaltung für sich behielt, was sie in den über fünfzig Jahren ihres Lebens erfahren hatte. »Ihr wart also nie der Ansicht, daß ich ihn getötet habe?« fragte er, und bemerkte verblüfft, wie er sich nach einer Bestätigung sehnte.

Sie wandte ihm ihr Gesicht voll zu und sagte ernsthaft und mit offenem Blick: »Nein, nie!«

Die Tür zum Audienzsaal öffnete sich. Isabeau, die junge Hofdame, trat mit raschelnden Brokatröcken heraus und bat ihn hinein. »Ihre Kaiserliche Hoheit ist jetzt bereit, Euch zu empfangen.« Halblaut fügte sie hinzu: »Mich braucht man dort drinnen nicht; sie sprechen über strategische Fragen. Seid auf der Hut.«

Der Raum, den Yves betrat, war der größte und hellste des Klosters. Die Kaiserin hatte ihn, da er ihr als Audienzsaal dienen sollte, prunkvoll ausstaffieren lassen. Hinter ihr hingen Wandteppiche, und auf den Bänken lagen Kissen und reichbestickte Decken. Außer zwei Schreibern, die gerade ihr Schreibzeug und die auf dem großen Tisch verstreuten Pergamentbögen einsammelten, waren vier Personen anwesend. Wo immer die Kaiserin sich aufhielt, gab es Eigentumsübertragungen zu bezeugen und Titel zu verleihen, wenn sie Anhänger gewinnen wollte. Außerdem galt es, Urkunden aller Art auszustellen, mußte sie solchen Männern, die sich verdient gemacht hatten, Belohnungen zukommen lassen und jene bestechen, die in Zukunft nützlich sein konnten – die unvermeidbaren Begleitumstände von Streit und Parteienhader. König Stephens Schreiber waren vermutlich mit ähnlichen Aufgaben beschäftigt. Diese beiden jedenfalls hatten ihr Tagewerk getan und verließen, nachdem der Tisch freigeräumt war, den Raum durch eine zweite Tür, die sie leise hinter sich schlossen.

Die Kaiserin saß schweigend auf ihrem hohen Thronsessel, die Hände ruhten auf dem Brokatbezug der geschnitzten Armlehnen, ohne sie zu umschließen. Sie gönnte sich eine Atempause. Das glänzende Haar fiel ihr in zwei langen Zöpfen, in die Goldfäden geflochten waren, über die Schultern nach vorn auf die Brust. Mit ihren langsamen und entspannten Atemzügen bewegten sich die Zöpfe auf dem purpurfarbenen Stoff ihres Obergewandes, als besäßen sie ein Eigenleben. Sie wirkte ein wenig müde, als habe etwas kurz zuvor ihren Zorn erregt und als sei sie nun im Begriff, den Ärger hinter sich zu lassen und aus ihrer düsteren Stimmung herauszukommen.

Die drei Männer, mit denen Maud sich beraten hatte, waren aufgestanden, als die letzte Urkunde zur Unterschrift und Beglaubigung fertig war, und nach der langen Besprechung einige Schritte vom Tisch beiseite getreten. An einem der Fenster, durch die das trübe Abendlicht hereinfiel, stand breitschultrig König David von Schottland, halb von seiner kaiserlichen Nichte abgewendet, und atmete in tiefen Zügen die kalte Luft ein. Mit unerschütterlicher Familientreue hatte er Maud durch viele Jahre jenes langen Krieges begleitet, dabei allerdings auch klug seinen Vorteil und den seines Landes im Auge behalten. Zank in England war für einen Herrscher mit dem Hauptziel, sich Northumbria zu unterwerfen und seine eigene Grenze nach Süden bis zum Fluß Tees hinauszuschieben, nicht unbedingt von Nachteil. Er war ein fähiger, aber einsilbiger Mann, der trotz seines fortgeschrittenen Alters und der grauen Strähnen in Haar und Bart noch gut aussah. Jetzt reckte sich David wohlig, nachdem er viel zu lange über Landkarten und langweilige Pergamente gebeugt gesessen hatte. Er wandte den Kopf nicht, um zu sehen, welcher Bittsteller da so spät am Tag noch vorgelassen wurde.

Die beiden anderen, der Haushofmeister Humphrey de Bohun und der Marschall John FitzGilbert, standen zu beiden Seiten ihrer Kaiserin. Diese zwei noch recht jungen Stützen der kaiserlichen Hofhaltung wirkten im stillen hinter den Kulissen, während ihre Paladine in der Öffentlichkeit im hellen Glanz des Ruhmes mit ihren Waffentaten paradierten. Yves hatte die beiden während der wenigen Wochen, die er nun dem Gefolge der Kaiserin angehörte, beobachtet und zollte ihnen Respekt, denn es handelte sich um Männer, mit denen man vertrauensvoll zusammenarbeiten konnte. Sie wandten sich jetzt ihm zu. Auf ihren Gesichtern lag Besorgnis, aber auch der Ausdruck von Willkommen. Die Kaiserin ihrerseits brauchte eine Weile, um sich an die Umstände zu erinnern, unter denen Yves verschwunden war. Sie runzelte die Stirn, als trage er die Schuld daran, daß sie beträchtliche Unbill erlitten hatte.

Er trat einige Schritte vor und verneigte sich tief. »Kaiserliche Hoheit, ich bin zurückgekehrt, um meine Pflicht zu tun, und ich bringe Neuigkeiten. Darf ich sprechen?«

»Ich erinnere mich«, sagte sie, allmählich aus ihrer Versunkenheit auftauchend. »Wir hatten keine Nachricht von Euch, seit wir Euch bei der Rückkehr von Coventry am späten Abend auf dem Weg durch den Forst nahe Deerhurst verloren haben. Ich freue mich, Euch wohlbehalten zu sehen. Wir vermuten, daß Euch FitzRobert entführt hat. Verhält es sich so? Wo hat er Euch festgehalten, und wie ist es Euch gelungen, die Freiheit zu gewinnen?« Sie wurde etwas lebhafter, doch hatte er nicht den Eindruck, als hätte sie sich besonders um ihn gesorgt. Die Mißhandlung oder auch der Tod eines ihrer Edelleute würde nicht viel an der Rechnung ändern, die sie mit Philip FitzRobert zu begleichen hatte. Bei der Nennung seines Namens waren in ihren Augen kleine Flammen aufgezuckt.

»Ich wurde nach La Musarderie in Greenhamsted gebracht, der Burg, die er den Musards vor einigen Monaten entrissen hat. Ich kann nicht den Anspruch erheben, meine Freiheit aus eigener Kraft errungen zu haben, denn er hat sie mir geschenkt. Wie Ihr wißt, war er davon überzeugt, daß ich seinen Gefolgsmann de Soulis getötet habe.« Die Röte stieg ihm ins Gesicht, als er daran dachte, wessen sie ihn für fähig gehalten hatte und wohl nach wie vor hielt. Er versuchte, sich nicht vorzustellen, mit welch belustigter Billigung sie sich diesen zurückhaltenden Hinweis auf de Soulis' Tod anhören mochte. Wahrscheinlich erwartete sie solches Feingefühl nicht von ihm. Vielleicht war ihr sein Wiederauftauchen sogar unbehaglich und schürte den Ärger auf Philip noch weiter, weil dieser seinen Gefangenen nicht kurzerhand beseitigt hatte. »Aber dieser Ansicht ist er nicht mehr«, beeilte er sich hinzuzufügen, denn jetzt war unerheblich, was sie ihm zutraute oder nicht. »Er hat mir die Freiheit gegeben. Ich kann mich über ihn nicht beklagen, denn ich wurde nicht schlecht behandelt, wenn man bedenkt, wessen er mich bezichtigte.«

»Man hat Euch in Ketten gelegt«, sagte de Bohun mit einem Blick auf seine Handgelenke.

»Das stimmt. Angesichts der Situation ist das nicht ungewöhnlich. Aber, Kaiserliche Hoheit, meine Herren, ich habe entdeckt, daß er im Verlies jener Burg Olivier de Bretagne gefangenhält, den Gemahl meiner Schwester, und zwar seit dem Abfall von Faringdon. Von einer Freilassung, auch gegen Lösegeld, will er nichts hören. Viele wären bereit, ihn freizukaufen, aber er gibt ihn um keinen Preis heraus. So stark die Burg La Musarderie auch ist, so denke ich doch, daß wir hier die Kräfte haben, sie so rasch im Sturm zu nehmen, daß Philip keine Möglichkeit hat, Verstärkung von seinen anderen Burgen herbeizurufen.«

»Für einen einzigen Gefangenen?« fragte die Kaiserin. »Das könnte sich als sehr hoher Preis erweisen, zumal keinesfalls sicher ist, daß Olivier de Bretagne dabei befreit würde. Wir haben wichtigere Dinge im Kopf als das Wohlergehen eines einzelnen Mannes.«

»Er hat unserer Sache in der Vergangenheit sehr genützt«, gab Yves zu bedenken und vermied es im letzten Augenblick, die Kaiserin mit den Worten »Eurer Sache« zu reizen. Das hätte wie ein Tadel geklungen, und zu solchen Äußerungen erkühnten sich nicht einmal Menschen, die ihr weit näher standen als er und die sie weit mehr achtete. »Meine Herren«, wandte er sich an ihre beiden Vertrauten, »Ihr kennt Oliviers Tapferkeit und wart Zeugen seines Mutes. Es ist ein schreiendes

Unrecht, daß man ihn nach wie vor gefangenhält, während man alle anderen, die in Faringdon dabei waren, zum Freikauf gegen Lösegeld angeboten hat, wie es der Brauch gebietet. Es gibt hier mehr zu gewinnen als einen Mann, nämlich eine starke Festung. Sofern wir rasch genug handeln, kann sie uns vollständig und nahezu unbeschädigt in die Hände fallen, und mit ihr eine Unzahl Waffen und Rüstungen.«

»Dieser Preis wäre der Mühe wert«, stimmte der Marschall nachdenklich zu, »sofern die Überraschung gelingt. Im gegenteiligen Fall aber lohnt es die schweren Verluste nicht, die zweifellos mit einem Fehlschlag einhergehen würden. Ich kenne das Gelände nicht gut. Und Ihr? Aus Eurem unterirdischen Verlies könnt Ihr von der Anlage nicht viel gesehen haben.«

»Ich habe sie mir gründlich angeschaut«, sagte Yves eifrig, »bevor ich zurückgeritten bin. Ich könnte Euch Pläne zeichnen. Das Gelände um die Burg herum ist freigerodet, aber nicht weiter als auf Bogenschußweite. Sofern wir Belagerungsmaschinen an die über der Burg liegende Felskante schaffen können ...«

»Nein!« sagte die Kaiserin scharf. »Ich denke nicht daran, um eines einzigen Gefangenen willen ein so großes Risiko auf mich zu nehmen. Es war anmaßend, das von mir zu verlangen. Eure Schwester muß warten, bis seine Zeit gekommen ist. Wir beschäftigen uns mit bedeutenderen Fragen und können unsere Aufmerksamkeit, wenn es so wenig zu gewinnen gibt, nicht einem glücklosen Ritter zuwenden, der sich mißliebig gemacht hat. Nein, ich unternehme nichts.«

»Werdet Ihr dann wenigstens gestatten, daß ich eine kleine Streitmacht auf die Beine zu stellen versuche, um die Festung auf andere Weise zu besiegen? Ich habe Fitz-Robert ins Gesicht gesagt, daß ich zurückkehren werde, um Olivier mit Waffengewalt zu befreien und einen Eid darauf geleistet. Mein gegebenes Wort muß ich halten. Es gibt Männer, die gern mit mir reiten würden«, sagte Yves erregt und voll Eindringlichkeit. »Sofern Ihr es erlaubt, Kaiserliche Hoheit.«

Er wußte nicht, womit er sie aufgebracht hatte, aber unvermittelt beugte sie sich vor, die Hände um die geschwungenen Lehnen ihres Sessels gekrallt, das elfenbeinfarbene Gesicht flammend rot. »Wartet! Was sagt Ihr da? Ihm ins Gesicht! Ihr habt es ihm ins Gesicht gesagt? Er war heute morgen persönlich dort? Das hatte ich nicht erwartet. Befehle kann er von jeder seiner Burgen aus erteilen. Wir hatten erfahren, er sei vor Tagen nach Cricklade zurückgekehrt.«

»Nein, Kaiserliche Hoheit. Er hält sich in La Musarderie auf und denkt nicht daran, die Burg zu verlassen.« Dessen war Yves sicher, ohne einen rechten Grund dafür zu haben. Philip hatte Bruder Cadfael bei sich behalten, und dieser war, zweifellos um Oliviers willen, zum Bleiben entschlossen. Bestimmt hatte Philip nicht die Absicht, in nächster Zeit von Greenhamsted fortzugehen. Er wartete dort darauf, daß Yves mit einer Streitmacht zurückkehrte. Jetzt erst begriff er Mauds Gedankengang, glaubte ihn zumindest zu verstehen. Sie hatte ihren verhaßten Feind in Cricklade gewähnt, und um ihn dort zu ergreifen, hätte sie ihre Heere weit nach Südosten führen müssen, in den Ring von König Stephens Burgen hinein. Dort wäre sie von Bampton, Faringdon, Purton und Malmesbury umgeben gewesen, und jede dieser Burgen konnte Krieger aussenden, um sie zurückzuschlagen oder, schlimmer noch, ihr Heer zu umschließen und aus Belagerern Belagerte zu machen. Aber nach Greenhamsted war es nicht einmal die halbe Entfernung, und wer die Sache entschlossen anging, konnte die Burg einnehmen und mit einer neuen Besatzung versehen, bevor Stephen Gelegenheit hatte, Verstärkung zu schicken. Damit stellten sich die Dinge auf einmal völlig anders dar. Das Feuer in ihren Augen loderte auf und einzelne Strähnen, die sich aus ihren Zöpfen gelöst hatten, bebten und tanzten im Schwung ihrer Begeisterung.

»Er ist also in Reichweite«, sagte sie rachedurstig. »Er ist in Reichweite. Ich will ihn haben, und wenn wir jeden unserer Männer und jede Belagerungsmaschine dazu aufbieten müssen, über die wir verfügen. Es ist den Preis wert.«

Es lohnte sich also, einen Mann zu ergreifen, den sie haßte, nicht aber einen Mann zu befreien, der ihr die Treue bewahrt und dafür seine Freiheit eingebüßt hatte. Diese Erkenntnis ließ Yves das Blut in den Adern erstarren. Doch was konnte sie mit Philip tun, wenn sie ihn ergriffen hatte, außer ihn seinem Vater zu übergeben? Zwar vermochte dieser ihn in seiner Bewegungsfreiheit einzuschränken und vielleicht auch festzusetzen, darüber hinaus aber würde er ihm gewiß kein Leid antun. Sobald sie den Mann bezwungen hatte, der an ihr zum Verräter geworden war, würde sie ihres Hasses überdrüssig sein. Schlimmeres konnte nicht geschehen. Unter Umständen käme es sogar zu einer Aussöhnung, sobald Vater und Sohn einander begegneten. Die beiden würden sich entweder verständigen oder einander vernichten.

»Ich will ihn haben«, bekräftigte die Kaiserin voll glühender Rachsucht. »Er soll im Angesicht seiner gefangenen Burgbesatzung vor mir niederknien. Danach«, sagte sie mit wilder Entschlossenheit, »soll er hängen.«

In einem stummen Aufschrei der Bestürzung und des Unglaubens stieß Yves seinen Atem aus. Er sog die Lunge voll Luft, um aufzubegehren, brachte aber kein Wort hervor. Das konnte unmöglich ihr Ernst sein. Immerhin sprach sie von ihrem eigenen Neffen, einem Blutsverwandten. Auch wenn er seinem Vater ein aufrührerischer

Sohn sein mochte, so war er doch sein eigenes Fleisch und Blut und überdies Enkel eines Königs. Ein solch skrupelloses Vorgehen bedeutete den Bruch des letzten Tabus, das noch Bestand hatte und unbedingt gewahrt werden mußte. Damit würden die letzte Schranke niedergerissen, die bisher dafür gesorgt hatte, daß aus diesem Krieg kein hemmungsloses Blutbad wurde. Blutsverwandte mochten einander einschüchtern, betrügen, täuschen, ausmanövrieren, aber sie durften sich auf keinen Fall gegenseitig töten. Doch Yves las im Gesicht der Kaiserin unumstößliche Entschlossenheit, glühenden Haß und den Vorgeschmack eines Triumphes. Sie meinte es ernst, sie würde ihr Vorhaben verwirklichen, bedenkenlos, ohne sich zu besinnen und ohne sich erweichen zu lassen.

König David hatte sich unvermittelt aus der entspannten Versunkenheit in die sich allmählich verfinsternde Welt draußen losgerissen und wieder seiner Nichte zugewandt. Zuerst sah er sie ungläubig an, dann den Marschall und den Haushofmeister. Beide erwiderten seine unausgesprochene Frage mit einem Blick, der seine Besorgnis bestätigte und bekräftigte. Sogar er zögerte, unumwunden zu sagen, was er dachte; aus langer Erfahrung im Umgang mit der Kaiserin wußte er, daß sie auf Vorhaltungen mit übermäßiger Heftigkeit reagierte. Zwar fürchtete er ihre Wutanfälle nicht, kannte aber ihre Beharrlichkeit und Starrhalsigkeit und wußte, daß es aussichtslos war, sie aufhalten zu wollen, wenn sie sich etwas in den Kopf gesetzt hatte. So sagte er mit überaus vernünftig und sanftmütig klingender Stimme: »Ist das klug? Zweifellos bist du im Recht, und er ist im Unrecht, doch wäre es sicherlich überlegenswert, dich nicht so in deinen Haß hineinzusteigern. Auch wenn du dich auf diese Weise eines Feindes entledigtest, würdest du unfehlbar ein Dutzend weitere Männer gegen dich aufbringen. Nach den Friedensgesprächen wäre das die sicherste Möglichkeit zu erreichen, daß der Krieg mit größerer Erbitterung denn je weitergeht.«

»Und der Graf ist nicht hier«, gab der Haushofmeister zu bedenken, »so daß Ihr Euch nicht mit ihm beraten könnt.«

Nein, dachte Yves, dem schlagartig alles klar wurde. Gerade deshalb wird sie noch heute Abend handeln und dafür sorgen, daß alle Belagerungsmaschinen, die sich rasch transportieren lassen, vor die Burg gebracht werden. Jeden Mann wird sie aufbieten, den sie entbehren kann, alle anderen Pläne aufschieben – alles, um La Musarderie im Sturm zu nehmen, bevor dem Grafen von Gloucester zu Ohren kommt, was dort vor sich geht. Sie wird es gewiß tun, sie ist verwegen genug, und Dankbarkeit bedeutet ihr nichts. Sie wird vollendete Tatsachen schaffen und Philip hängen lassen, so daß Graf Robert seinen Sohn nur noch als Leichnam zu sehen bekäme. Den Wagemut dazu hat sie. Es ist ihr einerlei, daß ihr anschließend womöglich alles in den Händen zerfällt und sie selbst zerstört, worum sie gekämpft hat. Wenn es ihr nur gelingt, diesem einen Feind die Schlinge um den Hals zu legen.

»Ihr könnt das nicht tun, Kaiserliche Hoheit!« rief er mit einer Stimme, die König Davids gemessene Worte förmlich in Fetzen riß. »Ich habe Euch eine starke Festung angeboten und die Freiheit eines ehrenhaften Kriegers, mit dem Ihr Eure Streitkräfte verstärken könnt – nicht aber die Möglichkeit, einen Mann zu töten, um den Graf Robert bis an sein Lebensende trauern würde. Nehmt ihn gefangen, aber übergebt ihn dem Grafen, überlaßt ihm zu regeln, was zwischen ihm und seinem Sohn steht. Das wäre gerecht. Was Ihr plant, dürft und könnt Ihr nicht tun!«

Sie war aufgesprungen, wutentbrannt, aber nach außen hin beherrscht. In ihren Augen war Yves' Verhalten nichts als ein belangloses Aufbegehren, das sie leichthin beiseite wischen konnte. Dazu brauchte sie ihn nicht einmal zu vernichten, außerdem war er ihr zur Zeit noch nützlich. Er hatte schon früher beobachten können, wie sie zürnend andere Unglückliche erniedrigte. Jetzt, als das Feuer ihn zu versengen drohte, wich er trotz seines Zorns davor zurück.

»Du sagst mir, was ich tun kann und soll, Knabe? Deine Schuldigkeit ist es, zu gehorchen, und das wirst du tun, oder du findest dich in einem schlimmeren Verlies wieder als zuvor, wo dich schwerere Ketten drücken werden. Marschall, ruft sogleich Salisbury, Reginald und Redvers zur Beratung und sorgt dafür, daß die Kriegsbaumeister alle Belagerungsmaschinen bereit halten, die sich rasch transportieren lassen. Sie sollen noch vor unserem Aufbruch auf den Weg gebracht werden. Morgen mittag muß die Vorhut unterwegs und die Hauptstreitmacht abmarschbereit sein. Ich gebe nicht eher Ruhe, bis der Verräter hängt, und das muß binnen weniger Tage geschehen. Sucht Leute, die den Weg nach La Musarderie und die Umgebung von Greenhamsted gut kennen, wir werden sie brauchen.« Mit den Worten: »Und Ihr wartet im Vorzimmer, bis man Euch ruft«, wandte sie sich flammenden Blicks erneut an Yves. »Ihr sagt, Ihr könnt Pläne der Burg zeichnen – beweist es, jetzt gleich. Gebt Euer Bestes! Sofern Ihr schwache Stellen der Verteidigung kennt, nennt sie. Seid dankbar, daß ich Euch die Freiheit und Eure heile Haut lasse – und merkt Euch, wenn Ihr nicht leistet, was Ihr versprochen habt, werdet Ihr beides verlieren. Jetzt geht – mir aus den Augen!«

KAPITEL
11

Nun blieb nichts übrig, als gute Miene zu den Ereignissen zu machen. Man mußte das Beste aus der Situation herausholen und mit allen zu Gebote stehenden Mitteln das Schlimmste zu verhindern trachten. Yves' Entschlossenheit, nach La Musarderie zurückzukehren und sich bis an die Grenzen des Möglichen am Kampf um die Befreiung Oliviers zu beteiligen, war unverändert – er würde tun, was in seinen Kräften stand, um den Angriff voranzutreiben. Er verbrachte einige Stunden der Nacht damit, Pläne der Burg zu zeichnen und so gut er konnte abzuschätzen, wie weit sich das gerodete Gelände um sie herum erstreckte. Er berücksichtigte auch die Entfernung, über die hinweg die Belagerungsmaschinen angreifen mußten und bezeichnete die Stelle der Ringmauer, an der sich unter Umständen eine Bresche schlagen ließ, weil man dort seinen Beobachtungen zufolge einen Schaden instandgesetzt hatte. Mochte die Kaiserin die Burg in Besitz nehmen, sobald Olivier aus der Gefangenschaft befreit und in Sicherheit war. Den Burgherrn durfte sie jedoch nicht töten, soweit Yves das verhindern konnte. Wagemutigere als er, wie auch Personen in höheren Positionen, hatten die Entscheidung der Kaiserin in Frage gestellt. Sie aber hatte aufbrausend erklärt, Graf Robert sei durch Philips

Verrat ebenso tödlich gekränkt wie sie selbst und werde gewiß nicht zögern, Philips Tod zu billigen. Gleichwohl trieb sie rücksichtslos jeden zur Eile an, damit die Sache in Angriff genommen wurde, bevor ihr Bruder etwas von diesen Plänen erfuhr. Sie hatte keine Angst vor Robert und war auch nicht bereit einzuräumen, daß ihr ohne ihn keine erfolgreiche Unternehmung gelang. Auch war bekannt, daß sie ihn in der Öffentlichkeit gelegentlich ebenso anmaßend und hochfahrend gedemütigt hatte wie andere zuvor. Ihr Ziel war es also offenkundig, Tatsachen zu schaffen, an denen sich nichts mehr ändern ließ, um ihre Überlegenheit mit einer eigenen unverwechselbaren Tat zu bekräftigen, die niemand verhindern durfte: Philip sollte sterben, bevor Robert eingreifen konnte. Gewiß war sie in all den Jahren, in denen sie ihn benutzt hatte und auf ihn angewiesen war, auch eifersüchtig auf ihn gewesen und hatte ihm seine Überlegenheit mißgönnt.

Auf einer Bank im verdunkelten Saal schlief Yves, in seinen Umhang gehüllt, die wenigen Stunden, die ihm nach dem Ende des Kriegsrats blieben, ohne daß er die leiseste Vorstellung gehabt hätte, auf welche Weise er die Rache der Kaiserin vereiteln könnte. Mit einer solchen Freveltat würde sie nicht nur die Hälfte ihrer Gefolgschaft aufstören und sich entfremden, sie würde auch bewirken, daß jedes Schwert, das nicht ohnehin schon blank gezogen und blutbefleckt war, aus der Scheide fuhr, um diesen Krieg zu verlängern und noch mehr zu vergiften. Außerdem wollte Yves Philips Tod nicht – auch wenn es ihm nach einem so beschwerlichen Tag unmöglich war, darüber nachzugrübeln, wo seine Beweggründe dafür lagen. Philip war herrisch, in sich gekehrt, schwer auszuloten, aber ein Mann, den er unter anderen Umständen hätte schätzen können. Dem auch Olivier einst gewogen war, und der ihn ebenfalls nicht verstanden hatte.

Unruhig schlief Yves bis eine Stunde vor Morgengrauen. In der trüben Dämmerung machte er sich zum Aufbruch bereit und ritt dann mit der Hauptstreitmacht der Kaiserin unter John FitzGilberts Oberbefehl gegen La Musarderie.

Mit dem Aufmarsch des Belagerungsheeres um die Burg herum war der Marschall beauftragt, ein erfahrener Mann, der es mit Hilfe seiner Kriegsbaumeister fertigbrachte, die Belagerungsmaschinen so leise auf dem Bergkamm oberhalb der Burg in Stellung zu bringen, daß die Wächter auf den Mauern nichts davon merkten. Zugleich sorgte er dafür, daß sich seine Truppen in Deckung hielten, während sie sich strategisch über das ganze Gelände vom Flußufer bis zum darüber liegenden Dorfrand verteilten. Um sich nicht der Unbequemlichkeit eines Feldlagers aussetzen zu müssen, hatte die Kaiserin mit ihren Damen im Dorf das Haus des Priesters requiriert. Die ganze Sache hätte sich als weit schwieriger erweisen und leicht noch vor Tagesende verraten werden können, wäre es den Bewohnern des Dorfes Greenhamsted nicht unter den Musards recht gut ergangen, so daß es niemanden danach drängte, den gegenwärtigen Herrn von La Musarderie auf die Vorgänge um seine Burg herum aufmerksam zu machen. Da sie keinen Widerstand gegen die vorläufige vollständige Besetzung des Ortes leisteten, würden sie gutes Ansehen bei der Partei genießen, die ihre Macht überzeugend demonstrierte. So hielten sie sich aus allem heraus, saßen aufmerksam inmitten all der Krieger und harrten der Dinge, die da kommen sollten.

Das Aufstellen der Truppen dauerte bis in die anbrechende Nacht hinein, und ihre nur unzulänglich abgeschirmten Lagerfeuer oben am Dorfrand alarmierten schließlich die Wächter in der Burg. Beim Rundgang konnte man von der Mauer aus hier und da zwischen den

Bäumen rund um das gerodete Gelände Feuerschein aufblitzen sehen.

»Der Junge hat Wort gehalten. Er scheint mit dem ganzen Heer der Kaiserin gekommen zu sein«, sagte Philip gelassen zu Cadfael. Sie standen auf dem Südturm und sahen zu den winzigen Fünkchen hinüber, die den Ring der Belagerer andeuteten. »Der Zufall will es, daß sie in Gloucester gerade zu einer Zeit, wo ich gut ohne sie ausgekommen wäre, eine ganze Reihe Grafen mit ihren Kriegern um sich versammelt hat. Nun, ich habe ihn zu dem Fest eingeladen. Dieser Übermacht stehe ich so gewappnet gegenüber, wie ich es je sein werde. Morgen sehen wir weiter. Zumindest wissen wir jetzt, was uns bevorsteht.« Dann fuhr er fort: »Sofern Ihr fortgehen wollt, tut das ungehindert, solange noch Zeit dazu ist. Man wird Euch drüben achten und willkommen heißen.«

»Ich danke Euch für das höfliche Angebot«, antwortete Cadfael seinem Gastgeber mit ebenso gelassener Förmlichkeit, »aber ich verlasse die Burg nicht ohne meinen Sohn.«

Als es vollständig dunkel war, verließ Yves seinen Posten zwischen den Bäumen. Über den Himmel zogen tiefhängende Wolken, die Mond und Sterne verbargen. In jener Nacht würde es zu keiner feindseligen Handlung kommen. Am nächsten Tag forderten die Belagerer angesichts ihrer Überlegenheit Philip gewiß erst einmal zur Übergabe auf, statt die wertvolle Anlage gleich zu zerstören. Diese eine Nacht blieb also für den Versuch einer Kontaktaufnahme – bis zum Morgengrauen.

Yves besaß ein glänzendes Gedächtnis und konnte sich Wort für Wort an das erinnern, was Philip über seinen unerwarteten Gast gesagt hatte: ›Er kann seine Stundengebete in meiner Kapelle ebenso getreulich verrichten wie in Shrewsbury. Und das tut er auch, sogar die Matutin um

Mitternacht.‹ Überdies wußte er, wo die Kapelle liegen mußte, denn als man ihn aus seinem Verlies geholt und vom Bergfried zum Rittersaal gebracht hatte, war der Kaplan mit dem Meßbuch in der Hand aus einem düsteren Gang aufgetaucht. Irgendwo dort würde Cadfael, so Gott wollte, auch in jener Nacht vor der Schlacht seine einsame Andacht halten. Ausgerechnet in dieser Nacht würde er seine Gebete gewiß nicht vernachlässigen.

Die Dunkelheit war Yves hochwillkommen, denn trotz seines Umhangs aus schwerem schwarzem Wollstoff, und obwohl er sich so gut wie geräuschlos bewegte, konnte schon ein Zittern der Luft oder ein bloßer Lufthauch sein Herannahen verraten. Der unbewachsene Hang, den er überqueren mußte, schien sich über Meilen zu erstrecken. Aber selbst die kahle Hügelfläche wies Bodenwellen auf, flach zwar, doch hinreichend, damit er unbemerkt den Weg von den Bäumen bis zur Ringmauer und zu dem im Schatten liegenden Winkel unter dem Nordturm zurücklegen konnte, wo sich der gewaltige Rebstock emporrankte. Auch eine geringe Vertiefung im Boden vermag angesichts der unterschiedlichen Schwärze des Schattens eine Art Schutz zu gewähren. Könnte er doch den Kopf des Wächters sehen, der die Mauer zwischen den beiden Türmen abschritt! Doch dafür lag sie noch zu weit entfernt. Nach der Hälfte des Weges würde Yves vielleicht hinreichend zwischen dem festen Baukörper und dem Himmel unterscheiden können, und die Umrisse der Türme und Zinnen erkennen, wenn auch keine weiteren Einzelheiten. Vielleicht gelang es dann sogar, den Kopf des Wächters zu sehen, während dieser auf und ab schritt. Noch mehr zu erhoffen war nicht klug, denn in dem Fall würde man auch ihn sehen können.

Er wickelte den Umhang eng um sich und trat aus dem Schutz der Bäume heraus. Von den Burghöfen aufsteigender Fackelschein zeichnete einen kaum wahrnehmbaren

Lichtkreis unter die dichte Wolkendecke. Ohne ihn aus den Augen zu lassen, ging er darauf zu, wobei ihm die Füße, mit denen er den unsichtbaren Erdboden abtastete, wie einem Blinden als Augen dienten. Er achtete darauf, seine Schritte gleichmäßig zu setzen. Da Windstille herrschte, gingen von den Falten seines Umhangs keine verräterischen Geräusche aus.

Die schwarze Masse, die gegen den Himmel aufragte, rückte näher heran. Yves' Ohren fingen leise Geräusche auf, die aus einem der Burghöfe aufstiegen oder vom Wachwechsel der Wächter auf den Mauern stammten. Einmal flammte unvermittelt eine Fackel auf und eine Stimme rief etwas, als jemand auf die Mauer emporstieg. Sogleich ließ sich Yves zu Boden gleiten und bedeckte Kopf und Körper mit dem Umhang. Alles um ihn herum war still, nichts rührte sich. Für den Fall, daß die beiden über den Mauerrand hinausspähten, blieb er reglos und ohne einen Laut von sich zu geben liegen, damit sie nicht einmal einen kaum wahrnehmbaren Hinweis erhielten, daß sich ein Lebewesen näherte. Aber der Mann mit der Fackel stieg rasch wieder in den Burghof hinab, und der Augenblick unmittelbarer Gefahr war vorüber.

Vorsichtig erhob sich Yves, hielt kurz inne, um Atem zu schöpfen und mit den Augen die Umgebung zu prüfen, bevor er seinen Weg geräuschlos fortsetzte. Jetzt war er nahe genug heran, um den Kopf des Wächters zu erkennen, der zwischen den Türmen auf der Mauer patrouillierte, denn Bewegung ermöglicht auch im Dunkeln die Wahrnehmung des Unsichtbaren. Dort im Winkel von Turm und Mauer begann die Brustwehr; Yves hatte sich dessen vor Einbruch der Dunkelheit noch einmal vergewissert und sich vor allem eingeprägt, an welchen Stellen die knorrigen verholzten Triebe des Rebstocks am hölzernen Wehrgang Halt suchten, der von der steinernen Mauerkrone vorsprang. Es müßte möglich sein, von dort aus auf den Wehrgang zu klettern, während ihm der Wächter auf dem Weg zum anderen Turm den Rücken zukehrte. Und danach?

Yves trug keine Waffen. Schwert und Scheide nützen beim Klettern wenig, und er hatte nicht die Absicht, Philips Wächter anzugreifen. Sein einziger Wunsch war, unentdeckt in die Burg zu gelangen und die Warnung zu überbringen, um deretwillen er gekommen war. Schließlich galt es, auch eine noch so geringe Möglichkeit zu Aussöhnung und Frieden zu nutzen, sofern es nach dem Debakel von Coventry noch eine solche gab. Ob ihm das gelingen würde, mußte er seinem Einfallsreichtum und dem Zufall überlassen.

Unterdessen strebte der Wächter auf der Mauer dem entfernteren Turm entgegen. Yves nutzte die Gunst des Augenblicks und überquerte, auch auf die Gefahr hin zu stürzen, das unebene Gelände im Laufschritt. Dankbar ließ er sich am Fuß der Mauer niedersinken. Dann schob er sich vorsichtig an ihr entlang, bis er den Winkel erreicht hatte, und zwängte sich dort ins Dickicht. Hier war die über ihm vorspringende Brustwehr keine Bedrohung, sondern gewährte ihm ganz im Gegenteil Schutz. Bis Mitternacht war es wohl noch fast eine Stunde, und so hatte er Gelegenheit, eine Weile ruhig zu atmen und auf die Schritte über sich zu lauschen, die sogar dann kaum wahrnehmbar waren, wenn sie sich ihm näherten und vollständig verstummten, sobald der Wächter kehrtmachte.

Den Umhang, der ihn beim Klettern behindert oder sogar gefährdet hätte, mußte er zurücklassen. Sicherheitshalber hatte er sich auch darunter vollständig schwarz gekleidet. Zweimal wartete Yves, bis die Schritte über ihm zurückgekehrt waren, um zu erkennen, wie lange der Wächter brauchte, um die Länge der Mauer abzuschreiten. Denn jedesmal, wenn dieser zurückkehrte, würde er in Bewegungslosigkeit erstarren müssen. Als die Schritte das dritte Mal verhallt waren, tastete er in den knorrigen und in sich gewundenen verholzten Ästen des Rebstocks, die kräftig genug waren, ihn zu tragen, nach einem festen Halt und begann den Anstieg.

Da das Laub längst abgefallen war, verriet ihn kein Blätterrascheln. Mehrfach mußte er bewegungslos verharren, während der Wächter über ihm, kurz stehenblieb, um seinen Blick über das gerodete Gelände schweifen zu lassen, wie wohl auch schon vorher immer wieder, während sich Yves dem Schutz der Ringmauer entgegengearbeitet hatte. Einmal fuhr seine Hand, als er am gerundeten Mauerwerk des Turms nach einem Halt tastete, tief in eine Schießscharte. Dabei erhaschte er einen Blick auf einen Lichtschimmer, der durch eine spaltbreit geöffnete Tür fiel. Sofort fuhr er in den Winkel von Turm und Mauer zurück, weil er fürchtete, man könnte ihn gesehen haben. Aber alles blieb still, und als er vorsichtig durch die Schießscharte spähte, gab es nichts zu sehen außer der Türkante und dem scharfen Lichtstreif. Falls auch vom Wehrgang aus eine unverschlossene Tür in den Turm führte ... Unwillkürlich kam ihm der Gedanke, daß die Besatzung im Lauf des Tages wohl schon Steinschleudern und Wurfmaschinen auf Mauer und Türmen bereitgestellt sowie Stein- und Metallkugeln aufgeschichtet, Wurfspieße und Wurfpfeile bereitgelegt hatte ...

Hoffnungsvoll wartete er, daß er den Anstieg fortsetzen konnte.

Die Türme von La Musarderie überragten die Zinnenbekrönung der Ringmauer kaum, und der bis über die Brustwehr emporgewachsene Rebstock war noch auf dem letzten Stück im Mauerwerk verankert. Bevor Yves es recht merkte, erreichte er die feste Holzkonstruktion und verharrte reglos, um über sie hinweg den Wehrgang entlangzuspähen. Diesmal war er nur drei Schritt von dem Wächter entfernt, als dieser ans Ende seines Kontrollgangs gekommen war und sich erneut umwandte. Yves wartete, bis der die Hälfte seines Weges zurückgelegt hatte, bevor er es wagte, nach dem Geländer der Brustwehr zu greifen und sich hinüberzuschwingen. Noch einmal mußte er Rückkehr und Fortgang des Wächters abwarten, dann endlich konnte er den Fuß auf den Wehrgang setzen. Er drängte sich am Boden dicht unter eine der Zinnen der Brustwehr, bis die gleichmäßig ausschreitenden Füße an ihm vorüber und wieder zurückgekehrt waren. Dann schob er sich vorsichtig durch die Öffnung auf den festen Steinboden und wandte sich dem Turm zu. Dort hatten die Verteidiger in der Tat Geschosse für die Geschütze aufgetürmt, doch die Tür gab seinem Druck nicht nach; sie war fest verschlossen. Man hatte wohl die Last nicht durch den Turm hinaufgebracht. In der Nähe sah er eine Winde, die dazu gedient haben mochte, alles aus dem Burghof emporzuhieven. Dicht neben ihr führte eine geländerlose Treppe von der Außenmauer hinab. Es gab für Yves nur diesen einen Weg, und er mußte ihn gehen, bevor sich der Wächter am Ende des Wehrgangs erneut umwandte. In verzweifelter Eile stieg er die ersten Stufen hinab, ließ sich dann an den Fingerspitzen über ihren Rand in die Dunkelheit hängen und arbeitete sich auf diese Weise, gefährlich über dem Abgrund schwebend, Stufe für Stufe abwärts.

Er verharrte regungslos, wenn der Wächter kam, und setzte danach seinen qualvollen Abstieg in die zum Glück abgelegene finstere Ecke des Burghofes fort. Aus der fernen Waffenkammer drangen noch Laute und Lichtschein, und schattenhafte Gestalten überquerten geschäftig, aber schweigend den Hof – vom Rittersaal zu den Vorratsräumen, von der Schmiede zur Waffenkammer. Diszipliniert und besonnen bereitete sich die Besatzung von La Musarderie auf die Belagerung vor. Noch wußte niemand in der Burg, wie viele Kämpfer man gegen sie aufgeboten hatte. Yves sprang von den letzten Stufen der Treppe herab und verharrte dicht an der Mauer, um sich einen Überblick über die Gegebenheiten zu verschaffen.

Zwar war es bis zum Bergfried nicht weit, aber er hätte sich verdächtig gemacht, wenn er ihn im Laufschritt hätte erreichen wollen. Also entschloß er sich, ihm rasch und zielstrebig ausschreitend entgegenzustreben, ganz wie all die anderen, die noch spät in der Nacht eifrig hin und her eilten. Da jeder seinen Weg kannte, erhellten den Burghof nur wenige Fackeln. Yves mußte den Anschein erwecken, als sei er in einer wichtigen Aufgabe unterwegs und brauchte lediglich das Gesicht abgewendet zu halten. Wäre er nahe genug an jemandem vorübergekommen, hätte er beiläufig etwas gemurmelt und wäre weitergegangen, so in seine Aufgabe vertieft, daß er für nichts anderes Augen hatte – was ja im übrigen durchaus der Wahrheit entsprochen hätte. Doch er erreichte die offenstehende Tür, ohne von jemandem angerufen zu werden und trat ein. Yves stieß einen tiefen Seufzer aus, dankbar, daß er bis dorthin gelangt war.

Als er sich vorsichtig über die Steinplatten des schmalen Ganges vorantastete, trat plötzlich der Kaplan aus einer Tür und kam mit einem Ölfläschchen in der Hand auf ihn zu. Offensichtlich hatte er gerade das Ewige Licht am Altar neu versorgt. Rasch einen anderen Gang aufzusuchen, blieb keine Zeit, außerdem hätte Yves damit nur die Aufmerksamkeit des müden Alten auf sich gelenkt. So preßte er sich achtungsvoll an die Mauer, um dem Priester Platz zu machen und verneigte sich tief vor ihm. Dieser sah ihn aus kurzsichtigen Augen flüchtig an und erteilte ihm mit ruhiger Stimme seinen Segen. Nach dieser Begegnung zitterte Yves heftig und war fast beschämt, nahm aber die Worte des Alten als gutes Vorzeichen. Jetzt wußte er sogar genau, wo die Kapelle lag. Voll Demut und Dankbarkeit trat er vor den Altar und kniete nieder, um für ein Dutzend unverdienter Gnadenerweise zu danken, die ihn bis dorthin hatten gelangen lassen. Er vergaß sogar seine Vorsicht, dachte nicht an die Gefahr, die ihm drohte, wenn er ein Geräusch machte, und überlegte nicht, wie er je wieder in den Hof hinausfinden würde. Er war am Ort seiner Wünsche, und Cadfael würde ihn schon nicht im Stich lassen.

Die Kapelle war schmal, aber hoch, und man hatte die Strenge des Raumes, von dessen steinernen Wänden es Yves kalt anwehte, mit dicken wollenen Wandteppichen und einem Vorhang an der Innenseite der Tür ein wenig gemildert. Ein düsterer Winkel neben der Tür, wo sich die Falten des Vorhangs und der Wandbehang berührten, bot die Möglichkeit, sich zu verbergen. Nur wenn ein Eintretender die Tür vollständig hinter sich schloß, bestand die Gefahr, entdeckt zu werden. Dorthin stellte sich Yves, legte die Falten zurecht, damit sie ihn verdeckten, und wartete.

Seit Cadfael in La Musarderie Gastrecht genoß, war er um Mitternacht aufgewacht und aufgestanden, in erster Linie aus alter Gewohnheit. Aber auch aus dem Bedürfnis heraus, zumindest seine Erinnerung an die Berufung und den Ort wachzuhalten, an dem sein Herz hing. Sofern er ihn nicht wiedersehen sollte, war es umso wichtiger, daß diese Verbindung nicht abriß, solange er lebte. Auch bot es ihm Trost, daß er die Gebräuche des mönchischen Lebens allein pflegen konnte. Der Kaplan befolgte getreulich alle Vorschriften, die für Weltpriester galten, hielt aber nicht die Stundengebete der Benediktiner. Nur das eine Mal, da Philip ebenfalls Zwiesprache mit Gott halten wollte, hatte sich Cadfael bei der Matutin die Kapelle mit einem anderen teilen müssen.

An jenem Abend kam er ein wenig zu früh, da er noch nicht geschlafen hatte. Für die meisten in La Musarderie würde es in jener Nacht ohnehin nur wenig Schlaf geben. Er verrichtete seine Andacht und verharrte weiterhin auf den Knien, mehr in trübe Gedanken versunken, als in ein stilles Gebet. Alle Gebete, die er für Olivier verrichten konnte, waren bereits gesagt und gewiß an Gottes Ohr gedrungen. Stumm hatte er sie unaufhörlich wiederholt, damit Gott ihn auf keinen Fall vergaß. Was er für sich selbst erbitten konnte, schien unerheblich in der Stunde, da der Tag mit all seinen ungelösten Besorgnissen zu Ende ging, die Schwierigkeiten des bevorstehenden Tages noch nicht eingetreten waren und sich auch noch nicht voraussehen ließen.

Als er sich erhob und wieder der Tür zuwandte, sah er, daß sich die Falten des Vorhangs leicht bewegten. Eine Hand schob das schwere Tuch beiseite. Als Yves vor ihn trat und mit dringlicher Gebärde und weit aufgerissenen Augen unübersehbar um Vorsicht und Stille bat, rührte sich Cadfael nicht und gab keinen Laut von sich. Schweigend sahen beide einander eine Weile an. Dann drängte Cadfael den Besucher mit einer Hand sacht in sein Versteck zurück und beugte sich aus der Tür, um nach links und rechts den steinernen Gang entlangzuspähen. Zwar lag Philips Gemach nicht weit von der Kapelle entfernt, doch ob er sich in jener Nacht dort befand, war fraglich. Nichts regte sich. Cadfael griff hinter sich, packte Yves am Handgelenk und zog ihn eilends über den Gang zu seiner keine zehn Schritt entfernten schmalen Zelle. Dann schloß er die Tür zur Außenwelt. Sie umarmten einander stumm und lauschten auf Geräusche, hörten aber nichts.

»Sprecht leise«, begann Cadfael, »dann kann uns niemand hören. Der Kaplan schläft ganz in der Nähe.« Auch im Inneren des Gebäudes waren die Mauern sehr dick. »Was führt Euch her? Und wie seid Ihr in die Burg gelangt?« Er bot seinem unerwarteten Besucher das Bett als Sitzgelegenheit an und faßte ihn bei den Schultern, als könne ihm nichts geschehen, solange er ihn berührte. »Ihr müßt von Sinnen sein! Was könnt Ihr hier bewirken? Ich war so froh zu wissen, daß Ihr draußen seid, ganz gleich, was jetzt kommen mag.«

»Ich bin den Rebstock an der Mauer emporgestiegen«, sagte Yves im Flüsterton, »und ich muß auf demselben Weg zurückkehren, es sei denn, Ihr wißt einen besseren.« Allmählich wurden ihm die Anstrengungen und Gefahren bewußt, die hinter ihm lagen. Cadfael spürte ihn durch seine Hände zittern wie die Sehne eines Bogens, der nach dem Schuß allmählich zur Ruhe kommt. »Es ist nicht besonders schwierig – immer vorausgesetzt, man kann den Wächter ablenken, während ich zum Wehrgang emporsteige. Aber das hat Zeit. Auf jeden Fall mußte ich Euch irgendwie sprechen. Er muß wissen, was sie plant ...«

»Meint Ihr Philip?« fragte Cadfael scharf.

»Wen sonst? Er muß wissen, was ihm droht. Die Kaiserin ist mit einem halben Dutzend ihrer Edlen, die in Gloucester versammelt waren, vor die Burg gezogen und sie haben ihre gesamte Streitmacht mitgebracht. Salisbury, Redvers von Devon, FitzRoy, Bohun, der Schottenkönig und alle anderen. Es ist das größte Heer, das sie seit mehr als einem Jahr aufbieten kann. Sie ist bereit, es gegen La Musarderie einzusetzen. Auch wenn es sie einen hohen Preis kosten sollte, sie will die Burg möglichst rasch einnehmen. Keinesfalls soll Gloucester vorher erfahren, was gespielt wird. Er hält sich zur Zeit in Hereford auf.«

»Aber sie braucht ihn!« entgegnete Cadfael ungläubig. »Ohne ihn kann sie nichts tun – zumal es um seinen Sohn geht, ob er nun abtrünnig ist oder nicht.«

»Genau deshalb möchte sie ja, daß er erst von der Sache erfährt, wenn alles vorüber ist«, erwiderte Yves heftig. »Sie will Philip ein für alle Mal aus dem Weg räumen, will ihn am Galgen sehen. Sie hat es geschworen, und sie wird es tun. Bis Robert davon erfährt, bleibt ihm nur noch die Gelegenheit, den Leichnam seines Sohnes zu beerdigen.«

»Das würde sie nie wagen!« sagte Cadfael mit Nachdruck.

»O doch! Ich habe sie gesehen und ihre Worte gehört! Sie ist entschlossen, ihn zu töten, und hier sieht sie ihren Augenblick gekommen. Sie hat ihm die Zähne schon in die Gurgel geschlagen. Ich bezweifle, daß selbst Robert ihren tödlichen Griff noch lösen könnte, aber sie denkt nicht daran, ihm die Möglichkeit dazu zu lassen. Alles wird vorüber sein, bevor er davon erfährt.«

»Sie muß den Verstand verloren haben!« sagte Cadfael. Er nahm die Hände von den Schultern des jungen Mannes und setzte sich. Vor sein inneres Auge trat die unendliche Kette von Ausschreitungen und Abscheulichkeiten, die auf diesen Tod folgen würden: Blutsbande bedeuteten keine Verpflichtung mehr, Treuegelöbnisse wären nicht mehr bindend, es bliebe kaum Hoffnung auf Versöhnung und einen Sieg des gesunden Menschenverstandes. »Er würde sie fallenlassen und sich vielleicht sogar gegen sie erheben.« Das konnte in der Tat das Ende des Mordens bedeuten und mit Waffengewalt die Einigung herbeiführen, die durch Verhandlungen nicht zu erzielen war. Aber nein, er würde es nicht über sich bringen, Hand an sie zu legen, sondern sich in seinem Kummer über den Verlust von ihr zurückziehen und ihren Sturz anderen überlassen. Das würde die Sache in die Länge ziehen und für das Land eine noch tiefere und längere Qual bedeuten, sowie Kampf bis zur endgültigen Verzweiflung.

»Mir ist klar, daß sie ihrer Sache einen Bärendienst erweist«, sagte Yves, »und jeden, auf welcher Seite er auch immer stehen mag, dazu verdammt, das Chaos weiterhin zu ertragen. Gott weiß, wie sehr all die armen Geschöpfe darunter leiden müssen, die keinen anderen Wunsch haben, als ihr Land zu bestellen und die Ernte einzubringen, zu kaufen und zu verkaufen und ihre Kinder in Frieden aufzuziehen. Das habe ich ihr klar zu machen versucht und es ihr ins Gesicht gesagt. Zum Lohn dafür hat sie mich geschmäht. Sie will auf niemanden hören. Daher mußte ich kommen.«

Und nicht nur, weil du versuchen willst, die Katastrophe abzuwenden, dachte Cadfael, sondern auch, weil dieser angedrohte Tod eine Kränkung bedeutet und allein schon deshalb verhindert werden muß, weil er barbarisch wäre. Yves wollte nicht, daß Philip FitzRobert auf diese Weise den Tod fand. Wohl war er bewaffnet zurückgekommen, um Olivier zu befreien, und dafür würde er bis zum letzten Atemzug kämpfen. Doch war er nicht bereit, sich zum Mitwisser oder Helfershelfer der grausamen Rache seiner Gebieterin erniedrigen zu lassen.

»Und so seid Ihr gekommen«, sagte Cadfael. »Was wollt Ihr von mir, da Ihr nun einmal hier seid?«

»Warnt ihn«, antwortete Yves schlicht. »Teilt ihm ihre Pläne mit, sorgt dafür, daß er es glaubt, denn aufgeben wird sie unter keinen Umständen. Zumindest seht zu, daß er die vollständige Wahrheit erfährt, bevor er sich mit ihren Forderungen auseinandersetzt. Am liebsten bekäme sie die Burg unversehrt in ihre Gewalt, um selbst eine Besatzung hineinlegen zu können. Aber wenn sie keine andere Möglichkeit sieht, wird sie sie dem Erdboden gleichmachen lassen. Vielleicht kann er ein Abkommen mit ihr erreichen, das ihm das Leben rettet, wenn er La Musarderie aufgibt.« Doch Yves glaubte selbst nicht, daß es dahin kommen könnte, und auch Cadfael wußte, daß das unmöglich war. »Zumindest sagt ihm die Wahrheit. Dann ist es seine Entscheidung.«

»Ich werde dafür sorgen, daß er sich darüber klar wird, worum es geht«, versprach Cadfael mit großem Ernst.

»Euch wird er glauben«, sagte Yves. Es klang sonderbar

zufrieden. Dann reckte er sich seufzend und lehnte den Kopf an die Mauer. »Und jetzt sollte ich mir allmählich überlegen, wie ich mich am besten wieder aus dem Staub mache.«

Inzwischen war man in La Musarderie an Cadfaels Gegenwart gewöhnt, und jeder wußte, daß niemandem Gefahr von ihm drohte. Der Burgherr ließ ihn gelten, wie er war, und die anderen achteten ihn wegen seines Mönchsgewandes und weil sie wußten, daß es der Wunsch ihres Herrn war, daß er sich frei bewegte. Er sprach mit jedem, hatte überall in der Burg Zutritt und kam mit allen gut aus. All das kam Yves zustatten, als es darum ging, die Burg auf demselben Weg zu verlassen, auf dem er hineingelangt war.

Das beste sei es, ganz natürlich aufzutreten, erklärte ihm Cadfael. Am wenigsten Aufsehen erregen werde er, wenn er sich ohne Heimlichtuerei vor den Augen aller bewege, als ob er hierhergehörte. Bei Tageslicht wäre ein solches Verhalten selbstverständlich sogar bei einer weit größeren Besatzung gefährlich gewesen, selbst wenn sie aus lauter jungen Leuten wie ihm bestanden hätte. Doch in der Dunkelheit ließ sich dieser Plan ohne weiteres durchführen, waren doch die Burghöfe noch weniger erleuchtet als sonst, damit der Feind keine Gelegenheit hatte, einzuschätzen, welche Vorkehrungen zur Verteidigung getroffen wurden.

Entsprechend Cadfaels Anweisung begleitete Yves ihn gemächlich und gelangte wie beiläufig zum Fuß der Treppe, die zum Wehrgang emporführte. Während Cadfael die Stufen erstieg und sich durch eine der Lücken zwischen zwei Zinnen hinauslehnte, um hinüberzuspähen zu den hier und da verstreuten Wachfeuern unter den Bäumen, schmiegte sich Yves an die Mauer und verschmolz mit der Dunkelheit. Der Wächter kam heran und trat zu Cadfael, um Mutmaßungen über den Feind mit ihm auszutauschen. Als er wieder umkehrte, um dem gegenüberliegenden Turm zuzustreben, begleitete Cadfael ihn. Yves lauschte aufmerksam und hörte, wie ihre leisen Stimmen allmählich verklangen. Sobald er den Eindruck hatte, daß sie hinreichend weit entfernt waren, schlich er hastig die Treppe hinauf und drückte sich am Ende des Wehrgangs durch eine Öffnung zwischen den Zinnen. Auf dem Boden der Brustwehr duckte er sich unter einen Mauervorsprung, wo der gewundene dunkle Rebstock in Richtung auf den Burghof herübergewachsen war. Yves wagte erst, sich zu erheben und nach draußen zu klettern, als der Wächter erneut gekommen und gegangen war und Cadfael ihm kaum hörbar zuflüsterte: »Er ist fort. Jetzt gilt es.«

Yves schwang sich über die Brüstung und begann vorsichtig an den Ästen des Rebstocks hinabzuklettern, dem tief unter ihm liegenden Boden entgegen. Als er kein Zittern und Rascheln mehr vernahm, stieg Cadfael zum Burghof hinab, um nach Philip zu suchen. Danach wollte er versuchen, für den Rest der Nacht noch ein wenig Ruhe zu finden.

Philip hatte allein die Runde gemacht, um die Vorkehrungen zur Verteidigung zu überwachen, und fand sie so vollständig, wie es nur möglich war. Das erstaunlich frühe Eitreffen des Feindes hatte ihnen nur wenig Zeit gelassen, sich bereit zu machen. Das konnte nur bedeuten, daß der junge Hugonin sein Anliegen mit äußerster Beredsamkeit vorgetragen hatte und die Kaiserin über ungewöhnlich viele Männer und Waffen gebot. Nun, es war nicht so wichtig, um so eher würde die Sache entschieden.

Cadfael fand Philip auf dem Wehrgang über dem Burgtor. Von dort aus spähte er zum Damm hinab, auf dem am frühen Morgen vermutlich ein Unterhändler mit der Parlamentärflagge herantraben würde.

»Ihr seid es, Bruder?« fragte er und sah ihn leicht erstaunt an. »Ich hätte gedacht, daß Ihr schon seit Stunden schlaft.«

»In einer solchen Nacht schläft man erst, wenn alles erledigt ist, was getan werden muß«, sagte Cadfael. »Eins ist noch not, und ich bin gekommen, um es Euch zu berichten. Ich bitte Euch, sehr ernst zu nehmen, was ich zu sagen habe. Die Kaiserin trachtet Euch nach dem Leben. Zwar ist Yves Hugonin mit dieser Streitmacht gekommen, weil er seinen Freund und Schwager befreien will, das aber ist nicht ihr Ziel! Zwar muß sie die Burg einnehmen, um es zu erreichen, aber nicht um diese ist es ihr zu tun: Ihr liegt an einem Mann. Sobald sie Euch hat, will sie Euch hängen lassen.«

Schweigen trat ein. Unverwandt hielt Philip den Blick nach Osten gerichtet, wo das erste bleiche Grau des Tages am Himmel aufscheinen würde, und sagte schließlich gelassen: »An ihrer Absicht habe ich nie gezweifelt. Sagt mir doch, wenn Ihr so viel wißt, Bruder, ob das auch die meines Vaters ist?«

»Er befindet sich bei Graf Roger in Hereford«, antwortete Cadfael, »und weiß noch nichts vom Aufbruch des Heeres nach La Musarderie. Sie gibt sich die größte Mühe, daß Euer Vater erst von ihrem Vorgehen erfährt, wenn alles vorüber ist. Dies eine Mal hat sie ohne ihn gehandelt, weil sie eine Gelegenheit sieht, sich ihres Hauptfeindes zu bemächtigen. Sie ist gekommen, um Euch zu vernichten. Da sie so darauf bedacht ist, das vor Eurem Vater geheimzuhalten«, fuhr Cadfael mit gleichmütig klingender Stimme fort, »darf man annehmen, daß sie sich seiner Haltung Euch gegenüber alles andere als sicher ist.«

Erneut lag Schweigen zwischen ihnen. Dann sagte Philip, ohne den Kopf zu wenden: »Ich kenne sie so gut, daß mich das nicht überrascht. Von ihr erwarte ich kein anderes Los, als sie mir zugedacht hat, wenn ich ihr je in die Hände fallen sollte. Es ist wahr, mit meinem Übertritt ins Lager des Königs habe ich sie ihrer Bedeutung entkleidet. Doch ist es weniger wahr oder nur zum Teil, daß ich mich damit gegen sie gestellt hätte. Der Grund dafür war, daß sie nichts bewirken konnte. Stephens Bedeutung hat hier im Lande, wenn auch nicht in der Normandie, zugenommen und wächst weiterhin an. Sofern er den Sieg erringen und damit dem Chaos und dem sinnlosen Gemetzel ein Ende bereiten kann – wozu sie sich als unfähig erwiesen hat –, wäre es nur recht, wenn so viele Männer zu ihm überliefen, wie dazu nötig sind. Alles, was bewirkt, daß die Menschen in Frieden leben und vor Übergriffen sicher ihre Äcker bestellen, über die Straßen ziehen und Handel treiben können, ist wichtiger als jegliches Recht und jeder Sieg eines Monarchen. Mein Vater hat den Weg bereitet, den ich gehe«, fuhr er fort. »Ich werde Stephen ebenso schätzen, wie ich Maud geschätzt habe, falls er sich als fähig erweist, die Ordnung im Lande wiederherzustellen. Ich begreife den Groll sehr gut, den sie gegen mich hegt. Sie hat das Recht, mich zu hassen, und ich werde ihren Haß ertragen.«

Es war das erste Mal, daß er so offen gesprochen hatte, und in seinen Worten lag weder Bedauern, noch Reue.

»Sofern Ihr mir glaubt, daß sie Euch einen schändlichen Tod wünscht«, sagte Cadfael, »ist mein Auftrag erfüllt. Wer die ganze Wahrheit kennt, kann sich darauf einstellen. Allerdings lechzt die Kaiserin nicht nur nach Rache, sie ist auch auf ihren Vorteil bedacht. Ich denke, sie würde sich auf einen Handel einlassen.«

»Es gibt Dinge, bei denen wir nicht zu feilschen bereit sind«, entgegnete Philip und wandte lächelnd den Kopf.

»Habt dennoch einen Augenblick Geduld mit mir«, sagte Cadfael. »Ihr habt von der Kaiserin gesprochen – jetzt sprecht mir von Olivier.«

Schroff wandte sich der dunkle Kopf wieder ab. Stumm spähte Philip nach Osten, wo es nichts zu sehen gab, es sei denn, seine eigene Vorstellungskraft hätte die Finsternis bevölkert.

»Dann will ich von ihm sprechen«, sagte Cadfael. »Ich kenne meinen Sohn. Ihr habt zu viel von ihm erwartet, denn er ist von schlichterer Wesensart als Ihr. Ich nehme an, daß Ihr gemeinsam mit ihm so manche gefährliche Situation durchlebt und einander schätzen gelernt habt. Ihr konntet euch im Laufe der Zeit aufeinander verlassen. Als Ihr dann das Lager gewechselt habt und er Euch nicht folgen konnte, war das doppelt bitter, denn beide hatten den Eindruck, vom jeweils anderen im Stich gelassen worden zu sein. Er hat nichts gesehen als den Verrat, Ihr hingegen ausschließlich seine Unfähigkeit zu verstehen, und sie war in Euren Augen gleichbedeutend mit Verrat.«

»Das ist Eure Geschichte, Bruder, nicht meine«, sagte Philip, der seinen Gleichmut wiedergewonnen hatte.

»Aber sie trifft genau einen bestimmten Punkt«, sagte Cadfael. »Ihr hegt keinen Groll gegen die Kaiserin dafür, daß sie Euch Euer Verhalten nachträgt. Warum könnt Ihr die gleiche Gerechtigkeit nicht meinem Sohn widerfahren lassen?«

Er bekam keine Antwort, brauchte aber auch keine; er kannte sie. Philip hatte Olivier ins Herz geschlossen; die Kaiserin hatte dort nie einen Platz gehabt.

KAPITEL

12

Die erwartete Abordnung kam mit dem Morgengrauen. Der Marschall führte sie. Die Gruppe kam aus dem Wald heraus und setzte ihren Weg auf dem Damm fort, damit man sie sah, sobald sie die Deckung verließ: vorauf ein Ritter mit einem weißen Wimpel, dann FitzGilbert, dem drei Hauptleute folgten. Als unübersehbaren Hinweis darauf, daß sie weder eine Bedrohung darstellten, noch eine erwarteten, trugen sie weder Kettenhemden noch Waffen. Philip, den man aus seinem kurzen Schlaf geweckt hatte, kaum daß sie sich zeigten, trat zu ihrem Empfang über dem Tor zwischen den beiden Türmen auf den Wehrgang.

Cadfael hörte aus der Tür zum Rittersaal der Unterhaltung zu. Die Stille zwischen den Mauern war wie die Ruhe vor dem Sturm. Jeder verharrte in seiner Bewegung, um besser zu hören; nicht aus Furcht, sondern eher mit einer alles durchdringenden Erregung, wie sie es schon viele Male erlebt hatten, ein bekanntes Empfinden, das ihnen beinahe willkommen war.

»FitzRobert«, rief der Marschall, der einige Schritte vor den geschlossenen Torflügeln angehalten hatte, um den Mann, den er herausforderte, besser sehen zu können, »öffnet Eure Tore der Kaiserin und empfangt ihren Abgesandten.«

»Entledigt Euch Eurer Botschaft von dort, wo Ihr seid«, sagte Philip. »Ich höre Euch sehr gut.«

»Dann gebe ich Euch kund und zu wissen«, fuhr FitzGilbert mit lauter Stimme fort, »daß Eure Burg von einer starken Streitmacht umschlossen ist. Kein Entsatz vermag den Ring zu durchbrechen, um Euch zu helfen, und niemand kann die Burg ohne ausdrückliche Zustimmung der Kaiserin verlassen. Täuscht Euch nicht, Ihr könnt einem Angriff nicht widerstehen, und angreifen werden wir, sofern Ihr unsere Forderung nicht erfüllt.«

»Laßt Euer Angebot hören«, sagte Philip unbewegt. »Ich habe zu tun, wenn schon Ihr nicht.«

FitzGilbert war in den Finessen des Bürgerkrieges zu erfahren, als daß herabsetzende Äußerungen ihn hätten erschüttern können. »Nun denn«, erwiderte er, »Eure Herrin, die Kaiserin, fordert Euch auf, ihr die Burg unverzüglich zu übergeben. Solltet Ihr Euch widersetzen, wird sie sie im Sturm nehmen. Entweder Ihr ergebt Euch oder geht mit Eurer Burg unter.«

»Und welches sind die Bedingungen?« fragte Philip knapp. »Nennt sie.«

»Es gibt keine. Sie verlangt bedingungslose Übergabe! Ihr müßt Euch und alle, die bei Euch sind, ihrem Willen unterwerfen.«

»Nicht einmal einen Hund, der sie einmal angebellt hat, würde ich ihr aus freien Stücken übergeben«, sagte Philip. »Über annehmbare Bedingungen würde ich unter Umständen nachdenken, aber auch in dem Fall darauf bestehen, daß Ihr mir, John, persönlich für ihre Einhaltung haftet.«

»Es gibt keine Verhandlungen«, entgegnete der Marschall kurz angebunden. »Entweder Ihr übergebt die Burg, oder Ihr zahlt den Preis.«

»Teilt der Kaiserin mit, daß sie das teuer zu stehen kommen kann«, antwortete Philip. »So billig kann man uns nicht haben.«

Der Marschall zuckte mit den Schultern und wandte sein Pferd, um den Hang wieder hinabzureiten. »Sagt nicht, daß man Euch nicht gewarnt hat«, rief er über die Schulter zurück und trabte, von seinen Hauptleuten gefolgt, hinter dem Herold auf den Waldrand zu.

Sie mußten nicht lange warten. Der Angriff begann mit einem Pfeilhagel von allen Seiten. Ein guter Bogenschütze konnte die Mauern aus der Deckung heraus erreichen, und wer von den Verteidigern so unvorsichtig war, sich zwischen zwei Zinnen zu zeigen, bot ihnen ein leichtes Ziel. Cadfael hatte sich auf den Südwestturm begeben, der dem Dorf am nächsten lag. Er gewann den Eindruck, daß die Angreifer mit ihren Pfeilen so verschwenderisch umgingen, um zu zeigen, daß ihr Vorrat unerschöpflich war und damit die Besatzung einschüchtern wollten. Die Verteidiger setzten ihre Pfeile sparsamer ein und schossen ausschließlich, wenn jemand seine Deckung verließ. Für sie gab es keine Möglichkeit, ihren Vorrat zu ergänzen. Die Wurfmaschinen, Wurfspeere und Wurfpfeile wurden für die Abwehr eines massierten Angriffs in Reserve gehalten, denn dann fanden sie ihre Ziele. Bei einem einzelnen Mann aber, wären die Geschosse verschwendet gewesen und das konnten sie sich nicht leisten. Die klobigen Wurfmaschinen, die großen Armbrüsten ähnelten, standen an den Zinnen bereit, vier auf der Südwestseite, wo man am ehesten damit rechnen mußte, daß ein geschlossener Trupp angriff, zwei weitere im Osten und im Westen.

Die Verteidiger verfügten lediglich über zwei Steinschleudern, und es würde sich wohl auch kein Ziel dafür bieten, es sei denn, der Marschall wäre so unklug, einen Massenangriff zu befehlen. Zwar hatte man in der Burg allen Grund, den Einsatz von Belagerungsmaschinen zu fürchten, doch würde dies Verfahren den Belagerern unter Umständen zu kostspielig erscheinen. Gegebenenfalls ließen sich nämlich mit schweren Steinkugeln große Lücken in die Reihen der Angreifer reißen, wenn sie in großer Zahl gegen die Mauern anrannten.

Einstweilen tasteten die Gegner einander erst ab, und so erfolgten die Angriffe während der ersten Stunden eher halbherzig. Aber einer oder zwei der feindlichen Bogenschützen hatten getroffen, wo sich ein unerfahrener und für einen Moment unaufmerksamer Verteidiger kurz zwischen den Zinnen gezeigt hatte. Allerdings waren nur Fleischwunden zu beklagen. Zweifellos hatten auch einige der geübten Schützen von der Ringmauer aus das eine oder andere Ziel am Waldrand gefunden.

Dann prallte unterhalb der Brustwehr der erste geschleuderte Stein an die Lehmmauer und fiel herunter, ohne mehr als einige kleine Stücke herausgeschlagen zu haben. Als nächstes fuhren die Angreifer ihre Belagerungsmaschinen an den Rand der Deckung und begannen, unablässig auf die Burg zu schießen. Ein schwerer Stein nach dem anderen pfiff durch die Luft und schlug tief unten gegen die Mauer des Turmes, an dem Yves Hinweise auf frühere Schäden entdeckt hatte. Cadfael vermutete, daß das den ganzen Tag so weitergehen würde. Bei Nacht hingegen würde der Feind womöglich versuchen, mit einem Sturmbock bis an die Mauer zu gelangen, um eine Bresche hineinzuschlagen. Inzwischen hatten sie einen ihrer Kriegsbaumeister verloren, der sich zu weit vorgewagt hatte. Cadfael konnte beobachten, wie man ihn in die Deckung der Bäume zurückschleppte.

Er spähte über das Gelände, hinter dem sich das Dorf Greenhamsted verbarg, um zu sehen, ob sich zwischen den Bäumen etwas bewegte oder ein Hinweis auf die verborgenen Belagerungsmaschinen zu entdecken war. Dies Schlachtfeld betraf ihn eigentlich nicht. Nichts verband ihn mit einer der beiden Seiten, sah man davon ab, daß es sich um Menschen wie ihn selbst handelte, die verletzbar waren. Es wäre besser, wenn er sich auf die einzige Weise nützlich machte, die er zu rechtfertigen vermochte. Doch während er sich vorsichtig über den Wehrgang voranarbeitete und als erfahrener Krieger, dem seine Haut lieb ist, von Zinne zu Zinne sprang, konnte er nicht umhin, das Geschick gutzuheißen, mit dem Philip seine Bogenschützen und seine Wurfmaschinen postiert hatte, wie auch die umsichtige Art, mit der sich die Besatzung verteidigte.

Unten im Rittersaal versorgten der Kaplan und ein älterer Verwalter die Verletzten. Noch waren keine schweren Wunden zu behandeln, sondern ausschließlich Abschürfungen und Verletzungen durch umherfliegende Steinsplitter, die sich beim Aufprall von Kugeln auf die Mauer gelöst hatten. Außerdem gab es eine oder zwei Fleischwunden von Pfeilen, die einen Arm oder eine Schulter getroffen hatten, die nicht hinter den schützenden Zinnen verborgen waren. Cadfael half den beiden und tröstete sich damit, daß er während der nächsten Stunden nur wenig zu tun haben würde. Doch wußte er nur zu gut, daß es lediglich eine Frage der Zeit war, bis auch schwere Verwundungen zu behandeln sein würden. Noch vor Mittag zeigte sich, daß FitzGilbert Befehl hatte, zum Angriff auf La Musarderie alle verfügbaren Mittel aufzubieten, um ein rasches Ende herbeizuführen.

Schon zuvor hatten die Belagerer einen Angriff gegen das Torhaus geführt, der durch einen ununterbrochenen Steinhagel gegen den Westturm gedeckt worden war. Doch da die über dem Tor postierten Wurfmaschinen mit ihren Speeren eine Schneise in die Reihe der Angreifenden gerissen hatten, sah sich der Feind unter Mitnahme seiner Verwundeten zum Rückzug genötigt. Um den Angriff abzuwehren, mußte die Zahl der Verteidiger an den Tortürmen erhöht werden, was die Aufmerksamkeit der Besatzung zum Teil von der Hauptangriffsrichtung ablenkte. Das nutzten die Belagerer, um mit ihrer schwersten Belagerungsmaschine aus der Deckung des Waldes hervorzukommen und große Steine und Metallbrocken gegen die Burg zu schleudern. Als Ziel dafür hatte man die hölzerne Brustwehr ausersehen, die weit verwundbarer war als das feste Mauerwerk. Cadfael spürte, wie die Wände des Rittersaals bei jedem Aufprall bebten, und die Luft schwang mit wie bei einem Gewitter. Sofern es den Angreifenden gelang, noch weiter vorzurücken und über die Mauer hinweg Geschosse zwischen die Gebäude im Hof zu schleudern, würden sich die Verteidiger wohl bald gezwungen sehen, mitsamt ihren Verwundeten den Schutz des Bergfrieds aufzusuchen, dessen feste Mauern nichts erschüttern konnte.

Ein junger Bogenschütze kam vom Wehrgang herab; schlaff hing ein Arm in seinem blutigen Ärmel. Schweratmend und schweißbedeckt saß er da, während man seine Wunde freischnitt, säuberte und verband.

»Ein großes Stück der Brustwehr ist zersplittert«, berichtete er und verzog das Gesicht vor Schmerzen. »Fast wäre eine unserer Steinschleudern abgestürzt, aber wir haben es geschafft, sie über die Zinnen wieder hochzuwinden. Dabei habe ich mich zu weit vorgebeugt und diesen Pfeil abgekriegt. Bohuns Bogenschützen verstehen ihr Handwerk. Er hat meinen Zugarm getroffen, aber ich kann die Wurfmaschine auslösen, wenn ein anderer sie spannt.«

Als nächstes werden sie Brandpfeile auf das zersplitterte Holz der Brustwehr schießen, dachte Cadfael, während er den Verband am Arm des Mannes glättete. Sie liegt in ihrer Reichweite. Es ist fast windstill, so daß ihre Pfeile nicht abgelenkt werden. Bei dem starken Frost ist das Holz trocken wie Zunder.

»Haben sie nicht versucht, zur Mauer darunter vorzudringen?« fragte er.

»Noch nicht.« Vorsichtig spannte der junge Mann seinen verbundenen Arm, zuckte zusammen, verdrängte dann aber den Schmerz und erhob sich, um auf seinen Posten zurückzukehren. »Sie haben es zwar eilig, aber so eilig auch wieder nicht. Vielleicht versuchen sie es nach Einbruch der Dunkelheit.«

In der Abenddämmerung trat Cadfael in den Burghof hinaus, stieg zum Wehrgang empor und blickte aus der Deckung einer Zinne zum geborstenen Stück der hölzernen Brustwehr hinüber. Es hing schief im Winkel von Turm und Ringmauer herab. Unter dem von schweren Wolken verhangenen Himmel, an dem man den Mond nicht sah, waren im Feuerschein, der hin und wieder im Waldgebiet auf dem Berggrat aufzuckte, unheimlich wirkende schwarze Umrisse zu erkennen: die Belagerungsmaschinen. Zwar konnte man sie aus der Entfernung für Spielzeug halten, doch waren sie deshalb nicht minder bedrohlich. Fürs erste hatte der Feind eine Pause eingelegt, alles war gespenstisch still. Auf der Mauer tauchten die Verteidiger vorsichtig aus dem Schutz der Zinnen auf, um zum Berggrat hinüberzuspähen. Für die Bogenschützen war es jetzt zu dunkel, wenn nicht gerade jemand in den Lichtkreis einer Fackel trat und dadurch ein unwiderstehliches Ziel bot.

Unterdessen beklagten die Verteidiger ihre ersten Toten. Man hatte sie in der kalten Kapelle und den Gängen des Bergfrieds aufgebahrt, denn eine Beisetzung innerhalb der Anlage war nicht möglich.

Cadfael schritt inmitten der angespannt und stumm in der Dämmerung stehenden Männer die Mauer zwischen den Türmen ab und sah Philip am Ende des Wehrgangs, wo das zerstörte Stück Brustwehr in die Tiefe hing. Er zeichnete sich kaum vor der Dunkelheit ab, trug immer noch sein Kettenhemd und suchte den Waldrand nach Feuerschein und der Position der Belagerungsmaschinen ab, welche die Kaiserin gegen ihn ins Feld führte.

»Ihr habt nicht vergessen, was ich Euch gesagt habe?« fragte Cadfael, der dicht neben ihn getreten war. »Es ist die reine Wahrheit.«

»Ich habe es nicht vergessen«, antwortete Philip, ohne den Kopf zu wenden.

»Und Ihr zweifelt auch nicht an meinen Worten?«

»Nein«, sagte er mit einem Lächeln. »Ich habe nie daran gezweifelt. Ich denke auch jetzt daran. Sollte Gott der Kaiserin in den Arm fallen, müssen wir an die denken, die übrig bleiben.« Dann wandte er den Kopf und sah Cadfael, immer noch lächelnd, an. »Wollt Ihr meinen Tod?«

»Nein«, sagte Cadfael.

Mit einem Mal flammte eins der winzigen Feuer in der Ferne mit einem roten Glühen auf, nicht größer als der Funke, der von einem Feuerstein springt. Für Sekunden ließ es, kaum wahrnehmbar, eine heftige Bewegung, gleich einer Störung der nächtlichen Ruhe, die über dem Wald lag, erkennen. Blätter und Zweige blitzten auf wie geklöppelte Spitze und verschwanden wieder. Etwas erhob sich zischend und glühend in die Dunkelheit, ein angsteinflößender Komet mit einem Feuerschweif. Einer der Bogenschützen, der zehn Schritt von Cadfael entfernt stand, ein junger Bursche, der noch keine Belagerung miterlebt hatte, sah in hilflosem Staunen nach oben. Philip stieß einen Warnruf aus, stürmte vor wie eine geschleuderte Lanze, packte den jungen Mann um den Leib und riß ihn in den Schutz des Turmes zurück. Zu dritt ließen sie sich zu Boden fallen, und an jeder Zinne taten es ihnen die Männer gleich, drängten sich in den Winkel von Mauer und Wehrgang. Mit züngelnden Flammen schlug der funkensprühende Komet mitten in den herabhängenden Teil der Brustwehr ein, verschleuderte brennenden Teer und versprühte sein Feuer durch jede Öffnung der Zinnen. Sogleich fing das zersplitterte Holz Feuer, und die Flammen breiteten sich über die gesamte Länge der Brustwehr aus.

Philip sprang auf und zog den atemlosen jungen Mann mit sich empor. »Fehlt dir nichts? Kannst du gehen? Dann runter mit dir und hol Äxte! Der Versuch zu löschen wäre sinnlos.«

Später würde man sich mit Verbrennungen und Schlimmerem beschäftigen müssen, aber jetzt gab es Anderes zu tun. In verzweifelter Hast eilte der junge Bogenschütze in den Burghof hinab, und Philip rannte im Schutz der Zinnen gebückt dorthin, wo es am heftigsten brannte. Er zog seine Männer auf die Füße und schickte die am schwersten Verwundeten nach unten, damit ihre Wunden versorgt würden. Jetzt galt es, die Brustwehr loszuhacken, bevor sich das Feuer ausbreiten konnte, auf die Holzkonstruktion der Türme übergriff und geschmolzenen Teer in den Burghof hinabtropfen ließ. Cadfael trug einen stöhnenden jungen Mann Stufe um Stufe nach unten, das Skapulier um dessen Leib gewickelt, um das Glimmen seiner Kleider zu ersticken und den Geruch von versengtem Fleisch fernzuhalten. Unten warteten Männer, die ihn und andere in Empfang nahmen, um sie in Deckung zu bringen. Cadfael zögerte, ob er nicht besser auf den Wehrgang zurückkehrte. Dort oben schlug Philip mit seinen verbliebenen Wachen auf die brennenden Balken ein und watete durch züngelnde Teerpfützen, um auch an die Teile der Brustwehr zu gelangen, die nach wie vor von der Mauer herabhingen.

Nein, befand Cadfael. Er gehörte nicht zur Besatzung und hatte nicht das Recht, Partei zu ergreifen. Am besten war es, sich um die Brandwunden und andere Verletzungen zu kümmern.

Zwischen den Notlagern im Rittersaal, von denen der Geruch von verbranntem Fleisch und verbrannter Kleidung aufstieg, hörte er etwa eine halbe Stunde später, wie sich die Balken der Brustwehr lösten und in die Tiefe stürzten, wobei der Luftzug des Falls die Flammen erneut anfachte. Laut krachend stürzte die Konstruktion unterhalb des Turms zu Boden und blieb dort liegen. Hier und da flammte erneut Feuer auf und erstarb dann.

Eine Weile darauf trat Philip in den Rittersaal, mit rußgeschwärztem Gesicht und ausgedörrt vom eingeatmeten Rauch. Er sah nur kurz herein, um sich zu erkundigen, wie es den Verwundeten ging. Er hatte selbst Verbrennungen erlitten, achtete aber kaum darauf.

»Sie werden versuchen, vor Morgengrauen die Mauer an jener Stelle niederzureißen«, sagte er.

»Die Brustwehr ist bestimmt noch zu heiß«, wandte Cadfael ein, der gerade einen stark verbrannten Arm behandelte.

»Dennoch werden sie es versuchen. Es ist nur Holz, die Nacht ist kalt, und in ein paar Stunden ist alles ausgekühlt. Sie sind auf ein rasches Ende aus und werden es darauf ankommen lassen.«

»Ohne Schutzdach?« Cadfael nahm nicht an, daß sie von Gloucester ein solches hölzernes Zelt herbeigeschleppt hatten, das immerhin lang genug war, um einen Trupp Männer und einen schweren Widder von oben und von den Seiten zu schützen.

»Vermutlich haben sie den ganzen Tag daran gebaut. Holz steht ihnen ja reichlich zur Verfügung. Nachdem jetzt die halbe Brustwehr unten liegt, sind wir an jener Stelle verwundbar.« Philip zog sich das Kettenhemd über der versengten Schulter zurecht und kehrte auf den Wehrgang zurück. Cadfael, der endlich Atem schöpfen konnte, nachdem alle Verwundeten notdürftig versorgt waren, nahm an, daß es mehr oder weniger Mitternacht sein müsse. Also verrichtete er sein Matutin-Gebet, kurz, aber voller Inbrunst.

Der Sturmangriff begann vor dem ersten Tageslicht. Der Feind hatte auf die Vorsichtsmaßnahme eines Schutzdaches verzichtet, bemühte sich aber, diesen Nachteil durch Schnelligkeit wettzumachen. In großer Zahl stürmten die Männer aus den Wäldern herab der Mauer entgegen, und obwohl die schußbereiten Wurfmaschinen Lücken in ihre Reihen rissen, erreichten die meisten den Fuß des Turmes, unmittelbar neben der Stelle, wo die Reste der hölzernen Brustwehr glosten. Cadfael hörte im Rittersaal den Anprall des Sturmbocks gegen das Mauerwerk und spürte, wie der Boden unter seinen Füßen bebte. Da den Verteidigern ein Stück ihrer Brustwehr fehlte, mußten sie sich ungedeckt zeigen, um Steine nach unten zu schleudern und mit Hilfe von Öl und Fackeln den Brand dort neu zu entfachen. Cadfael hatte alle Hände voll zu tun und erfuhr nichts über den Kampfverlauf. Gegen Morgen riß ihn Philips Stellvertreter Guy Camville, ein Ritter aus Berkeley im nahegelegenen Grenzgebiet, aus dem Halbdämmer der Erschöpfung. Er legte ihm eine Hand auf die Schulter und forderte ihn auf, den vergleichsweise ruhigen Bergfried aufzusuchen, um dort einige Stunden zu schlafen, solange das möglich war.

»In einem Streit, der Euch nicht betrifft«, sagte er voll Herzlichkeit, »habt Ihr genug getan, Bruder.«

»Keiner von uns hat je genug getan«, gab Cadfael mit dem Ton des Bedauerns zurück, während er sich benommen erhob,

»– und niemand je am rechten Ort.«

Bevor es ganz hell wurde, zog sich der Stoßtrupp mitsamt dem Widder zurück. Zwar hatte die Ringmauer standgehalten, doch war es gelungen, eine Bresche unten in den Turm zu schlagen. Ein neuer Vorstoß würde im Licht des Tages ohne Schutzdach zu viele Menschenleben fordern, doch waren die Belagerer inzwischen gewiß eifrig dabei, ein solches Dach herzustellen, das ihren nächsten Angriff decken konnte. Sofern es ihnen gelang, Reisig und dürre Äste in die Bresche zu schaffen, dürfte es wohl möglich sein, sich mit Hilfe eines Feuers den Weg in den Burghof zu bahnen. Mit dem Eindringen einer größeren Zahl von Angreifern brauchte man aber erst zu rechnen, nachdem der Durchlaß ausgekühlt war – doch gerade Zeit war das einzige, was den Angreifern nicht im Übermaß zur Verfügung stand. Philip stellte all seine Steinschleudern an der bedrohten Südwestmauer auf und ließ sie beständig auf den Waldrand schießen. Er wollte den Bau des Schutzdachs nach Kräften behindern und den Feind zwingen, bis zum Einbruch der Dunkelheit in Deckung zu bleiben, wenn er seine Zahl schon nicht vermindern konnte.

Cadfael versorgte, wie jeder andere entbehrliche Mann, die Verwundeten und beobachtete das Geschehen um ihn. Er sah ein grauenvolles Ende voraus – zu ungleich waren die Voraussetzungen. Was die Verteidiger an Wurfspeeren und Steinen hinausschleuderten, ließ sich nicht ersetzen. Die Kaiserin hingegen verfügte über eine große Zahl von Fuhrwerken, die über offene Straßen beliebig viel Nachschub heranschaffen konnten. Niemand wußte das besser als Philip. Normalerweise hätte die Kaiserin in diesem halbherzig geführten Krieg unter keinen Umständen all ihren Grimm auf eine einzelne Burg wie La Musarderie konzentriert. Zu groß waren der Aufwand und die Verluste. Ein einziger Grund genügte ihr, diese Attacke zu rechtfertigen und sie ohne Rücksicht auf das Leben jener Männer zu betreiben, die sie dafür opferte: der von ihr am meisten gehaßte Feind befand sich in der Burg. Kein Preis war zu hoch, wenn es ihr gelang, ihn zu töten. Auch das wußte niemand besser als Philip – Cadfael hätte es ihm kaum zu sagen brauchen. Dennoch war Cadfael froh, daß Yves die Warnung unter Einsatz seiner Freiheit und vielleicht sogar seines Lebens getreulich überbracht hatte.

Während die Angreifer die Nacht abwarteten, um ihr Werk zu vollenden, und die Verteidiger sich bemühten, die Bresche wieder zu schließen, setzten alle Belagerungsmaschinen der Kaiserin ihren unablässigen Angriff fort. Diesmal beschossen sie nicht nur den Fuß der Mauer, sondern zielten auch höher, um Steine, Metallstücke und Behälter mit brennendem Teer über die Mauer in den Burghof zu schleudern. Zweimal fing ein Dach im Inneren der Anlage Feuer, doch gelang es beide Male, es zu löschen, bevor größerer Schaden angerichtet wurde. Die Bogenschützen auf der Mauer gingen mit den Pfeilen aus ihrem schwindenden Vorrat noch sparsamer um als zuvor schon. Ihr Hauptziel waren die Bedienungsmannschaften der Belagerungsmaschinen, und von Zeit zu Zeit verschaffte ihnen ein gutgezielter Schuß eine kurze Atempause. Doch besaß die Gegenseite so viele erfahrene Männer, daß sie jeden Verlust unverzüglich ersetzen konnte.

Die Verteidiger begannen alle Dächer innerhalb der Ringmauer zu benetzen und brachten die Verwundeten in den Bergfried, den sichersten Ort der Anlage. Neben den Männern mußte man auch an die Pferde denken, und falls die Stallungen Feuer fingen, würde man sie in den Rittersaal schaffen müssen. Ungeachtet der todbringenden Geschosse, die unausgesetzt über die Mauer geflogen kamen, herrschte daher im Burghof geschäftiges Treiben.

Es war dunkel, als Philip den beschädigten Turm verließ. Alle Vorkehrungen waren getroffen, die sich gegen den mit Sicherheit bevorstehenden Angriff treffen ließen: Die Bresche war geschlossen, alle Zugänge vom Turm zum Burghof waren versperrt, alle Türen verschlossen und verriegelt. Sofern dem Feind dort der Durchbruch gelang, würde er zumindest mehrere Stunden hindurch außer dem Turm nichts von der Burg in Besitz haben. Philip kam als letzter heraus, neben ihm der Gehilfe des Schmiedes, der Eisenstäbe zum Schließen der Mauerlücke herangeschafft hatte. Der Schmied war mit einem seiner Gesellen auf den Wehrgang gestiegen, um sich zu vergewissern, daß es auch dort keine ungehinderte Möglichkeit zum Durchbruch gab. Philip hielt den Gehilfen am Arm und hinderte ihn daran, sogleich auf den Eingang des Bergfrieds loszustürmen. Sie warteten eine Weile im Schutz der Mauer und überquerten dann den Hof mit raschem Schritt.

Als sie sich in seiner Mitte befanden, hörte Philip wie alle anderen das Heulen, mit dem das möglicherweise letzte Geschoß des Tages schwarz, schwer und mörderisch über die Mauer geflogen kam. Es krachte wenige Fuß vor den beiden auf das Pflaster. Zum Fortlaufen blieb nicht genug Zeit. Noch bevor es aufprallte, hatte Philip den Jungen gepackt und sich mit ihm, das Gesicht voran, zu Boden geworfen.

Im selben Augenblick zerschellte der hölzerne Behälter, der über die Ringmauer geflogen war, auf dem Boden und schleuderte Metallteile, Schlackeklumpen und Fetzen von Kettenhemden dreißig Schritt weit in die Runde. Die erschöpften Verteidiger drängten sich dicht an die Mauern, bis das letzte Stück zu Boden gefallen war und sich nichts mehr rührte.

Reglos lag Philip FitzRobert auf den Steinen, Kopf und Rumpf von zweien der im Auftrag der Kaiserin herübergesandten Metallstücke entstellt. Unter ihm lag der verängstigte Knabe keuchend am Boden. Er war unverletzt.

Man trug Philip in seine spartanisch eingerichtete Kammer im Bergfried, legte ihn dort auf das Bett, zog ihm mit Mühe das Kettenhemd aus und entkleidete ihn vollständig, um seine Wunden zu untersuchen. Der zitternde Junge folgte schluchzend. Cadfael, der etwas später kam, wurde sogleich eingelassen, denn man ließ es gern geschehen, daß er seine Fähigkeiten bereitwillig an den Verwundeten bewies. So stand er jetzt neben dem Wundarzt und sah auf Philips markantes dunkles Gesicht hinab, das man vom Blut gereinigt hatte, wie auch auf seinen muskulösen mageren Leib, der an der linken Seite aufgerissen war. Ein Stück Metallschlacke hatte ihn getroffen und ihm wohl mindestens zwei Rippen gebrochen. Zudem hatte eine gekrümmte Lanzenspitze, die sich sonst zu nichts mehr brauchen ließ, das dunkle Haar durchteilt und stak ihm nun links unmittelbar vor der Schläfe im Kopf. Es dauerte eine ganze Weile, bis man sie vorsichtig herauslösen konnte, ohne die Verletzung zu verschlimmern. Noch war unklar, ob er durch das Geschoß einen Schädelbruch erlitten hatte oder nicht. Sorgfältig reinigten sie die Kopfwunde und verbanden sie. Die Helfer legten auch am Oberkörper einen festen, aber nicht zu engen, Verband an und zuckten bei jedem der kurzen Atemstöße zusammen, der auf innere Verletzungen hinwies. Philips geschlossene Augenlider bewegten sich nicht, und kein Muskel in seinem Gesicht zuckte. Er spürte wohl keinen Schmerz, denn er lag in einer tiefen Bewußtlosigkeit.

»Wird er leben?« fragte der Junge, der zitternd in der Tür stand.

»So Gott will«, antwortete der Kaplan und schob ihn freundlich hinaus. Er begleitete ihn ein Stück weit, die Hand auf die Schulter gelegt, und versuchte ihn zu beruhigen. Im Bewußtsein des Geschickes, das diesen aufrechten und starrhalsigen Mann erwartete, sofern es Gott gefiele, Philip seine Verletzungen überleben zu lassen, fragte sich Cadfael betrübt, wer von ihnen wohl gern an Gottes Stelle wäre. Wie könnte einer es ertragen, sich zu entscheiden, ob der Mann leben oder sterben soll?

Guy Camville, der nunmehr das Kommando hatte und auf dessen Schultern jetzt die Verantwortung für die Burg lastete, kam herein und erkundigte sich kurz nach dem Stand der Dinge. Er sah auf Philip hinab, der sich nach wie vor nicht rührte, schüttelte den Kopf und ging hinaus, um die ihm zugefallene Aufgabe bestmöglich zu erledigen. Immerhin war es möglich, daß diese Nacht die Wendung brachte.

»Laßt es mich wissen, wenn er zu sich kommt«, sagte er noch, bevor er davonging, um den beschädigten Turm zu verteidigen und den bevorstehenden Angriff abzuwehren. Da jetzt eine ganze Reihe von Männern kampfunfähig war, mußten sich die Älteren und alle nur geringfügig Verletzten um die Schwerverwundeten kümmern. Cadfael saß an Philips Lager und lauschte auf die kurzen und heftigen Atemstöße, die ihn trotz aller Qualen noch nicht aus der Ohnmacht zurück ins Bewußtsein holten. Man hatte ihn zum Schutz vor der Kälte gut eingehüllt, und weil man befürchtete, daß er fiebern würde. Cadfael befeuchtete die geschlossenen Lippen und die Stirn unter dem Verband. Noch im Zustand der Hilflosigkeit wirkten die Züge des pflichtbewußten Mannes streng und gefaßt, wie bisweilen die Gesichter von Toten.

Gegen Mitternacht bewegten sich Philips Augenlider, und seine Stirn verzog sich. Er atmete tiefer und begann zu stöhnen, offenbar spürte er nun die Schmerzen. Cadfael befeuchtete die geöffneten Lippen mit Wein, sie bewegten sich und sogen die Flüssigkeit durstig auf. Schon bald öffnete Philip die Augen und sah sich unsicher um. Dann erfaßte er die Umrisse des Raumes und erkannte den Mann, der neben ihm saß. Er war bei Bewußtsein und konnte sich offenbar an die Ereignisse erinnern, denn er fragte leise, aber verständlich: »Ist der Junge verletzt?«

»Er ist wohlauf«, antwortete Cadfael und beugte sich über ihn, um besser zu hören und gehört zu werden.

Mit einer kaum wahrnehmbaren Kopfbewegung bestätigte Philip, daß er verstanden hatte und lag eine Weile schweigend da. Dann sagte er: »Holt Camville. Ich muß mit ihm sprechen.«

Er bemühte sich, sparsam mit seinen Worten zu sein und schloß Lippen und Augen, sobald er gesprochen hatte, wohl um die Klarheit seines Geistes und die Kräfte seines Leibes zu schonen. Cadfael spürte die Willensanstrengung, die ihn das kostete. Lange, fürchtete er, würde das nicht gut gehen. Aber noch hielt Philip durch: Er war entschlossen, zu regeln, was geregelt werden mußte, bevor er wieder in die Bewußtlosigkeit zurücksank.

Auf die Nachricht hin, daß sein Herr wach und bei Bewußtsein war, kam Guy Camville herbeigeeilt und berichtete rasch, wovon er annahm, daß er es auf jeden Fall hören wollte. »Der Turm hält stand. Bisher sind sie nicht durchgebrochen, aber sie befinden sich unterhalb der Mauer und haben ein Schutzdach für ihren Widder.«

Philip sammelte erkennbar seine Kräfte und zog seinen Stellvertreter am Handgelenk zu sich herab. »Guy, hiermit erteile ich Euch einen Auftrag. Entsatz ist nicht zu erwarten. Sie will nicht die Burg, sondern mich – mag sie mich haben. Dann wird sie einlenken. Ruft beim ersten Tageslicht FitzGilbert mit einem Flaggensignal zu Verhandlungen herbei. Handelt die bestmöglichen Bedingungen aus und übergebt die Burg. Sobald sie mich hat, wird sie die Besatzung ehrenhaft abziehen lassen. Geleitet die Leute sicher nach Cricklade. Sie wird Euch nicht verfolgen lassen, wenn sie hat, was sie will.«

In heftigem Aufbegehren rief Camville aus: »Nein!«

»Ich sage Ja, und noch gilt hier mein Wort. Tut es, Guy! Entzieht ihr meine Männer, bevor sie alle umbringt, um mich zu bekommen.«

»Aber es bedeutet Euer Leben – «, setzte Camville erschüttert und bestürzt an.

»Seid vernünftig! Mein Leben ist nicht den Tod eines einzigen Mannes in der Burg wert, ganz zu schweigen vom Leben aller. Ich bin ohnehin nur noch eine Haaresbreite vom Tode entfernt und habe keinen Grund zur Klage. Ich war die Ursache, daß Männer sterben mußten, die ich geschätzt habe; erspart es mir, während ich schon dahingehe, eine noch größere Blutschuld auf mein Haupt zu laden. Vereinbart einen Waffenstillstand und seht zu, daß Ihr im Tausch gegen mich bekommt, was Ihr könnt! Beim ersten Tageslicht! Sobald man eine weiße Fahne sehen kann.«

Es gab keinen Grund, ihm den Wunsch zu verweigern. Er war bei klarem Verstand und sagte deutlich, was er meinte, also schwieg Camville. Erst nachdem er erschüttert, aber überzeugt, davongegangen war, schien Philip auf seinem Lager zu schrumpfen, als hätten ihn schlagartig Atem und Kraft verlassen. Er brach in heftiges Schwitzen aus. Cadfael trocknete Stirn und Lippen und träufelte ihm Wein in den Mund. Eine Weile hörte man nichts als die rauhen Atemstöße, die im Laufe der Zeit leichter und flacher zu werden schienen. Dann sagte eine kaum noch hörbare Stimme mit geradezu unheimlicher Klarheit: »Bruder Cadfael?«

»Ich bin hier.«

»Eins noch, dann habe ich alles erledigt. Dort der kleine Wandschrank … Öffnet ihn.«

Ohne zu fragen, aber auch ohne zu verstehen, tat Cadfael wie ihm geheißen. Alles Dringende war getan. Philip hatte dafür gesorgt, daß das Schicksal seiner Leute nicht mit seinem verknüpft blieb. Doch sofern ihn noch etwas bedrückte, mußte man diesen Druck von ihm nehmen.

»Dort hängen drei Schlüssel. Nehmt sie heraus.«

Drei Schlüssel an einem Ring, einer groß und verziert, zwei klein und schmucklos. Cadfael nahm sie heraus und schloß das Schränkchen.

»Was soll ich damit tun?« Er trat mit ihnen neben das Bett und wartete.

»Der Nordwestturm«, sagte die geisterhafte Stimme. »Zwei Stockwerke unter der Erde, der zweite Schlüssel. Der dritte löst seine Fesseln.« Reglos hingen Philips dunkle, völlig klare Augen an Cadfaels Gesicht. »Es könnte klug sein, ihn zu lassen, wo er ist, bis sie hier ist. Ich möchte nicht, daß man ihn auch nur im Ansatz mit dem in Verbindung bringt, wessen sie mich beschuldigt. Jetzt aber sucht ihn auf, sobald Ihr wollt. Geht zu Eurem Sohn.«

KAPITEL 13

Cadfael rührte sich nicht, bis der Kaplan kam, um ihn abzulösen. Zweimal hatte der Verwundete die Augen aufgeschlagen, die jetzt in tiefen bläulichen Höhlen des hageren Gesichts lagen, und ihn angesehen, wie er, die Schlüssel in der Hand, bewegungslos dortsaß. Aber es kam kein weiteres Wort, weder des Erstaunens noch der Mißbilligung. Er hatte das Seine getan, und was Cadfael zu tun gedachte, konnte man ihm selbst überlassen. Allmählich sank Philip abermals unter die Schwelle des Bewußtseins zurück. Es gab nichts mehr zu ordnen – zumindest nichts, was zu ordnen in seiner Kraft stand. Was jetzt noch nicht im Lot war, mußte man Gott überlassen.

Besorgt sah ihn Cadfael an. Weder entgingen ihm die tief eingefallenen Wangen noch die bleiche Stirn, die straff gespannten Lippen und der zunehmend starke Schweiß des Kriegers. Doch er war zäh, sein Leben ließ sich nicht so ohne weiteres auslöschen. Seine Wunden konnten es durchaus beenden, aber das würde nicht gleich sein, und gewiß befände sich FitzGilbert morgen um die Mittagszeit in La Musarderie. Dann war Philip sein Gefangener. Selbst wenn die Kaiserin erst einen oder zwei Tage später einzog, nachdem angemessene Gemächer für ihren Empfang hergerichtet worden waren, länger konnte der Aufschub nicht dauern. Philip hatte sie in ihrem Selbstwertgefühl verletzt, das würde sie ihm mit unerbittlicher Härte heimzahlen. Auch einen Mann, den die eigenen Beine nicht mehr tragen und in dem kaum noch Leben ist, kann man in einer Schlinge die wenigen Fuß emporziehen, die erforderlich sind, um an ihm ein abschreckendes Beispiel für alle anderen zu statuieren.

Es gab also durchaus noch wesentliche Dinge zu regeln, wie immer, wenn der Tod unmittelbar bevorsteht. Und wer würde es wagen, etwas gegen einen Fingerzeig Gottes zu unternehmen?

Als der Kaplan kam, um Cadfael abzulösen, nahm dieser die Schlüssel und trat aus dem vergleichsweise stillen Bergfried in den Kampflärm des Burghofs hinaus. Wie nicht anders zu erwarten, hatten die Belagerer ihren Angriff an der von ihnen bereits geschwächten Stelle wieder aufgenommen. Kraftvoll und rhythmisch schwangen die Männer den Sturmbock gegen die Mauer – diesmal im Schutz eines in aller Eile zusammengezimmerten Daches. Der hohl tönende Aufprall des zielgerichtet eingesetzten Widders ließ den Belagerten den Boden unter den Füßen erzittern. Zwischen den wuchtigen Rammstößen hörte man in unregelmäßigen Abständen, wie von der beschädigten Brustwehr und aus den Öffnungen zwischen den Zinnen des Wehrgangs Steine und Metallstücke auf das hölzerne Schutzdach geschleudert wurden. Das leise Schwirren von Bogensehnen und das Zischen von Pfeilen konnte man nur sehr selten hören. In dieser Situation waren Bogenschützen nicht besonders nützlich.

Dort, wo die Bresche im Turm klaffte, war der Kampf Mann gegen Mann voll entbrannt, drängten sich Krieger mit Lanzen, Schwertern und Piken um den angeschlagenen Turm und in seinem Untergeschoß. Der in Wellen von dort emporsteigende dröhnende Klang von Stahl und Stimmen hallte an den Mauern um die Masse des Bergfrieds herum und erstarb am Nordwestturm, wo Olivier in Ketten lag, so daß dort nahezu völlige Stille herrschte. Hinter den Kriegern, die von den grotesken Umrissen der zerstörten äußeren Mauer eingerahmt wurden, konnte Cadfael Fetzen des Himmels erkennen, die bleicher waren als das tiefe Schwarz des Mauerwerks und getönt vom Schein der letzten Feuersglut. Auch die innere Mauer war jetzt durchbrochen, Reste von Mauerwerk lagen im Burghof zwischen den sich vor der Lücke drängenden Verteidigern. Die Bresche zum Hof hin war nicht besonders groß, und es sah ganz so aus, als sei sie mit Männern und Stahl angefüllt und der Angriff abgewiesen. Aber eine Lücke blieb. Es lohnte nicht, sie wieder zu schließen, sofern die Burg am nächsten Tag übergeben werden sollte, wohl aber war es der Mühe wert, den Feind draußen zu halten, um weiteres Töten zu verhindern. Philip hatte seiner Verpflichtung gemäß gehandelt; er versuchte, so viele Menschenleben wie möglich aus der von ihm geschaffenen Situation zu befreien, und er würde dafür mit seinem eigenen Leben bezahlen.

Man mußte sich im Burghof nach wie vor dicht an die Mauern drängen, obwohl der Geschoßhagel wegen der Dunkelheit nachgelassen hatte. Von Zeit zu Zeit kam lediglich ein Brandpfeil über die Mauer geflogen, weil der Feind mit einem in Brand geschossenen Dach Verwirrung zu stiften gedachte. Cadfael umrundete den massigen Bergfried und erreichte die nahezu verlassene Nordwestecke des Burghofs, wo lediglich Mauer und Brustwehr besetzt waren. Dort klang der Schlachtenlärm, der von der Bresche im Turm herüberdrang, sonderbar fern und gedämpft. Die Schlüssel in seiner Hand hatten sich erwärmt, und die Luft war an diesem Abend nicht frostig. Am nächsten Tag, nach der Übergabe, würde man ihnen vielleicht gestatten, ihre Toten zu begraben und die zahlreichen Verwundeten richtig zu versorgen.

Der erste Schlüssel paßte in die schmale Tür am Fuß des Turms, sie öffnete sich fast ohne zu knarren. Zwei Stockwerke in die Tiefe, hatte Philip gesagt. Cadfael stieg die Wendeltreppe hinunter. Auf halbem Weg brannte in einem Wandhalter eine Fackel; trotz der Belagerung war hier nichts vernachlässigt worden. An der Tür des Verlieses verharrte er, lang und tief atmend. Kein Laut drang durch die dicken Mauern heraus, so wie von draußen keiner hineindrang. Das einzige Anzeichen von Leben war der düstere Lichtschein der zuckenden Fackel.

Mit zitternder Hand steckte Cadfael den Schlüssel ins Schloß und empfand mit einem Mal Angst. Nicht davor, im Inneren ein ausgemergeltes Wrack zu finden; jegliche Befürchtung dieser Art war längst von ihm gewichen. Er hatte Angst, weil er ans Ziel seiner Reise gelangt war und ihm jetzt nur noch der abscheuliche Absturz bevorstand, der sich nach dem Erfolg einzustellen pflegt. Dann der Heimweg in Gestalt eines mühseligen endlosen Abstiegs in eine lange Finsternis, die in nichts Besserem als dem Verlust endet.

Noch nie war er der Verzweiflung so nahe gewesen, doch dauerte diese Empfindung nicht lange an. Als sich das Metall des Schlüssels in die Öffnung des Schlosses schmiegte, war sie dahin, und Cadfaels Herz stieg wie eine sich brechende Welle der Kehle entgegen. Er stieß die Tür auf und sah sich über den kahlen Raum hinweg Olivier von Angesicht zu Angesicht gegenüber.

Bei der ersten Bewegung der Tür seines Gefängnisses war dieser aufgesprungen und stand angespannt da. Offenbar rechnete er mit dem einzigen Besucher, der ihn je aufsuchte, wenn man vom Wärter absah, der sich um seine Bedürfnisse kümmerte. Das unerwartete Auftauchen eines anderen verwirrte ihn. Vermutlich war Kampfeslärm durch den Luftschacht, der vom Burghof in sein Verlies hinabführte, zu ihm hereingedrungen, und gewiß war er ebenso verzweifelt wegen seiner Hilflosigkeit wie der Ungewißheit, was dort droben vor sich gehen mochte. Der harte Blick, den er auf die Tür gerichtet hatte, war mit einem Mal milder und mit Verwirrung vermischt. Sein Gesicht wurde ruhig, gefaßt und mißtrauisch. Zwar glaubte er, was er sah – schließlich hatte es Vorzeichen gegeben, aber er verstand es nicht. Der ungezähmte Blick seiner goldbraunen Augen hieß den Ankömmling weder willkommen, noch wies er ihn zurück; noch nicht. Die Ketten an Oliviers Füßen hatten ein einziges Mal scharf geklirrt; dann lagen sie still.

Seine Züge waren härter und schmaler, als Cadfael sie in Erinnerung hatte, und von beunruhigender Wildheit; das Ergebnis aufgestauten Tatendrangs, der sich nicht hatte entfalten können. Das zitternde Licht der Kerze auf dem steinernen Sims ließ jede Linie seines Gesichts scharf hervortreten, und der Schein ihrer Flamme spiegelte sich in der glänzenden Iris seiner ebenso zweifelnden wie staunend aufgerissenen Augen. Er war sauber gewaschen und glatt rasiert, in keiner Weise entstellt; lediglich die Fesseln zeigten an, daß er gefangen war. Er hatte auf seinem Lager gelegen, als sich der Schlüssel im Schloß drehte; sein glänzendes schwarzes Haar lag ein wenig unordentlich und warf blaue Schatten auf die olivfarbene Haut unter seinen vorspringenden Wangenknochen. Cadfael hatte ihn nie schöner gesehen, nicht einmal an jenem ersten Tag, als er in der Priorei von Bromfield sein Gesicht durch das offene Tor wahrgenommen hatte. Damals war es über die junge Frau geneigt, die jetzt mit ihm vermählt war. Philip hatte Oliviers körperliche und geistige Eleganz durchaus zu würdigen, zu achten und zu bewahren gewußt, auch wenn sie sich unwiderruflich gegen ihn gewandt hatten.

Cadfael trat auf den Lichtschein zu, unsicher, ob Olivier seinen Besucher deutlich zu sehen vermochte. Der

Raum war größer, als er erwartet hatte; in einer dunklen Ecke stand eine niedrige Truhe, auf der zusammengelegte Kleidungsstücke oder Teile einer Rüstung lagen. »Olivier?« sagte er zögernd. »Kennst du mich?«

»Ja, ich kenne dich«, antwortete Olivier mit leiser Stimme. »Man hat mir gesagt, daß du mein Vater seist.« Er sah von Cadfaels Gesicht zur offenen Tür hin und dann auf die Schlüssel in dessen Hand. »Draußen hat man gekämpft«, fuhr er fort und bemühte sich sichtlich, all diese verwirrenden Dinge in einen Zusammenhang einzuordnen. »Was ist geschehen? Ist er tot?«

Er. Philip. Wer sonst hätte es ihm sagen können? Und jetzt erkundigte er sich eindringlich nach seinem einstigen Freund, weil er wohl vermutete, daß diese Schlüssel nur nach dessen Tod in andere Hände gelangen konnten. Aber in der Stimme, mit der er fragte, lag weder Eifer noch Zufriedenheit, lediglich die Gelassenheit, mit der man Unabänderliches hinnimmt. Wie sonderbar, dachte Cadfael und sah seinen Sohn mit quälender Aufmerksamkeit an, daß dies vielgestaltige Geschöpf für seinen Erzeuger so leicht durchschaubar ist.

»Nein«, sagte er mit milder Stimme, »er ist nicht tot. Er hat sie mir gegeben.«

Als fürchte er, einen Vogel aufzuscheuchen, trat er vorsichtig vor und öffnete ebenso behutsam die Arme, um den Sohn an sich zu drücken. Bei der ersten Berührung schmolz die Anspannung des jungen Mannes dahin, und er erwiderte die väterliche Umarmung voll Leidenschaft.

»Es ist wahr!« sagte Olivier erstaunt. »Natürlich ist es wahr! Er lügt nie. Und du wußtest es? Warum hast du es mir nie gesagt?«

»Warum auf halbem Weg ins Leben eines Mannes eindringen, der sich bereits auf dem richtigen Weg zu Ruhm und Glück befindet? Der bloße Hauch eines widrigen Windes hätte dich vielleicht vom Kurs abgebracht.« Cadfael schob ihn mit beiden Händen ein Stück von sich, um ihn genauer zu betrachten, und küßte dann die eingefallene Wange, die ihm pflichtschuldig geboten wurde. »Alles, was du an Vater brauchtest, war in den Erzählungen deiner Mutter enthalten, und es war besser als die Wahrheit. Aber jetzt ist es heraus, und ich bin froh. Komm, setz dich und laß mich deine Ketten lösen.«

Er kniete sich neben das Bett, um den zierlichsten der Schlüssel in die Fußeisen zu stecken. Erneut klirrte es scharf und schrill, als er die Fesseln öffnete und die Ketten so heftig beiseite schleuderte, daß sie an die steinerne Wand prallten. Währenddessen hingen die goldbraunen Augen mit leidenschaftlicher Konzentration an seinem Gesicht, suchten nach Hinweisen, die bestätigten, daß zwischen ihnen ein Blutsband bestand. Bald darauf begann Olivier zwar nicht diese verwirrende Entdeckung in Frage zu stellen, wohl aber ihre Umstände und die verblüffenden Möglichkeiten, die sich darin verbargen.

»Woher wußtest du es? Was hätte ich je gesagt und getan, daß du es erfahren konntest?«

»Du hast den Namen deiner Mutter genannt«, sagte Cadfael, »und Zeit und Ort paßten zueinander. Als du dann den Kopf gewandt hast, habe ich sie in dir erkannt.«

»Und nie bist du auch nur mit einem Wort darauf eingegangen! Ich habe einmal zu Hugh Beringar gesagt, du habest mich wie einen Sohn behandelt, und dabei nicht die kleinste Regung empfunden, so blind war ich. Als mir Philip mitteilte, du seiest hier, habe ich ihm geantwortet, das könne nicht sein, denn du würdest dein Kloster auf keinen Fall ohne Auftrag verlassen. Er ist gekommen, um dich zu befreien, abtrünnig, ungehorsam, und ohne den Segen seines Abtes, hat er gesagt. Wie habe ich dir gegrollt!« erzählte Olivier in Erinnerung an die Qualen, die er dabei gelitten hatte. »Ich habe gesagt, du hättest mich betrogen! Warum nur hast du um meinetwillen alles verlassen, was dir so viel bedeutet, dich aus den Reihen der Deinen ausgeschlossen und bist in Sünde gefallen, um dein Leben für meines zu bieten? War es richtig, mich mit einer solchen schrecklichen Schuld zu belasten? Mein Leben lang würde ich sie nicht abtragen können. Ich habe nichts gespürt als den Stachel meiner eigenen Schmerzen. Es tut mir leid, es tut mir aufrichtig leid! Jetzt weiß ich es besser.«

»Es gibt keine Schuld«, sagte Cadfael und erhob sich von den Knien. »Zwischen uns beiden ist jede Art von Handel oder Abrechnung auf alle Zeiten ausgeschlossen.«

»Das ist mir klar! Als ob ich das nicht wüßte! Anfangs habe ich mich so unterlegen gefühlt, daß mein Stolz darunter litt. Aber das ist vorüber.« Olivier erhob sich, streckte die langen Beine und schritt in seiner Zelle auf und ab. »Es gibt nichts, das ich nicht mit Dank von dir annähme, selbst wenn der Tag nie kommen sollte, da es mir möglich ist, etwas um deinetwillen und dir zu Ehren zu tun. Aber ich denke, daß er kommen wird, schon bald.«

»Wer weiß?« sagte Cadfael. »Einen Wunsch hätte ich jetzt, wenn ich nur wüßte, wie er sich erfüllen ließe.«

»Ja?« Sogleich schüttelte Olivier reumütig die eigenen Sorgen ab. »Nenn' ihn mir!« Er trat ans Bett und zog Cadfael neben sich nieder. »Berichte, was hier vorgeht. Du hast gesagt, daß Philip nicht tot ist. Aber er hat dir doch die Schlüssel gegeben?« Er hielt dergleichen offenbar nur auf dem Totenbett für möglich. »Wer belagert seine Burg? Feinde hat er sich genug gemacht, das weiß ich, aber da draußen muß ein ganzes Heer gegen die Mauern anrennen.«

»Es ist das Heer der Kaiserin«, begann Cadfael betrübt. »Und es ist stärker als gewöhnlich, da einige ihrer Grafen und Barone sie zurück nach Gloucester begleitet hatten. Nachdem Philip ihm die Freiheit gegeben hat, ist Yves sogleich dorthin geritten, um die Kaiserin zu veranlassen, dich aus dem Kerker zu erretten. Gekommen ist sie, aber nicht um deinetwillen. Als sie erfuhr, daß sich Philip hier in der Burg befindet, hat sie geschworen, diese und ihn selbst in ihre Gewalt zu bringen und ihn vor den Augen seiner eigenen Leute am Tor seiner Burg aufzuhängen. Sie hat das vor zu vielen Ohren gesagt, als daß sie wortbrüchig werden könnte, selbst wenn sie es wollte. Das aber bezweifle ich. Die Kaiserin denkt nicht daran, sich zurückzuziehen, sondern ist fest entschlossen, Philip zu ergreifen, zu demütigen und hängen zu lassen. Ich aber bin ebenso entschlossen«, fügte er hinzu, »sie daran zu hindern, obwohl ich wirklich nicht weiß, wie sich das bewerkstelligen läßt.«

»Das darf sie nicht tun«, sagte Olivier entsetzt. »Es wäre nicht nur gottlos, sondern auch töricht. Das müßte ihr doch klar sein! Mit einem solchen Verhalten würde sie nur erreichen, daß jeder kampffähige Mann im Land die aus der Hand gelegten Waffen sogleich wieder aufnimmt und sich erneut ins Gefecht stürzt. Niemand, auf welcher Seite er auch steht, ist so verworfen, daß er einen Mann töten würde, den er besiegt und gefangengenommen hat. Woher weißt du, daß sie diesen Eid geleistet hat?«

»Von Yves. Er hat es mit angehört und hegt keinen Zweifel daran, daß es ihr damit ernst ist. Niemand ist ihr mehr verhaßt als Philip – wegen seines Verhaltens, das sie als Verrat ansieht.«

»Es war Verrat«, entgegnete Olivier, aber gemäßigter, als Cadfael erwartet hatte.

»Möglich. Aber er hatte Gründe für seine Handlungsweise, so schwerwiegend sie auch scheinen mag. Schon bald wird man auf beiden Seiten einige der bedeutendsten und gewiß auch der besten unserer Leute beschuldigen, aus den gleichen Gründen Verrat begangen zu haben«, gab Cadfael zu bedenken. »Es mag sein, daß sie nicht auf der anderen Seite zum Kampf antreten, aber gewiß wird man es ihnen bereits als Verrat auslegen, wenn sie ihr Schwert in der Scheide lassen und sich weigern, weiterhin zu töten. Wie auch immer man seine Missetat bezeichnen mag, sie will ihn in ihrer Gewalt haben, und sie will seinen Tod. Mein Wille aber ist es, daß sie ihn auf keinen Fall bekommt.«

Stirnrunzelnd und an den Fingerknöcheln kauend, dachte Olivier eine Weile nach. Dann sagte er: »Es wäre gut, wenn jemand diese Freveltat verhinderte, und es wäre für niemanden besser als für sie.« Er sah Cadfael tief besorgt an. »Du hast mir noch nicht alles gesagt. Es gibt noch mehr. Wie weit ist der Angriff gediehen? Sie sind doch nicht etwa durchgebrochen?« Möglicherweise hatte er einfach nur deshalb ›sie‹ gesagt, weil ihn die Umstände daran hinderten, sich am Kampf auf der Seite zu beteiligen, die auch seine Sache vertrat. Auf jeden Fall schien ihn der Gebrauch dieses Wortes noch weiter von den Belagerern zu entfernen. Es hätte Cadfael nicht gewundert, wenn er als Gegenposition das teilnehmende ›wir‹ von ihm gehört hätte.

»Sie haben eine Bresche in einen Turm geschlagen, sind aber noch nicht durchgebrochen – jedenfalls waren sie es nicht, als ich heruntergekommen bin«, verbesserte er sich. »Philip hatte die Übergabe verweigert, aber er kannte ihre Absichten …«

»Woher?« wollte Olivier wissen.

»Von mir. Yves hat mir die Mitteilung unter Einsatz seines Lebens überbracht. Ich habe sie, ohne mich selbst zu gefährden, an Philip weitergegeben. Aber mir schien, daß er es bereits wußte. Er hat damals gesagt, daß er für seine Männer sorgen müsse, sofern es Gott gefiele, der Kaiserin zuvorzukommen. Das hat er nun getan. Er hat den Befehl über die Burg seinem Stellvertreter Camville übergeben und ihm erlaubt – nein, befohlen –, die bestmöglichen Bedingungen für die Besatzung auszuhandeln und die Burg zu übergeben. Das soll morgen geschehen.«

»Aber er würde doch nicht...« begann Olivier und rief dann mit einem Mal aus: »Du hast gesagt, daß er nicht tot ist!«

»Nein, aber schwer verwundet. Es muß nicht sein, daß er seinen Wunden erliegen wird. Das ist zwar durchaus möglich, aber nicht so bald, als daß man ihn nicht vorher noch in einer Schlinge der Kaiserin aufknüpfen könnte, sobald sie die Burg betritt, ganz gleich, in welchem Zustand er sich befindet. Er hat seinem eigenen Tod in Schimpf und Schande zugestimmt, um damit die Freiheit seiner Männer zu erkaufen. An ihnen liegt ihr nichts, sobald sie Philip hat. Sie wird die Burg und die Waffen behalten und die Männer abziehen lassen.«

»Dem hat er zugestimmt?« fragte Olivier leise.

»Er hat es angeordnet.«

»Und sein Zustand? Seine Wunden?«

»Er hat mehrere schwere Rippenbrüche, und ich fürchte, die gebrochenen Knochen haben einige innere Verletzungen verursacht. Auch ist er am Kopf verletzt. Die Belagerer haben einen Behälter voll Metallstücke, abgebrochene Lanzenspitzen und Schlacken, in den Burghof geschossen. Philip war in der Nähe, als er aufschlug und auseinanderbarst. Eine Lanzenspitze hat ihn schwer am Kopf verwundet, und man muß damit rechnen, daß sich die Wunde entzündet. Er war aber lange genug bei Bewußtsein und völlig klar im Kopf, um seine Anordnungen zu treffen. Also wird man ihm gehorchen. Wenn die Belagerer morgen einziehen, wird er Gefangener der Kaiserin sein, ihr einziger, sofern FitzGilbert den Bedingungen zustimmt, denn er pflegt sein Wort zu halten.«

»Ist er so schwer verwundet, daß er nicht reiten kann? Kann er nicht einmal stehen oder gehen? Aber welchen

Sinn hätte es«, fuhr Olivier hilflos fort, »wenn er es könnte? Nachdem er die Freiheit seiner Leute erkauft hat, würde er sich nicht davonmachen und die anderen um den Preis betrügen. Jedenfalls nicht aus eigenem Entschluß. Ich kenne ihn! Aber sie würde doch nie und nimmer einen Schwerverwundeten, der ihr auf Gedeih und Verderb ausgeliefert ist ...«, sagte er gequält und sah über die Schulter zu Cadfael hin. Dann fügte er zweifelnd hinzu: »Oder etwa doch?«

»Er hat sie in ihrem Stolz getroffen. Ich fürchte, sie ist dazu imstande. Als ich Philip verließ, um dich aufzusuchen, hatte er das Bewußtsein wieder verloren. Es ist ohne weiteres möglich, daß er viele Stunden, wenn nicht mehrere Tage, in der Ohnmacht verharrt. Am gefährlichsten ist seine Kopfwunde.«

»Du meinst, wir könnten ihn fortschaffen, ohne daß er es merkt? Aber du sagst, sie haben die Burg umschlossen, und es gibt keinen Weg nach draußen. Ich kenne die Anlage nicht gut. Gibt es vielleicht ein geheimes Schlupfloch? Außerdem würden wir ein Fuhrwerk brauchen. Im Dorf kenne ich Leute«, überlegte Olivier eifrig, »doch sind sie Philip möglicherweise nicht besonders gewogen. Aber halt, auch die Bewohner der Mühle nahe Winstone kennen mich, und sie haben ein Fuhrwerk. Gibt es eine Möglichkeit, im Schutz der Dunkelheit hinauszugelangen? Wenn sie morgen den Waffenstillstand schließen, werden sie gewiß die strenge Bewachung aufgeben. Dann ließe sich etwas unternehmen.«

»Ganz offensichtlich gibt es dort einen Weg hinaus, wo sie die Bresche in den Turm geschlagen haben«, sagte Cadfael, »denn ich habe den Himmel durch die Öffnung gesehen. Aber sie berennen die Burg nach wie vor mit dem Widder und lassen sich nur mit Waffengewalt am Eindringen hindern. Der Versuch, dort hinauszugelangen, wäre gleichbedeutend mit dem sofortigen Tod. Selbst wenn sie ihre Leute abziehen, könnte wohl kaum jemand mit ihnen gehen.«

»Ich schon!« Erregt war Olivier aufgesprungen. »Warum nicht? Ich bin einer der ihren, und jeder weiß, daß ich der Kaiserin treu geblieben bin. Ich trage ihr Wappen auf dem Schwertgürtel und ihre Farben auf Waffenrock und Umhang. Vielleicht kennt mich der eine oder andere der Belagerer sogar.« Er trat an die Truhe und nahm seinen Umhang beiseite. Darunter wurden sein Schwert und sein Kettenhemd sichtbar, dessen Ringe leise klirrten.

»Siehst du? Hier ist meine ganze Ausrüstung, alles, was ich am Leibe trug, als man mich aus Faringdon verschleppt hat. Zwar war Philip durchaus imstande, jemanden zu töten, doch er hätte nie das geringste von dessen Eigentum an sich gebracht. Wer könnte mich im Kettenhemd und mit meinen Waffen im Dunkeln vor den Mauern der Burg von einem der anderen Belagerer unterscheiden? Die Löwen von Anjou, die Geoffrey von König Heinrich verliehen wurden, als dieser seine Tochter mit ihm vermählte, sind deutlich zu sehen – jeder kann erkennen, daß ich auf ihrer Seite stehe. Sofern man mich anriefe, könnte ich offen antworten, daß mir im allgemeinen Durcheinander die Flucht gelungen sei. Wenn nicht, kann ich mich ungehindert zur Mühle aufmachen. Reinold wird mir helfen, ein Fuhrwerk aufzutreiben.« Stirnrunzelnd fügte er hinzu: »Bis zu meiner Rückkehr wäre es allerdings heller Tag. Wie soll es dann weitergehen?«

»Falls es dir mit diesem Plan ernst ist«, erwiderte Cadfael, von Oliviers Schwung mitgerissen, »ließe sich etwas einfädeln. Wenn erst der Waffenstillstand geschlossen ist, wird es hier ein gewisses Kommen und Gehen geben, auch wird ein erster Austausch mit dem Dorf stattfinden. Soweit ich weiß, stammen manche der Verteidiger aus der Gegend. Gewiß ist so mancher von ihnen verwundet, und es wird unter ihnen auch Tote geben. Sobald der Weg frei ist, werden Angehörige kommen, die etwas über sie erfahren wollen.«

Mit verschränkten Armen schritt Olivier unruhig auf und ab und überlegte. »Wo hält sich die Kaiserin zur Zeit auf?«

»Man sagt, sie habe ihre Hofhaltung ins Dorf verlegt. Ich bezweifle, daß sie sofort herkommen wird. Wahrscheinlich läßt sie erst einmal Vorkehrungen für ihren Aufenthalt und ihren großen Auftritt treffen. Das mag durchaus einen oder zwei Tage beanspruchen. Trotzdem bleiben uns außer dem Rest dieser Nacht nur noch die ersten Stunden nach dem Waffenstillstand«, setzte er hinzu. »Wir müssen handeln, solange es keine genaue Überwachung gibt und niemand einen rechten Überblick hat.«

»Dann muß uns diese Zeit genügen«, sagte Olivier. »Wohin würdest du ihn schaffen, damit er die nötige Pflege bekommt?«

Darüber hatte Cadfael schon nachgedacht, allerdings ohne große Hoffnung, den Plan je in die Tat umsetzen zu können. »Ins Augustinerkloster von Cirencester. Da der Prior von Haughmond in regelmäßigem Briefwechsel mit einem der dortigen Priester steht, weiß ich, daß die Mönche dort einen guten Ruf als Heilkundige haben. Falls er bei ihnen Aufnahme findet, ist dieser Zufluchtsort unverletzlich. Allerdings sind es bis dorthin zehn Meilen oder mehr.«

»Aber die Straße ist sehr gut, und man kommt auf ihr schnell voran«, sagte Olivier und strahlte vor Begeisterung über ihr Pläneschmieden. »Auch würde sie uns nicht in die Nähe des Dorfes führen. Gleich hinter Winstone kommt man auf die gerade Straße nach Cirencester. Bleibt nur die Frage, wie wir ihn lebend aus der Burg schaffen können.«

»Vielleicht zusammen mit den Toten«, antwortete Cadfael bedächtig. »Sobald die Tore geöffnet sind, wird man sie als erstes hinausschaffen, um sie draußen zu begraben. Wir kennen ihre Zahl, FitzGilbert hingegen nicht. Sofern sich unter ihnen ein Mann aus Winstone befände, wäre es durchaus möglich, daß Angehörige mit einem Fuhrwerk kommen, um ihn heimzuholen und dort zur ewigen Ruhe zu betten.«

Die glühenden Augen unverwandt auf Cadfael gerichtet, stellte Olivier die letzte Frage und äußerte seine letzte Befürchtung. »Und was wäre, falls er inzwischen zu Bewußtsein kommt und uns – was man befürchten muß – verbietet, ihn zu retten?«

»In dem Fall würde ich ihn zumindest in die Kapelle schaffen«, sagte Cadfael »und der Kaiserin und jedem, der es wagen sollte, dort einzudringen, mit dem Kirchenbann drohen. Mehr kann ich nicht tun. Ich habe hier keinerlei Arzneien, mit denen sich ein künstlicher Schlaf herbeiführen ließe. Aber selbst wenn das der Fall wäre, würde ich es nicht wagen. Du hast mir vorgeworfen, ich hätte dich betrogen, indem ich dich zu meinem Schuldner machte, ohne daß du etwas davon wußtest. Philip könnte mich in einem solchen Fall beschuldigen, ich hätte dafür gesorgt, daß er eine eingegangene Verpflichtung nicht einlöst und ihn damit um seine Ehre gebracht. Das kann ich ihm nicht antun.«

»Du hast recht«, pflichtete ihm Olivier bei und lächelte mit einem Mal. »Also sollten wir uns bemühen, die Sache zu einem günstigen Ende zu führen, solange er bewußtlos ist. Zwar kann er auch in diesem Fall unser Recht dazu in Frage stellen, aber das fechten wir später aus. Ich sollte mit meinem Aufbruch nicht länger säumen. Willst du dies eine Mal mein Schildknappe sein und mir helfen, mich zu wappnen, Vater?«

Um als einer der Belagerer gelten zu können, die sich vor den Mauern drängten, legte Olivier Kettenhemd und Panzerschurz an und zog den leinenen Waffenrock darüber, auf dem deutlich sichtbar die Löwen von Anjou prangten. Während ihm Cadfael den Schwertgürtel umlegte, hielt er für einen Moment die Welt in seinen Armen.

Innerhalb der Burg sollte der Umhang dazu dienen, Geoffreys Wappen zu verbergen. Da noch niemand außer Cadfael wußte, daß Philip seinem Gefangenen die Freiheit geschenkt hatte, mußte man mit der Möglichkeit rechnen, daß ein übereifriger Krieger erst zustieß und später Fragen stellte. Zwar prangte an der Schulter des Umhangs der Reichsadler, auf den Maud nach dem Tod ihres ersten Gemahls keinesfalls hatte verzichten wollen, doch war er auf dem dunklen Tuch kaum zu sehen und würde in der Schwärze der Nacht nicht auffallen. Sofern es Olivier gelang, sich in der Dunkelheit des Turms und dem dortigen Durcheinander unauffällig unter die Verteidiger zu mischen, mußte er den Umhang von sich werfen, bevor er hinaustrat, damit jeder deutlich die Löwen auf dem hellen Tuch sehen konnte.

»Am liebsten wäre es mir natürlich, unerkannt hinauszugelangen«, sagte er, während er die breiten Schultern unter dem Gewicht des Kettenhemdes reckte und den Gürtel fester um die Hüften zog. »Ich brauche jeden Augenblick der Nacht und kann es mir nicht leisten, Zeit damit zu vergeuden, daß ich Rede und Antwort stehe. So, mein Vater, wollen wir gehen und den Versuch wagen?«

Sorgfältig verschloß Cadfael die Tür zum Verlies, bevor sie die Wendeltreppe emporstiegen. An der Tür, die nach außen führte, legte er Olivier eine Hand auf den Arm und spähte vorsichtig in den Hof. Doch bis zum Bergfried hinüber lag der Hof verlassen. Nur die Schritte der Wächter auf der Mauer hallten fast unwirklich zu ihnen herab.

»Halte dich in meiner Nähe. Wir bleiben dicht an der Mauer, bis wir zu ihnen stoßen. Dann wähle deinen Augenblick – am besten wenn sich die Verteidiger in den Turm stürzen, um den nächsten Vorstoß abzuwehren. Kein Lebewohl! Geh, und Gott sei mit dir!«

»Es wird kein Lebewohl sein«, erwiderte Olivier. Cadfael merkte, daß er nicht nur angespannt, sondern auch von einer geradezu fröhlichen Zuversicht war. Nach langer Haft drängte seine aufgestaute Kraft danach, sich zu entladen. »Du siehst mich morgen wieder, entweder in dieser oder in anderer Gestalt. Oft habe ich ihm die Feinde vom Leib gehalten, wie er mir. Mit Gottes und deiner Hilfe will ich ihm den Dienst auch dies eine Mal noch tun, ob ihm das recht ist oder nicht.«

Cadfael verschloß die Tür zum Turm und achtete darauf, daß alles so blieb, wie es gewesen war. Sie überquerten den Burghof bis zum Bergfried und gingen in dessen Schatten um ihn herum, um den bedrohten Turm am anderen Ende des Burghofs zu erreichen. Selbst dort war der Kampflärm zwischen den einzelnen Rammstößen nur leise vernehmbar. Angestrengt lauschten sie, um für den nächsten Anprall bereit zu sein. Sie warteten ungeduldig darauf, wechselten leise kurze Bemerkungen und hielten die Augen auf die vordersten Reihen der Verteidiger gerichtet, die an der klaffenden Lücke im unteren Teil des Turmes standen. Schutt und Mauerreste lagen auf dem Boden, aber noch war die Lücke nicht so groß, daß der Turm einzustürzen drohte. Das unruhige Licht von nur wenigen Fackeln, und der trübe Lichtschein am Himmel vor der Mauer, wo Feuer das Schutzdach zur Hälfte vernichtet hatte, ließen den Burghof fast im Dunkeln liegen.

Plötzlich erscholl im Turm ein Warnruf. Er wurde aufgenommen und wanderte durch die Reihen nach hinten, bis in den Hof. Der nächste Vorstoß stand bevor. Die Gruppe der Verteidiger drängte sich in den Turm, um die

Bresche mit ihren Leibern zu schließen. Cadfael, der am Rande der Menge stand, empfand den Moment, da Olivier neben ihm davonglitt, als risse man ihn aus seinem Fleisch. Schon bald war er mitten unter den Verteidigern, geschmeidig, schnell und lautlos, und im nächsten Augenblick sah er ihn nicht mehr.

Dennoch zog sich Cadfael nur so weit zurück, daß er den Kämpfenden nicht im Weg war, und wartete geduldig darauf, daß auch dieser Angriff abgeschlagen wurde wie die vorigen. Der Feind kam nicht bis in den Hof. Trotz erbitterten Kampfes gelangte keiner der Angreifer aus dem Turm in den Burghof. Es dauerte über eine halbe Stunde, bis sie vollständig hinausgedrängt waren, woraufhin sie sich in sicherem Abstand von der Mauer zurückzogen. Danach trat aufs Neue die sonderbare angespannte Stille ein, die zuvor geherrscht hatte. Einer nach dem anderen kehrten die Krieger zurück, die in vorderster Reihe gekämpft hatten, um bis zum nächsten Zusammenprall in Ruhe und Sicherheit Atem zu schöpfen. Olivier war nicht unter ihnen. Entweder hielt er sich irgendwo unten im Turm verborgen oder er war mit den zurückgewiesenen Angreifern in der Schwärze der Nacht verschwunden und strebte, so Gott wollte, der Sicherheit des Waldes entgegen. Von dort aus würde er den Fluß durchqueren und auf die Straße zur Mühle bei Winstone gelangen.

Cadfael kehrte an Philips Lager zurück. Der Kaplan war vor Erschöpfung eingenickt. Der Verwundete atmete in kurzen raschen Stößen, aber so flach, daß sich das Laken auf seiner Brust kaum hob. Sein Gesicht war von stumpfer Lehmfarbe, auf ihm lag tiefe Gelassenheit. Keine Linien des Schmerzes zeigten sich auf Stirn oder Lippen. Er war fern jeder Bewußtheit so alltäglicher Dinge wie Gefahr, Zorn oder Furcht. Gott halte ihn eine Weile in diesem Zustand und wende ab, was ihm an Bösem droht, dachte Cadfael.

Ohne Hilfe würde er ihn nicht zusammen mit den Toten hinausschaffen können. Cadfael erwog flüchtig, den Priester einzuweihen, verwarf aber den Gedanken sofort wieder. Keinesfalls durfte er den müden alten Mann in diese Sache verwickeln. Er könnte damit bei der Kaiserin in äußerste Ungnade fallen, und sie würde gewiß danach trachten, ihrer unerbittlichen Rachsucht sogleich Befriedigung zu verschaffen. Was zu tun war, mußte so geschehen, daß niemandem Vorhaltungen gemacht werden konnten und niemand das unbehagliche Gefühl hatte, Verrat zu begehen.

Einstweilen blieb nichts anderes übrig, als in aller Ruhe auf den Zeitpunkt zu warten, da er zur Tat schreiten konnte und um ihr Gelingen zu beten. Cadfael setzte sich in eine Ecke des Raumes, von wo aus er den schlummernden Priester ebenso wie den Verwundeten sah, dessen Sinne sich weiter entfernt hatten, als je in tiefen Schlaf. Er saß auch noch reglos da, als er das Trompetensignal hörte, mit dem die Aufmerksamkeit der Belagerer auf die weißen Banner gelenkt werden sollte, die im ersten schwachen Tagesschimmer von den Türmen von La Musarderie wehten.

Mit feierlichem Geleit kam FitzGilbert vom Dorf herabgeritten. Bruder Cadfael war in den Burghof hinausgetreten, um zu hören, wie die Übergabebedingungen lauten würden. Es überraschte ihn keineswegs, daß der Marschall, der sein Pferd vor dem Tor verhielt, Guy Camville als erstes fragte: »Wo ist Philip FitzRobert?« Es klang nachdrücklich und fordernd, offenkundig hatte er seine Befehle.

»Mein Gebieter ist schwer verwundet«, sagte Camville vom Wehrgang herab. »Er hat mich ermächtigt, wegen der Übergabe der Burg mit Euch zu sprechen. Ich erwarte, daß Ihr die Besatzung ehrenhaft und korrekt behandelt. Sofern

Ihr dem zustimmt, kann die Kaiserin La Musarderie übernehmen. Wir sind allerdings keineswegs in so großer Bedrängnis, daß wir eine unehrenhafte oder ungehörige Behandlung hinnehmen würden. Wir haben Verwundete, und wir haben Tote. Ich fordere, daß ab sofort Waffenstillstand herrscht. Sobald Ihr zustimmt, werden wir Euch die Tore öffnen, damit Ihr seht, daß wir bereit sind, ihn einzuhalten und alle Waffen beiseitezulegen. Sobald Ihr Euch unserer Vertrauenswürdigkeit vergewissert habt, gebt uns Zeit bis Mittag, damit wir das Innere der Burg wieder etwas ordnen, unsere Verwundeten versorgen und die Toten zur Beerdigung hinausschaffen können.«

»Bisher habe ich nichts einzuwenden«, sagte der Marschall kurz. »Was weiter?«

»Wir sind nicht die Angreifer«, entgegnete Camville ebenso knapp, »und wir haben unserem Treueid gemäß gekämpft, wie sich das für einen Mann von Ehre geziemt, der Gefolgschaft gelobt hat. Ich verlange, daß man die Besatzung um die Mittagsstunde frei und ungehindert abziehen läßt, ferner, daß wir jeden Verwundeten mitnehmen dürfen, der gehfähig ist. Ich erwarte, daß Ihr Euch um die schwerer Verwundeten nach Kräften kümmert. Unsere Toten werden wir selbst begraben.«

»Und was ist, wenn mir Eure Bedingungen nicht zusagen?« fragte FitzGilbert. Doch die Selbstgefälligkeit in seiner Stimme ließ erkennen, daß es ihm durchaus recht war, ohne weiteren Einsatz und Zeitaufwand zu bekommen, was zu erringen die Kaiserin mit ihren Heerscharen angerückt war. Die Krieger in der Burg bedeuteten nicht nur weitere Mäuler, die man stopfen mußte, sondern auch eine beständige Gefahr, falls sich die Lage unerwartet ändern sollte. Sie aus dem Weg zu wissen, war ihm durchaus recht.

»In dem Fall würdet Ihr mit leeren Händen zurückkehren«, gab Camville unerschrocken zurück. »Dann kämpfen wir bis zum letzten Pfeil und zum letzten Mann und lassen Euch teuer für die Ruine einer Burg zahlen, die Ihr unversehrt bekommen könnt, wenn Ihr richtig wählt.«

»Ihr laßt all Eure Waffen zurück«, forderte daraufhin der Marschall, »auch solche, die den Männern persönlich gehören. Außerdem dürft Ihr die Maschinen nicht unbrauchbar machen.«

Camville, den dieser Hinweis auf eine zustimmende Lösung ermutigte, erhob der Form halber Einwendungen, ohne anzunehmen, daß man sie ernst nehmen würde. Daher zog er sie auch gleich zurück, als sie abgelehnt wurden. »Nun schön, wir ziehen waffenlos ab.«

»Es sei! Alle dürfen die Burg verlassen, bis auf einen! Philip FitzRobert bleibt!«

»Ich habe der Bedingung zugestimmt«, sagte Camville, »daß die Verwundeten, die nicht mit uns abziehen können, angemessen versorgt werden. Dabei wird es doch keine Ausnahmen geben? Ich habe Euch mitgeteilt, daß mein Gebieter verwundet ist.«

»Mit Bezug auf FitzRobert gebe ich keine Zusicherungen«, erwiderte der Marschall gereizt. »Ihr übergebt ihn der Kaiserin bedingungslos, oder es kommt zu keiner Vereinbarung.«

»Was das betrifft, hat mich mein Gebieter Philip bereits instruiert«, antwortete Camville, »und es geschieht auf seine Anordnung hin, nicht auf Eure, FitzGilbert, daß ich ihn Eurer Barmherzigkeit anvertraue.«

Eine ganze Weile herrschte bedrohliches Schweigen. Doch der Marschall hatte Erfahrung mit den Unannehmlichkeiten, die ein Bürgerkrieg unvermeidlich mit sich bringt.

»Es sei! Ich werde den Waffenstillstand befehlen, so wie ich bereits die Einstellung der Feindseligkeiten angeordnet habe. Macht Euch bereit, zu Mittag die Burg zu verlassen, dann mögt Ihr ungehindert gehen. Aber merkt auf! Bis wir zur Mittagsstunde einziehen, werde ich einen Trupp hier vor dem Tor postieren, der alles und jeden, der die Burg verläßt, gründlich in Augenschein nimmt. Diese Männer müßt Ihr davon überzeugen, daß die Bedingungen eingehalten werden.«

»Dafür verbürge ich mich«, sagte Camville scharf.

»Dann werden wir den Streit nicht erneuern. Jetzt öffnet das Tor und laßt mich sehen, in welchem Zustand sich alles befindet.«

Cadfael vermutete dahinter die Absicht, festzustellen, ob Philip tatsächlich verwundet und hilflos war und der Kaiserin nicht entschlüpfen konnte. Also eilte er rasch in die Kammer des Burgherrn zurück, um bereit zu sein, wenn FitzGilbert eintraf. Er ließ nicht lange auf sich warten. Priester und Mönch saßen zu beiden Seiten des Krankenlagers, als er mit Camville eintrat. Philips flacher Atem hatte begonnen, hohl in seiner Kehle und Brust zu rasseln, seine Augen waren nach wie vor geschlossen, die geschwungenen Lider bleich wie Alabaster.

FitzGilbert trat näher und sah lange auf das eingefallene Gesicht hinab – ob voller Befriedigung oder mit schlechtem Gewissen, vermochte Cadfael nicht zu erkennen. Dann sagte der Marschall mit gleichgültig klingender Stimme: »Nun ...« und wandte sich achselzuckend ab. Man hörte seine Stiefel auf den Steinplatten der Gänge des Bergfrieds hallen. Er schritt durch den Burghof davon, im Bewußtsein, daß der Erzfeind der Kaiserin nicht einmal imstande war, eine Hand zu heben, mit der er die Schlinge hätte abwehren können – ganz davon zu schweigen, daß er von seinem Lager aufstehen und sich ihrer Rache entziehen könnte.

Als er gegangen war, tauschten die Trompeten über das freie Gelände zwischen den Belagerern und den Verteidigern hinweg ihre gebieterischen Signale aus, Cadfael atmete tief ein und wandte sich an Philips Kaplan: »Das Schlimmste ist überstanden. Ihr habt die ganze Nacht durchwacht. Geht und ruht Euch aus. Ich bleibe jetzt bei ihm.«

KAPITEL 14

Als er mit Philip allein war, nahm Cadfael Wolldecken aus Truhe und Wandschrank, um seinen Patienten vor der Kälte und dem Wind im Freien zu schützen. Dann wickelte er ein leinenes Tuch um ihn, so daß nur eine einzige Schicht Stoff über dem Gesicht lag, und er genug Luft bekam. Ein weiterer Toter, der beigesetzt werden sollte. Jetzt mußte man ihn nur noch zu den übrigen in die Kapelle schaffen oder mit den ersten auf die Wiese vor dem Tor, wo mehrere Krieger ein Gemeinschaftsgrab aushoben. Es war unklar, welches Vorgehen gefährlicher sein würde. Während seiner Vorbereitungen hatte Cadfael die Tür zu dem Gemach abgeschlossen und wollte sie nicht unnötig früh wieder öffnen. Aber so bekam er nicht mit, was draußen vor sich ging. Es war inzwischen um die neunte Stunde, und die Besatzung bereitete ihren Abzug vor. Gewiß war es FitzGilbert bei seiner raschen Besichtigung der Schäden in der Burg aufgefallen, daß einer der Türme schleunigst instandgesetzt werden mußte. Also würde er eilends einige Maurer schicken, die das Bauwerk vorläufig sichern sollten, sofern eine ordnungsgemäße Instandsetzung nicht sogleich möglich war.

Cadfael drehte den Schlüssel im Schloß und öffnete die Tür nur so weit, daß er in den Gang hinausspähen konnte.

Zwei junge Männer trugen gerade einen in Tücher gehüllten Leichnam auf einem langen hölzernen Fensterladen am Bergfried vorüber, wohl einen ihrer Waffengefährten, der weniger vom Glück begünstigt war als sie. Offenbar hatte man bereits begonnen, die Toten hinauszuschaffen, also mußte Cadfael rasch handeln. Wie alle anderen hatten die beiden ihre Waffen in der Waffenkammer abgeliefert, da niemand mehr um sein Leben zu kämpfen brauchte. Ihnen folgte ein Hauptmann aus der Wache des Marschalls und unterhielt sich mit einem Handwerker aus dem Dorf. Der Mann, den der Geruch von Holz umgab, trug eine Lederweste und erklärte dem Hauptmann in kompetenter Weise: »Man muß die Mauer so schnell wie möglich mit hölzernen Stützen unterfangen. Steine kann man später einsetzen. Haltet Eure Männer von dort fern, bis am Nachmittag meine Gehilfen kommen und die Stützen anbringen.«

Innen- und Außenmauer des beschädigten Turms würden bald wieder sicher stehen und auf die Steinmetzen und Maurer warten. Es dürfte das beste sein, überlegte Cadfael, wenn ich dort ein wenig Umschau halte, bevor sie kommen, denn irgendwo in dem Schutt lag vielleicht noch ein Umhang mit dem Reichsadler auf der Schulter. Es wäre nicht gut, wenn die Hauptleute der Kaiserin zu viele Fragen stellten. Gewiß, er könnte einem der Belagerer gehört haben, dem es gelungen war einzudringen. Aber es ist kaum anzunehmen, daß jemand, der den Widder schwingt, ein derart behinderndes Kleidungsstück trägt. Je weniger den Leuten auffiel, desto besser.

Zuvor aber mußte er eine drängendere Aufgabe erledigen. Dazu brauchte er ein weiteres Paar Hände und zwar so schnell wie möglich, bevor noch mehr Zeugen auftauchten. Der Hauptmann hatte den Zimmermann nur bis zur Tür des Bergfrieds begleitet. Cadfael hörte, wie er zurückkehrte, öffnete die Tür vollständig und trat ihm in den Weg. Seine Mönchskutte gab ihm sozusagen das Recht, sich um die Toten zu kümmern und erleichterte es, andere zu bitten, ihm bei diesem frommen Werk behilflich zu sein.

»Herr, habt die Güte«, sagte er freundlich, »bei diesem hier mit anzufassen. Wir konnten ihn nicht mehr in die Kapelle schaffen.«

Der etwa fünfzigjährige Hauptmann, der gewiß froh war, nicht weiter um La Musarderie kämpfen zu müssen, hatte nichts dagegen, dem eifrigen Benediktiner zu Gefallen zu sein. Es würde ihn nur wenige Minuten kosten, und sonst blieb ihm ohnehin nicht mehr zu tun, als anderen bei der Arbeit zuzusehen. Nach einem Blick auf Cadfael spähte er mit einem gutmütigen Achselzucken durch die offene Tür der Kammer. Sie war so karg eingerichtet und so kalt, daß man nicht ohne weiteres auf den Gedanken kommen würde, es könnte sich um das Gemach des Burgherrn handeln. Der Hauptmann hatte behaglichere und üppiger eingerichtete Wohnstätten gesehen.

»Schließt einen anständigen Krieger in Eure Gebete mit ein«, antwortete er, »und ich bin Euer Mann, Bruder. Ich hoffe nur, daß auch mir einmal jemand diesen letzten Dienst erweist, wenn ich ihn brauche.«

»Dazu sage ich Amen!« bekräftigte Cadfael. »Ich werde Euch bei meinem nächsten Gebet nicht vergessen.« Im Hinblick auf das, was er von dem Mann erwartete, war es das mindeste, was er für ihn tun konnte.

So kam es, daß einer der Männer der Kaiserin ans Kopfende von Philips Lager trat und sich niederbeugte, um den eingehüllten Körper bei den Schultern zu fassen. Er lag da wie ein Toter, und unwillkürlich kam Cadfael der Gedanke, daß man jederzeit mit seinem Hinscheiden rechnen mußte. Die Leblosigkeit eines von seinen Sinnen verlassenen Leibes, bei dem nur ein dünner Atemfaden anzeigt, daß die Grenze noch nicht überschritten ist, hat große Ähnlichkeit mit der Stille, die eintritt, nachdem die Seele von ihm gewichen ist. Der Gedanke rief einen sonderbaren Kummer in Cadfael hervor, so, als hätte er und nicht Robert von Gloucester einen Sohn verloren. Doch er schob ihn von sich.

»Nehmt die Bahre mit auf«, sagte er, »wir werden sie zurückbringen, sofern sie noch verwendbar ist. Er hat heftig geblutet, und das Stroh der Matratze brauchen wir nicht mehr.«

Gehorsam ergriff der Mann das Ende der Bahre und hob sie so leicht an, als trügen sie ein Kind. Cadfael nahm das andere Ende und hielt es, als sie in den Gang hinaustraten, für einen Moment mit einer Hand, um die Tür ins Schloß zu drücken. Auf keinen Fall durfte man Philips Verschwinden zu früh entdecken – andererseits wäre sicherlich sogleich das Mißtrauen seines Helfers erregt worden, wenn er einen leeren Raum abgeschlossen hätte.

Sie gingen über den geschäftigen Burghof und traten durch das Torhaus in das trübe graue Dezemberlicht hinaus. Der Wächter auf dem gepflasterten Vorplatz ging teilnahmslos an ihnen vorüber. An den Toten lag keinem etwas; die Wächter sollten ein Auge darauf haben, daß beim Abzug der Besatzung niemand Waffen und wertvolle Ausrüstungsteile mitnahm, und wohl auch darauf, daß unter den Verwundeten nicht Philip FitzRobert aus der Burg geschmuggelt wurde. Wenige Schritte links neben dem aufgeschütteten Damm waren Männer dabei, das Gemeinschaftsgrab auszuheben. Dort hatte man die Toten einen neben den anderen hingelegt.

Zwischen diesem Ort der Trauer und dem Waldrand waren einige Dörfler versammelt, und vielleicht auch der eine oder andere, der von weiter her gekommen war, um neugierig und unbeteiligt zuzuschauen. Das einfache Volk brachte keiner der beiden Parteien große Sympathien entgegen, aber man war froh, daß die Bedrohung einstweilen vorüber war. Vielleicht nahm ja wieder ein Angehöriger der Familie Musard Wohnung in Greenhamsted. Noch nach vier Generationen war sie bei ihren Nachbarn durchaus beliebt.

Ein von zwei Pferden gezogener Leiterwagen kam den Hang aus dem Flußtal herauf und näherte sich langsam dem Torhaus. Auf dem Bock saß ein bärtiger Mann um die fünfzig Jahre von stämmiger Natur und wohlbeleibt. Feiner Staub bedeckte seine aus grobem grünem Wolltuch bestehende Kleidung samt Schulterkoller und Mütze und deutete darauf hin, daß es sich um einen Müller handelte. Der hochaufgeschossene junge Bursche, der hinter ihm hockte und dem ein aufgeschnittener Mehlsack vom Kopf auf die Schultern hing, trug, wie es auf dem Lande üblich war, ein loses graubraunes Hemd und eine graubraune Kniehose. Beim Anblick der beiden schickte Cadfael ein stummes Dankgebet zu Gott empor.

Als der Müller die Reihe der verhüllten Leiber sah, führte er die Pferde beiseite ohne weiter auf die Wächter vor dem Tor zu achten und ging geradenwegs dorthin, wo die Männer gruben. Man brachte gerade die letzten heraus und legte sie neben die übrigen. Der Kaplan stolperte hinterdrein, traurig und kraftlos. Sein Gehilfe blieb beim Fuhrwerk zurück. Der Müller wandte sich an Cadfael, und zwar so laut, daß auch der Kaplan seine Worte hören konnte.

»Bruder, einer meiner Neffen hat hier unter Camville gedient, und seine Mutter macht sich Sorgen um ihn. Könnt Ihr mir etwas über ihn sagen? Wir haben gehört, daß Ihr Tote habt, und noch mehr Verwundete.«

Er hatte die Stimme ein wenig gesenkt, während er näher kam. Sein Gesicht war so reglos, als wäre es aus Eichenholz geschnitzt.

»Noch braucht Ihr nicht das Schlimmste zu befürchten«, antwortete Cadfael und sah den Mann an. In seinen

Augen, die nicht braun und nicht blau waren, erkannte er einen wachen Geist. Der Kaplan war ein Stück weiter stehengeblieben und unterhielt sich mit dem Hauptmann von FitzGilberts Wache. »Geht mit mir die Reihe ab und seht nach, ob einer von ihnen Euer Mann ist. Laßt Euch dabei ruhig Zeit«, sagte Cadfael gelassen. Das leiseste Anzeichen von Hast würde sie unfehlbar verraten. Sie schritten gemeinsam von einem zum anderen, sprachen gedämpft miteinander, beugten sich nieder, um hier oder da ein Gesicht aufzudecken und einen kurzen Blick darauf zu werfen. Jedesmal schüttelte der Müller den Kopf.

»Ich habe ihn schon ziemlich lange nicht mehr gesehen, aber ich würde ihn erkennen.« Die Worte kamen ihm leicht von den Lippen. Er hatte einen Verwandten erfunden, der ihm nicht so nah stand, daß sein Tod ein peinigender Verlust wäre und Anlaß zu langer und tiefer Trauer lieferte. Dennoch war es ein Angehöriger, den man nicht einfach seinem Schicksal überläßt. »Er ist um die dreißig, schwarzhaarig, ein guter Kämpfer mit der Lanze und am Bogen. Er hat sich nie gedrückt und sich immer ins Getümmel gestürzt, wo es am größten war.«

Sie hatten jetzt das Strohlager erreicht, auf dem Philip lag, so still und stumm, daß Cadfael einen Moment zweifelte, bis er dankbar ein plötzliches Erschauern und einen leisen Atemzug wahrnahm. »Hier ist er!«

Zwar hatte der Müller nicht den Mann erkannt, wohl aber den richtigen Zeitpunkt. Er brach ab, erstarrte und trat einen kleinen Schritt zurück. Dann beugte er sich nieder, von Cadfael gedeckt, und tat so, als ziehe er das Tuch von Philips Gesicht zurück, ohne es aber zu berühren. So blieb er eine ganze Weile über ihn gebeugt, als wolle er sich seiner Sache vergewissern. Dann erhob er sich langsam wieder und sagte deutlich vernehmbar: »Er ist es! Das ist der Sohn unserer Nan.«

Er fuhr mit einer Stimme fort, in der nahezu ebenso viel

Verzweiflung wie Kummer lag, zugleich aber auch die Bereitschaft, sich mit den Tatsachen abzufinden. Dies lehrte die Erfahrung nach leidvollen Jahren des Lebens in einem Land, das schon lange keine Ordnung mehr kannte und in dem der Tod unerwartet auftrat und nach Belieben holte, wen er haben wollte. »Ich hätte mir denken können, daß er nicht alt wird. Immer hat es ihn dahin gedrängt, wo das Feuer am heißesten brannte. Nun, was soll man sagen? Man kann sie nicht zurückholen.«

Einer der Grabenden, der in der Nähe stand, hatte eine Weile innegehalten, um den Rücken zu strecken. Er sah den Müller mitfühlend an: »Es ist schlimm, hier einen Angehörigen wiederzusehen. Gewiß wollt Ihr ihn mitnehmen, damit er bei seinen Vorfahren ruhen kann? Vielleicht erlauben sie es. Auf jeden Fall besser, als mit all denen hier als einer von vielen Namenlosen in die Grube gelegt zu werden.«

Ihr Gespräch hatte die Aufmerksamkeit der Wachen auf sie gelenkt. Der Hauptmann sah herüber und würde, vermutete Cadfael, gleich zu ihnen treten. Es war besser, das zu verhindern, indem er selbst hinging und ihm die ganze Geschichte vortrug.

»Ich frage den Hauptmann«, bot er dem Müller an, »wenn Euch das recht ist. Es ist ein Akt der christlichen Nächstenliebe, sich um die arme Seele zu kümmern.« Zielstrebig schritt er, vom Müller gefolgt, auf das Tor zu. Der Hauptmann blieb stehen und wartete ihre Ankunft ab.

»Herr, hier ist der Müller von Winstone, das hinten am Fluß liegt«, begann Cadfael. »Er hat unter den Toten seiner Schwester Sohn entdeckt und würde ihn gern mitnehmen, damit sie ihn im Grab der Familie beisetzen können.«

»Ach ja?« Flüchtig musterte der Hauptmann den Bittsteller und verlor vermutlich bereits jegliches Interesse an einem so banalen Vorfall. Nach kurzem Überlegen zuckte er mit den Schultern: »Warum nicht? Er mag ihn mitnehmen. Ob er hier begraben wird oder woanders, er wird nie wieder bluten oder Blut vergießen. Auf einen mehr oder weniger kommt es ohnehin nicht an ... Es wäre nicht das Schlechteste, wenn wir sie alle auf einen Schlag los würden.«

Der Müller von Winstone verneigte sich tief vor ihm und versicherte ihn seiner Dankbarkeit. Sofern darin eine Spur von Spott lag, merkte der Hauptmann es nicht. Schwerfällig ging der Müller zu seinem Fuhrwerk hinüber, das der hochaufgeschossene junge Bursche mit dem Sack auf Kopf und Schultern schon herangebracht hatte. Vor den Augen der selbstgefällig zusehenden Wachposten des Marschalls hoben sie vorsichtig die Bahre hinauf, auf der Philip lag. Cadfael, der unterdessen die Pferde hielt, sah nur einmal kurz zu dem jungen Mann auf, dessen Gesicht im Schatten seiner Sack-Kapuze lag. Er begegnete dabei einem liebevollen und jubelnden Blick aus schwarzen Augen mit goldumrandeten Pupillen. Offenbar war Olivier sicher, daß sie mit ihrem Unternehmen Erfolg haben würden. Kein Wort fiel. Der junge Mann setzte sich auf das Fuhrwerk und hielt das Kopfende der schmalen mit Stroh bedeckten Bahre zwischen den Knien. Dann stieg auch der Müller von Winstone auf und wandte das Gespann wieder dem Fluß zu. Ohne Eile und ohne sich ein einziges Mal umzusehen, lenkte er es den mit welkem Gras bedeckten Hang hinab, das Musterbild eines rechtschaffenen Mannes, der seine Pflicht getan hat und niemandem Rechenschaft dafür schuldet.

Um die Mittagszeit erschien FitzGilbert mit einem starken Trupp Bewaffneter vor dem Tor, um den Abzug der Verteidiger von La Musarderie zu überwachen und darauf zu achten, daß sie alle Habe zurückließen. Diese hatten einige ihrer Verwundeten, die wohl reiten, aber nicht lange marschieren konnten, auf Pferde gesetzt und die übrigen auf die Fuhrwerke gelegt, die ihnen zur Verfügung standen. Unverletzte Krieger flankierten sie links und rechts, damit sie sich notfalls um ihre verwundeten Gefährten kümmern konnten. Cadfael hatte rechtzeitig daran gedacht, sein Eigentumsrecht an Hughs schönem Rotschimmel geltend zu machen und blieb bei dem Tier im Stall, um seinen Anspruch gegebenenfalls durchzusetzen. Hugh würde mir die Ohren abreißen, dachte er, wenn ich zuließe, daß man das Tier beschlagnahmt. So wurde er erst am späten Nachmittag, als die Nachhut steif an den beobachtenden und wartenden Siegern vorüberzog, Zeuge des Abzugs aus La Musarderie.

Jeder Angehörige des Trupps wurde von beiden Seiten scharf beäugt, und jedes Fuhrwerk wurde angehalten und nach verborgenen Bogen, Schwertern und Lanzen durchsucht. Camville kräuselte verächtlich die Lippen über das Mißtrauen der Sieger, sah jedoch zu, ohne sich zu äußern. Er legte lediglich Protest ein, als man einige der Verwundeten für seinen Geschmack zu hart anfaßte. Als alles vorüber war, führte er seine Männer ostwärts über den Fluß und durch Winstone der Römerstraße entgegen. Höchstwahrscheinlich war Cricklade sein Ziel, das vor einer unmittelbaren Bedrohung sicher war und inmitten eines Rings aus dem König ergebenen Burgen wie Bampton, Faringdon, Purton und Malmesbury lag. Auf diese sicheren Zufluchtsorte konnte er seine Krieger und seine Verwundeten verteilen. Es war derselbe Weg, den Olivier und der Müller von Winstone genommen hatten, doch endete deren Fahrt schon bald, ungefähr nach einem Dutzend Meilen.

Cadfael hatte noch in La Musarderie zu tun. Er konnte die Burg erst verlassen, nachdem er die Verwundeten, die zu schwach oder zu krank waren, um mit ihren Gefährten zu ziehen, der Obhut eines Pflegers unter dem Kommando des Marschalls anvertraut hatte. Außerdem war er der Ansicht, erst gehen zu dürfen, wenn der Zorn der Kaiserin zum Teil verraucht war und niemand mehr Gefahr lief, mit seinem Leben dafür zu büßen, daß man sie um ihren Toten betrogen hatte.

Bald würde ihre Hauptstreitmacht in den Burghof einreiten, um die nahezu leeren Ställe und Quartiere zu füllen, die erbeuteten Waffen zu mustern und sich häuslich einzurichten. Cadfael wollte vorher noch und möglichst unbeobachtet den beschädigten Turm aufsuchen. Vorsichtig unter den herabgestürzten Quadern und dem auf dem Boden liegenden Schutt tastend, fand er schließlich, in eine Mauerlücke gestopft, den Umhang. Olivier hatte ihn offenbar im letzten Augenblick abgelegt, bevor er in die Nacht hinaus unter die Belagerer getreten war. Um das Wappen mit dem Reichsadler zu verbergen, rollte Cadfael ihn so zusammen, daß es innen lag und nahm ihn mit in seine Zelle. Fast schien es ihm, als hinge noch ein Hauch der Wärme von Oliviers Körper darin.

Bis zum Einbruch der Nacht waren mit Ausnahme der Hofhaltung der Kaiserin alle in die Burg gezogen. Ein Voraustrupp hatte bereits begonnen, die am wenigsten spartanischen Räume mit Wandbehängen und Kissen für ihre kaiserliche Hoheit herzurichten. Der Rittersaal war wieder bewohnbar und sah im großen und ganzen aus wie immer, und die Köche und Dienstboten machten sich gleichmütig daran, die neuen Herren zu beköstigen und unterzubringen. Der beschädigte Turm wurde mit gut abgelagertem Bauholz abgestützt und eine Wache sollte Unvorsichtige am Betreten des Bauwerks hindern.

Noch hatte niemand die Tür zu Philips Kammer geöffnet und sie leer gefunden. Auch hatte niemand Zeit gehabt, auf den Benediktiner zu achten, der als letzter dort an der Seite des Verwundeten gesessen und sich dann, wie auch der Kaplan, lange in der Nähe des Gemeinschaftsgrabes und bei den Verwundeten aufgehalten hatte. Alle waren viel zu beschäftigt gewesen, als daß jemand auf den Gedanken gekommen wäre, sich zu fragen, wer während der Abwesenheit dieser beiden an Philips Lager wachte. Diesen Punkt hatte Cadfael in seine Überlegungen einzubeziehen vergessen. Jetzt, als die drängendsten Aufgaben erledigt waren, kam ihm allmählich der Gedanke, daß er selbst das Fehlen des verwundeten Burgherrn würde entdecken und melden müssen, um keinen Verdacht auf diejenigen von Philips Dienerschaft zu lenken, die sich noch in der Burg befanden. Er wollte dies aber möglichst nicht ohne Zeugen tun.

Etwa eine Stunde vor dem Vespergebet ging er in die Küche, wo er um einen Schoppen Wein und einen Ledereimer mit heißem Wasser für seinen Patienten bat. Den schweren Eimer ließ er sich von einem Küchenjungen über den Burghof zum Bergfried tragen.

»Als ich ihn vor einigen Stunden allein ließ, um hinaus zur Begräbnisstätte zu gehen«, sagte er, als sie in den Gang traten, »hatte er Fieber. Vielleicht kann ich es senken, wenn ich ihn bade und ihm etwas einzuflößen versuche. Kannst du eine Weile dableiben und mir helfen, ihn zu heben und umzudrehen?«

Der Küchenjunge, ein Hüne mit wirrem Haar, war schweigsam, hatte verschlossene Gesichtszüge und würde unter der neuen und bisher noch unbekannten Herrschaft erst einmal vorsichtig abwarten. Er warf einen Blick über die Schulter auf Cadfael, überlegte kurz und sagte, ohne die Lippen zu bewegen, aber deutlich vernehmbar: »Wenn Ihr ihm wohlgesonnen seid, Bruder, ist es am besten, Ihr laßt ihn ziehen.«

»Und bist du ihm wohlgesonnen?« fragte Cadfael in gleicher Manier. Er beherrschte diese Fähigkeit, die bisweilen nützlich war.

Darauf bekam er keine Antwort, doch hatte er auch weder eine erwartet, noch brauchte er sie.

»Verzage nicht! Wenn die Zeit kommt, berichte, was du gesehen hast.«

Sie erreichten die Kammer. Cadfael öffnete die Tür, die Weinflasche in der anderen Hand. Im Dämmerlicht des kahlen und düsteren Raumes sah man, daß die Wolldecken hierhin und dorthin geschleudert waren: Das Lager war leer. Fast hätte Cadfael der Versuchung nachgegeben, die Flasche fallen zu lassen, damit sein Erstaunen und seine Besorgnis glaubwürdig wirkten. Doch fiel ihm rechtzeitig ein, daß Benediktiner auf unerwartete Situationen üblicherweise nicht damit reagieren, daß sie Gegenstände fallen lassen, schon gar nicht, wenn es um volle Weinflaschen geht. Überdies hatte er diesem Zufallsgefährten gerade erst mehr oder weniger deutlich anvertraut, was er bereits wußte, so daß jegliche Notwendigkeit einer Täuschung entfiel. Gewiß würde mancher von Philips Gesinde innerlich über die Befreiung ihres Herrn frohlocken.

Also unterdrückten beide einen Ausruf und standen statt dessen stumm und befriedigt da. Der Blick, den sie miteinander tauschten, war beredt, aber für den Fall, daß jemand vorüberkam, der es nicht hätte hören dürfen, versagten sie es sich, ihrer Empfindung Worte zu verleihen.

»Komm!« sagte Cadfael und wurde munter. »Wir müssen das berichten. Bring den Eimer mit!« fügte er gebieterisch hinzu. »Es kommt auf die Kleinigkeiten an, wenn eine Geschichte überzeugend wirken soll.«

Er eilte im Laufschritt voraus, die Weinflasche nach wie vor in der Hand. Während der Küchenjunge hinter ihm drein lief, spritzte bei jedem Schritt Wasser aus dem Eimer. Am Eingang zum Saal hätte Cadfael fast einen von Bohuns Rittern umgerannt, als er atemlos hervorstieß:

»Ist der Marschall zugegen? Ich muß unbedingt mit ihm sprechen. Wir kommen gerade aus FitzRoberts Gemach. Er ist nicht da. Das Lager ist verlassen, er ist fort.«

Cadfaels Bericht hinterließ eine nachhaltige Wirkung bei den im Rittersaal Versammelten – Marschall, Haushofmeister und ein halbes Dutzend Grafen und Barone – und entlockte ihnen einen Aufschrei, in dem sich Wut, Verzweiflung, Mißtrauen und Hilflosigkeit mischten. Cadfael gab sich wortreich und besorgt, und der Küchenjunge hatte Verstand genug, sich als Verkörperung tumber Bestürzung zu gebärden.

»Meine Herren, ich habe ihn vor Mittag verlassen, um dem Kaplan vor der Burg bei der Beisetzung der Toten zur Hand zu gehen. Ich hatte in der Burg für einige Nächte um Unterkunft gebeten und halte mich nur zufällig hier auf. Da ich über gewisse Fertigkeiten verfüge, habe ich mich bereit erklärt, Philip FitzRobert zu pflegen und zu betreuen, so gut es in meinen Kräften steht. Als ich ihn verließ, lag er nach wie vor in tiefer Ohnmacht, wie meist seit seiner Verwundung. Also nahm ich an, ihn verlassen zu können. Ihr habt ihn ja heute morgen selbst gesehen«, sagte er zum Marschall gewandt. »Doch wie ich jetzt zu ihm zurückkehre ...« Er schüttelte den Kopf, als könne er es noch nicht glauben. »Aber wie konnte das geschehen? Er lag, wie ich schon sagte, in tiefer Ohnmacht. Ich wollte ihn mit heißem Wasser waschen und mit Wein aus der Vorratskammer stärken, und habe diesen Burschen hier gebeten, mitzukommen und mir zur Hand zu gehen. Und jetzt ist er fort! Es ist völlig ausgeschlossen, daß er aus eigener Kraft aufgestanden und davongegangen ist, das schwöre ich. Dennoch ist er fort! Der Junge wird es Euch bestätigen.«

Dieser nickte so lange und so heftig, daß ihm das zottige Haar ins Gesicht fiel. »Gott ist mein Zeuge! Das Lager ist leer, die Kammer ist leer. Er ist einfach fort.«

»Schickt hin und laßt nachsehen«, sagte Cadfael. »Ein Irrtum ist nicht möglich.«

»Fort!« explodierte der Marschall. »Wie kann das zugehen? Hattet Ihr bei Eurem Weggang nicht die Tür verschlossen? Oder eine Wache aufgestellt?«

»Dazu sah ich keinen Anlaß«, erwiderte Cadfael gekränkt. »Ich sage Euch, er konnte weder Hand noch Fuß rühren. Auch gehöre ich nicht zu seinen Bediensteten und war ohne Anweisungen. Seine Pflege hatte ich völlig freiwillig übernommen.«

»Das bezweifelt niemand, Bruder«, sagte der Marschall barsch. »Aber gewiß habt Ihr Eure Pflege vernachlässigt, wenn er mehrere Stunden sich selbst überlassen blieb. Man muß füglich Eure ärztliche Kunst bezweifeln, wenn Ihr einen so tatkräftigen Mann als tödlich krank und bewegungsunfähig angesehen habt.«

»Ihr mögt den Kaplan fragen«, gab Cadfael zurück. »Er wird Euch bestätigen, was ich gesagt habe. Der Mann war völlig bewußtlos und stand an der Pforte des Todes.«

»Und zweifellos glaubt Ihr an Wunder?« sagte Bohun höhnisch und aufgebracht.

»Das will ich nicht bestreiten und habe guten Grund dazu. Bedenkt das, meine Herren«, stimmte Cadfael bereitwillig zu.

»Fragt die Torwächter«, befahl der Marschall, an einige seiner Hauptleute gewandt, »ob unter den Verwundeten jemand die Burg verlassen hat, der FitzRobert ähnlich sah.«

»Niemand«, sagte Bohun knapp und entschieden, winkte aber dennoch drei seiner Männer herbei, damit sie bestätigten, wie streng die Bewachung gewesen war.

»Und Ihr, Bruder, kommt mit. Wir wollen uns das Wunder doch näher ansehen.« Mit diesen Worten trat er hinaus in den Burghof, von einem Kometenschweif besorgter Untergebener gefolgt. Cadfael und der Küchenjunge, dessen Eimer inzwischen so gut wie leer war, schlossen sich der Prozession an.

Die Tür stand weit offen, so, wie sie sie verlassen hatten. Der Raum war so übersichtlich und kärglich eingerichtet, daß es kaum nötig war, über die Schwelle zu treten, um zu sehen, daß sich niemand darin befinden konnte. Es fiel nicht weiter auf, daß die Strohmatratze fehlte, da die Decken unordentlich beiseite geworfen worden waren, und niemand sich die Mühe machte, sie zu durchwühlen. Zwar mochte alles mögliche unter ihnen liegen, aber mit Sicherheit kein Mensch.

»Weit kann er nicht sein«, sagte der Marschall und wirbelte ebenso heftig herum, wie er herbeigeeilt war. »Er muß noch in der Burg sein, denn an den Wächtern konnte niemand vorbei. Wir werden ihn finden, und wenn wir jede Ratte aus ihrem Winkel aufscheuchen müssen.« Schon nach wenigen Minuten hatte er die Umstehenden in alle Richtungen auf die Suche geschickt. Cadfael und der Küchenjunge tauschten einen Blick, der Bände sprach, wagten aber kein Wort zu äußern. Der Junge, dessen Gesicht nichts von der großen Freude verriet, die er empfand, kehrte ohne Eile an seine Arbeit zurück. Cadfael, dessen innere Spannung einer großen Erleichterung Platz gemacht hatte, erinnerte sich an das Vespergebet und begab sich in die Kapelle.

Der Marschall betrieb die Suche nach Philip nicht nur mit der von ihm angedrohten Gründlichkeit, sondern dem Anschein nach auch mit Überzeugung, Cadfael fragte, sich dennoch, ob das Verschwinden des Gefangenen FitzGilbert nicht auch erleichtert hatte. Nicht etwa, weil er für ihn Mitgefühl empfunden hätte, und auch nicht, weil er eine so grimmige Rache, wie sie die Kaiserin plante, mißbilligte. Aber sein Verstand müßte ihm sagen, daß eine solche Untat das Morden weiter angeheizt und verlängert und selbst jene der Sache der Kaiserin entfremdet hätte, die ihr bis dahin nach besten Kräften gedient hatten. Nachdem die Suche ergebnislos blieb, war klar, daß der Marschall noch am selben Abend seiner kaiserlichen Herrin davon würde Mitteilung machen müssen, bevor sie mit allem Pomp in La Musarderie einzog. Das war eine unverhoffte Gnade. Auf diese Weise war dafür gesorgt, daß sie den ersten Ausbruch ihres Zorns an jenen austobte, die nicht einmal sie zu demütigen und zu vernichten wagte. Erst dann kam sie mit Untergebenen in Berührung, mit denen sie nach Gutdünken verfahren konnte, weil sie ihr auf Gedeih und Verderb ausgeliefert waren.

Der völlig erschöpfte Kaplan stoppelte die Vesperandacht zusammen, so gut er konnte, und Cadfael versuchte, sich auf seine geistliche Verrichtung zu konzentrieren. Irgendwo zwischen La Musarderie und Cirencester, oder gar schon in der Sicherheit des dortigen Augustinerklosters, pflegte und bewachte Olivier den Mann, dessen Gefangener er gewesen war und der sich jetzt sozusagen in seiner Gewalt befand, den Freund, der sich zum Feind gewandelt hatte. Wie auch immer man diese Beziehung nennen mochte, sie blieb um so unwandelbarer und unverletzlicher, je mehr sie sich in ihr Gegenteil verkehrte. Solange die beiden in Verbindung blieben, würden sie einander gegen die ganze Welt verteidigen, auch wenn der eine das Handeln des anderen nicht verstand.

Auch ich verstehe es nicht, dachte Cadfael, aber das ist auch nicht erforderlich. Ich empfinde Vertrauen, Achtung und Liebe. Trotzdem habe ich gerade den Ort aufgegeben und verlassen, dem ich am meisten Vertrauen, Achtung und Liebe entgegenbringe. Ob ich je dorthin zurückkehren kann, entzieht sich meiner Kenntnis. Es kommt auf einen Versuch an. Mein Sohn hat die Freiheit wiedererlangt, er ist unverletzt und steht in Gottes Hand.

Ich habe ihn befreit, und er seinen Freund. Was zwischen ihnen steht, müssen sie überwinden. Sie brauchen mich nicht. Aber ich brauche gewisse Dinge, o Gott, wie sehr. Während die Zahl der Jahre, die vor mir liegt, nur noch gering ist, hat sich meine Schuld, von einem Maulwurfshügel, zu einem Gebirge aufgetürmt, und mein Herz sehnt sich zurück.

»Möge dir unser Fasten angenehm sein, Herr, wir bitten Dich, und mache uns Deiner Gnade würdig, indem Du uns unsere Sünden vergibst ...«

Ja, Amen! Schließlich hat Gottes Segen auf der langen Reise hierher geruht. Sofern sich der Heimweg als mühselig erweist und an seinem Ende die Zurückweisung stehen sollte, darf ich da an diesem Preis herummäkeln, den ich zu zahlen habe?

Die Kaiserin zog am folgenden Tag ausgesprochen mißgestimmt und schlecht gelaunt in La Musarderie ein, hatte sich aber mehr oder weniger im Griff. Ihre schwarzen gerunzelten Brauen hoben sich sogar ein wenig beim Anblick der Beute, die ihr in die Hände gefallen war, und sie fand sich ungnädig damit ab, auf ihren großen Triumph verzichten zu müssen.

Cadfael sah zu, wie sie einritt, und mußte zugeben, daß diese hochgewachsene und befehlsgewohnte Frau eine herrscherliche Gestalt war, ob zu Fuß oder zu Pferde. Selbst in ihrem Mißvergnügen war sie von eindrucksvoller Schönheit. Wenn sie es darauf anlegte, jemanden zu bezaubern, konnte sie unwiderstehlich sein. So hatte sie sich so manchem jungen Mann wie Yves gezeigt, bis er die stählerne Härte ihres Willens kennenlernte.

Sie saß glänzend gekleidet auf einem edel aufgezäumten Pferd. Ritter in glänzender Rüstung begleiteten sie und ihre Damen zu beiden Seiten, und den Abschluß bildete ein ganzer Trupp von Gewappneten. Cadfael erinnerte sich noch an die beiden Hofdamen, die ihr in Coventry aufgewartet hatten und nach Gloucester gefolgt waren. Die ältere, groß und schlank, trug Witwentracht, und hatte ein hageres Gesicht sowie silbergraues, fast weißes Haar. Sie mochte an die sechzig sein, war aber nach wie vor von jugendlicher Anmut. Ihre junge Nichte Isabeau ähnelte ihr trotz der vielen Jahre, die zwischen ihnen lagen, so sehr, daß sie in all ihrer Lebenskraft und Schönheit vermutlich so aussah wie Jovetta de Montors einst als junges Mädchen. Kein Wunder, daß so viele edle junge Männer sie in Coventry umschwärmt hatten.

Der Trupp hielt im Burghof an, und FitzGilbert sowie ein halbes Dutzend seiner Ritter wetteiferten darin, den Damen aus dem Sattel zu helfen und sie zu den für sie vorbereiteten Gemächern zu geleiten. La Musarderie hatte eine Burgherrin.

Wo aber befand sich der einstige Burgherr, und wie mochte es ihm ergehen? Falls Philip den Transport überstanden hatte, dürfte er noch am Leben sein. Olivier würde ihn bestimmt nicht verlassen, solange sein Zustand noch im geringsten unsicher war.

Inzwischen kam Yves, saß ab und führte sein Pferd in den Stall. Sobald seine Zeit es ihm gestattete, würde er Cadfael aufsuchen. Es gab Neuigkeiten auszutauschen, und sicherlich war Yves bereits ungeduldig.

Sie setzten sich nebeneinander auf das schmale Bett in Cadfaels Zelle, wie schon vor wenigen Tagen, und teilten einander alles mit, was geschehen war, seit sie sich am knorrigen Rebstock getrennt hatten, während der Wächter keine zwanzig Schritt entfernt patrouillierte.

»Natürlich habe ich gleich gestern erfahren«, sagte Yves voll Staunen und Begeisterung, »daß Philip auf und davon war, verschwunden wie der Morgennebel. Aber wie war das möglich? Wenn er wirklich so schwer verwundet wurde, daß er nicht einmal stehen konnte …? Ihr ist es erspart geblieben, sich mit dem Grafen zu überwerfen und … und Schlimmeres … So vieles ist uns erspart geblieben. Aber wie ist das zugegangen?« Es war deutlich zu merken, daß ihm die Entwicklung der Dinge nur recht war. Dann fragte er mit ernster Stimme: »Und was ist mit Olivier? Ich hatte angenommen, ich würde ihn unter den anderen im Rittersaal sehen. Ich habe Bohuns Verwalter nach Gefangenen gefragt, er aber wußte nichts und hat behauptet, hier seien keine gewesen. Wo kann er denn sein? Philip hatte uns doch gesagt, daß sich Olivier hier befindet.«

»Und Philip lügt nicht«, wiederholte Cadfael die Worte, die offensichtlich sogar unter seinen Feinden ein Glaubensartikel waren. »Nein, wirklich, er lügt nicht. Er hat uns die Wahrheit gesagt. Olivier war hier, in einem Verlies tief unter einem der Türme. Was die Frage betrifft, wo er sich jetzt aufhält … Sofern alles gutgegangen ist, und warum sollte es das nicht – schließlich hat er Freunde hier in der Gegend! – müßte er sich augenblicklich im Augustinerkloster von Cirencester befinden.«

»Habt Ihr ihm noch vor der Übergabe der Burg zur Freiheit verholfen? Aber warum ist er dann fortgegangen, wo FitzGilbert und die Kaiserin schon vor dem Tor warteten? Seine eigenen Leute?«

»Nicht ich habe ihn befreit«, erklärte Cadfael geduldig. »Nach seiner Verwundung hielt Philip seinen Tod für unausweichlich und hat, um seine Männer zu schonen, Camville den Befehl erteilt, er möge die besten Bedingungen für sie aushandeln – zumindest Leben und Freiheit – und dann die Burg übergeben.«

»Im vollen Bewußtsein dessen, daß er selbst keine Gnade erwarten durfte?« fragte Yves.

»Ja. Im vollen Bewußtsein dessen, was sie ihm zugedacht hatte und was ich aus Euren Worten wußte«, sagte

Cadfael. »Zugleich aber im vollen Bewußtsein dessen, daß sie alle anderen ziehen lassen würde, solange sie ihn in die Hände bekam. Überdies hat er auch an Olivier gedacht. Er hat mir die Schlüssel zu seinem Verlies gegeben und mich hinabgeschickt, damit ich seine Fesseln löse. Das habe ich getan und mit seiner Hilfe Philip FitzRobert auf den Weg zu den Mönchen nach Cirencester gebracht, wo er sich, wie ich hoffe, in Sicherheit befindet und mit Gottes Hilfe von seinen Wunden genesen wird.«

»Aber wie habt Ihr ihn aus der Burg geschafft, wo doch die Truppen der Kaiserin bereits am Tor Wache hielten? Und hat er zugestimmt?«

»Ihm blieb keine Wahl«, antwortete Cadfael. »Er war nur so lange bei Bewußtsein, daß er entscheiden konnte, sein Leben im Tausch für das seiner Männer aufzuopfern. Er lag in tiefer Ohnmacht, als ich ihn eingehüllt und zu den Toten hinausgebracht habe. Nein, Olivier war nicht dabei. Einer der Männer des Marschalls hat mir geholfen, ihn zu tragen, ohne zu ahnen, was er tat. Olivier hatte, als sich die Belagerer zurückzogen, die Burg heimlich bei Nacht verlassen, um an der Mühle von Winstone ein Fuhrwerk zu beschaffen. Er ist mit dem Müller gekommen, der angeblich den Leichnam eines Verwandten abholen wollte, und das hat man ihnen gestattet – unter den Augen der Wächter.«

»Wie gerne wäre ich dabeigewesen!« sagte Yves tief beeindruckt.

»Mein Junge, ich war froh, daß Ihr nicht dabei wart. Ihr hattet Eure Aufgabe erledigt, und ich danke Gott, daß Ihr bei diesem gefährlichen Spiel in Sicherheit gewesen seid. Jedenfalls ist das Wagestück gelungen, und zum Ausgleich dafür, daß ich Olivier fortgeschickt habe, seid Ihr zumindest heute bei mir. Das Schlimmste ist abgewendet. In diesem Leben ist dies oft das beste, was sich sagen läßt, und wir müssen uns damit zufriedengeben.« Mit einem

Mal überfiel ihn trotz aller Entspannung und Zufriedenheit eine große Mattigkeit.

»Olivier wird zurückkehren«, sagte Yves und lehnte sich an Cadfaels Schulter. »Auf ihn wie auf Euch wartet Ermina in Gloucester. Ihre Stunde dürfte nahe herangerückt sein und so gibt es vielleicht ein weiteres Patenkind für Euch.« Zu dem Zeitpunkt wußte Yves noch nicht, daß dieses Kind Cadfael noch weit näher stehen würde, ihm nicht nur seelenverwandt war, sondern auch blutsverwandt. »Ihr habt schon einen so weiten Weg zurückgelegt, begleitet uns doch, bleibt bei uns an einem Ort, wo Ihr willkommen seid. Welche Sünde kann es bedeuten, wenn Ihr Euch noch einige Tage ausborgt?«

Doch Cadfael schüttelte den Kopf, zögernd zwar, aber entschlossen. »Nein, das darf ich nicht. Als ich Coventry zu dieser Unternehmung verließ, habe ich das Gehorsamsgelübde meinem Abt gegenüber gebrochen, der mir bereits großzügig Urlaub gewährt hatte. Jetzt ist das vollbracht, weshalb ich meiner Berufung entsagt habe. Vielleicht bleibt mir noch eine winzige Aufgabe, aber wenn ich länger verweile, werde ich mir selbst untreu, so wie ich bereits meinem Orden, meinem Abt und meinen Brüdern untreu geworden bin. Gewiß werden wir alle eines Tages einander wieder begegnen. Aber ich muß etwas gut machen und Buße tun. Morgen kehre ich heim, Yves, ob mir die Tore in Shrewsbury wieder aufgetan werden oder nicht.«

KAPITEL 15

Im Licht des frühen Morgens packte Cadfael seine wenigen Habseligkeiten und suchte den Marschall auf. In einer von Krieg und Kriegern geprägten Gesellschaft war es angeraten, seinen Aufbruch anzukündigen, und für den Fall, daß jemand sein Recht dazu in Frage stellen sollte, auf das Einverständnis der Burgherrin zu verweisen.

»Jetzt, da der Weg frei ist, muß ich in mein Kloster zurückkehren. Ich habe ein Pferd hier, das dem Herrn der Burg von Shrewsbury gehört. Die Reitknechte werden bestätigen, daß ich mit ihm gekommen bin. Habe ich Eure Erlaubnis aufzubrechen?«

»Zieht ungehindert von dannen«, sagte der Marschall. »Und Gott sei mit Euch.«

Nachdem er die weltlichen Dinge geregelt hatte, suchte Cadfael zum letzten Mal die Kapelle von La Musarderie auf. Er war einen langen Weg von dorther gekommen, wohin er sich zurücksehnte, und es war keineswegs sicher, daß er je wieder dorthin gelangen würde, denn niemand kennt Tag oder Stunde, da man sein Leben von ihm fordern wird. Doch selbst wenn er sein Kloster erreichte, war es möglich, daß man ihn nicht wieder aufnahm. Der Faden der Zugehörigkeit läßt sich bisweilen nicht leicht wieder aufnehmen, wenn er bis zum Zerreißen gespannt war. Voll Demut betete Cadfael um einen Erfolg seiner Reise und blieb eine Weile mit geschlossenen Augen knien, während er überdachte, was wohlgetan und was weniger wohlgetan war. Zugleich rief er sich mit größter Zufriedenheit und Dankbarkeit das Bild seines als Landmann verkleideten Sohnes in Erinnerung, wie er auf dem Fuhrwerk des Müllers das Haupt seines Feindes auf dem Schoße gehalten hatte, um ihn zu beschützen. Ein sonderbares Paradox, denn eigentlich waren sie nicht miteinander verfeindet. Sie hatten ihr möglichstes getan, Feinde zu werden, es aber schließlich nicht durchgehalten. Es war besser, nicht anzuzweifeln, was unbezweifelbar war.

Gerade als er sich erhob, ein wenig steif von der Kälte und den harten Steinplatten, ertönte ein leichter Schritt, und die Tür wurde ein wenig weiter aufgestoßen. Die Anwesenheit von Frauen in der Burg hatte bereits zu gewissen Veränderungen in der Ausstattung der Kapelle geführt. So schmückte den Altar inzwischen ein besticktes Tuch, und für die Kaiserin war ein Betstuhl mit grünsamtenem Kniekissen aufgestellt worden. Jetzt brachte ihre Kammerfrau zwei schwere silberne Leuchter herein und wollte damit gerade zum Altar treten, als sie Cadfael erblickte. Ein Netz, das ihr Haar zusammenhielt, verstärkte dessen leuchtenden Schimmer. Sie neigte freundlich den Kopf und lächelte ihm zu.

»Guten Morgen, Bruder«, sagte Jovetta de Montors, ohne ihren Schritt zu verhalten. Dann aber blieb sie doch stehen und musterte ihn etwas genauer. »Ich habe Euch schon früher gesehen, nicht wahr? Bei der Zusammenkunft in Coventry?«

»Das stimmt«, antwortete Cadfael.

»Ich erinnere mich«, sagte sie mit einem Seufzen. »Schade, daß sie ergebnislos geblieben ist. Haben Euch Aufträge im Zusammenhang damit so weit von Eurem

Kloster entfernt? Ich meine gehört zu haben, daß Ihr aus Shrewsbury kommt.«

»Ja«, erwiderte Cadfael. »Gewissermaßen.«

»Und seid Ihr weitergekommen?« Sie trat zum Altar und stellte die Leuchter links und rechts darauf. Jetzt bückte sie sich, um aus einer an der Wand stehenden Truhe Kerzen und einen mit Schwefel bestrichenen Holzspan zu nehmen, mit dessen Hilfe sie diese wohl am Ewigen Licht, das rot vor dem Kreuz in der Mitte glomm, entzünden wollte.

»Ja, zum Teil.«

»Nur zum Teil?«

»Eine meiner Aufgaben ist ungelöst geblieben. Allerdings war sie auch nicht so wichtig, wie wir damals annahmen. Ihr erinnert Euch gewiß an den jungen Mann, den man seinerzeit in Coventry des Mordes beschuldigt hat?«

Er trat näher, und sie sah ihn offen aus ihren tiefblauen Augen an. Ihr Gesicht war blaß. »Ja, durchaus. Dieser Verdacht ist inzwischen von ihm genommen. Ich habe in Gloucester mit ihm gesprochen, und er hat berichtet, Philip FitzRobert sei inzwischen zu der Überzeugung gelangt, daß nicht er der Täter war und habe ihn deshalb auch freigelassen. Das hat mich gefreut. Ich hatte angenommen, alle Gefahr sei vorüber, nachdem es meiner Herrin gelungen war, ihn mit heiler Haut aus Coventry hinauszubringen. Erst in Gloucester erfuhr ich, daß ihn Philip auf offener Straße entführt hatte. Viele Tage später kehrte der Jüngling dann zurück und drängte die Kaiserin zum Sturm auf diese Burg. Ich hatte schon immer gewußt, daß man ihm die Tat nicht zur Last legen konnte«, sagte sie und steckte die Kerzen in die Leuchter. Dann trat sie mit geneigtem Kopf ein wenig zurück, um den Abstand zwischen den beiden zu überprüfen. Der Holzspan flackerte im roten Flämmchen des Ewigen

Lichts auf und warf, als er gleichmäßig brannte, einen hellen Schein auf ihre linke Hand, deren Adern deutlich hervortraten. Sorgfältig entzündete sie die Kerzen und beobachtete mit dem Holzspan in der Hand, wie deren Flammen emporwuchsen. Am Mittelfinger trug sie einen Ring mit einem kunstvoll bearbeiteten Gagat. Obwohl der schwarze Schmuckstein nicht besonders groß war, ließ das Licht die hineingravierten Linien deutlich hervortreten. Der Salamander in seinem Nest aus stilisierten Flammen hielt den Kopf zwar in die andere Richtung als der, den Cadfael kannte, war aber unzweifelhaft sein Gegenstück.

Er sagte kein Wort, doch sie verstummte plötzlich und verharrte reglos. Das Licht des brennenden Spans beleuchtete weiterhin deutlich den Ring. Dann wandte sie sich ihm zu, und ihr Blick folgte dem seinen.

»Ich wußte, daß ihn keine Schuld traf«, wiederholte sie. »Ich hatte keinerlei Zweifel, und Ihr wohl auch nicht. Aber ich hatte Grund dazu. Was machte Euch schon damals so sicher?«

Punkt für Punkt wiederholte er alles, was dafür sprach, daß nur jemand Brien de Soulis getötet haben konnte, den er kannte und dem er vertraute, jemand, der an ihn herantreten durfte, ohne Mißtrauen zu erregen. Das wäre Yves Hugonin nach seiner offen gezeigten Feindseligkeit mit Sicherheit nicht möglich gewesen. »Es mußte jemand sein, der für ihn unter keinen Umständen eine Bedrohung bedeutete, ein Mann, dem er sein volles Vertrauen schenkte.«

»Oder eine Frau«, gab Jovetta de Montors zurück. Sie sagte es sachlich und fast beiläufig, wie ein Mensch, der auf eine naheliegende Möglichkeit hinweist, ohne sie besonders hervorheben zu wollen.

Dieser Gedanke war Cadfael noch nicht gekommen. Angesichts jener nahezu ausschließlich aus Männern bestehenden Versammlung, bei der nur drei Frauen anwesend waren, jede unter kaiserlichem Schutz, war er nicht auf diese Möglichkeit verfallen. Gewiß, die jüngere Frau war offenkundig bereit gewesen, mit de Soulis ein gefährliches Spiel zu spielen, hatte aber wohl kaum die Absicht, es zu weit gehen zu lassen. Cadfael bezweifelte, ob sie sich überhaupt mit ihm verabredet hatte. Dennoch ...

»Nein«, fuhr Jovetta de Montors fort, als hätte sie seine Gedanken erraten. »Nicht Isabeau. Sie weiß nichts davon. Sie hat ihm ein halbes Versprechen gegeben, mehr nicht – aber ausreichend, um festzustellen, wie ernst es ihm war. Sie hatte nie die Absicht, mit ihm zusammenzutreffen. Aber im Halbdunkel besteht kein großer Unterschied zwischen einer alten und einer jungen Frau, wenn sie einen Umhang mit übergeworfener Kapuze trägt. Damit sage ich Euch bestimmt nichts Neues«, fuhr sie mit herzlichem Lächeln fort. »Aber ich hätte es auf keinen Fall zugelassen, daß dem jungen Mann Schaden zugefügt worden wäre.«

»Ich erfahre das erst jetzt«, sagte Cadfael. »Glaubt mir. Erst jetzt, und durch Euer Siegel. Das gleiche Siegel, das man im Namen Geoffrey FitzClares, als er bereits tot war, auf die Übergabeurkunde von Faringdon gesetzt hat. Und jetzt ist de Soulis tot, der an ihm zum Mörder wurde, um es verwenden zu können. Geoffrey FitzClare ist gerächt.« Warum die Glut in der Asche wieder entfachen?, dachte er.

»Wollt Ihr mich nicht fragen, was mir Geoffrey FitzClare bedeutet hat?« fragte sie.

Cadfael schwieg.

»Er war mein Sohn«, begann sie. »Mein einziges Kind, außerhalb einer kinderlosen Ehe geboren. Ich verlor ihn, kaum, daß ich ihn zur Welt gebracht hatte. Das liegt lange zurück. König Heinrich hatte die Normandie erobert und besiedelt. Als Louis auf Frankreichs Thron kam, brach der ganze Hader erneut aus. Mein Gemahl war Lehnsmann von Warrenne, der König Heinrich mit seinen Streitkräften treu zur Seite stand. Zwei Jahre und mehr hat es gekostet, die Eroberung des Königs zu verteidigen. Zwei Jahre war mein Gemahl fort! Liebe fragt nicht um Erlaubnis. Ich war einsam, und Richard de Clare war mir herzlich zugetan. Nach der Geburt des Jungen hat ihn Richard als seinen Sohn anerkannt und in seine Familie aufgenommen. Aubrey hat nie etwas davon erfahren, und auch sonst niemand. Aber Richard hat nicht lange genug gelebt, um sich um seinen Sohn zu kümmern, als dieser den Vater am meisten brauchte. So mußte ich seine Stelle vertreten.«

Ihre Worte klangen gelassen; weder prahlte sie, noch versuchte sie, ihre Tat zu verteidigen. Als sie sah, daß Cadfaels Blick nach wie vor auf dem Salamander in seinem Flammenkreis ruhte, lächelte sie.

»Das Siegel war alles, was er je von mir bekam. Es stammt von den Vorfahren meines Vaters, wurde aber nur noch selten verwendet, so daß es kaum noch jemand kennen dürfte. Ich habe Richard gebeten, es dem Jungen als eigenes Wappen zu verleihen, und das hat er getan. Geoffrey hat uns beiden Ehre gemacht. Sein Halbbruder, Graf Gilbert, war ihm stets zugetan. Obwohl sie in diesem traurigen Streit auf entgegengesetzten Seiten kämpften, blieben sie gute Freunde. Die Familie de Clare hat Geoffrey als einen der ihren begraben und bewahrt ihm ein ehrendes Angedenken. Mir ist bekannt, wie er ums Leben gekommen ist, ihnen nicht. Ihr, nehme ich an, wißt es auch.«

»Ja, ich weiß es«, erwiderte Cadfael und sah ihr in die Augen.

»Dann brauche ich nichts zu erklären oder zu beschönigen«, sagte sie schlicht und trat zum Altar, um eine der Kerzen etwas gerader in den Leuchter zu stellen. Den

Holzspan, der längst ausgegangen war, warf sie nicht achtlos fort, sondern nahm ihn mit. »Aber sollte je noch einmal jemand dem jungen Ritter den Tod jenes Mannes zur Last legen, dürft Ihr offen sprechen.«

»Ihr habt gesagt, daß niemand je davon erfahren hat«, nahm Cadfael den Gesprächsfaden wieder auf. »Nicht einmal Euer Sohn?«

Sie war schon auf dem Weg aus der Kapelle, wandte sich aber noch einmal um und sah ihn mit ihren gelassenen blauen Augen an, die so tief waren, daß man darin ertrinken konnte. Mit einem Lächeln: »Jetzt weiß er es.«

In der Kapelle von La Musarderie gingen zwei Menschen auseinander, deren Wege sich mit Sicherheit nie wieder kreuzen würden.

Cadfael ging hinüber zum Stall, wo er auf den untröstlichen Yves stieß, der bereits den Rotschimmel sattelte und darauf bestand, dem Freund bis zur Furt das Geleit zu geben. Um Yves brauchte sich Cadfael keine Sorgen zu machen, der finsterste Schatten war von ihm gewichen. Es blieb nur noch die vergleichsweise geringe Enttäuschung, Cadfael nicht mit nach Hause nehmen zu können, sowie der Verlust seiner Illusionen. Das würde Yves für eine gewisse Zeit argwöhnisch gegenüber der Gunst der Kaiserin machen, ohne ihn jedoch in seiner Treue zu ihrer Sache zu erschüttern. Dieser tapfere und zugleich natürliche Jüngling neigte nicht zu den verwirrenden Grübeleien, die das Leben so vieler Menschen erschweren. Er schritt neben dem Pferd über den Damm dem Waldrand entgegen, in dessen Mitte die Furt lag, und sprach von Ermina, Olivier und dem Kind, dessen Geburt bevorstand. Beim Gedanken an die Begegnung mit ihnen besserte sich seine Stimmung immer mehr.

»Vielleicht ist er schon dort, noch bevor ich Urlaub

bekomme, um zu ihr zu reiten. Geht es ihm wirklich gut? Ist er unverletzt?«

»Ihr werdet ihn völlig unverändert finden«, versicherte ihm Cadfael. »Er ist wie eh und je und wird auch an Euch keine Veränderung wahrnehmen. Alles in allem«, versuchte er eher sich selbst zu trösten, als den jungen Mann, »waren wir vielleicht gar nicht so erfolglos.« Aber vor ihm lag ein sehr langer Heimweg.

An der Furt schieden sie voneinander. Yves hielt ihm die glatte Wange hin, und Cadfael beugte sich hinab, um ihn zu küssen. »Kehrt jetzt um und seht mir nicht nach. Es ist sicher nicht das letzte Mal.«

Cadfaels Reittier durchquerte die Furt, erklomm auf der anderen Seite den Weg, der sich unter dem grünen Blätterdach der Bäume aufwärts wand, und wandte sich nach dem Dorf Winstone gen Osten, der großen Straße entgegen. Dort aber ritt er nicht Tewkesbury zu und damit der Straße, die heimwärts führte, sondern bog rechts ein, in Richtung auf Cirencester. Eine kleine Aufgabe blieb ihm noch; vielleicht aber klammerte er sich auch nur an die unbestimmte Hoffnung, aus seiner Abtrünnigkeit könne entgegen aller vernünftiger Erwartungen, etwas Gutes entstehen, das ihm zur Rechtfertigung seiner Verfehlung dienen konnte.

Während er auf der Hochfläche der Cotswolds der Heerstraße folgte, gingen aus dem niedrig hängenden bleifarbenen Himmel über ihm immer wieder Schauer von Schneeregen herab, was seine Stimmung nicht unbedingt besserte. Wie grauer Dunst lagen die Farben des Winters schmutzig und ausgebleicht über der Landschaft. So machte das Reisen wenig Freude, und er begegnete nur wenigen Menschen – sie zogen, ganz wie die Schafe, ein Dach über dem Kopf vor.

Am Spätnachmittag erreichte er Cirencester, das er bisher nicht kannte. Cadfael wußte lediglich, daß die Stadt sehr alt war, noch Spuren aus römischer Zeit trug und daß der Wollhandel sie schon vor langer Zeit reich gemacht hatte. Er mußte Vorübergehende nach dem Weg zum Augustinerkloster fragen, doch als er dort eintraf, war es unverkennbar, und ohne Zweifel blühte und gedieh es. König Heinrich hatte das Kloster auf den Überresten eines älteren säkularen Kanonikerhauses errichtet, das nur über geringe Geldmittel verfügte und daher allmählich dem Verfall entgegenging. Die Augustiner aber hatten es wiederhergerichtet, und das schöne Torhaus, der große Hof und die herrliche Kirche legten Zeugnis ab von ihrem Eifer und ihrer Tüchtigkeit. Obwohl die Wiederbelebung dieser Anlage keine dreißig Jahre zurücklag, konnte sie mit Fug und Recht einen Platz unter den ersten ihres Ordens im Königreich beanspruchen.

Cadfael stieg am Tor ab und führte sein Pferd zur Pforte. Die Ordnung und Beschaulichkeit, die dort herrschten, taten ihm wohl nach all den Fährnissen mit unvorhersagbarem Ausgang, der Belagerung und der trüben Einsamkeit der Straßen. Hier ging alles seinen geordneten Gang, hier hatte jeder eine fest umrissene Aufgabe und fügte sich einem geregelten Tagesablauf. Niemand zweifelte hier an seinem Wert, jede Stunde und jede Sache hatte ihren Sinn und war für den Ablauf des Ganzen unerläßlich – ganz wie zu Hause, dort, wohin ihn sein Herz zog.

»Ich gehöre dem Benediktinerkloster Sankt Peter und Paul in Shrewsbury an«, sagte Cadfael demütig, »und halte mich in dieser Gegend wegen der Kämpfe in Greenhamsted auf, wo ich mich befand, als die Burg belagert wurde. Könnte ich mit dem Bruder Krankenpfleger sprechen?«

Der Pförtner war ein rundlicher älterer Mönch mit abweisendem Blick, offensichtlich nicht bereit, einen Unbekannten ohne weiteres willkommen zu heißen, nur weil der ein Benediktiner war. Eindringlich erkundigte er sich: »Begehrst du Unterkunft für die Nacht, Bruder?«

»Nein«, antwortete Cadfael. »Du brauchst für mich nicht zu sorgen. Ich bin auf dem Weg zurück nach Shrewsbury. Mein Auftrag ist rasch erledigt. Ich habe Philip FitzRobert, der bei Greenhamsted schwer verwundet wurde und in Lebensgefahr schwebte, in der Obhut eines anderen hergesandt. Ich hatte mich dort um ihn gekümmert und möchte gern aus dem Munde des Bruders Krankenpfleger erfahren, wie es Philip geht. Oder ob er noch lebt«, fügte er hinzu, mit einem Mal unsicher.

Bei der Nennung des Namens Philip FitzRobert riß der Pförtner seine zurückhaltenden kalten grauen Augen weit auf, die sich bei der Erwähnung des Benediktinerordens und des Klosters in Shrewsbury nicht erwärmt hatten. Ob man Philip hier liebte oder verabscheute oder ob man seine Anwesenheit lediglich als unvermeidbare Erschwernis des Alltags hinnahm, die Hand seines Vaters lag über ihm und vermochte geschlossene und bewachte Tore zu öffnen. Man durfte dem Kloster keinen Vorwurf daraus machen, daß es eisern über seine Grenzen wachte.

»Ich werde den Bruder Krankenpfleger rufen«, sagte der Pförtner und ging hinein.

Jener kam bald herbeigeeilt, ein munterer liebenswürdiger Mann, knapp über dreißig. Er musterte Cadfael mit einem raschen Blick von Kopf bis Fuß und nickte billigend und wissend. »Der junge Mann hat gesagt, daß du vielleicht kämest. Du wurdest gut beschrieben, Bruder, ich hätte dich unter vielen herausgekannt. Du bist willkommen. Er hat uns vom Geschick der Burg berichtet und was unserem Gast dort drohte.«

»Sie sind also rechtzeitig hier eingetroffen?« fragte Cadfael und stieß einen tiefen Seufzer der Erleichterung aus.

»Durchaus. Sie kamen mit dem Fuhrwerk eines Müllers, aber auf den letzten Meilen hat es nicht der Müller gefahren«, berichtete der Krankenpfleger. »Ein Handwerker muß sich um seine Arbeit und seine Familie kümmern, vor allem, wenn er womöglich gerade erst mehr aufs Spiel gesetzt hat, als seine Aufgabe war. Es schien keine Bedrohung gegeben zu haben. Das Fuhrwerk jedenfalls wurde dem Müller zurückgebracht, und danach war alles ruhig.«

»Hoffentlich bleibt es so«, sagte Cadfael aus ehrlichem Herzen. »Er ist ein guter Mensch.«

»Das sei Gott gedankt, Bruder«, erwiderte der Krankenpfleger munter. »Es gibt nach wie vor mehr gute als schlechte Menschen auf der Welt, und ihre Sache wird siegen – so war es stets, und so wird es immer sein.«

»Und lebt Philip noch?« Cadfael stellte die Frage mit größerer Beklemmung, als er vermutet hätte und hielt in Erwartung der Antwort den Atem an.

»Nicht nur das, er ist auch bei Bewußtsein und auf dem Weg der Besserung, auch wenn das noch sehr lange dauern kann. Aber er wird die Verwundungen überleben, er wird wieder gesunden. Komm und sieh selbst!«

Ein Vorhang, der teilweise zugezogen war, stellte in der Krankenstation so etwas wie einen privaten Raum her. Davor saß, sehr ernsthaft und pflichtbewußt, ein junger Ordensangehöriger und las in einem großen Buch, das aufgeschlagen auf einem kleinen Lesegestell auf seinen Knien ruhte. Der füllige junge Mann mit mildem Ausdruck, aber eindrucksvollem Körperbau hob den Kopf und sah sich aufmerksam um, als er die herankommenden Schritte hörte. Beim Anblick des Bruders Krankenpfleger, den ein weiterer Mönch begleitete, senkte er den Blick wieder still auf sein Buch. Cadfael nickte innerlich zustimmend. Die Augustiner waren bereit, sowohl ihre Vorrechte als auch ihre Patienten zu schützen.

»Eine reine Vorsichtsmaßnahme«, erklärte der Krankenpfleger gelassen. »Vielleicht ist sie nicht mehr erforderlich, aber es ist besser, auf der Hut zu sein.«

»Ich zweifle, daß man mir gefolgt ist«, sagte Cadfael.

»Dennoch...« Achselzuckend legte der Krankenpfleger eine Hand an den Vorhang und zog ihn zurück. »Man kann nie vorsichtig genug sein. Geh hinein, Bruder. Er ist bei klarem Verstand und wird dich erkennen.«

Cadfael betrat den Raum, und die Falten des Vorhangs schlossen sich hinter ihm. Das einzige Bett in dem schmalen Gelaß hatte man auf einen Sockel gestellt, um den hilflosen Patienten leichter versorgen zu können. Philip lag auf Kissen gestützt, ein wenig auf die Seite gedreht, um seine gebrochenen Rippen zu entlasten. Sein Gesicht war zwar bleicher und eingefallener als sonst, doch lag darauf eine bewundernswerte Gelassenheit; es war frei von jeglicher Ruhelosigkeit. Seine schwarzen Locken quollen oberhalb des Kopfverbandes auf das Kissen. Er sah zur Tür hin, um zu erkennen, wer da gekommen war und der Blick seiner Augen in ihren bläulich schimmernden Höhlen verriet keine Überraschung.

»Bruder Cadfael.« Die Stimme war kräftig und deutlich. »Ich habe mehr oder weniger damit gerechnet, daß Ihr mich aufsuchen würdet. Aber Ihr hattet eine Aufgabe zu erfüllen, die Eurem Herzen näher lag. Warum habt Ihr nicht schon einige Meilen auf Eurem Heimweg zurückgelegt? Bin ich die Verzögerung wert?«

Darauf antwortete Cadfael nicht unmittelbar. Er trat näher an das Krankenlager und sah dankbar und zufrieden auf Philip. Eine wohlige Wärme erfüllte ihn. »Jetzt, da ich gesehen habe, daß Ihr lebt, werde ich mich rasch auf den Heimweg machen. Man hat mir gesagt, daß Ihr bald wieder hergestellt sein werdet, so gut wie zuvor.«

»So gut wie zuvor«, stimmte Philip mit einem schiefen Lächeln zu. »Aber nicht besser! Es kann gut sein, daß Vater und Sohn ihre Mühe vergebens aufgewendet haben.

Keine Sorge, ich beklage mich nicht, daß man mir den Kopf aus der Schlinge gezogen hat, auch wenn es gegen meinen Willen geschehen ist. Ich werde Euch nicht wie er den Vorwurf machen: ›Er hat mich betrogen!‹ Setzt Euch zu mir, Bruder, da Ihr nun schon einmal hier seid. Nur ein Weilchen. Ihr seht, mir geht es gut, und Ihr werdet an anderer Stelle gebraucht.«

Cadfael nahm auf dem Hocker neben dem Bett Platz. Ihre Gesichter waren einander nah, und sie sahen sich aufmerksam in die Augen. »Euch ist also bekannt, wer Euch hergebracht hat«, sagte Cadfael.

»Ja, ein einziges Mal habe ich kurz sein Gesicht gesehen. Unterwegs auf dem Fuhrwerk. Ich bin dann gleich wieder in die Finsternis hinabgesunken, bevor ich ein Wort sagen konnte. Vielleicht hat er es gar nicht gemerkt. Ja, es ist mir bekannt. Der Apfel fällt nicht weit vom Stamm. Ihr habt mit vereinten Kräften Besitz von meinem Leben ergriffen. Jetzt sagt mir, was ich damit tun soll.«

»Es ist nach wie vor das Eure«, erwiderte Cadfael. »Tut damit also, was Euch richtig dünkt. Ich vermute, daß Ihr es ebenso fest in der Hand habt wie die meisten anderen Menschen.«

»Ach ja, aber es ist nicht das gleiche Leben wie zuvor. Ich hatte mich einverstanden erklärt zu sterben, erinnert Ihr Euch? Was ich jetzt habe, ist Euer Geschenk, mein Freund, ob Euch das recht ist oder nicht. Ich hatte in den letzten Tagen Zeit, über all das nachzudenken, was geschehen ist, bevor ich starb«, sagte er. Es klang nicht unfreundlich. »Die Annahme ist trügerisch, man könne irgendeine Schwierigkeit lösen, indem man von einer unbedeutenden Macht zur anderen überläuft. Jetzt, da ich ergebnislos auf beiden Seiten gekämpft habe, sehe ich meinen Irrtum ein. Die Lösung liegt weder in der Person der Kaiserin noch in der des Königs. Was habt Ihr oder

Olivier de Bretagne jetzt für mich beschlossen, Bruder Cadfael?«

»Oder vielleicht Gott?« sagte Cadfael.

»Gott, gewiß! Aber er hat seine Boten unter uns, und zweifellos gibt es Vorzeichen, die ich deuten muß.« In seinem Lächeln lag keinerlei Spott. »Die Hoffnungen, die ich in beide Seiten gesetzt hatte, sind unter den weltlichen Fürsten zuschanden geworden. Wohin kann ich mich jetzt noch wenden?« Er war nicht auf eine Antwort aus, noch nicht. Sich wieder vom Bett erheben zu können, wäre für ihn wie eine Wiedergeburt; dann wäre es an der Zeit, sich zu überlegen, was er mit dem Geschenk anfangen konnte. »Da es außer uns noch weitere Menschen auf der Welt gibt, berichtet mir, wie es weitergegangen ist, nachdem Ihr mich aus dem Weg geschafft hattet.«

Cadfael setzte sich bequem auf seinem Hocker zurecht und schilderte Philip, wie seine Mannen ehrenhaft und in Freiheit mitsamt ihren Verwundeten hatten abziehen dürfen, allerdings unter Zurücklassung ihrer Waffen. Ihr Leben war von Philip erkauft worden. Auch wenn der Preis dafür nun nicht von ihm gefordert werden würde, hatte er doch sein Angebot in gutem Glauben gemacht.

Keiner der beiden hörte den Hufschlag, der im großen Innenhof widerhallte, nicht das Klirren von Zaumzeug und auch nicht die raschen Schritte auf dem Pflaster. Zu tief lag der Raum im Inneren des Gebäudes, als daß irgendein Vorzeichen sie erreicht hätte. Erst als draußen im Gang laute Stiefeltritte hörbar wurden, stand Cadfael auf und unterbrach sich beunruhigt mitten im Satz. Doch der Wächter vor dem Vorhang, dessen Blick ungehindert bis zum Ende des Ganges reichte, hatte sich nicht gerührt. Was er dort sah, gab ihm keinen Anlaß zur Besorgnis. Er erhob sich lediglich und trat zur Seite, um den Herankommenden Platz zu machen.

Schwungvoll wurde der Vorhang beiseite gezogen und es zeigte sich Oliviers strahlendes Gesicht. Stumm blieb er auf der Schwelle stehen und hielt den Atem an. Er schwankte zwischen einem Hochgefühl und der Furcht über die Kühnheit dessen, was er getan hatte. Als ihn der Blick Philips traf, sah er ihn hoffnungsvoll an, und sein Mund verzog sich zum Ansatz eines Lächelns. Dann trat er einen Schritt zur Seite und zog den Vorhang vollständig zurück, ohne den Raum zu betreten, so daß Philip an ihm vorbeisehen konnte.

Nach einem kurzen Schwanken zwischen Triumph und Zurückweisung, erkannte Olivier, daß er sich nicht vergebens bemüht hatte, auch wenn sich Philip weder regte noch ein Wort sprach.

Als Robert, Graf von Gloucester, eintrat, stand Cadfael auf und zog sich in einen Winkel des Raumes zurück. Der untersetzte stille Mann, geübt in der Kunst der Geduld, näherte sich auch jetzt mit gefaßtem und ausdruckslosem Gesicht dem Bett und sah auf den jüngeren seiner Söhne hinab. Im spärlichen Tageslicht, das noch hereindrang, schimmerten die grauen Strähnen, die sein dichtes braunes Haar durchzogen, wie auch die beiden Silberstreifen in seinem kurz gestutzten Bart wie Regentropfen. Er löste die Schließe des Kapuzenumhangs, der ihm in weiten Falten von den Schultern fiel, und ließ ihn zu Boden gleiten. Dann rückte er den Hocker näher ans Bett und setzte sich so selbstverständlich darauf, als wäre er gerade in sein eigenes Haus zurückgekehrt, ohne daß ihm Kummer oder Seelenschmerz das Willkommen trübten.

»Euer Sohn und Diener«, sagte Philip bewußt förmlich. Seine Stimme klang dünn, als käme sie aus weiter Ferne.

Der Graf beugte sich vor und küßte ihn auf die Wange, der schlichte Gruß, wie er zwischen Vater und Sohn üblich war. Nichts trübte ihrer beider Beziehung. Lautlos glitt Cadfael an ihnen vorüber und trat in den Gang hinaus, wo er den eigenen Sohn mit stillem Jubel in die Arme schloß.

Jetzt war also alles vollbracht, was hier zu tun war. Niemand, auch nicht die Kaiserin, würde es wagen, eine frevelnde Hand an etwas zu legen, was Robert von Gloucester gesegnet hatte. Hochbefriedigt gingen Vater und Sohn in den Hof. Dort holte Cadfael sein Pferd aus dem Stall, denn trotz der sich allmählich senkenden Dunkelheit hatte er das Gefühl, noch ein Stück des Weges hinter sich bringen zu müssen, bevor die Nacht vollständig hereingebrochen war. Ein einfaches Obdach würde er später irgendwo in einem Schafstall finden.

»Ich begleite dich und teile das Lager mit dir, das uns gewiß jemand in seinem Heuschober gewähren wird«, erklärte Olivier. »Bis Gloucester haben wir den gleichen Weg. Sofern wir es bis Winstone schaffen, nimmt uns auch der Müller gern auf.«

»Eigentlich hatte ich angenommen, daß du schon bei Ermina in Gloucester bist«, sagte Cadfael erstaunt. »Dort gehörst du jetzt hin.«

»Ich war schon bei ihr – wie hätte ich sie vernachlässigen können? Ich habe sie geküßt«, gab Olivier zur Antwort, »und sie konnte sich mit eigenen Augen überzeugen, daß mir von niemandem ein Leid zugefügt worden ist. So hat sie mich dorthin ziehen lassen, wohin ich mußte. Ich bin nach Hereford zu Robert geritten, und er ist mitgekommen, wie ich es vermutet hatte. Nichts bindet die Menschen fester als die Bande des Blutes, und für niemanden gilt das mehr als für die beiden da drin. Jetzt ist mein Auftrag erfüllt, und ich kann heimkehren.«

Zwei Tage ritten sie miteinander, zwei Nächte schliefen sie Seite an Seite, in ihre Umhänge gehüllt: die erste in einer Schäferhütte nahe Bagendon, die zweite in der gastfreundlichen Mühle von Cowley. Früh am dritten Tag ritten sie in Gloucester ein. Dort trennten sich ihre Wege.

Yves hätte darauf hingewiesen, wie vernünftig es wäre, wenn Cadfael über Nacht dort bliebe und einige kostbare Stunden in der Gesellschaft von Menschen verbrächte, die ihn liebten. Olivier aber sah ihn lediglich an und wartete ergeben auf die Entscheidung des Vaters.

»Nein«, sagte Cadfael und schüttelte bedauernd den Kopf. »Hier ist dein Zuhause, nicht meines. Ich bin schon viel zu lange fortgeblieben und wage nicht, meine Übertretung noch schlimmer zu machen. Dring daher nicht in mich.«

Also schwieg Olivier. Statt dessen begleitete er ihn ans Nordende der Stadt, wo die Straße nordwestwärts zum fernen Leominster abzweigte. Cadfael hatte noch gut die Hälfte des Tages vor sich, der Himmel war zwar grau, aber friedlich, es wehte kaum Wind. Bis zum Einbruch der Dunkelheit konnte er ohne weiteres noch einige Meilen hinter sich bringen.

»Gott verhüte, daß ich mich zwischen dich und das stelle, was du zum Trost deines Herzens brauchst«, sagte Olivier, »selbst wenn es meins in Stücke reißt. Zieh sicher deines Weges und fürchte nicht um mich. Wir werden uns gewiß wiedersehen. Wenn du nicht zu mir kommst, werde ich zu dir kommen.«

»So es Gott gefällt!« erwiderte Cadfael, nahm das Gesicht seines Sohnes in beide Hände und küßte ihn. Wie konnte jemand wie Olivier Gott nicht gefallen? Vorausgesetzt, es gab noch mehr Menschen wie ihn auf dieser Welt.

Sie waren zu ihrem kurzen Abschied vom Pferd gestiegen. Olivier hielt Cadfael den Steigbügel, damit er wieder aufsitzen konnte. Die andere Hand hatte er am Zaumzeug. »Gott segne dich und sei mit dir!«

Cadfael beugte sich nieder und machte das Zeichen des Kreuzes auf die breite, glatte Stirn seines Sohnes. »Laß es mich wissen, wenn mein Enkel geboren ist«, bat er.

KAPITEL 16

Meile auf mühevolle Meile zog sich die lange Straße dahin, die heimwärts führte. Stunde folgte auf quälende Stunde, und Tag auf Tag. Bisher hatte der Winter die Menschen mit dem Schlimmsten verschont und nur gelegentlich zögernd einen dünnen Schneeschleier über das Land gelegt, der rasch wieder dahinschwand und schmolz – jetzt meldete er sich nachdrücklich mit Regenschauern und Schneetreiben, die im Wechsel aufeinanderfolgten. Straßen waren überflutet und Flüsse so reißend, daß sie sich nicht ohne Gefahr durchqueren ließen. Es kostete Cadfael drei Tage, Leominster zu erreichen, so viele Hindernisse waren unterwegs zu bewältigen. In der dortigen Priorei blieb er zwei Nächte, damit Hughs Pferd Gelegenheit hatte, ein wenig auszuruhen.

Zwar ging es ab Leominster etwas besser, aber es blieb mühselig genug. Schnee und Frost hörten auf, doch fiel ein konstanter feiner Nieselregen. Am vierten Tag erreichte er das Gebiet Lacys und Mortimers in der Nähe von Ludlow, wo sich vor seinen Augen trostspendend Umrisse erhoben, die er kannte. Immer mehr straffte sich der Faden, der ihn heimwärts zog und zerrte qualvoll an seinem Herzen. Doch nach wie vor glaubte er nicht wirklich, daß am einzigen

Ort, wo er in Frieden leben konnte, ein Platz auf ihn wartete.

Ich habe gesündigt, sagte er sich jeden Abend, bevor er einschlief. Ich habe das Haus und den Orden verlassen, denen ich standhafte Treue gelobt hatte. Ich habe das Gebot des Abtes mißachtet, dem ich feierlich Gehorsam zugesichert hatte. Ich habe meinen eigenen Antrieben Vorrang eingeräumt vor der Pflicht, die ich bereitwillig und aus freien Stücken übernommen hatte. Es ist unerheblich, daß sie ausschließlich auf die Befreiung meines Sohnes zielten. Würde ich anders handeln, wenn ich alles noch einmal tun müßte? Nein, ich würde es wieder tun. Tausendmal würde ich es wieder tun. Und dennoch wäre es nach wie vor Sünde.

Wir sind allzumal Sünder, jeder auf seine Weise. Diese Schuld zu bekennen und auf sich zu nehmen, ist gut und richtig. Vielleicht müssen wir sie auch bekennen und auf uns nehmen, ohne Scham oder Bedauern dabei zu empfinden. Sofern wir glauben, sagen zu müssen: ja, ich würde noch einmal ebenso handeln, treffen wir eine Entscheidung, die andere verdammen mögen. Aber woher wollen wir wissen, daß Gott sie verdammt? Sein Ratschluß ist unerforschlich. Wie wird am Jüngsten Tag das Urteil über Jovetta de Montors lauten? Auch sie hatte eine Entscheidung getroffen, als sie tötete, um ihren Sohn zu rächen, weil kein Vater da war, der ihr diese Bürde abnehmen konnte. Auch sie hat die alles übersteigende Liebe des Herzens zum eigenen Kind über das Gesetz des Landes oder die Gebote der Kirche gestellt. Würde auch sie sagen: ich würde es wieder tun? Gewiß. Wenn eine Sünde so beschaffen ist, daß wir sie trotz aller Bemühung, das Rechte zu tun, nicht zu bedauern vermögen – kann sie dann wirklich Sünde sein?

Dieser Gedankengang war ihm zu verwickelt. Abend für Abend kämpfte er damit, bis ihn der Schlaf der

Erschöpfung übermannte. Am Ende bleibt einem Menschen keine andere Möglichkeit, als deutlich zu sagen, was er getan hat, ohne sich zu schämen oder zu bedauern. Er sagt: Hier bin ich, und so bin ich. Jetzt tu mit mir, was du für richtig hältst. Es ist dein gutes Recht. Mein Recht ist es, zu meiner Tat zu stehen und den Preis dafür zu zahlen.

Man tut, was man tun muß, und man zahlt dafür. So sind letzten Endes alle Dinge einfach.

Am fünften Tag seiner von Bußgedanken erfüllten Reise erreichte er zu Füßen der langen Hügelketten im Südwesten der Grafschaft vertrautes Gelände, dem seine Liebe gehörte. Vielleicht hätte er noch einmal übernachten sollen, doch er brachte es angesichts der Nähe der Heimat nicht über sich, seine Reise zu unterbrechen. So ritt er auch nach Einbruch der Dunkelheit weiter. Als er Sankt Giles erreichte, hatte es schon vor einer ganzen Weile Mitternacht geschlagen. Seine Augen waren längst an die Dunkelheit gewöhnt, und so hoben sich die vertrauten Umrisse von Hospital und Kirche deutlich vor dem weiten Himmelszelt ab, das wolkenlos und frostklar war. In der ungeheuren Stille der tiefen Nacht wußte er nicht, welche Stunde es war. Die Kälte hatte sogar die Gestalten vertrieben, die sich für gewöhnlich um diese Stunde draußen herumzudrücken pflegten; auch sie dürften es sich hinter dem heimischen Ofen gemütlich gemacht haben. Cadfael hatte die ganze Länge der Abteivorstadt für sich und feierte mit jedem Schritt, den der Rotschimmel tat, ein ehrfurchtsvolles Wiedersehen.

Ob er ein Anrecht darauf hatte, wieder aufgenommen zu werden oder nicht, auf jeden Fall mußte man ihm aus Nächstenliebe zumindest ein Obdach im Stall gewähren. Auch Hughs ermattetes Tier würde aus bloßer Liebe zur Kreatur eingelassen werden, bis man es zurück in die Obhut der Burg schickte. Wären die breiten Torflügel unversperrt gewesen, die sich vom Kirchhof aus zum Pferdemarkt öffneten, hätte Cadfael den Klosterbezirk auf diesem Wege betreten, denn von dort waren die Ställe ohne den Umweg über das Torhaus zu erreichen. Aber er wußte, daß sie fest verschlossen waren. Nun, das war jetzt unerheblich, er würde dankbar die ganze Länge der Umfassungsmauer abreiten, Schritt für Schritt, wie die Perlen des Rosenkranzes, von der Ecke des Pferdemarkts zum Tor. Zur Linken erhob sich innerhalb des Klosterbezirks die geliebte Kirche wie ein Quell der Wärme in der Winternacht, die seinen Weg zu segnen schien.

Drinnen war es still. Im Chor waren offenbar alle Lichter gelöscht, sonst hätte er bestimmt in den oberen Fenstern einen Schimmer wahrgenommen. Also waren Matutin und Laudes schon vorüber, und nur noch das Ewige Licht auf dem Altar brannte. Alle Mönche hatten vermutlich wieder ihr Lager aufgesucht, um noch eine Weile zu schlafen, bis sie sich beim Morgengrauen zur Prim aufs neue erheben mußten. Auch recht! Dann blieb ihm Zeit, sich innerlich zu rüsten.

Die Stille und Dunkelheit des Torhauses schüchterten ihn in sonderbarer Weise ein. Ihm schien, als wäre alles verlassen und er könne nicht hineingelangen, als wäre ihm nicht nur das Tor verschlossen, sondern auch die Kirche und der ganze Orden, als wiese ihn das ganze Kloster zurück. Es kostete ihn Überwindung, am Glockenstrang zu ziehen und damit die Stille zu durchbrechen. Erst nach einer Weile tauchte der Bruder Pförtner auf. Als Cadfael schließlich das leise Schlurfen sich nähernder Sandalen und das Klirren hörte, mit dem der Riegel zurückgeschoben wurde, klang ihm das wie Musik in den Ohren.

Die Schlupftür öffnete sich weit, und der Bruder Pförtner beugte sich nach draußen, um zu sehen, welcher Reisende um diese Stunde Einlaß begehrte. Wirr umstanden die Haare seine Tonsur, auf seiner rechten Wange waren noch die Spuren des Kissens sichtbar, und seine Augen blickten schlaftrunken. Die vertraute Wärme der brüderlichen Gemeinschaft hüllte Cadfael ein. Könnte der Abtrünnige doch dort wieder Zutritt finden!

»Ihr seid spät unterwegs, mein Freund«, sagte der Pförtner und sah vom Schatten eines Mannes zum Schatten eines Pferdes hinüber, aus dessen Nüstern Dampf in die kalte Luft aufstieg.

»Oder früh«, entgegnete Cadfael. »Kennst du mich nicht, Bruder?«

Es war nicht klar, ob die Stimme vertraut war oder der Anblick der Kutte den Pförtner erinnert hatte, nachdem seine Augen erst einmal an die Dunkelheit gewöhnt waren, doch sogleich nannte er ihn beim Namen. »Cadfael? Bist du es wirklich? Wir hatten dich schon verloren geglaubt. Und jetzt stehst du mit einem Mal mitten in der Nacht am Tor! Niemand erwartet dich.«

»Ich weiß«, sagte Cadfael betrübt. »Wir müssen die Entscheidung des Vaters Abt abwarten. Laß mich zumindest ein, damit das arme Tier ein wenig Ruhe findet, denn ich habe es zu hart herangenommen. Es gehört in die Burg, und ich werde es morgen dorthin zurückbringen, was auch immer über mich entschieden wird – nur laß es mich für die Nacht hier unterbringen. Um mich mach dir keine Sorgen. Ich brauche kein Bett. Öffne das Tor und laß mich das Pferd hineinführen, dann magst du dein Lager wieder aufsuchen.«

»Ich hatte nicht die Absicht, dich auszusperren«, erwiderte der Pförtner, »aber um diese Stunde braucht es eine Weile, bis ich wach werde.« Er schob den Schlüssel ins Schloß des großen Tores und öffnete einen Flügel. »Du kannst dich gern zur Ruhe legen, nachdem du das Tier versorgt hast.«

Müde trottete der Rotschimmel in den gepflasterten Hof. Der Klang seiner Hufe, die er vorsichtig setzte, hallte in der frostklaren Luft. Der schwere Torflügel schloß sich wieder hinter ihnen, und wurde mit dem Schlüssel verriegelt.

»Leg dich ruhig wieder hin«, sagte Cadfael. »Ich hab eine Weile mit ihm zu tun. Alles andere kann bis zum Morgen warten. Ich habe Gott und der Heiligen Winifred dies und jencs zu sagen, das wird mich den Rest der Nacht in der Kirche beschäftigen.« Halb gegen seinen Willen fügte er hinzu: »Hatte man mich schon abgeschrieben wie eine uneinbringbare Schuld?«

»In keiner Weise!« wies der Pförtner diesen Verdacht zurück.

Aber erwartet hatte man ihn nicht. Seit Hugh ohne ihn aus Coventry zurückgekehrt war, hatten sich wohl jene, die ihm freundlich gesonnen waren, insgeheim von ihm verabschiedet. Die anderen aber, die ihm weniger nahe standen oder keine freundschaftlichen Empfindungen für ihn hegten, mochten ihn gar aus ihrem Leben gestrichen haben, ohne groß darüber nachzudenken. Bruder Winfrid mußte sich im Kräutergarten verlassen und verraten vorgekommen sein.

»Das ist sehr gütig«, sagte Cadfael seufzend und führte das ermattete Pferd der Wärme des Stalles entgegen.

Dort übereilte er sich nicht. Es war angenehm, umgeben vom Strohgeruch mit dem Tier allein zu sein, es von seiner Last zu befreien und es zu versorgen. Um sich herum hörte er die Geräusche der anderen Pferde. Zumindest ein Geschöpf kehrte an den Ort zurück, an den es gehörte, und war dort willkommen. Cadfael wendete für die Pflege des Tieres mehr Zeit auf, als nötig gewesen wäre, und lehnte von Zeit zu Zeit den Kopf gegen dessen glänzende Schulter. Fast wäre er an Ort und Stelle eingeschlafen, aber das durfte er noch nicht zulassen. Zögernd löste er sich von der lebenden Wärme des Pferdeleibes und kehrte erneut in die Kälte zurück. Er überquerte den Hof und ging durch den Kreuzgang zum Eingang der Kirche.

Wenn ihn draußen die scharfe klare Kälte des Frostes hatte zittern lassen, so herrschte im Kirchenschiff neben Dunkelheit und grenzenloser Stille die schwere feierliche Kälte des Steins – fast wie der Tod, wäre nicht der rotgoldene Schimmer des Ewigen Lichts auf dem Altar gewesen. Dahinter, im Chor, waren zwei Kerzen tief heruntergebrannt. Er stand in der Einsamkeit des Kirchenschiffs und sah sich um. Bei den nächtlichen Gebeten war es ihm stets vorgekommen, als hätte er sich in geheimnisvoller Weise erweitert, um jeden Winkel und jede Spalte des hohen Gewölbes auszufüllen, in die das Licht der Kerzen nicht drang. Es war so, als hätte die Seele den für alle Krankheiten des Menschen anfälligen Leib eines älteren, ach was, eines alten Mannes, verlassen, der sie zu sehr einengte. Nun hatte er das Recht verwirkt, die eine niedrige Stufe emporzusteigen, die zum Paradies der Mönche emporführte. Sein Platz war im Laienchor, doch das bedrückte ihn nicht. Er hatte unter den einfachsten Menschen solche kennengelernt, deren Glaube den von Erzbischöfen übertraf und die, was die Ehre betraf, Grafen von Geblüt ebenbürtig waren. Nur das Bedürfnis nach dem gemeinsamen Erlebnis der Stille und des Gebetes schmerzten ihn wie eine tödliche Verwundung.

Dicht vor dem niedrigen Absatz zum Mönchschor streckte er sich, das Gesicht nach unten gekehrt, so auf dem Boden aus, daß sein zu langes Haar die Stufe streifte. Die Kälte der Bodenplatten drang ihm in die Stirn. Weit breitete er die Arme aus, und wie sich ein Ertrinkender an Gräsern festhält, die im Wasser treiben, faßte er nach den ungleichmäßigen Kanten der Bodenplatten. Wortlos betete Cadfael für alle Menschen, die gezwungen waren, einander widerstreitende Forderungen zu erfüllen oder die sich zwischen Recht und Notwendigkeit, Pflicht und

Gewissen, irdischer Liebe und himmlischer Entsagung entscheiden mußten – für Jovetta de Montors und ihren Sohn, den man kaltblütig ermordet hatte, um freie Hand für einen Bubenstreich zu haben; für Robert Bossu und all jene, die sich trotz immer wiederkehrender Anfälle von Verzweiflung und Enttäuschung um Frieden bemühten; ſür dic Jungen, denen niemand den Weg wies, wie auch für die Alten, die alles versucht und alles aufgegeben hatten: Olivier, Yves und andere wie sie, die in der kompromißlosen Reinheit ihrer Seele das vorsichtige Taktieren von Menschen verachteten und bekämpften, die weniger hohe Anforderungen an sich stellten als sie. Schließlich betete er für sich selbst, einst Mönch im Benediktinerkloster Sankt Peter und Paul in Shrewsbury, der getan hatte, was er tun mußte, und jetzt darauf wartete, dafür zu bezahlen.

Obwohl er nicht schlief, erlebte seine wache und aufnahmebereite Seele etwas, das einem Traum ähnlich war. Es kam ihm vor, als ginge die Sonne vor ihrer Stunde auf, und er empfand Wärme wie an einem Maimorgen voller Weißdornblüten. Dann erblickte er eine junge Frau von frühlingshafter Schönheit, die mit wallendem Haar barfuß durch das Gras einer Wiese schritt und ihm zulächelte. Ohne die Absolution erhalten zu haben, konnte oder wollte er nicht an ihren Altar im Chor treten, um auf sie zuzugehen. Doch hatte er flüchtig den wunderbaren Eindruck, sie hätte sich erhoben und träte auf ihn zu. Gerade, als ihr weißer Fuß neben seinem Kopf auf der Stufe stand und sie sich über ihn beugte, um ihn mit ihrer weißen Hand zu berühren, ertönte im Dormitorium das Glöckchen, das die Brüder zur Prim weckte.

Abt Radulfus, der früher aufgestanden war als gewöhnlich, trat vor den anderen Mitgliedern der Klostergemeinschaft in die Kirche. Gerade hatte eine kalte Sonne ihren blutroten Rand über den östlichen Horizont geschoben, während im Westen noch die flimmernden Umrisse der Sterne am Himmel zu sehen waren, dessen Farbe von Taubengrau am unteren Rand bis zu Blauschwarz im Zenith verlief. Er trat durch den Südeingang und sah einen Mönch, der mit ausgebreiteten Armen reglos vor der Schwelle des Chors am Boden lag.

Er verhielt den Schritt und ließ das Bild eine ganze Weile auf sich wirken. Dann trat er vor und sah mit gefaßtem und ernstem Blick auf den Mann nieder. Die Stoppeln seiner Tonsur waren stachlig wie Dornen; sie mußte dringend nachrasiert werden, und sein braunes Haar war länger, als es sich gehörte. Fast wollte es dem Abt scheinen, als sei auch mehr Grau darin als beim vorigen Mal, da er das jetzt so entschlossen vor ihm verborgene Gesicht gesehen hatte.

»Du kommst spät«, sagte er ohne Betonung. Es war eine Feststellung, in der weder Billigung noch Zurückweisung lag. Nach einer Weile nahm er den Satz wieder auf: »Du kommst spät. Die Nachrichten sind vor dir eingetroffen. Die Welt hört nicht auf, sich zu verändern.«

Cadfael wandte den Kopf, die Wange auf den Stein gelegt, und sagte nur das Wort »Vater!« – ohne etwas zu verlangen, etwas zu versprechen oder zu bereuen.

»Jemand, der einen oder zwei Tage vor dir geritten ist«, sagte Radulfus nachdenklich, »hatte wohl besseres Wetter und konnte unterwegs die Pferde wechseln, so oft es ihm nötig erschien. Wovon Hugh in der Burg Kenntnis erhält, teilt er mir mit. Der Graf von Gloucester und sein jüngerer Sohn haben sich also ausgesöhnt. Männer, denen im Kampf Gefahren drohten, sind verschont geblieben. Wenn wir schon keinen Frieden haben können, bedeutet eine jede solcher Wohltaten zumindest einen Vorgeschmack der göttlichen Gnade.« Seine Stimme klang leise, er sprach gemessen und nachdenklich. Bisher hatte Cadfael nicht den Blick gehoben, um ihn anzusehen. »Philip FitzRobert hat sich auf dem Krankenlager vom Zwist zwischen König und Kaiserin losgesagt«, fuhr der Abt fort, »und das Kreuz genommen.«

Cadfael atmete tief ein und erinnerte sich. Das war ein Weg, den man gehen konnte, wenn man an den Fürsten dieser Welt verzweifelte. Zwar würde Philip merken, daß jene Fürsten mit der Sache des Christentums ebenso umsprangen wie mit der Sache Englands. Umso erstrebenswerter aber waren Ordnung und Ruhe innerhalb des Klosters, wo die Schlacht zwischen Himmel und Hölle mit den Waffen des Geistes und der Seele ohne Blutvergießen geschlagen wurde.

»Es ist genug!« sagte Abt Radulfus. »Erhebe dich und trete mit deinen Brüdern in den Chor.«

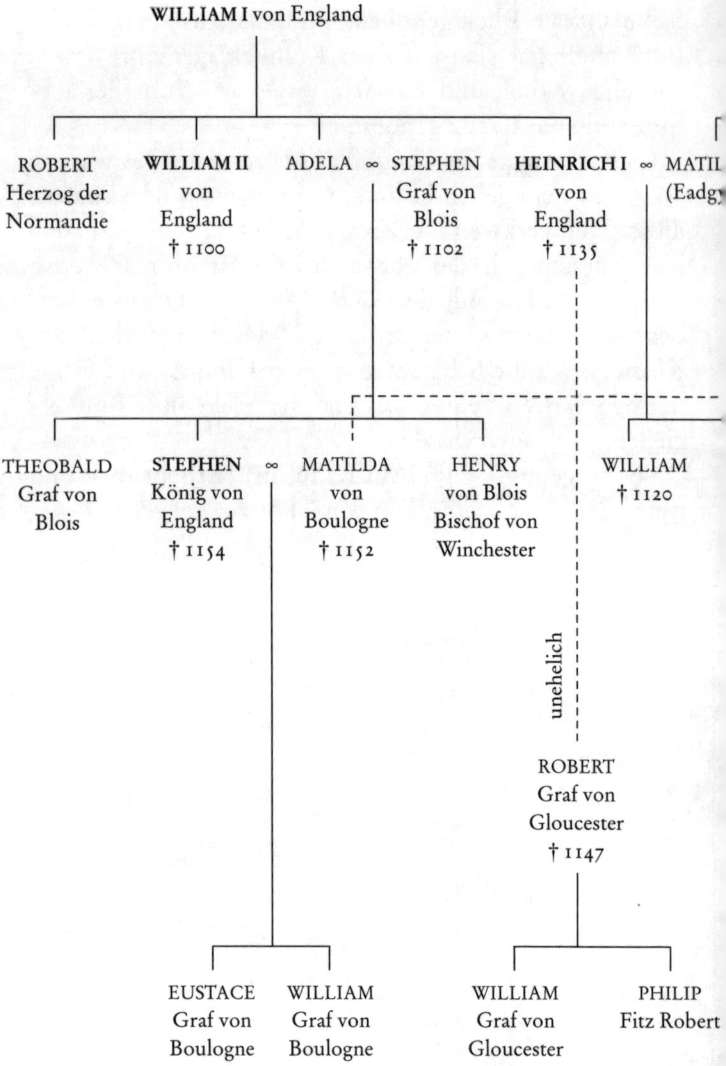

WILLIAM I von England
ROBERT Herzog der Normandie
WILLIAM II von England † 1100
ADELA ∞ STEPHEN Graf von Blois † 1102
HEINRICH I von England † 1135
∞ MATIL (Eadgy
THEOBALD Graf von Blois
STEPHEN König von England † 1154
∞ MATILDA von Boulogne † 1152
HENRY von Blois Bischof von Winchester
WILLIAM † 1120
unehelich
ROBERT Graf von Gloucester † 1147
EUSTACE Graf von Boulogne
WILLIAM Graf von Boulogne
WILLIAM Graf von Gloucester
PHILIP Fitz Robert

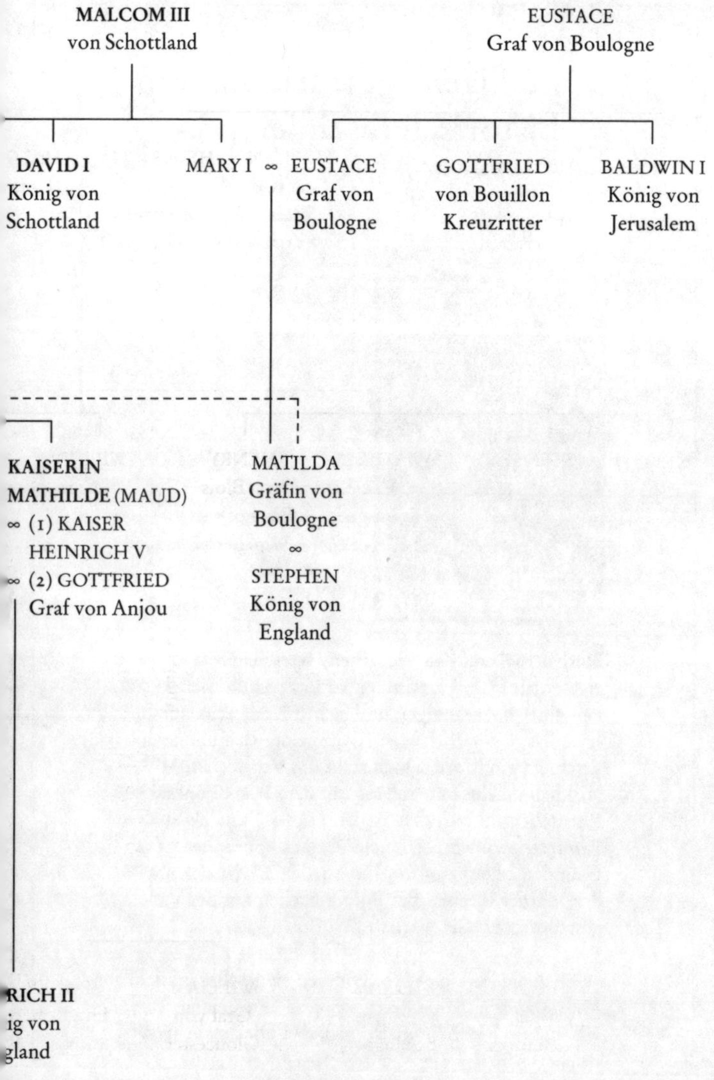
MALCOM III
von Schottland
EUSTACE
Graf von Boulogne
DAVID I
König von
Schottland
MARY I ∞ EUSTACE
Graf von
Boulogne
GOTTFRIED
von Bouillon
Kreuzritter
BALDWIN I
König von
Jerusalem
KAISERIN
MATHILDE (MAUD)
∞ (1) KAISER
HEINRICH V
∞ (2) GOTTFRIED
Graf von Anjou
MATILDA
Gräfin von
Boulogne
∞
STEPHEN
König von
England
RICH II
ig von
gland